LE COMBAT DE THALIA

I- La mutinerie des Génitrices

Rick de Valavergny

LE COMBAT DE THALIA

I- La mutinerie des Génitrices

RDV

Toute ressemblance
avec des personnes
ayant existé
existantes
ou qui existeront
ne serait que pure coïncidence.

11 Square Honoré Daumier 78190 Trappes

Avant-propos

L'auteur attire l'attention sur les faits suivants :

Ce livre n'est pas un roman de science-fiction. Il relate des évènements qui vont réellement se dérouler trente ans après la guerre civile qui va ravager l'Europe en 2029. Ces faits découlent logiquement d'un futur proche apocalyptique décrit par de nombreux futurologues et prévisionnistes.

Tous les lieux décrits sont réels. Les habitants de la Cité 101 ne manqueront d'ailleurs pas de les reconnaître, même si en 2059 ils auront subi les transformations habituelles à toute ville sur une si longue période.

Les personnages ne sont bien sûr que pure invention, même si certains lecteurs peuvent être tentés de reconnaître ça et là quelques personnalités existantes.

L'avenir ne se déroule jamais tel qu'on l'imagine. Quelles sont les chances pour que celui que je vous propose ici se produise un jour ?

A vous de vous faire votre propre opinion.

PROLOGUE

L'homme sentait le sang s'écouler sur son corps fatigué et meurtri. Il en perdait beaucoup de ses multiples blessures. Son énergie déclinait et il n'allait pas tarder à sombrer dans l'inconscience. Mais peut-être était-ce mieux que de tomber entre leurs mains et d'être torturé. Elles ne faisaient pas de cadeau, elles étaient impitoyables.

Étendu sur le dos, les yeux maintenant clos, il sentait ses forces l'abandonner. Il tourna la tête vers l'ouest.

Perçant entre deux arbres, le soleil de cette fin d'après-midi d'été inondait ses paupières. Aucun organe vital n'était touché, mais les plaies étaient trop nombreuses et les pertes de sang trop abondantes pour survivre sans soin immédiat, même pour sa robustesse hors du commun. Comment en était-il arrivé à cette situation fatale ? Il avait pourtant réussi à survivre, caché depuis de nombreuses années, et aurait pu et dû en vivre encore de nombreuses. Il n'avait pas commis d'erreur, il assumait les choix qu'il avait fait.

Avec sa partenaire, ils avaient résisté du mieux qu'ils avaient pu, mais les attaquantes étaient trop nombreuses pour eux deux. Même si lui-même était équipé d'armes plus modernes, elles avaient leurs limites face à la multitude d'adversaires. Une section d'une dizaine d'assaillantes les avait surpris à la limite extérieure de son enceinte de protection. Elle était constituée d'une ceinture de roncier aux épines acérées et de lianes enchevêtrées qu'il avait laissé se développer par sécurité sur quelques centaines de mètres, tout autour de son repaire.

A cet instant le reste de la troupe ne devait pas être loin. Il savait que le groupe à la recherche de sa partenaire s'était scindé en plusieurs sections pour ratisser les environs. Elles suivaient certainement à moins de dix minutes celle qu'ils venaient d'éliminer. Il imaginait qu'elles ne tarderaient pas à le trouver et à venir l'achever, comme elles le faisaient toujours avec tous les résistants. Elles étaient sans pitié, mais c'était une nécessité pour elles afin de garder la paix dans leurs cités, et il comprenait leur point de vue. Pas de prisonnier, pas de jugement, pas de problème. Il avait eu un temps cette philosophie, mais cela était bien loin.

Ils avaient toutefois eu de la chance d'avoir pu résister au premier assaut grâce aux pièges qu'il avait mis au point durant trois décennies. Presque une vie complète, en fait, au moins une demie en tout cas ! Une vie solitaire, faite de recherches, de réflexions, d'analyses, de compilations de données destinées à organiser *l'après*. L'après-apocalypse dont tous les résistants rêvaient. Le retour à la vie normale d'autrefois, qu'une majorité d'entre eux, bien que vieillissante, avait connu. Même si la vie n'avait pas toujours été rose, il y avait au moins, à cette époque, beaucoup plus de libertés, surtout pour le sexe masculin.

Pendant que les tâches sombres formées dans le sable par l'absorption de son sang rouge vif s'agrandissaient lentement, les images de sa vie défilaient à toute allure dans son esprit. Etait-ce le signe de la fin, que la dernière étincelle s'échappait lentement de son corps endolori ? Il avait connu de nombreuses périodes dans son existence trépidante, qui s'apparentait plutôt à un torrent tumultueux qu'à un long fleuve tranquille, comme s'il avait eu plusieurs vies en une seule durant le siècle écoulé. Mais il ne s'était jamais ennuyé, et aurait pu vivre encore plusieurs décennies sans trouver le temps long. Il avait toujours su s'occuper et développer les nombreuses idées qui fourmillaient dans la matière grise de son cerveau. Les créer puis les réaliser et enfin les utiliser. Toutes ses œuvres avaient un but, une utilité. Finalement, son seul regret, dû à sa curiosité insatiable, serait peut-être de ne pas connaître la suite, de ne pas, de ne plus participer à l'évolution, de ne plus pouvoir influer sur le cours de l'histoire. Oui, c'était en fait le seul regret, pour le reste, il avait suffisamment vécu. Mais l'avenir, le futur, la destinée du continent, il ne la connaitrait pas. Et c'était frustrant, même si proche de la mort.

A travers ses paupières, masquant l'orangé du soleil couchant, il vit alors des ombres se pencher au-dessus de lui. Elles étaient là. Elles allaient sûrement l'achever. Son cerveau commençait à manquer d'oxygène puis tout devint noir. Il ne vit pas le tunnel d'un blanc aveuglant décrit par les nombreux humains ayant fait une expérience de mort imminente. Il ne résista plus, s'abandonna à l'inconnu et, au moment de sombrer dans l'inconscience, espéra que son sacrifice aurait servi et que sa partenaire d'un jour réussirait à rejoindre le *Réseau* grâce aux informations qu'il lui avait fournies.

CHAPITRE 1

Cité 101
205ème jour de l'année 2059
0h15

Elle courait à toute allure depuis déjà un quart d'heure. A presque dix-sept ans – elle les aurait dans 10 jours – elle était svelte et sportive. Sur les pavés de la chaussée, lisses et usés par les siècles, elle essayait d'échapper à ses poursuivantes qui la talonnaient.

Au milieu de la nuit, la pleine lune inondait les rues de la Cité 101, et sa lumière, pâle et diffuse, se reflétait sur les murs de pierres blanches des bâtiments, leur donnant un ton grisâtre. Presque au zénith, le disque lunaire reflétait efficacement la lumière solaire. Après quelques minutes d'accommodation, la pupille dilatée, un œil exercé pouvait voir de nombreux détails, quasiment comme en plein jour.

C'était pour cette raison que Thalia se trouvait ici, bien qu'elle n'ait pas choisi l'heure, et non dans son lit comme la plupart des habitants à ce moment.

Depuis son départ de l'extrémité sud-ouest de la cité, elle

avait réussi à distancer suffisamment – pour le moment – celles chargées de la traquer, en slalomant astucieusement dans des ruelles étroites qu'elle connaissait par cœur.

Mais elle arrivait maintenant dans un quartier de la cité dans lequel elle était rarement venue. A bout de souffle, elle arrêta un instant sa course folle pour reprendre sa respiration, tendre l'oreille et écouter. Elle tentait de saisir le moindre bruit qui aurait pu lui indiquer où se trouvaient ses poursuivantes. C'était relativement facile à cette heure de la nuit. Les rues étaient désertes et le moindre bruit se répercutait sur les façades des immeubles à des centaines de mètres.

Elle fuyait, seule contre une section de Prétoriennes, l'élite du corps des Guerrières. Mais avait l'avantage d'être silencieuse car elle avait aux pieds des souliers en peau de mouton, souples et résistants, dont la qualité principale était qu'ils ne produisaient aucun bruit au contact du sol, quel qu'il soit, à l'inverse des bottines règlementaires de ses poursuivantes, en cuir, renforcées de métal aux extrémités. Et cela représentait un avantage non négligeable, elle était indétectable, du moins au niveau sonore.

Son répit fut de courte durée, à peine vingt secondes. Juste après avoir perçu le bruit de leur cavalcade, elle vit le groupe des Prétoriennes déboucher dans sa rue à moins de deux cents mètres d'elle. Elles l'avaient repérée. Elle évalua qu'elle n'avait que trente secondes d'avance à cet instant. Elle en vit quelques-unes prendre une flèche dans leur carquois, la poser sur le repose-flèche de leur arc, insérer l'extrémité arrière dans le tranche-fil, tendre la corde au maximum, viser avec un angle de quarante-cinq degrés pour avoir une portée maximale, et tirer. A cette distance, elle avait surtout deviné – étant elle-même experte en tir à l'arc – mais n'avait pas distingué toutes ces phases. A cette distance aussi, elle savait qu'elle ne craignait rien, la portée des arcs des Guerrières, dont les Prétoriennes constituaient l'élite, n'était que de cent à cent cinquante mètres, au mieux. Elle savait aussi que ses poursuivantes, expertes en armes de toutes sortes en étaient conscientes, mais elles voulaient probablement l'intimider, plutôt la faire paniquer, lui faire perdre ses moyens pour la rattraper. Elle n'était pas dupe. Elle s'accorda donc trois secondes supplémentaires pour récupérer et réfléchir.

Ce qu'elle ne savait pas, c'est que de nombreux siècles auparavant, durant la guerre de cent ans, elle eut été transpercée de part en part en moins de quatre secondes par les longbow des anglais qui lançaient leurs traits jusqu'à deux cent cinquante mètres à plus de deux cents kilomètres par heure.

Elle vit en souriant la volée de flèches s'écraser à quelques dizaines de mètres d'elle, tandis que les Prétoriennes qui n'avaient pas tiré avaient déjà parcouru une partie de la distance qui les séparait d'elle.

Elle reprit sa course et sortit de l'avenue pour entrer sur sa droite dans une rue plus étroite. Après un sprint d'une centaine de mètres, elle repéra sur sa gauche une ruelle sombre où elle pourrait distancer ses poursuivantes. Elle l'atteignit en quelques secondes. Dans sa précipitation pour s'y engouffrer, elle ne repéra pas une pierre ronde posée sur un pavé. Lorsque son pied droit prit appui dessus, la pierre roula et elle sentit sa cheville se tordre. Afin de ne pas se la briser, elle eut le réflexe de libérer le poids de son corps de sa jambe droite et se laissa basculer en avant. Après un roulé-boulé sur son épaule droite, elle se retrouva assise par terre. Juste au-dessus d'elle, elle déchiffra la pancarte fixée sur un tube métallique contre lequel elle avait failli se cogner et qui indiquait : rue des Frères. Ça ne lui disait rien, mais c'était normal, ce quartier était réservé aux hommes.

Le temps de se remettre sur ses deux pieds, elle avait

perdu une partie de son avance. Elle redémarra péniblement entre les deux murs sombres, et reprit sa chevauchée. Elle s'en tirait bien, avec uniquement une douleur à l'épaule, ce qui ne l'empêcherait pas de poursuivre sa course.

Ayant parcouru une cinquantaine de mètres, elle distingua l'extrémité de la ruelle qui ne semblait pas avoir d'issue, comme si elle se trouvait dans une impasse. Il était cependant trop tard pour reculer, elle n'avait plus le choix. Et puis elle se dit qu'une solution s'offrirait à elle avant d'arriver au bout de ce cul de sac. De toute façon, elle trouvait toujours des solutions à ses problèmes. En réfléchissant, pas en priant ! La vitesse de réflexion était sa force, même dans les situations les plus critiques, les plus stressantes. Néanmoins elle devait trouver une échappatoire, sinon elle était perdue. Elle n'avait pas le choix, elle serait bloquée au fond de l'impasse sans possibilité de fuite et les Prétoriennes ne feraient qu'une bouchée d'elle. Mais elle ne voyait aucun endroit où se cacher ni par où s'échapper. Les fenêtres étaient munies de barreaux ou bien se trouvaient à plus de trois mètres de hauteur. Les rares et lourdes portes en bois étaient toutes closes. Elle arrivait presque à l'extrémité de la ruelle quand elle s'aperçut qu'il y avait une voie transversale. Elle sourit.

« Voilà ma porte de sortie » se dit-elle.

Elle choisit de prendre à gauche, vers le nord. Sans ralentir, elle saisit un vieux montant métallique de sa main gauche, pivota grâce à son élan dans la rue perpendiculaire, et s'extirpa à toute allure de la ruelle. Le frottement sur l'acier rouillé et granuleux lui râpa la main et elle grimaçât de douleur. Durant sa rotation, elle jeta cependant par réflexe un coup d'œil derrière elle et vit que ses poursuivantes avaient regagné du terrain. A moins de cent mètres d'elle, plusieurs archères la prenaient pour cible. Elle avait perdu du temps à cause de sa chute et elle était revenue dans la limite de portée de leurs arcs. Elle évita de peu plusieurs flèches, qui sifflèrent en passant à l'endroit où elle se tenait une fraction de seconde plus tôt, et qui atteignirent avec un bruit mat le portail en bois du bâtiment qui était dans le prolongement de la ruelle qu'elle quittait. Il s'en était fallu de peu. Mais elle n'était pas encore tirée d'affaire.

Elle courait depuis plus de vingt minutes maintenant. Ce n'était pas une course d'entraînement d'endurance mais une succession de sprints intensifs, beaucoup plus exigeante sur le plan musculaire. Elle commençait à ressentir la soif. Cette nuit d'été était chaude et l'accumulation de la chaleur par les murs de pierres calcaires n'arrangeait rien. Il fallait qu'elle se concentre de plus en plus pour réfléchir.

Elle se rapprochait toutefois de son objectif. Elle savait qu'en l'atteignant, elle serait sauvée, elle aurait gagné, elle ne risquerait plus rien. Il lui restait moins de deux kilomètres à parcourir, les plus durs sûrement et à condition qu'elle n'ait pas à faire de nouveaux détours. Elle atteignit l'extrémité de la ruelle qui débouchait dans la rue du 13 Octobre qu'elle avait quitté peu auparavant, puis elle prit à droite et aussitôt à gauche dans la rue de la Congrégation. A l'extrémité, elle atteignit une rue bordée du côté droit de solides bâtiments en pierres et du côté gauche des remparts nord, hauts de trois mètres. La hauteur des murs d'origine n'était que d'un mètre côté intérieur pour permettre de voir arriver l'ennemi durant les siècles moyenâgeux, mais ils avaient été rehaussés, il y a déjà des décennies, pour éviter toute évasion hors de la cité. Même en cas de nécessité, elle n'aurait pas la possibilité de s'enfuir de ce côté. Elle possédait une bonne détente verticale, mais le haut du mur lui serait tout de même inaccessible. Elle continua à courir au maximum de ses possibilités durant plusieurs centaines de mètres sur la même route. Elle passa en trombe devant la porte nord de la cité et se retrouva rue du Rempart Saint-Rémi. Presque aussitôt, elle vit un groupe de Prétoriennes au bout de la rue, à deux cents mètres devant elle vers l'est. Ce n'était pas normal, il y avait beaucoup plus de rondes de nuit que d'habitude. C'était la troisième patrouille qu'elle devait éviter. Etait-ce volontaire ? Que se passait-il ?

Elle se sentit perdue, un groupe devant elle et un groupe qui la talonnait, lorsqu'elle le vit dans l'ombre d'un recoin du rempart. A peine visible, le vieux bidon cabossé de deux cent cinquante litres et d'un mètre de hauteur qui avait attiré son attention était posé contre la muraille. Enfoncée entre deux pierres à mi-hauteur du sommet du mur, une tige métallique dépassait d'environ trente centimètres. Son cerveau, qui était habitué à décrypter instantanément une scène dans son ensemble, analysa en une fraction de seconde la situation pour prendre une décision. En atteignant le bidon, elle bondit dessus. Puis sur la pointe des pieds elle saisit à deux mains la barre d'acier, qui bougeait légèrement dans son orifice, se propulsa habilement vers le haut en insérant la pointe de ses souliers entre les pierres dont les joints étaient usés par le temps, à moins qu'ils n'eussent été creusés à dessein par celui ou celle qui utilisait cette voie pour une raison qu'elle ignorait. Du pied droit, elle prit appui sur la barre tout en gardant l'équilibre sur le mur avec les mains et détendit son corps vers le haut pour attraper le sommet de la muraille des deux mains. Avec ses deux pieds, elle finit de desceller la barre du mur, la garda serrée entre ses chevilles et dans un mouvement souple tira avec les bras vers le haut, prit appui sur le sommet du mur, bascula les jambes de l'autre côté et envoya la barre plusieurs mètres sur sa gauche d'un mouvement du tronc. Il ne s'agissait pas de retomber dessus. Elle savait que la pelouse sur la partie extérieure des remparts se trouvait au moins huit mètres plus bas à cet endroit. Pas moyen de sauter sans se casser une jambe. Il fallait qu'elle arrive à descendre le long du mur en utilisant les interstices ou les pierres saillantes.

Par chance, les possibilités s'avéraient nombreuses, quoique la chance n'ait rien à voir dans ce cas, les joints étaient beaucoup plus usés de ce côté-ci du rempart exposé aux vents dominants et à la pluie tombant habituellement du nord-ouest. Elle descendit donc facilement jusqu'à mi-hauteur du mur puis se laissa tomber sur la pelouse en roulant sur le côté comme elle l'avait appris et réalisé de nombreuses fois à l'entraînement.

Elle était maintenant hors d'atteinte de ses poursuivantes, pour un bon moment, du moins le croyait-elle. Elle prit sur sa gauche vers l'ouest, espérant pouvoir revenir dans la cité, sans attirer l'attention des Sentinelles, par une étroite ouverture cachée à proximité de la porte nord.

Elle commença à trottiner sur plusieurs dizaines de mètres, sûre d'elle. Un peu trop sûre cependant, car elle entendit un "flop" sourd comme un objet lourd tombant sur l'herbe. En se retournant, elle vit la première de ses poursuivantes se relever après le saut qu'elle avait réalisé de la même façon qu'elle-même quelques dizaines de secondes auparavant. Comment avaient-elles fait sans la tige ? Mais oui, à plusieurs, elles avaient dû se faire la courte échelle et franchir le rempart encore plus facilement qu'elle-même. Comment n'y avait-elle pas pensé plus tôt ? Il ne fallait jamais sous estimer ses adversaires, surtout pas les Prétoriennes.

Comme pour la punir, des flèches volèrent dans les airs avant de se ficher dans l'herbe à côté de l'énorme platane multi-centenaire derrière lequel elle s'était abritée et dont une rangée bordait la muraille. Elle reprit sa course rapidement, d'abord dans l'herbe à l'abri des arbres. puis, hors d'atteinte, elle rejoignit la route qui longeait l'extérieur du rempart et sur laquelle il était plus facile de courir.

Elle reprit de l'avance, pendant que toutes ses poursuivantes franchissaient la muraille et se regroupaient. Elle était maintenant à moins d'un kilomètre de son objectif. Malgré les cuisses qui commençaient à lui brûler, au bord de la crampe, les poumons en feu, elle continuait sa course effrénée. Elle ralentit seulement à l'approche de la porte nord de la cité. Elle gagna le pied du mur et repéra le buisson qu'elle cherchait. Poussant dans les interstices entre les pierres, il cachait une ancienne meurtrière située juste avant un contrefort de la muraille et invisible depuis la position des Sentinelles surveillant l'entrée. Elle s'immisça silencieusement par l'étroite ouverture et déboucha dans une venelle de la cité. Ses poursuivantes ne l'avaient pas vue y pénétrer. Elles continueraient certainement tout droit à l'extérieur des remparts. Elle allait être tranquille un moment.

Elle reprit sa course dans les rues calmes du centre ville, quartier qu'elle connaissait par cœur, sans rencontrer d'autres difficultés. Elle atteignit finalement son objectif sans être rattrapée. Elle était tout de même la plus rapide de sa génération sur toutes les distances.

On ne la surnommait pas *la Fille du Vent* pour rien !

Elle reprit son souffle devant une lourde porte de bois ouvragée, renforcée de solides ferrures, certainement réalisée par des artisans d'art, des siècles avant sa naissance. Au-dessus, une inscription peinte sur une planche de bois toute simple recouvrait l'ancien nom du vieil immeuble gravé dans la pierre. Elle ouvrit l'épais battant et pénétra, triomphante, dans la cour intérieure qu'elle connaissait si bien depuis trois ans déjà.

La Fille du Vent avait réussi, elle n'avait été touchée par aucune flèche, n'avait été ni interceptée ni rattrapée par ses poursuivantes.

Sa vie allait maintenant enfin évoluer.

CHAPITRE 2

0h30

Au même moment, à quelques centaines de mètres à l'extérieur de la cité, sous un vieux pont de pierres, quinze silhouettes sombres se découpaient sur la blancheur de ses murs. Le pont se trouvait sur la voie sinueuse permettant de quitter la cité vers le nord, à trois cents mètres du chemin de ronde situé au pied des remparts. Les personnes réunies parlaient à voix basses, mais avec force et conviction. Assises en tailleur, formant deux cercles concentriques de façon à être plus proches les unes des autres, toutes étaient des femmes de taille moyenne, les cheveux coupés courts, habillées sobrement d'une combinaison de la même toile d'un bleu-marine très foncé. Une petite partie d'entre elles avaient le ventre rebondi des femmes attendant un heureux événement. *Heureux événement* était une expression ancienne, mais aujourd'hui, leur condition n'avait rien d'enviable et plus rien à voir avec le bonheur.

Elles s'étaient rassemblées pour discuter de leur

situation, de la révolte qui grondait au sein de leur Corporation, dans les cinq Nurseries de la cité. Elles prenaient un risque à se trouver ainsi à l'extérieur des remparts au beau milieu de la nuit, mais elles n'en pouvaient plus de leurs conditions de vie et cet endroit retiré paraissait le meilleur compromis pour ne pas craindre d'être espionnées. La cité avait des yeux et des oreilles partout. Le seul danger pouvait provenir d'une ronde des Guerrières, mais elles en connaissaient les horaires autour des murs de la cité. Les fenêtres des étages supérieurs de plusieurs de leurs Nurseries donnaient sur le chemin de ronde extérieur aux remparts et elles avaient noté, se relayant chaque nuit depuis des semaines, les heures de passage des Patrouilleuses. A moins d'une ronde qui n'aurait pas été planifiée, elles avaient une heure en tout depuis le début de leur discussion.

Discussion qui battait son plein à ce moment là.

« Nous sommes toutes d'accord, cela ne peut plus durer, chuchotait une des femmes pour résumer le débat, nous sommes les esclaves de la société. Non seulement nous devons enfanter chaque année entre nos dix-huit et nos trente-cinq ans, mais ensuite nous sommes reléguées à des taches subalternes et éreintantes. Nous assurions déjà l'entretien de la cité mais depuis quelques semaines plusieurs d'entre nous doivent aller travailler aux champs alors que jusqu'à maintenant cette tache était réservée aux hommes. Notre Corporation comporte la majorité des malades de la cité, notre espérance de vie est la plus courte. Et plus grave, beaucoup disparaissent de façon suspecte ces dernières semaines. Notre révolte est sûrement en train d'être découverte, nous avons eu raison d'avancer la date de notre action pour après demain. »

Celle qui s'exprimait était âgée de vingt-deux ans et avait déjà fourni trois enfants à la communauté, enfants qui lui avaient été retirés dès la naissance, comme à toutes les autres mères. Petite, le teint mat comme la plupart de ses camarades, les cheveux châtains, elle était le parfait exemple, du produit de la mixité ethnique qui avait été imposée quelques décennies auparavant. Actuellement entre deux grossesses, elle était encore pleine de vigueur, mais constatait en observant ses camarades que cela ne durerait pas. Passé la trentaine, les Génitrices étaient passablement usées par la douzaine d'enfants qu'elles avaient dû mettre au monde. Sans parler du taux de mortalité qui ne cessait d'augmenter au fil des accouchements, faute de soins adéquats.

« Tu as raison Illythie, approuva Sandra, une femme blanche de trente-trois ans, de forte carrure, qui avait dû enfanter des métis d'un père différent plus d'une dizaine de fois. C'est la raison de notre présence à toutes. Il y a ici des représentantes des cinq Nurseries de la cité. Nous avons resserré les rangs, passé outre nos divergences et avons pris une bonne décision ce soir. Notre action débutera dans deux jours. Depuis des semaines, nous préparions en secret notre révolte, mais sans coordination jusqu'à maintenant. Il y a peut-être eu des fuites. Les Guerrières espionnent tout le monde. Je sais que la plupart d'entre vous ont peur. C'est normal, nous ne savons pas comment va réagir la Gouvernante. Il se peut que sa réaction soit terrible, mais nous sommes prêtes et nous résisterons autant qu'il le faudra.

— Oui, ajouta Sinivali, une jeune femme de vingt-quatre ans, toutes les femmes de ma Nurserie n'en peuvent plus. Elles préfèrent se battre pour réclamer des améliorations de leur situation et risquer de se sacrifier plutôt que de continuer à vivre sans espoir de progrès. Les plus âgées ne font pas partie des plus virulentes car elles sont tombées progressivement dans un état de dépression ou de léthargie.

Elles n'ont plus la volonté de réagir et se sont soumises inconsciemment à leur condition. Mais elles suivront sans problème le mouvement dès qu'il aura démarré.

— Nous avons approvisionné de l'eau et de la nourriture pour plusieurs semaines, reprit Sandra. Tous ces vivres sont cachés dans les caves de nos bâtiments. Comme nous le savons, nos Nurseries sont de vieux immeubles constitués de murs de pierres épais dont les fenêtres sont toutes munies de barreaux métalliques épais et résistants. Une fois retranchées à l'intérieur, les portes condamnées, les volets fermés, nous pourrons résister longtemps, des semaines s'il le faut. Il y aura sûrement des pertes au début de notre action, mais les Guerrières sont jeunes et peu nombreuses à l'intérieur et à vingt contre une nous aurons vite le dessus. La cuisine nous fournira les premières armes, puis nous récupérerons celles des Guerrières avant que les renforts n'arrivent. L'action devra être coordonnée et lancée simultanément dans les cinq Nurseries à l'heure que nous avons définie. Je compte sur vous pour informer toutes les Génitrices dès demain matin, qu'elles se préparent psychologiquement. »

Sandra aimait jouer le rôle de leader. D'ailleurs elle avait échoué de peu aux tests, quand elle avait quatorze ans, pour devenir une Guerrière voire même accéder à une Corporation intellectuelle supérieure. Elle avait une constitution robuste, c'est d'ailleurs pour cette raison qu'à son âge elle était encore en bonne santé.

Après qu'elle eut rappelé quelques détails sur le déroulement de la mutinerie, il était temps qu'elles se séparent. Les rôles avaient été distribués et des actions précises avaient été planifiées pour chacune des quinze participantes, trois par Nurserie.

Au moment de partir, en se levant et en regardant vers les remparts, Illythie vit des ombres se rapprocher à deux cents mètres à l'ouest de leur position, à l'extrémité de la rue le Nain. Elle alerta aussitôt les autres qui s'accroupirent de nouveau.

« Ce sont sûrement des Prétoriennes en patrouille, expliqua Sandra, espérons qu'elles ne nous ont pas vues.

— Regardez, s'exclama Damona une jeune femme aux cheveux blonds cendrés qui tranchaient avec son teint mat, un autre groupe de Guerrières arrive aussi du côté opposé, elles sont plus nombreuses que d'ordinaire. »

En effet, elles virent un groupe de Patrouilleuses descendre l'avenue Gambetta dans leur direction, mais elles ne semblaient pas les avoir repérées.

« La situation n'est pas normale en effet, reprit Sandra, il y a plus de patrouilles que d'habitude, nous avons dû être repérées ou dénoncées, ce qui serait pire. Il va falloir se séparer en plusieurs groupes. Vous n'avez que deux solutions, soit courir plus vite qu'elles, soit essayer de trouver un coin sombre pour vous cacher et attendre qu'elles abandonnent les recherches. Je compte sur vous pour ne rien divulguer, même sous la torture. Nous avons déjà défini quoi dire si nous étions capturées. Nous sommes toutes habituées à souffrir, il ne faut pas dévoiler nos plans. »

Elles composèrent trois groupes puis se préparèrent à s'enfuir en espérant avoir de la chance, conscientes qu'il leur en faudrait beaucoup.

CHAPITRE 3

0h40

Juste après le franchissement du portail, Thalia avait été accueillie avec des applaudissements et des félicitations. Elle rayonnait d'une joie non feinte. Ses cheveux, d'un blond vénitien flamboyant, rehaussés de mèches plus claires décolorées par le soleil d'été, mettaient en valeur son visage fin et délicat, qui tranchait avec ses qualités profondes qui étaient la ténacité, la détermination, l'opiniâtreté. Elle venait de les libérer du bandeau de tissu noir qu'elle avait noué avant l'épreuve pour lui donner plus de facilité à courir et de chance de réussir. La réussite se cachait dans les détails pensait-elle. Ses cheveux mi-longs lui tombaient maintenant sur les épaules, rendant craquant son sourire angélique.

Elle remit le fanion vert et blanc qu'elle avait été chargée de transporter d'un point à l'autre de la cité sans se faire prendre. Tous les trajets étaient possibles à l'intérieur des remparts. C'était l'objet de l'épreuve finale pour toute Apprentie-Guerrière, une forme de course d'orientation, mais beaucoup plus épicée.

Elle attendait le verdict de Magdalena, la responsable du centre d'entraînement. Elle avait conscience de ne pas avoir respecté toutes les règles de la vie nocturne de la cité (règles strictes surtout la nuit, comme l'interdiction de franchir les remparts) mais la fin ne justifiait-elle pas les moyens ? C'est en tout cas ce qu'elle pensait. Dans les situations critiques, la norme n'était plus de mise, il fallait s'adapter, improviser pour survivre.

Une partie des professeurs et entraîneurs qu'elle avait connus depuis trois ans étaient présents malgré l'heure tardive. Il était de notoriété publique qu'elle était le meilleur élément de sa classe d'âge. Mais elle ne se contentait pas de suivre les directives, de retenir ce qu'on lui enseignait. Elle avait l'esprit critique, décortiquait les données acquises, réfléchissait, donnait son avis sur des améliorations envisageables. Elle avait des opinions sur tous les sujets. Cela créait parfois des tensions avec les formateurs les plus susceptibles. Mais dans l'ensemble, ils la respectaient, conscients du potentiel énorme qu'elle possédait.

Elle n'était pas la plus grande avec son mètre soixante-treize – beaucoup de filles de son âge atteignaient, voire dépassaient le mètre quatre-vingt, surtout dans la Corporation des Guerrières – mais ses qualités physiques de résistance, de coordination et d'adresse compensaient largement sa taille et sa masse musculaire plus faible. Sans même parler de son intelligence hors du commun.

Depuis ses quatorze ans, elle s'entraînait dur dans le but de réussir cette épreuve, et d'y être la meilleure. C'était à cet âge qu'elle avait été sélectionnée pour suivre la formation qui permettait d'intégrer le corps redouté des Guerrières. Comme pour toutes les adolescentes de sa génération, c'est à cet âge qu'elles étaient réparties dans les différents corps professionnels selon des critères tels que leur morphologie, leur résistance, leurs capacités physiques, leur intelligence, toutes ces caractéristiques étant mesurées grâce à une batterie de tests et d'épreuves auxquelles elles avaient obligation de se soumettre. Les moins douées arrêtaient leur scolarité et commençaient à travailler à des taches subalternes adaptées à leurs compétences.

Non seulement Thalia avait réussi l'épreuve finale, mais elle avait réalisé le meilleur temps de l'année sur le parcours, ce qui lui permettrait de choisir son affectation à l'intérieur du corps des Guerrières après l'année de stage comme Guerrière-Novice. En parallèle de ses premières missions sur le terrain, elle serait formée durant un an pour devenir Guerrière à part entière. Puis, à l'issue de nouvelles épreuves beaucoup plus dures, son objectif était d'intégrer le groupe d'élite des Prétoriennes, chargées principalement de la protection des Dirigeantes et du respect de l'ordre dans la cité. Mais le plus important, c'est que dans un an, elle aurait un logement pour elle seule, elle quitterait la promiscuité des internats qu'elle connaissait depuis sa naissance. Non qu'elle en ait souffert car elle s'était toujours défendue avec hargne, même contre les plus féroces de ses *camarades*, mais c'était une dure école de la vie en communauté, qu'elle quitterait sans regret.

L'épreuve finale avait consisté à traverser la ville d'une extrémité à l'autre sans se faire intercepter par les patrouilles de Prétoriennes, qui, pour l'occasion, avaient troqué les pointes métalliques de leurs flèches pour des embouts caoutchouc. Mais même si elle ne vous tuait pas, une flèche de quelques dizaines de grammes, lancée à plus de cinquante mètres par seconde provoquait de sacrés bleus sur n'importe quelle partie du corps et il valait mieux les éviter. Durant les quatre heures précédant le départ, on effectuait des exercices à réaliser dans un temps limité tels que pompes, flexions, tractions, parcours chronométré, tir à l'arc, combats à mains nues. L'objectif consistait à pousser les concurrentes dans leurs derniers retranchements de façon à créer une situation de stress dû à la fatigue lors de l'épreuve finale de traversée de la cité.

Ces épreuves physiques concluaient plusieurs jours d'examens théoriques ou pratiques sur tous les sujets auxquels une Guerrière est confrontée au cours de ses missions : tactique, stratégie, management des foules, survie en zone hostile, création d'outils et d'armes, et bien d'autres encore.

Ses poursuivantes étaient maintenant toutes revenues et avaient fait leur rapport. Magdalena allait rendre son verdict. C'était une femme d'environ quarante-cinq ans, d'aspect austère, qui avait été une Prétorienne redoutée. Son mètre quatre-vingt-cinq tout en muscle imposait le respect dès le premier contact. Aucune personne censée n'aurait voulu en découdre avec elle, à moins d'y être contrainte. Elle était arrivée cinq ans auparavant en provenance d'une autre cité. Entre quarante et quarante-cinq ans selon leur choix, les Guerrières étaient en effet démobilisées et affectées à d'autres fonctions, essentiellement la formation des nouvelles recrues. De part leur fonction et la rudesse de l'application des règles et des lois, elles se faisaient beaucoup d'ennemis dans les autres Corporations et, pour beaucoup d'entre elles, la nécessité de changer de cité s'imposait quand elles redevenaient citoyennes presque ordinaires.

« Thalia, tout d'abord bravo, tu as réussi à rejoindre le centre de formation en un temps record et nous allons établir le bilan de tes résultats, entama la responsable du centre, de sa voix grave, mais... »

Thalia, retenant une grimace, se recroquevilla sur elle-même, s'attendant à être réprimandée pour ne pas avoir respecté toutes les règles.

« ...Mais même si tout n'a pas été parfait, tes résultats

sont largement au-dessus de la moyenne dans toutes les disciplines. On peut même dire que tu monopolises les premières places. Je te félicite pour tes prises d'initiatives dans des situations qui semblaient perdues d'avance. Tu as impressionné plusieurs Prétoriennes expérimentées, qui se sont demandées comment tu avais pu plusieurs fois leur échapper alors qu'elles pensaient pouvoir t'attraper facilement. Tu as fait preuve d'inventivité, de rapidité de décision et tu as fait à chaque fois les bons choix pour te sortir des pires situations. Le fait que tu n'aies pas respecté la loi en sortant de l'enceinte de la cité ne sera pas pris en compte car tu as réalisé le meilleur temps de l'année sur le parcours. Nous oublierons cet écart aux règles. Mais cela reste exceptionnel, je te rappelle que tu as pris des risques, les Guerrières qui patrouillent à l'extérieur des remparts ne sont pas équipées que de flèches avec un embout en caoutchouc mais aussi de flèches mortelles. Tu aurais pu être prise pour cible, elles ont depuis quelques temps ordre de tirer à vue à la moindre incartade en cas de rébellion ! »

C'était incontestablement vrai, se dit Thalia. Elle n'y avait même pas songé sur l'instant, elle avait réagi à l'instinct, comme dans une situation réelle. Mais en condition opérationnelle, ses poursuivantes n'auraient pas été munies de flèches inoffensives, et plutôt que de tomber entre leurs mains, passer d'une situation perdue d'avance et franchir le rempart pour leur échapper était la solution nécessaire pour ne pas mourir. Elle avait pris la bonne décision.

La chef de la section ayant été chargée de la poursuivre, Amalia, prit la parole à ce moment. C'était une athlète de vingt-six ans qui avait été promue Prétorienne deux ans auparavant. Elle avait une bonne expérience du terrain après ses affectations précédentes, durant quelques années à la surveillance des travaux des champs et des élevages, puis à la recherche de résistants dans la campagne environnante.

« Bravo Thalia, tu nous as bien bernées avec ta fuite grâce à ce bidon providentiel. Je me demande d'ailleurs ce qu'il faisait à cet endroit. Il faudra que nous enquêtions. Quelqu'un a dû s'en servir pour franchir le mur et quitter la cité sans autorisation. Pour en revenir à toi, je serai également heureuse de t'accueillir durant ta dernière année de formation, pour réaliser une partie de tes stages pratiques au sein de ma section.

— Je te remercie Amalia, je suis flattée et j'accepterai volontiers, répondit Thalia, la voix légèrement tremblante d'émotion.

— Bien ! reprit la responsable, Thalia, matricule 101-123683, le jury a donc considéré, que tu as réussi toutes les épreuves. La décision officielle sera rendue demain lors du rassemblement des nouvelles recrues et tu auras toutes les informations utiles sur la suite de ta formation. Sois à dix heures précises en salle de réunion principale. Nous te souhaitons bonne chance dans ta nouvelle affectation, et bon courage, ça ne sera pas de tout repos. Tu peux maintenant retourner à ton internat et profiter du reste de la nuit pour te reposer »

Sur cette conclusion, la responsable invita tout le monde à aller dormir.

Thalia pouvait respirer, elle serait Guerrière. Son objectif était atteint. Mais ce n'était qu'une étape pour elle, et elle serait probablement rapidement Prétorienne. Elle avait travaillé dur pour être la meilleure et elle savait qu'elle le méritait. Sa vie n'avait pas toujours été rose, elle avait connu des périodes de doute, de questionnement entre la fin de l'enfance et le début de l'adolescence. Elle se posait beaucoup plus de questions que les filles de son âge, sur la vie, le passé, l'avenir, sur ses parents, qu'elle n'avait jamais connus. Elle aspirait à une connaissance plus vaste que ce que la cité lui permettait. Elle ressentait de plus en plus la pression psychologique et la répression exercée par les Dirigeantes sur les habitants. Elle se demandait s'il en était de même dans toutes les cités. Elle le saurait peut-être un jour, mais pour le moment la circulation entre les cités était interdite à toute la population, pour raisons de sécurité leur disait-on, la campagne environnante, au-delà des champs cultivés et des élevages domestiques, c'est à dire quelques kilomètres, étant infestée d'animaux sauvages tous plus féroces les uns que les autres. Seuls les convois officiels protégés par des Prétoriennes pouvaient transiter entre les différentes cités du continent. Et même ainsi protégés, plusieurs avaient disparu sans laisser la moindre trace, malgré les recherches actives des Guerrières, ce qui accentuait encore la peur des habitants de la cité. Mais elle le savait maintenant, un jour, elle verrait de ses yeux ce qu'il y avait derrière la *clôture*, et aussi plus loin, au-delà des champs cultivés.

Elle sortit dans la rue et se dirigea vers son internat qui ne se trouvait qu'à quelques minutes de marche. Les rues étaient calmes, aucune patrouille à l'horizon. Elle regarda la lune, presque au zénith, entre deux immeubles. Etait-ce une planète comme la notre ? Abritait-t-elle des habitants ? Pourra-t-on s'y rendre un jour ?

Perdue dans ses pensées, elle ne vit pas une ombre sortir d'un porche sombre qu'elle venait de dépasser. L'ombre la suivit sur quelques dizaines de mètres, puis fondit en silence sur elle, plaqua une main ferme sur sa bouche tout en lui emprisonnant le torse d'un bras puissant tandis qu'une voix lui chuchotait à l'oreille :

« Chut ! C'est moi. »

Une voix qu'elle reconnut tout de suite. Elle n'eut même pas le temps d'avoir peur.

« Suis-moi, poursuivit la voix, je connais un endroit tranquille où nous pourrons discuter »

Puis, main dans la main, ils partirent tous les deux d'un bon pas.

CHAPITRE 4

0h45

La section des Blackwomen n'avait pas d'existence officielle, bien qu'elle soit crainte de tous. Elle était composée de l'élite de l'élite, c'est à dire des dix meilleurs éléments de la Garde Prétorienne de la Cité 101, dont la cohorte comptait trois centuries :

La première centurie était chargée de la sécurité intérieure de la cathédrale, quartier général des principales Dirigeantes, dont la Gouvernante. Les deux suivantes avaient un rôle de police, l'une maintenant l'ordre dans la cité, l'autre à l'extérieur des remparts, où une partie des habitants travaillait la journée.

La Garde Prétoriennes appartenait au corps des Guerrières qui comptait en tout quatre cohortes.

La deuxième cohorte, par ordre d'autorité était celle des Patrouilleuses. Elles effectuaient les rondes, à l'extérieur et à l'intérieur de la cité, de jour comme de nuit. Elles étaient aussi chargées de la recherche de résistants dans la campagne environnante. Elles étaient les plus nombreuses, elles constituaient l'armée proprement dite de la cité.

La troisième était celle des Sentinelles. Postées à l'extérieur, elles surveillaient les places publiques et les entrées des bâtiments et contrôlaient les allées et venues par les quatre portes d'accès à la cité. Elles assuraient la protection des habitants qui travaillaient dans les champs et remontaient tout manquement à la loi auprès des Prétoriennes.

La quatrième était composée des plus jeunes Guerrières, les Gardiennes, la plupart débutantes. Elles étaient chargées de la surveillance intérieure des bâtiments (Nurseries, Cantines, Internats, …) Elles logeaient en général sur place.

Sur les conseils d'Hermione, Générale en chef du corps des Guerrières, qui commandait également la Garde Prétorienne, la section des Blackwomen avait été créée par la Gouvernante Eumélia, il y avait de cela moins de deux ans, lorsque des revendications de la population avaient provoqué quelques violentes émeutes, plusieurs jours de suite, dans la cité. C'était bien sûr un euphémisme, car les morts et les blessés avaient été nombreux, surtout parmi les émeutiers. Elle avait alors fait appel à Hermione, dont elle connaissait la réputation dans une autre cité, et qui avait remplacé l'ancienne Générale en chef du corps des Guerrières dont l'autorité s'était nettement relâchée à cette époque, et qu'on avait affectée à une autre tâche. Il avait fallu reprendre les rênes du pouvoir rapidement, de façon ferme et énergique. Hermione s'y était attelée efficacement.

C'était une femme de quarante-sept ans, née en 2012, plusieurs années avant les tragiques évènements qui anéantirent tout le continent. Elle était le fruit d'un amour, torride mais fugace, entre un homme d'origine européenne et une femme venue d'Extrême-Orient, des parents qu'elle n'avait jamais connus, du moins n'en avait-elle aucun souvenir. Elle avait des cheveux noirs, taillés très courts, un visage carré et dur. Elle était sans pitié quand la situation l'exigeait et même quand elle ne l'exigeait pas ! Sa taille d'un mètre quatre-vingt-trois, sa stature athlétique, en faisait une femme que beaucoup craignaient. Elle était experte en combat rapproché et en armes blanches. Elle avait les yeux d'une tueuse-née. Elle avait cependant su jouer de son charme oriental, qu'elle utilisait à bon escient, pour assouvir sa soif de pouvoir et monter dans la hiérarchie.

Elle avait placé Diane, en qui elle avait toute confiance, à la tête des Blackwomen.

Diane avait été une Guerrière douée, sans doute la plus douée de sa génération. Elle fut aussi la plus jeune à intégrer le corps des Prétoriennes à l'âge de vingt ans, ce qui était exceptionnel. Elle avait maintenant dix ans d'expérience et le grade de Centurione. Elle dirigeait la centurie de Prétoriennes affectée à l'extérieur de la cité, mais en tant que favorite et donc adjointe officieuse d'Hermione, à qui elle était totalement dévouée, elle bénéficiait d'une certaine autorité que peu de Prétoriennes lui contestaient. Elle était également sans pitié lorsqu'il fallait l'être, et en cela son corps athlétique l'avantageait, ainsi que son visage froid et déterminé, son regard glacial, ses cheveux noirs et presque rasés : jamais plus de cinq millimètres de longueur. Comme Hermione, elle était experte dans les combats au corps à corps, avec ou sans arme, au tir à l'arc et à la lance.

Bien qu'elle n'en ait jamais rien su, la formation en histoire étant réduite aux quelques décennies précédentes, l'organisation du corps des Guerrières avait été calquée sur celle des armées de l'ancien empire romain, composées de différentes cohortes chacune dédiée à une mission distincte, lors de sa création par les Fondatrices des cités de la société matriarcale actuelle.

Diane menait cette nuit-là une section de dix Blackwomen. Elle n'avait pas d'objectif ni de trajet imposé, les rondes planifiées étant dévolues aux Patrouilleuses qui assuraient la surveillance, extérieure et intérieure de la cité. Sa mission était de sillonner les rues aléatoirement et de surprendre un éventuel manquement grave à la loi ou des Sentinelles ayant des défaillances dans l'exécution de leurs missions. En résumé, les Guerrières surveillaient et les Prétoriennes réprimaient, avec le droit de tuer, informel, pour les Blackwomen.

Diane se déplaçait en silence en tête de sa formation, dans une rue en pente parallèle aux remparts, à une centaine de mètres en contrebas, lorsque son regard aiguisé fut attiré par des formes animées sous un vieux pont qui attendait sa démolition. Il avait autrefois servi au passage d'un tramway qui desservait l'ancienne ville haute depuis le bas de la colline. Il avait été décidé de le démolir, ses pierres devant être récupérées pour renforcer des bâtiments qui commençaient à se dégrader dans la cité.

Habituellement, aucun animal sauvage, dangereux ou non, ne se risquait aussi près de la cité, surtout à l'intérieur de la clôture qui entourait complètement le bas de la colline, et qui était constituée par un amoncellement d'anciennes carcasses de véhicules hors d'usage. Même en bon état, ils étaient de toute façon obsolètes faute de carburant. Cette barricade servait de premier niveau de protection à environ un ou deux kilomètres des remparts selon les endroits.

« Cela ne pouvait être que des humains », pensa Diane.

Elle leva le bras droit pour ordonner à son groupe de s'arrêter en silence, et observa plus en détail la scène. Tout semblait de nouveau figé et elle ne distinguait aucun mouvement. Elle remarqua que plus loin, de l'autre côté du pont, sur l'avenue Gambetta, une patrouille venait à leur rencontre. Elle actionna le sifflet attaché à un bracelet de cuir de son poignet pour émettre le bruit caractéristique de reconnaissance des Prétoriennes et signaler sa présence. L'autre groupe l'entendit et elle lui fit signe de regarder dans la direction du vieux pont en contrebas de leurs deux positions.

Dès qu'elles entendirent et reconnurent le coup de sifflet, les trois groupes de cinq Génitrices, constitués d'une représentante de chaque Nurserie se séparèrent. Il fallait qu'au moins un des groupes puisse échapper aux Patrouilleuses pour informer les cinq sites des dernières décisions concernant la mutinerie qu'elles préparaient. Un groupe rampa rapidement dans le fossé du bas côté de la route, donc invisible des Guerrières et se dirigea vers l'est. Le deuxième groupe partit vers le nord, à l'opposé de la cité, avec précaution d'abord, le dos plié, puis les cinq femmes commencèrent à courir le plus vite qu'elles le purent. Le troisième groupe décida de tenter de rejoindre les remparts à l'endroit où elles les avaient franchis en sortant de la cité peu de temps auparavant. C'était risqué, elles devaient grimper à flan de colline et courir très vite pour les atteindre avant les Guerrières qui allaient arriver de chaque côté et les prendre en tenaille. Au pied du mur, elles devraient l'escalader grâce aux fissures entre chaque pierre puis sauter de l'autre côté sur le bidon qu'elles y avaient placé.

Diane vit à nouveau du mouvement, furtif au début, puis tout s'accéléra. Elle voyait des ombres partir à toute allure du pont dans deux directions opposées. Qui cela pouvait-il être ? Elle décida instantanément de séparer sa section en deux groupes afin d'intercepter ces hors-la-loi, loi qui interdisait en effet de sortir la nuit en dehors de la cité, même aux femmes. Elle décida de s'occuper du groupe de gauche qui filait à toute allure vers le nord en s'éloignant de la cité. Le groupe qui se dirigeait vers la cité serait plus facile à capturer, bloqué par la muraille, et elle ordonna à Angora, la plus gradée de la section après elle, de s'en occuper. Elle espérait que la patrouille qui arrivait en face ferait de même, de façon à les prendre à revers.

Elle fut satisfaite de le constater quelques secondes plus tard alors qu'elle et la moitié de sa section avaient déjà commencé à courir.

Avec ses quatre camarades, Sandra se trouvait sur la route qui partait vers le nord. A peine éloignée de trente mètres du pont, elle s'aperçut qu'elles étaient déjà repérées, les Guerrières arrivant dans leur direction au pas de course. Elle et les plus anciennes, étant beaucoup moins rapides à leur âge que leurs poursuivantes, avaient décidé d'aller se perdre dans les rues de l'ancienne ville basse. Elles auraient peut-être la chance de pouvoir se cacher dans un buisson ou une vieille construction désaffectée. Il fallait y croire. La pleine lune ne les y aidait pas, mais les coins ombragés ne manquaient pas. Au-delà de la pente herbeuse, d'anciennes bâtisses et plusieurs bosquets pourraient leur procurer de quoi se cacher, au moins quelques-unes d'entre elles espérait-elle.

Diane courait en tête. Elle avait repéré cinq silhouettes se déplaçant rapidement sur la route qui partait du pont. Elles n'étaient pas rapides. Sûrement des femmes assez âgées, pensa-t-elle, mais elles avaient l'avantage de se déplacer sur un sol en bon état alors qu'elle et son groupe avaient coupé par un terrain rempli de hautes herbes et qu'elles devaient faire attention aux nombreuses dépressions, trous, buttes ou autres pièges naturels sous leurs pas. Elle estima toutefois qu'elles les auraient rattrapées avant le dédale de ruelles qui se trouvaient à quatre cents mètres du pont.

Sandra comprit vite qu'en restant groupées, elles n'avaient aucune chance d'échapper à leurs futures tortionnaires qui arrivaient de tous les côtés. Il fallait se séparer et faire diversion. Elle dit à ses camarades de s'éloigner les unes des autres de quelques dizaines de mètres pour maximiser leurs chances de ne pas toutes être capturées en même temps. Les laissant prendre de l'avance, elle fit volte-face et se lança à la rencontre des Blackwomen qui n'étaient plus qu'à cent mètres d'elle et dont elle venait de reconnaître la tenue. Elle savait que leur réaction serait sans pitié, elles avaient ordre de tirer à la moindre opposition. Mais elle devait tenter de les retarder pour faire gagner du temps aux autres, même s'il fallait se sacrifier.

Diane vit une silhouette s'arrêter, se retourner et repartir en sens inverse en courant vers elle. Qu'espérait-elle ? Elle n'avait aucune chance contre un groupe de Prétoriennes armées et affutées. Elle donna l'ordre à ses Blackwomen de continuer à courir après les autres qui semblaient se disperser dans le désordre hors de la route et courir vers le bois. Elle fut surprise de reconnaître la combinaison règlementaire des Génitrices. Elle s'arrêta, se mit en position de tir, choisit une flèche, banda son arc, visa et tira. Elle n'avait pas l'intention de tuer son assaillante mais de la stopper.

Sandra vit partir la flèche, polie et luisante sous le clair de lune, puis deux secondes après, sentit une douleur fulgurante dans sa poitrine, fut bloquée dans sa course et chuta lourdement au sol. Elle avait le souffle coupé. La flèche, à l'extrémité en caoutchouc, non létale, l'avait touchée en plein thorax, lui coupant la respiration et peut-être lui cassant quelques cotes. A demi-inconsciente, elle se tordait de douleur au sol, en pensant qu'elle aurait préféré recevoir une flèche mortelle en plein cœur, et éviter les supplices auxquels elle allait être bientôt soumise. Lorsque Diane arriva et lui donna un méchant coup de pied dans l'abdomen, elle perdit définitivement connaissance.

Le sort de ses quatre camarades fut encore moins enviable. La première fut touchée de deux flèches qui lui traversèrent le dos, l'une atteignant le ventricule gauche du cœur, l'autre lui perforant le poumon droit. Elle ne souffrit que trois secondes avant de mourir, les yeux grands ouverts. La deuxième, touchée à la cuisse, s'écroula et se fendit mortellement le crâne sur un rocher. La troisième, touchée à l'abdomen, fut achevée d'un coup d'épée dans le cœur. La quatrième réussit à atteindre les ruines d'une ancienne usine et à s'y cacher quelques instants. Mais elle fut repérée rapidement par toutes ses poursuivantes qui s'étaient regroupées et reportaient leur attention sur elle. Elle se précipita dans les étages supérieurs. C'était un vieux bâtiment dont les planchers étaient constitués de poutres, lambourdes et parquets en bois. Elle courait entre les ouvertures béantes creusées dans le sol. La toiture était en partie détruite depuis des années. Le bois à moitié brulé et vermoulu ne résista pas à son poids. Elle fit une chute mortelle à travers les trois étages en s'écrasant sur une pièce métallique tranchante d'une machine-outil de l'atelier du rez-de-chaussée.

Il n'y aurait donc qu'une prisonnière qu'il fallait maintenant ramener et faire parler.

Pendant ce temps, deux des cinq Génitrices reparties en direction de la cité, les plus jeunes et les plus rapides, étaient arrivées au pied du mur et commençaient à escalader les remparts. Les trois autres qui étaient encore à quelques dizaines de mètres, se retrouvèrent à distance de tir des premières Blackwomen parvenues à seulement cent mètres d'elles. Elles décochèrent une volée de flèches qui les faucha toutes les trois en pleine course. Les deux autres fugitives atteignirent tout de même le sommet du mur sur lequel elles prirent appui avec les mains puis, grâce à une rotation du bassin, basculèrent les jambes de l'autre côté. Celle se trouvant directement au-dessus du bidon, remarquant l'absence de la barre, se laissa tomber pieds joints dessus puis sauta sur la rue pavée. Sa compagne la rejoignit une seconde plus tard.

Six flèches venant de la verticale s'abattirent, par chance, tout autour d'elles. Les Guerrières avaient dû tirer au jugé vers le ciel dans l'espoir de les atteindre. Sans dire un mot, Illythie et Sinivali partirent rapidement dans des directions opposées, vers leur Nurserie respective, à moins de cinq cents mètres de là. Grâce à leur avance, les Guerrières n'avaient aucune chance de les rattraper dans le dédale de venelles de la cité. Il faudrait faire attention à l'approche du bâtiment, qui était gardé. Elles étaient désolées pour leurs trois autres camarades, et se demandaient si elles avaient survécu.

Le troisième groupe qui se déplaçait lentement dans le fossé en direction de l'est avait parcouru trois cents mètres. Les cinq Génitrices n'avaient pas été repérées, pour le moment. Jetant des coups d'œil de temps à autre par-dessus leurs épaules, elles voyaient que les Guerrières avaient jeté leur dévolu sur les deux autres groupes. Elles entendaient des cris de douleur qui résonnaient dans la nuit et ne se faisaient plus d'illusion sur le sort réservé à leurs camarades. Elles allaient, pensaient-elles, être les seules à pouvoir rejoindre la cité pour organiser leur rébellion, mais il faudrait préalablement trouver une issue pour y pénétrer, les portes principales étant surveillées.

CHAPITRE 5

1h02

Thalia et Dagon étaient enlacés dans les bras l'un de l'autre. Ils étaient assis sur le rebord d'une fontaine construite dans l'angle formé par deux murs d'un bâtiment en forme de L. Ce n'était une fontaine que de nom, car l'eau ne coulait plus depuis longtemps par l'orifice en bronze vieux de deux siècles qui servait de robinet. La source naturelle était tarie par une sécheresse récurrente depuis des années.

Depuis que Dagon l'avait surprise à la sortie du bâtiment scolaire des Apprenties-Guerrières, ils avaient marché à peine trois minutes, rasant les murs afin de ne pas se faire repérer par d'éventuelles patrouilles, pour atteindre un square minuscule situé au milieu d'immeubles et pratiquement invisible de la rue principale.

« J'ai l'impression que cela fait une éternité que je ne t'ai vue » dit Dagon en lui prenant affectueusement le visage entre ses deux mains.

Leur dernier rendez-vous datait en fait de tout juste une

semaine, mais, bien qu'elle en ait eu toutefois le désir, Thalia avait été trop occupée par les différentes épreuves et entraînements des jours passés pour avoir l'énergie de sortir la nuit pour le rencontrer. L'impression du temps qui passe n'avait pas la même valeur pour chaque personne selon le degré d'occupation, de préoccupation surtout, et c'était encore plus vrai pour les adolescents qui bouillonnaient d'impatience à la moindre attente.

« Et moi, j'ai l'impression que cela résonne comme un reproche dans ta bouche », fit-elle avec une moue courroucée et en le regardant avec des yeux qui lançaient des éclairs.

Elle simulait bien sûr la contrariété. Elle était trop contente de se retrouver à nouveau dans ses bras. Et puis Dagon avait un charme et un charisme qui lui avait plu dès leur première rencontre, il y a à peine deux mois de cela. Il était aussi d'une intelligence largement supérieure à la moyenne. Il était plus mûr qu'un garçon de presque dix-huit ans pouvait l'être. Oh ! Elle n'en connaissait pas beaucoup car la mixité était autorisée dans peu d'endroits de la cité, mais elle n'avait jamais été attirée de la sorte par aucun jeune homme avant sa rencontre.

« Tu ne vas tout de même pas te plaindre que je souhaite te voir plus souvent ! » répondit-il en levant les yeux vers le ciel étoilé pour faire croire qu'il était à son tour contrarié.

— Bien sûr que non, Dagon, mais j'ai été énormément occupée comme tu le sais, depuis le début de mes épreuves et bien trop pour penser à autre chose, sauf à toi qui était dans mes pensées chaque minute. Mais notre situation va s'améliorer rapidement, car je suis admise ! J'ai réussi tous les tests et l'épreuve finale. J'intègre la Corporation des Guerrières. Pour le moment je suis en formation, alternée avec de la pratique sur le terrain, mais plus tard je vais avoir mon propre logement, nous pourrons bientôt nous voir plus facilement et plus souvent. »

Malheureusement, ce qu'elle ignorait, mais que lui savait déjà, c'était que les garçons atteignant leurs dix-huit ans étaient transférés dans d'autres cités. C'est à partir de cet âge que la loi obligeait les hommes à procréer et ils étaient disséminés sur tout le continent pour éviter tout risque de maladie ou de malformations congénitales dues à la consanguinité. En effet, le sexe masculin ne représentait actuellement que quarante pour cent de la population, bien que leur proportion ait quadruplé depuis trois décennies grâce à la politique de repeuplement instaurée par l'assemblée des Gouvernantes. Elle était en effet tombée à dix pour cent à cause de la grande épidémie de 2029 qui avait suivi une guerre civile atroce de 2026 à 2028 à laquelle très peu de femmes avaient participé.

« C'est super mais je dois t'apprendre quelque chose que tu ignores. Les Dirigeantes compartimentent tellement les informations entre les hommes et les femmes, que nous en savons peu sur la vie du sexe opposé. Je ne vais pas rester plus de quelques mois ici.

— Quoi ? l'interrompit-elle, qu'est ce que tu me racontes ? Tu vas quitter la cité ?

— Laisse-moi t'expliquer jusqu'au bout ! A mes dix-huit ans je serai affecté dans une autre cité, à plusieurs dizaines ou centaines de kilomètres. Les cités vivent tellement en circuit fermé, en autarcie, qu'il est nécessaire de renouveler régulièrement les géniteurs dans chaque cité pour éviter la consanguinité, d'après ce que j'ai compris, car ce n'est pas dit franchement aux adolescents. Les hommes sont prévenus au dernier moment. Je m'en rends bien compte lors des travaux agricoles. Depuis quatre ans que j'y suis affecté, tous les mois, je vois de nouvelles têtes, et des hommes que je connaissais de vue depuis longtemps disparaissent du jour au lendemain. Les hommes ne restent que quelques années dans une même cité.

— C'est tout de même révoltant ! C'est même inadmissible. Comment peut-on forcer des gens à tout quitter d'un jour à l'autre ?

— Nous n'y pouvons rien, la répression est trop sévère pour ceux qui vont à l'encontre de la volonté des Gouvernantes. Il paraît que c'est la seule solution pour garder intacte notre civilisation. J'ai entendu des conversations d'hommes âgés qui parlaient d'atrocités s'étant déroulées il y a des décennies. Des guerres horribles qui avaient réduit les populations à presque rien. Je ne sais pas ce qu'il y a de vrai dans ces légendes, mais il est interdit de parler du passé en public comme tu le sais. Nous avons très peu d'information sur notre histoire, sauf ce qu'on veut bien nous apprendre à l'école, c'est à dire presque rien.

— Tu as raison, chez les filles, c'est pareil, il y a des légendes, des mythes, mais on nous pousse à ne pas les écouter ni à y croire. Pourquoi nous tient-on dans cette ignorance presque totale ? Nous n'apprenons que le strict nécessaire, chacun dans son domaine professionnel, pour être affecté toute une vie à la même tâche. On nous empêche de réfléchir par nous même.

— C'est sûrement un moyen de maintenir le contrôle sur la population. La majeure partie des hommes avec qui je travaille aux champs sait à peine lire. Cela ne les a jamais intéressés, ils n'ont pas assimilé les enseignements de leur jeunesse. Il faut dire que ce n'est pas à la mode, les jeux dont on nous abreuve à longueur d'année pendant les rares temps libres passionnent beaucoup plus la population. Pourquoi réfléchir quand on vous fournit le lit, la nourriture, les distractions contre quelques heures de travail quotidiennes sans responsabilité ?

— Dagon, il faut que cela cesse ! Nous ne connaissons même pas nos parents ! Nous sommes placés dans des couveuses à la naissance. Des nourrices anonymes nous élèvent jusqu'à nos six ans et nous sommes parqués dans des internats jusqu'à la fin de notre adolescence. Et ensuite la vie d'adulte n'est carrément pas géniale. J'ai envie de connaître autre chose que la Cité 101 et les quelques kilomètres carrés autorisés aux alentours.

— Chut ! Attends, j'ai cru entendre un bruit. » l'interrompit-il.

Ils se figèrent et se turent quelques instants pour écouter. Ils n'entendirent qu'un léger vent qui s'engouffrait parfois entre les murs des ruelles voisines. La nuit était calme.

« Ce n'est peut-être qu'un chat ou un rat, je n'entends plus rien, reprit-il. Mais nous ne devrions plus tarder à nous séparer, quelqu'un pourrait s'apercevoir de notre absence. Je prends de gros risques chaque fois que je sors la nuit.

— Ne t'inquiète pas pour moi, je viens de passer mes épreuves. La surveillante de mon dortoir sait que je vais rentrer tard et elle dort sûrement. De toute façon, dès qu'elle va apprendre que je vais devenir une Guerrière, elle va me manger dans la main ! Et avant deux jours j'aurai quitté l'internat. Mais toi, tu devrais rentrer au plus vite, tu te lèves tôt et tu dois être en forme demain matin pour partir aux champs.

— Oh ! Ce n'est pas un problème, j'ai une santé de fer et je dors peu, surtout depuis que je t'ai rencontrée. Et puis le gros des travaux a été fait au printemps, nous sommes dans une période d'entretien et de nettoyage.

— Tout de même, je suis surprise que tu aies été affecté à de telles tâches ! Les travaux des champs sont durs et ne demandent pas de compétences particulières. Tu mérites mieux, je ne comprends pas que tu n'aies pas été placé dans une Corporation supérieure, comme artisan ou formateur pour être plus tard professeur. Tu es suffisamment intelligent.

— Il faut beaucoup plus de monde pour nourrir la population que pour l'éduquer. Il y a même des femmes dans plusieurs champs, je les ai vues en passant, bien que nous ne soyons pas mélangés sur les mêmes parcelles. D'anciennes Génitrices d'après ce que j'ai entendu. La population augmente vite, et il faut de plus en plus de nourriture. Et puis j'ai une bonne condition physique, si j'avais été une fille j'aurais été une Guerrière comme toi ! »

Cette comparaison fit rire Thalia.

Cela lui faisait chaud au cœur, d'avoir enfin quelqu'un qui pensait à elle et comme elle, dans cette société impersonnelle et insensible. Et surtout quelqu'un à qui elle pouvait parler de ses états d'âme et de ses sentiments. Elle était sur un nuage et tout à coup plus confiante en l'avenir. Ils pouvaient à eux deux changer leur destin, s'ils s'en donnaient les moyens.

« Allez, embrasse-moi une dernière fois, et sauve-toi. Fais bien attention à ne pas tomber sur une patrouille. Je ne voudrais pas te retrouver avec une flèche en plein cœur. Je te laisse trois minutes d'avance pour ne pas qu'on nous trouve ensemble » fit-elle en pensant que c'était elle qui avait été touchée par les flèches acérées de l'amour. Un mot qui n'existait pas dans le vocabulaire de la cité, mais qui pouvait cependant s'exprimer entre les êtres.

Enfin, après avoir échangé avec Thalia un long baiser, dans lequel il mit toute sa fougue, Dagon se sépara d'elle à contrecœur et partit en silence dans la ruelle en direction de son internat.

Encore tout étourdie par leur étreinte, Thalia réfléchissait. C'était la première conversation sérieuse qu'elle avait avec Dagon depuis leur rencontre et elle en était heureuse. Leurs précédents rendez-vous avaient été plus futiles. Ce garçon était décidément hors du commun. Il avait les mêmes idées qu'elle, notamment d'indépendance et de liberté. Il fallait qu'elle trouve un moyen de poursuivre leur relation, coûte que coûte ! Son statut de Guerrière allait peut-être pouvoir l'y aider. Mais elle était encore loin du sommet de la hiérarchie ! La meilleure solution pour le moment était de suivre sa formation finale sans faire de remous. Elle devait surveiller son caractère impulsif et intuitif. Se fondre dans la masse. Ne pas se faire d'ennemis. Ne pas provoquer de susceptibilités, comme elle l'avait fait avec quelques professeurs durant sa scolarité.

Abritée sous un porche situé à proximité de la fontaine, une ombre silencieuse avait écouté la fin de leur conversation. Elle sortit sans bruit de sa cachette et se dirigea vers Thalia, qui commençait à se lever pour se diriger vers son internat et qui ne la vit pas.

CHAPITRE 6

1h09

Diane réprimandait fermement Angora pour avoir laissé s'échapper deux des fugitives. S'être laissé berner par un groupe de Génitrices inoffensives était inadmissible de la part d'une Prétorienne, surtout adjointe au chef de la section des Blackwomen. Il y aurait bien sûr des répercussions et des sanctions pour une telle incompétence. Il ne pouvait en être autrement, car actuellement, la situation était tendue dans la cité. La moindre étincelle pouvait mettre le feu aux poudres. Il couvait dans beaucoup de Corporations un esprit de rébellion. Il fallait tuer dans l'œuf toute velléité de révolte, être inflexible avec le moindre écart à la loi. La survie de la cité et de la société était à ce prix.

Quelques minutes auparavant elle avait rassemblé la moitié de sa section de Blackwomen et de celle des Sentinelles devant le corps inerte de Sandra. Les quatre autres Génitrices avaient été laissées dans leur mare de sang à l'endroit où elles étaient tombées. Les corps ne seraient enlevés que dans plusieurs heures, en milieu de journée. Cela donnerait à réfléchir à tous les habitants qui se rendaient à leur travail de bonne heure le matin. Il ne fallait pas seulement réprimer, mais le faire savoir.

Une des Blackwomen, la plus robuste, fut chargée de prendre Sandra sur ses épaules pour la conduire au quartier général où elle serait interrogée, ce qu'elle fit sans ménagement.

Diane donna l'ordre aux Patrouilleuses de reprendre leur ronde autour de la cité en étant attentives au moindre événement suspect. Elle rejoignit ensuite l'autre partie de sa section au pied des remparts et s'aperçut que celle-ci n'avait pas rempli correctement sa mission, d'où sa fureur.

Angora essayait donc de s'expliquer et de se justifier.

« Nous avions beaucoup plus de chemin à parcourir qu'elles pour atteindre les remparts, et elles ne courraient pas si lentement que ça ! Elles semblaient connaître précisément l'endroit pour franchir la muraille. Les premières ont atteint le sommet du mur avant d'être à portée de nos flèches. Nous en avons même tirées quelques-unes en direction de l'intérieur de la cité, mais elles n'ont pas atteint leurs cibles. Je les ai retrouvées lorsque j'ai escaladé le mur à mon tour. La rue était déserte et silencieuse, elles s'étaient déjà évaporées dans le labyrinthe de ruelles adjacentes. Impossible de pouvoir les rattraper. Il est évident qu'elles avaient déjà utilisé ce passage à l'aller car un gros bidon se trouvait en contrebas des remparts pour faciliter leur franchissement.

— Ça ne justifie en rien cet échec. Tu fais partie de l'élite des Prétoriennes. On n'abandonne pas une mission en cours. Même si les chances étaient faibles, il fallait les poursuivre, tout tenter pour les rattraper. Deux Génitrices ne peuvent pas se volatiliser de la sorte. Elles ont dû rejoindre une des deux Nurseries situées à moins de cinq cents mètres, je te charge d'aller y enquêter sur-le-champ. Exécution !

— Tes ordres seront exécutés, Diane. »

Laissant s'éloigner Angora et deux Blackwomen au pas de course vers la porte nord, elle reporta sa colère sur Sandra qui commençait à se réveiller.

« Parle Génitrice, comment t'appelles-tu ?

— Sandra, de la Nurserie sud, marmonna la prisonnière avec une grimace de douleur. »

Les cinq Nurseries de la cité étaient dénommées nord, est, sud, ouest et centrale, correspondant à leur position géographique approximative dans la cité.

« Que faisiez-vous, une dizaine de Génitrices en pleine nuit à l'extérieur de la cité, vous complotiez ?

— Nous faisions un pique-nique à l'ombre du pont, répondit Sandra, constatant avec joie qu'un des groupes n'avait pas été repéré et avait peut-être atteint la cité sans encombre.

— Je te conseille de ne pas faire la maligne et de me parler. Ça vaudra mieux pour toi. Sinon tu sais où et comment cela va finir. Tu ne vas pas tenir longtemps dans les mains et surtout les instruments de Julia.

— Va te faire… »

Elle n'eut pas le temps de finir sa phrase, Diane lui ayant envoyé un direct du droit foudroyant en pleine face. Elle retomba inconsciente pour la deuxième fois en quelques minutes. Le groupe se mit en marche pour rejoindre la cathédrale et ses souterrains, dévolus aux cellules de la prison, aux salles d'interrogatoires, et à d'autres réjouissances encore moins avouables. Elles pénétrèrent également par la porte nord et se dirigèrent vers l'est, leur destination occupant le centre de la moitié est de la Cité 101.

Une silhouette couleur pourpre sortit alors de l'ombre d'un contrefort situé à proximité et les suivit à bonne distance jusqu'à l'intérieur de la cité puis, semblant avoir un objectif précis, fila à toute allure dans une rue parallèle.

@@@

Au même moment, seule dans une des tours de la cathédrale, Eumélia réfléchissait, observant la lune qui, après avoir atteint son apogée, commençait sa descente vers l'horizon. Elle avait toujours peu dormi, non qu'elle fut insomniaque, mais elle avait besoin de peu de sommeil, quatre à cinq heures, ce qui représentait un avantage important pour assurer la lourde charge qui était la sienne. La cathédrale était un atout que toutes les cités ne possédaient pas, loin de là. Elle avait permis d'asseoir son autorité par son aspect solennel et grandiose. Une convocation en son sein était rarement un bon signe. Bien sûr, l'intérieur avait été remodelé entièrement et n'avait plus rien à voir avec le monument qu'elle se rappelait avoir visité quand elle était enfant. Des murs, des cloisons et des étages intermédiaires avaient été aménagés depuis le rez-de-chaussée jusqu'au niveau de la voute, quelques dizaines de mètres plus haut, pour servir de casernement à la cohorte des Prétoriennes, de salles de réceptions et de réunions, de grande salle du conseil, de bureaux destinés aux responsables des divers corps de métiers. Le plus génial, c'était qu'avec des jeux de cloisons transparentes et des miroirs bien disposés, grâce à la tour lanterne d'un côté, à la rosasse de l'autre et à quelques vitraux latéraux, presque aucune des pièces n'était aveugle. En plein jour, on y voyait suffisamment, et les nuits de pleine lune on pouvait s'y déplacer aisément sans allumer une seule bougie. Les appartements de la Gouvernante avaient été installés dans la tour sud de la façade, au niveau des tribunes à une dizaine de mètres du sol, bien avant son arrivée. Appartements était un bien grand mot, l'espace n'était composé que d'une salle qui servait à la fois de bureau, de salle de réunion et de pièce à vivre très spartiate, surmontée d'une chambre en mezzanine munie de deux fenêtres qui donnaient sur le parvis et de deux autres exposées au sud. C'est derrière l'une d'elles qu'Eumélia réfléchissait.

Elle se remémora son ascension à ce poste, déjà presque vingt ans auparavant. Cela n'avait pas été de tout repos. Il avait fallu se battre et jouer des coudes. Elle avait cependant réussi, non sans mal, à s'imposer.

Elle sentait que cette époque touchait à sa fin. Comme on disait autrefois, beaucoup d'indicateurs étaient dans le rouge. Ses indicateurs actuels n'étaient cependant pas rationnels, loin s'en faut. Une impression fugace, un pressentiment, que tout ce qu'elles avaient construit avec ses consœurs et camarades de combats depuis trente ans était sur le point de disparaître et cela la mettait mal à l'aise.

L'animation bruyante venant de la rue lui fit quitter le côté sud de la tour pour passer du côté ouest, au-dessus du parvis situé devant l'entrée principale. En contrebas, elle distingua un groupe de Blackwomen dont l'une d'elles transportait un corps inanimé sur son épaule gauche. Encore une dissidente, se dit-elle, c'était loin d'être la première à comploter contre elle. Combien devrait-elle en emprisonner pour que le calme revienne dans la cité ? Elle sentait qu'il allait se passer quelque chose. Une intuition aidée par quarante années d'expérience et de terrain. Elle faisait pourtant tout ce qui était en son pouvoir pour le bonheur de sa cité. Pourquoi tant de haine à son égard ? Elle ne faisait rien de plus que de faire régner l'ordre tout de même ! Même si parfois elle était un peu dure, c'était nécessaire, pour le bien de tous. Mais elle n'était pas la seule cause de son rejet par la population, le cas d'Hermione la préoccupait. Elle devenait de plus en plus autoritaire et tyrannique avec le peuple, peut-être était-ce la source du problème, et elle ne lui disait peut-être pas tout de ses agissements. Elle se rendait compte que c'était sous son influence qu'elle aussi devenait de plus en plus despotique.

Elle décida d'aller constater par elle-même de quoi il s'agissait. Elle n'aimait plus trop s'occuper des basses besognes, mais la situation actuelle exigeait de parfois mettre, plutôt remettre car elle en avait eu son lot, les mains dans le cambouis. Elle descendit de la mezzanine, rejoignit une petite porte dans un coin de la pièce, s'engagea dans l'étroit escalier en colimaçon qui menait au rez-de-chaussée et commença à descendre dans la pénombre les cinquante et une marches menant au niveau de la nef. C'était un passage privé uniquement dédié à la Gouvernante et elle connaissait le chemin par cœur. Tous les autres habitants devaient obligatoirement passer par la tribune sud pour accéder à son appartement.

@@@

Arrivée devant la cathédrale, Diane ne perdit pas un instant et entra par la porte gauche de la façade, la seule ouverte et surveillée à cette heure de la nuit. Au poste de garde situé à l'entrée, elle fit un bref rapport à la responsable en charge de la sécurité intérieure du quartier général, ordonna à ses subalternes de conduire Sandra dans une cellule du sous-sol, puis se dirigea vers la salle des gardes pour demander à voir Hermione, sa responsable directe. On lui dit qu'elle était sortie plusieurs heures auparavant, on l'envoya donc chercher.

Diane en profita pour partager les derniers évènements avec plusieurs de ses chefs de sections Prétoriennes présentes dans la salle. Les anicroches se multipliaient ces derniers jours. Des hommes avaient également été surpris cette nuit dans la cité et conduits au sous-sol. Des hommes ! Il ne manquerait plus qu'ils complotent et se rebellent. Il est vrai que depuis trente ans leur proportion dans la population se rapprochait de celle des femmes – il y avait autant de naissances de garçons que de filles – et que les désertions augmentaient. On ne savait pas toujours ce qu'ils devenaient, beaucoup étant rattrapés et capturés dans les environs, d'autres disparaissant à jamais.

Il existait sûrement quelque part dans la campagne un groupe de résistants qui les accueillait, mais aucune patrouille n'avait encore découvert leur planque. Il y avait pourtant de plus en plus d'escarmouches avec les groupes dissidents, mais ils étaient mieux armés et on n'avait jamais fait de prisonniers pour les faire parler.

@@@

Illythie et Sinivali avaient chacune regagné leur bâtiment respectif, situés au nord et au centre de la cité, sans être inquiétées par des patrouilles. Les Gardiennes de nuit n'étaient pas très efficaces sur les sites sans problème telles que les Nurseries, et beaucoup de Guerrières en profitaient pour dormir, malgré les risques de sanctions si elles étaient prises en flagrant délit. Cependant, Illythie avait, elle, perdu dix minutes, cachée sous un porche car deux patrouilles de Guerrières s'étaient croisées devant sa Nurserie et discutaient à bâton rompu. Elle les entendait chuchoter et pouffer de rires étouffés.

Lorsqu'elles furent parties, elle s'approcha et passa par une entrée annexe en contournant l'immeuble. Durant cet été caniculaire, beaucoup d'ouvertures, portes ou fenêtres, étaient laissées ouvertes la nuit pour refroidir les bâtiments.

Elle allait maintenant, comme Sinivali, devoir tout raconter aux autres et devoir planifier les événements de la journée pour réussir leur mutinerie. Il ne fallait pas que leurs nombreuses camarades, mortes cette nuit pour leur cause, elle ne savait pas combien d'ailleurs, ne l'aient été pour rien. Elle devrait attendre le lendemain pour le savoir. Selon leurs nouvelles habitudes, les Blackwomen avaient dû laisser les corps sur place pour frapper les esprits des habitants dès le lendemain. Le bilan serait vite fait. Elle avait déjà trois noms mais qu'en était-il des deux autres groupes ? La découverte de leur attroupement par les Blackwomen était-elle une coïncidence ou avaient-elles été trahies ? Et par qui ?

Elle s'inquiétait. Elle n'avait pas encore beaucoup d'expérience de la vie. Jusqu'à ses quatorze ans elle avait suivi des cours théoriques, essentiellement l'apprentissage de l'écriture et de la lecture, communs à tous, garçons ou filles, bien que les classes ne fussent pas mixtes, et des cours pratiques de cuisine, d'organisation générale et d'entretien des habitations. A ses quatorze ans, elle avait passé les tests obligatoires pour déterminer son affection. A l'époque, un gros pourcentage des filles était encore destiné à devenir Génitrices, la population ayant besoin de croître rapidement et les critères de choix étaient différents. Mais de nos jours, elle aurait les capacités physiques et intellectuelles pour accéder à un corps de métier de niveau plus élevé. La proportion de Guerrières, de techniciens ou d'artisans était en effet en croissance constante. Elle était d'ailleurs sûre de pouvoir battre de nombreuses jeunes Guerrières dans beaucoup d'épreuves dont la course à pied. Et elle venait de le prouver !

Dès qu'elle aurait rejoint sa chambre, elle prendrait un peu de repos avant de réunir ses camarades, quelques heures plus tard, au levé du soleil, pour les informer et préparer leur action.

Les couloirs étaient calmes, tout le monde dormait, même les Gardiennes. Elle pouvait s'y déplacer aisément grâce aux rayons de lumière lunaire qui éclairaient l'intérieur du bâtiment. Ayant déjà enfanté trois fois, elle avait droit à une chambre particulière, même si actuellement elle n'était pas enceinte. Elle passa devant un tableau accroché au mur, juste avant la porte de sa chambre, et qui l'avait toujours intrigué. Une sorte d'énorme bateau se déplaçant sur une vaste étendue d'eau. Des femmes âgées lui avaient dit que c'était un paquebot sur un océan, un lac énorme plus grand qu'un continent. Elle avait du mal à s'imaginer une telle masse d'eau, elle qui n'avait jamais quitté la cité et ne connaissait que de petites sources coulant par endroit à l'intérieur des remparts.

Elle pénétra dans sa chambre. Il y faisait presque noir car les volets étaient fermés pour empêcher le soleil de chauffer la pièce dans la journée. Elle se dirigea vers la fenêtre pour l'ouvrir et laisser entrer l'air relativement frais de la nuit.

« N'ouvre pas, lui intima une voix dans son dos. Pas encore. »

En se retournant, elle vit la femme à la cape pourpre, la capuche rabattue sur la tête, assise sur la chaise à droite de la porte d'entrée et qui la fixait.

« Je n'ai pas beaucoup de temps, reprit la voix. Dis-moi comment s'est passée votre réunion et si les décisions ont été acceptées par vous toutes.

— C'était une boucherie. Nous avons été surprises par deux groupes de Prétoriennes. Plusieurs d'entre nous sont mortes.

— Je sais tout cela. C'est malheureux, mais le bien de tous mérite quelques sacrifices, mais ne t'inquiète pas, les coupables paieront plus tard. Ce que je veux savoir c'est si toutes les représentantes des Nurseries sont d'accord sur le timing et prêtes pour débuter l'action au même moment.

— Oui nous avions approuvé le consensus pour après demain, le 206ème jour à dix heures, mais je crains que la prisonnière capturée cette nuit ne parle et que la rébellion soit éventée. » Du haut des remparts qu'elle avait franchis, elle avait aperçu au loin la scène entre une Blackwomen et une Génitrice.

« C'est en effet une quasi-certitude. D'après ce que j'ai vu, seule Sandra a été capturée, et conduite à la cathédrale. Et toi tu dois être une des deux que j'ai vues franchir les remparts voici quelques minutes. Cela veut-il dire que douze Génitrices sur les quinze ont été abattues ?

— Non, heureusement, Sinivali de la Nurserie nord était avec moi et un groupe composé d'une représentante de chaque Nurserie s'est échappé par le fossé le long de la route, en contrebas de la colline, et n'a pas été repéré. Je pense que chacune devrait pouvoir rejoindre sa Nurserie respective. Damona ne devrait d'ailleurs pas tarder, même si elle a dû contourner la cité pour revenir.

— Bien, j'ai changé nos plans, voilà ce que tu vas faire : avant six heures, lorsque presque tout le monde dort encore, tu vas informer chaque responsable de groupe de ta Nurserie que l'action débutera dans la matinée à dix heures, soit vingt-quatre heures plus tôt que prévu. Une bonne coordination est importante. Il faut que les effectifs des Prétoriennes soient occupés de tous les côtés en même temps pour maximiser votre réussite et prouver votre volonté et votre organisation. Cela va me prendre du temps mais je me charge d'informer mes contacts dans les autres Nurseries.

— J'ai compris, je ferai le nécessaire de mon côté.

— Très bien. Tu peux aller dormir maintenant et reprendre des forces, tu en auras besoin. »

Sans rien ajouter, la femme s'éclipsa dans la seconde qui

suivit. Leur discussion n'avait duré que trois minutes mais elle avait quelqu'un à voir rapidement.

Restée seule, Illythie ouvrit les volets. Elle avait besoin d'un grand bol d'air. La rue en contrebas était calme. Les évènements s'accéléraient et son état d'excitation augmentait, mais la fatigue l'emportait ce soir. Elle rejoint son lit, se déshabilla rapidement, s'allongea sous son drap et s'endormit d'un sommeil sans rêve. Elle serait réveillée dans les temps par le soleil qui inondait son lit dès cinq heures trente du matin.

CHAPITRE 7

1h22

Thalia sursauta quand elle entendit une voix énergique prononcer son nom avec vigueur dans le silence de la nuit. Elle pivota sur elle-même pour voir qui l'avait apostrophée. Elle vit une ombre approcher.

« Thalia, reprit la voix d'un ton de reproche, crois-tu que ton attitude est digne de quelqu'un qui veut intégrer le corps des Guerrières ? »

La silhouette sombre, habillée d'une tunique pourpre à capuche rabattue sur la tête, se rapprocha encore. C'était une femme d'à peine plus d'un mètre soixante, à la démarche féline. Elle avait dû écouter leur conversation, pensa Thalia.

« Sais-tu que tout ce que tu as raconté avec ce jeune garçon peut être interprété comme de la haute trahison et que tu pourrais être arrêtée et enfermée sans procès dans les sous-sols de la cathédrale pour tentative de subversion ? »

Avançant toujours vers elle, la femme entra dans un

cône de lumière lunaire éclairant la partie du square où elle pénétrait. Elle voulait sûrement théâtraliser son entrée. La Fille du Vent crut alors reconnaitre Stella, une personnalité importante dans la cité et même sur le continent entier. D'après la légende, elle aurait été à l'origine de la formation du nouveau gouvernement au côté, entre autre, d'Eumélia. Elle aurait aussi dirigé le premier corps des Guerrières et elle aurait même gouverné une cité. Elle était la seule ici à pouvoir tenir tête à Eumélia. Que faisait-elle ici et à cette heure de la nuit ? Mais était-ce bien elle ? Stella, qu'elle n'avait jamais vue d'aussi près, devait avoir plus de cinquante ans, mais elle en paraissait à peine quarante. Peut-être était-ce l'effet de l'éclairage lunaire.

« Tu viens de gagner tes galons de Guerrière Thalia, tu es même promise à un bel avenir d'après tes instructeurs, pourquoi tout gâcher maintenant ? reprit-elle en la fixant. Tu sais aussi que les relations entre les filles et les garçons sont interdites. »

Stella se trouvait maintenant à un mètre d'elle et la fixait de son regard noir, sans cligner des yeux, qui, face à la lune, brillaient d'un éclat surnaturel. Elle dégageait une force, une énergie qui semblait irréelle, presque surhumaine. Elle paraissait avoir une bonne trentaine d'années, mais semblait posséder l'assurance et le savoir de toute une vie. Thalia se sentait dominée, malgré ses dix bons centimètres supplémentaires. Elle n'était plus la vainqueur de l'épreuve finale d'il y a une heure à peine, elle n'était plus l'amoureuse passionnée d'il y quelques minutes, elle se sentait juste une petite fille prise en flagrant délit après avoir fait une grosse bêtise.

« Alors Thalia, qu'as-tu à dire pour ta défense ? Je suppose que tu m'as reconnu maintenant.

— Tu es Stella, Procureure Générale inter-cités. Qui ne connaît pas la légendaire Stella ! fit Thalia en reprenant de l'assurance.

— Ne sois pas impertinente, s'il te plait ! Tu n'es vraiment pas en position de force.

— Premièrement, nous ne faisons rien de mal avec Dagon. Nous ne nuisons à personne. Et pour ma défense, j'aurais beaucoup de choses à dire. Le manque de liberté, le manque d'information, la pression des Dirigeantes. Nous ne connaissons même pas nos parents, nous ne vivons pas, nous survivons.

— Tu as raison, vivre, vivre vraiment, est une chance des plus rare, la plupart des gens ne font qu'exister. Il faut le mériter.

— Le mériter ? Mais comment ? Que faire dans cette société bloquée, surveillée, espionnée, avec une population maltraitée. On ne nous laisse aucune initiative. Même les Guerrières, dont la vie est plus enviable que celle des travailleuses ou des Génitrices, doivent obéir aux ordres sans avoir leur mot à dire.

— Il y a pourtant beaucoup à faire ! » dit doucement Stella, comme pour elle-même. Elle jaugeait Thalia, se demandant si elle pouvait se fier à elle.

« Mais ne t'inquiète pas Thalia, je ne vais pas te dénoncer. Je souhaitais te rencontrer depuis quelques semaines, mais j'attendais le bon moment. Je pense que tu es prête à entendre l'histoire que je vais te raconter. Tu sauras plus tard pourquoi je t'ai choisie, écoute-moi sans poser de questions pour le moment, même si elles te brûlent les lèvres. »

Thalia était toute ouïe. Quelle était cette histoire ? Pourquoi l'avoir choisie, elle ? Cette journée sortait vraiment de l'ordinaire. Elle avait ressenti depuis le matin une nervosité inhabituelle dans toute la cité, des détails qu'on ne remarque pas forcément, mais qui, mi-bout-à-bout provoquaient un malaise qu'elle ne pouvait s'expliquer. Ensuite il y avait eu ses épreuves théoriques dans l'après-midi, les épreuves physiques et l'épreuve finale réussie en milieu de nuit. Et puis cette rencontre impromptue avec Dagon. Maintenant, Stella qui allait lui apprendre quantités de choses qu'elle ne connaissait pas.

« Remontons quelques décennies en arrière, commença Stella. »

Elle marqua un temps, faisant le tri dans les informations qu'elle pouvait pour le moment révéler.

« A l'époque le continent sur lequel sont bâties toutes nos cités actuelles s'appelait l'Europe. Il se composait de plusieurs états indépendants. Au début des années vingt, en 2022 exactement, les pays européens se sont unis pour deux raisons principales : le défi commercial face aux autres continents industriels et la lutte contre l'augmentation exponentielle des populations des autres continents de l'est et du sud qui présentaient de plus en plus de velléités de conquête de nos territoires. Leur surpopulation les incitait à émigrer vers l'ouest et vers le nord, moins peuplés, possédant un climat accueillant et des terres beaucoup plus fertiles susceptibles de les nourrir. C'était vital pour eux et compréhensible, l'homme a un instinct de survie très développé.

Un président, un gouvernant si tu préfères, a été élu pour diriger la confédération européenne. Il se trouvait que c'était un religieux, mais modéré et cela ne posait pas de problème, pas encore du moins.

— Qu'appelles-tu un religieux ?

— Ha, oui, c'est une notion que les personnes de moins de trente ans ne connaissent plus actuellement et il est interdit aux plus anciens d'y faire allusion. Comme je te l'expliquerai plus tard, nous avons banni toute forme de religion, d'où provenait la majorité des problèmes de la société. Une religion est une croyance en un dieu, une entité immatérielle, un mythe, une légende, qui repose en général sur des écrits, des dogmes, des soi-disant témoignages datant de plusieurs siècles ou millénaires. Comme il existait plusieurs religions qui ne vénéraient pas les mêmes dieux, les humains se battaient de façon récurrente à cause d'elles.

Donc, je reprends mon récit : à cette époque, les Européens vivaient en paix, car une des religions, nettement plus majoritaire que les autres, structurait la société depuis des siècles. Malgré tout, des guerres avaient lieu en permanence, un peu partout dans le monde, pour un dieu ou pour un autre. Les Européens pratiquaient peu, mais au fil du temps une autre religion, grâce à une démographie galopante due à une immigration récente, devint l'égale de celle en place et réussit à faire élire un de ses représentants à la tête de la nouvelle confédération européenne. Pendant les quatre ans que dura son mandat, il n'y eut pas de difficulté particulière. Le nombre de problèmes à résoudre pour unifier le continent empêchait de se préoccuper de religion. Le président, consensuel, fut donc réélu en 2026 pour un deuxième mandat de quatre ans. Et c'est à ce moment que tout bascula. Conseillé par des extrémistes intégristes de sa religion qui avait de plus en plus d'adeptes, il se radicalisa et la société entra alors dans une phase de régression phénoménale au niveau des droits et des libertés, qu'elle n'avait pas connue depuis des siècles. Il s'ensuivit des manifestations puis des émeutes de plus en plus sanglantes au fil des mois. Les partisans originaires de l'une ou de l'autre des religions se regroupaient en véritables milices armées dans toutes les villes du continent. Elles étaient surtout composées d'hommes. La police et l'armée, en effectifs réduits, ne pouvaient rien faire, d'autant que les désertions, pour rejoindre l'un ou l'autre camp étaient légions. Au bout de deux ans de véritables tueries, de boucheries et de génocides, la population masculine avait été divisée par dix. Les femmes en revanche, majoritairement restées à leur domicile, suivant en cela une loi récente, étaient presque toujours aussi nombreuses. En deux ans, la société fut complètement désorganisée, surtout en ville où il fallait se battre pour survivre. Se nourrir était devenu un combat de chaque minute. Plus rien ne fonctionnait. Il n'y avait plus de police, plus d'armée, plus de gouvernement, plus d'industrie, plus de banque, plus de monnaie, plus d'hôpitaux opérationnels – des notions que tu n'as jamais connues, il est vrai – et plus du tout d'hygiène, qui était devenu le souci mineur de la plupart des habitants, vivant au jour le jour. L'accumulation de charniers entraîna une épidémie causée par plusieurs virus et microbes qui, conjointement, décimèrent quatre-vingt-dix pour cent de la population restante. L'effectif masculin tomba à un pour cent de ce qu'il était trois ans auparavant, soit à peine cinq millions pour toute l'Europe, les survivants étant plutôt situés dans les milieux ruraux éloignés des centres villes. La population féminine, avec le même ratio de pertes, tomba à dix pour cent de son effectif d'origine. Comme tu ne le sais pas, la population d'hommes et de femmes était à peu près équilibrée avant cette crise. Les femmes se retrouvaient donc dix fois plus nombreuses. Elles prirent conscience que tous les problèmes venaient des hommes, toujours beaucoup plus agressifs et enclins à faire la guerre. Un groupe de femmes appelées les Femen, commença alors à faire germer, puis à diffuser à grande échelle, l'idée d'une rébellion dans les esprits féminins. Elles promouvaient la prise du pouvoir par les femmes pour créer une société nouvelle exempte de guerre, de violence, de religion et de racisme. Elle créèrent des groupes de militantes dans chaque ville. Les quelques rares milices masculines citadines survivantes furent bientôt submergées par le nombre de combattantes armées. Dans un premier temps les hommes furent emprisonnés. Les villes étaient maintenant aux mains des femmes. Les armes étaient terriblement efficaces à cette époque, mais les munitions venant à manquer, cela ne dura que quelques années, faute d'industries de production car les femmes ne voulaient pas recréer une société industrielle identique. Il fallut donc en fabriquer d'autres artisanalement. Celles que tu connais actuellement, arcs, lances, épées…

La vie se réorganisa peu à peu dans les villes. Il y avait encore des échauffourées par endroit et les campagnes, immenses, étaient encore loin d'être contrôlées. Un nouveau gouvernement s'instaura, exclusivement composé de femmes, de Femen pour la plupart mais aussi de scientifiques et de philosophes. Il avait été décidé que toutes les villes, dénommées « cités » et numérotées seraient gérées de façon autonome, fonctionneraient en autarcie et seraient dirigées par une Gouvernante et une équipe de Dirigeantes gérant tous les aspects de la vie courante. Elles créèrent des cohortes de Guerrières qui avaient un rôle de défense et de surveillance de la cité et de ses environs proches pour éviter une attaque des résistants disséminés dans les campagnes. Ensuite furent créées les cohortes de Prétoriennes avec l'élite des Guerrières, qui avaient un rôle de police et de garde rapprochée des Dirigeantes. La vie était cantonnée à la cité et à ses environs proches, qui devaient permettre la culture et l'élevage destiné à subvenir aux besoins des habitants. Plus on s'éloignait de la cité, moins la campagne était sûre. Il existait encore beaucoup de poches de résistance à cette époque. Après quelques années de raids, par des groupes de Guerrières armées, dans les environs de chaque cité, les campagnes furent peu à peu vidées de leurs habitants, essentiellement des hommes, beaucoup de femmes ayant déjà rejoint la cause des Femen. Il fallut bien une dizaine d'années pour que la nouvelle société s'organise telle que tu la connais. Ce ne fut pas de tout repos.

— Et quel fut ton rôle exact Stella ?

— Je faisais partie des Femen à cette époque. Avec Eumélia et plusieurs autres, nous sommes à l'origine de la révolte féminine, nous formions une bonne équipe. Nous pensions que c'était la seule solution pour repartir sur de bonnes bases. Cela valait bien *une dernière guerre* pour une paix durable. Il fallut alors trouver une solution radicale pour repeupler l'Europe, d'où l'idée d'utiliser au mieux toutes les compétences, morphologiques ou intellectuelles, de chacun, de les affecter à des Corporations ou professions adaptées. Par exemple, le choix des Génitrices se fait sur de critères physiques dès le début de l'adolescence : larges hanches, seins proéminents, etc.. Les formateurs et les instructeurs ont bien sûr été choisis parmi les professeurs, artisans, ingénieurs, qui maitrisaient chacun une spécialité. De façon à supprimer le racisme, les accouplements étaient obligatoires entre patrimoines génétiques les plus éloignés les uns des autres. C'est pour cela que toutes les femmes et les hommes de moins de trente ans sont métissés. On ne trouve plus de blancs ou de noirs que chez les plus anciens, et ils sont de moins en moins nombreux.

Mais comme toute société, celle-ci a aussi ses faiblesses qui apparaissent petit à petit. Les femmes ne sont pas si différentes des hommes qu'on le pense. La soif de pouvoir et de puissance, refoulés ou réprimés autrefois dans une société patriarcale, est maintenant présente chez beaucoup de Dirigeantes. Hermione en est un bon exemple, et elle exerce une influence néfaste sur Eumélia, qui n'est plus toute jeune, et dont la santé décline.

Les jeunes n'apprennent pas cette histoire. Au départ nous avons voulu leur laisser croire que la société actuelle avait toujours existé. Beaucoup de livres avaient brulé, il n'en restait plus beaucoup dans les bibliothèques publiques et privées ou dans les différents bâtiments administratifs de l'époque. Il était donc facile de cacher le passé aux jeunes enfants et à ceux qui allaient naître. Cela nous semblait plus simple, surtout pour que les hommes acceptent leur condition. Sans être réduits à l'état d'esclaves, ils n'ont quand même pas beaucoup de libertés et peu de responsabilités. »

Thalia l'écoutait bouche bée, abasourdie. Son monde s'effondrait.

« Tu connais maintenant l'histoire de notre société, même si ce n'est qu'un rapide résumé. Il risque de se passer des évènements importants dans les prochains jours, peut-être les prochaines heures. Je pense que je pourrai avoir besoin de ton aide et je te demande de te tenir prête. Il est temps de nous séparer pour cette fois, mais nous nous reparlerons très bientôt. Je te recontacterai, je sais que tu as beaucoup de questions. Qui n'en aurait pas à ta place ! Mais tu as déjà de quoi cogiter, je pense. Maintenant, va dormir et sois en forme demain pour la remise de tes armes, c'est une grande journée pour toi. Et… pas un mot sur notre rencontre. »

Stella laissa Thalia s'éloigner, espérant n'avoir pas commis d'erreur en lui faisant confiance. Mais une partie de son sang coulait dans les veines de l'adolescente, et cela la rassura. Elle partit alors rapidement dans une autre direction. Elle avait encore beaucoup à faire cette nuit avant le lever du soleil.

CHAPITRE 8

1h45

Lorsqu'elle reprit complètement conscience, Sandra se trouvait dans une pièce voutée, plongée dans une quasi-obscurité. Sa cellule n'était éclairée que par une seule bougie, posée sur une table, proche de la porte d'entrée, qu'elle distinguait à l'extrémité de la pièce tout en longueur. Les gouttelettes tapissant les ferrures rouillées qui maintenaient le bois vermoulu scintillaient sous la faible lueur de la flamme. Par endroits, les pierres de la voute s'effritaient, plusieurs s'étaient descellées et gisaient au pied des murs. Des crocs de boucher, tels des hameçons géants, étaient fixés au plafond. L'enfer ne devait pas être pire.

Elle était pendue par les bras, attachés par des bracelets de fer forgé dont la rouille lui râpait la peau des poignets. Ils étaient reliés à des chaines fixées au plafond. Ses pieds nus reposaient sur de la terre battue poisseuse. L'air était lourd et pesant. Une odeur insoutenable d'excréments de rats, de salpêtre, d'humidité malsaine remplissait ses narines. Elle suffoquait presque. L'endroit devait être à des dizaines de mètres sous terre. Au plus profond des fondations de la cathédrale.

La moindre inspiration lui provoquait une douleur atroce dans la poitrine. Elle avait l'impression qu'on lui enfonçait un poignard dans le thorax à la moindre quinte de toux. Elle devait avoir quelques côtes cassées ou du moins fêlées, car elle ne saignait pas et donc aucun organe interne n'avait dû être touché, sinon elle cracherait du sang ou pire, elle serait déjà morte. Elle avait aussi des douleurs à l'abdomen, mais heureusement, elle n'était pas enceinte. Et puis même, qu'est ce que cela aurait changé ? Cette pièce serait sa tombe, personne ne ressortait jamais vivant de ces maudits souterrains, et qui viendrait la délivrer ?

Pour y voir plus nettement, elle secoua ses cheveux collés sur une partie de son visage par la transpiration et l'humidité ambiante. Depuis quand était-elle là ? Sûrement peu de temps, elle n'était qu'à demi-inconsciente lorsqu'elle s'était sentie transporter sans ménagement, comme un fétu de paille, par une force de la nature qui l'avait jetée au fond de ce trou à rats. On lui avait ôté sa combinaison règlementaire et elle était à présent en sous-vêtements. Elle grelotait. Elle espérait, sans trop y croire, que quelques-unes de ses camarades avaient pu échapper aux Blackwomen pour continuer à préparer leur rébellion.

Un léger mouvement sur sa droite lui fit soudain tourner la tête. Elle aperçut alors une silhouette vêtue tout en noir, des pieds jusqu'à la tête, cette dernière habillée d'un bonnet cache-oreilles épais, également noir.

La silhouette se raclât la gorge, toussa et cracha un immonde mollard à ses pieds.

« Fait pas chaud hein ici ? On attrape toutes sortes de maladies, j'te dis pas ! Des trucs qui te détruisent lentement, de l'intérieur. Enfin, si on survit assez longtemps, ce qui est rarement le cas si on a fait appel à moi. Tu m'as l'air en assez bonne santé pour le moment ma belle. On verra pour combien de temps. Hé hé hé… » Son rire sardonique résonna dans la pièce.

Qui était cette folle se demandait Sandra ? A quoi jouait-elle ? Elle pratiquait la torture mentale ?

La femme s'approcha, était-ce la fameuse Julia, bourreau et tortionnaire ? Ou une simple gardienne un peu attardée ?

Elle ne s'arrêta que lorsque son visage, d'un blanc cadavérique, ne fut plus qu'à trente centimètres de celui de Sandra. Elle empestait la transpiration et son haleine fit de nouveau suffoquer la prisonnière. Elle n'avait pas dû passer sous une douche ni voir la couleur du ciel depuis longtemps. La femme la fixait dans les yeux. Sandra comprit qu'elle n'était pas vraiment attardée, une forme d'intelligence un peu folle émanait d'elle. Une folle, maligne et vicieuse ! C'était peut-être ce qu'il y avait de plus dangereux.

« Tu ne me fais pas peur Julia, articula-t-elle difficilement.

— Tiens ! Tu connais mon nom ! Ma réputation s'étend donc en dehors de la cathédrale ? Tu devrais donc trembler devant moi. Regarde dans la pièce, les jolis cadeaux que j'ai prévus d'utiliser, rien que pour toi. »

Par-dessus son épaule, le long des murs droit et gauche, plusieurs tables supportaient des instruments ou mécanismes qu'elle n'avait jamais vus.

« Et alors, je ne vois que quelques ustensiles, tu es cuisinière ? Tu te mijotes des petits plats dans tes oubliettes pourries ?

— Détrompe-toi, s'il y a ici quelque chose à manger, ce ne sera que des parties de toi-même ma belle, ha ! ha ! ha ! Il y a beaucoup de prisonniers en ce moment dans les étages supérieurs, de simples petits délinquants, mais tu es la seule à avoir l'honneur d'être ici et je suis tout à toi. »

Sandra secoua ses chaines, essayant de cogner le visage de Julia. Elle n'en pouvait plus, elle avait envie de hurler, plus de colère que de peur, seule la douleur dans sa poitrine l'y en empêchait.

« Calme-toi, je n'ai pas encore d'instruction te concernant, mais ça ne saurait tarder et dis-toi bien, que tu survives ou non, j'aurai été le pire cauchemar de ta vie. »

Puis Julia lui envoya une énorme claque qui lui fit pivoter la tête et se cogner contre le mur. A moitié groggy, saignant du front, elle entrevit Julia s'éloigner vers la porte et sortir après avoir éteint la bougie. Dans le noir, le cri qu'elle voulut pousser ne sortit pas de sa gorge.

@@@

Hermione était assise sur un lit de taille impressionnante et réfléchissait, le dos appuyé sur quelques coussins posés contre la tête de lit. Elle était rassasiée par les deux heures qu'elle venait de passer avec trois jeunes hommes. Ils avaient été à la hauteur de ses besoins, des forces de la nature, ravissants et musclés, qu'elle choisissait lors de ses sorties dans les champs environnants. Peu d'entre eux avaient refusé ses avances jusqu'à maintenant. Mais ils n'avaient pas vraiment le choix, et être passé dans le lit d'Hermione ne pouvait leur attirer que des avantages. Elle dirigeait pratiquement la cité. Eumélia, qui suivait presque toujours ses conseils et sortait de moins en moins de la cathédrale, n'avait plus une vision réaliste du terrain.

Hermione n'avait jamais supporté cette séparation forcée entre les hommes et les femmes, ni l'interdiction des rapports intimes en dehors de ceux, encadrés et règlementés, destinés à la reproduction, mais dont elle ne bénéficiait pas. Dès que son corps le lui avait permis, elle avait été initiée par les hommes, bien avant la guerre civile qui avait détruit la société européenne. En 2029, à dix-sept ans, elle avait déjà eu de nombreux amants, qui appréciaient son charme oriental et sa stature de déesse. Depuis, elle avait multiplié les rencontres, le plus souvent ponctuelles, sans lendemain. Il lui fallait sa dose de plaisir, presque quotidiennement. Stérile, elle n'avait jamais eu de problème de grossesse et elle s'en félicitait.

Les hommes dont elle se servait ces derniers temps étaient supposés faire des réparations dans un bâtiment quelconque en travaux et elle les rejoignait la nuit pour quelques heures. Elle n'avait pas à se justifier, elle était Hermione ! Et jamais personne n'osait lui poser de question. Pour les cas d'urgence, ce qui arrivait rarement, une Prétorienne de confiance qui lui serait dévouée jusqu'à la mort, savait où la trouver si elle était demandée au quartier général. Et justement, les cas d'urgence devenaient de plus en plus nombreux et cela l'exaspérait. Elle avait même été parfois dérangée pendant ses ébats.

Pendant deux décennies la cité n'avait pas connu de problème, elle vivait dans un calme et une soumission exemplaires dans la région. Mais depuis la rébellion d'il y a deux ans, juste avant son arrivée, cela avait changé. Elle avait dû accentuer la répression, faire des exemples, mais cela ne suffisait pas. Elle sentait bien un changement dans la tournure des évènements. Certains hommes n'avaient plus le regard soumis d'autrefois. Les Génitrices faisaient des fausses couches, était-ce plus ou moins volontaire ? Les jeunes, surtout les plus intelligents, étaient de plus en plus rebelles et indisciplinés. Des grondements montaient de la base de la société. En était-il de même dans toutes les cités du continent ? Elle le saurait rapidement, dès cet après-midi.

Elle fut interrompue dans ses réflexions par Katy qui passa la tête par la porte, restée ouverte depuis le départ des hommes.

« Hermione, tu es demandée d'urgence à la cathédrale. Des événements importants paraît-il, mais je n'ai pas de détail.

— Merci Katy, j'arrive bientôt, tu peux y retourner et annoncer mon retour. »

Hermione se leva mais prit son temps pour se préparer. Nue, elle gagna le coin de la pièce où une douche provisoire avait été installée. La réserve d'eau, un container de cent litres, bien qu'à température idéale comme elle l'avait exigé, n'était pas inépuisable. Les réserves de la cité avaient été bien entamées par la sécheresse. Tout le monde attendait les orages avec impatience. Elle était mieux lotie que la plupart des habitants, mais elle regrettait les bains bouillants où elle se prélassait une éternité pour récupérer d'une nuit d'amour durant sa jeunesse. Cette époque était malheureusement révolue, mais maintenant elle n'était plus l'adolescente anonyme au milieu de centaines de millions d'habitants, elle était Hermione, Générale en chef du corps des Guerrières, crainte de toute la population, et peut-être, qui sait, bientôt Gouvernante.

Après s'être séchée, elle s'admira dans un vieux miroir à cadre doré ouvragé fixé au-dessus d'une ancienne cheminée de marbre blanc.

« Je suis encore pas mal pour mon âge, pensa-t-elle en regardant son corps svelte et musclé, j'aurais pu être mannequin à une autre époque. »

Satisfaite, elle enfila sa tunique dorée de Prétorienne, ajusta ses armes à sa ceinture, puis se dirigea vers la sortie. Elle serait à la cathédrale dans moins de cinq minutes.

@@@

Entre temps, Eumélia avait atteint le rez-de-chaussée. Il y avait une effervescence inhabituelle à cette heure de la nuit. Elle aperçut Diane, sortant de la salle des gardes, à mi-chemin de l'extrémité de la nef, en conversation avec quelques autres Prétoriennes. Elle avança vers elle sur le dallage frais. Par ces fortes chaleurs, habiter un tel lieu était une bénédiction. Elle sourit à l'évocation de ce dernier terme, inutilisé depuis des décennies. Elle croisa plusieurs Prétoriennes partant patrouiller en ville. Elles la saluèrent, mais sans leur déférence habituelle lui sembla-il. Elle leur répondit. En passant devant les portes ouvertes de la salle de réception elle vit que tout était prêt pour la réunion de l'après-midi qui arrivait. Très bien se dit-elle. Il fallait que les participantes invitées soient impressionnées par l'organisation de la Cité 101.

« Bonsoir Diane, y-a-t-il des évènements exceptionnels cette nuit ?

— Oui, Eumélia. Nous avons surpris une réunion entre plusieurs Génitrices, il y a moins de deux heures. Il semble qu'il y avait parmi elles des représentantes de toutes les Nurseries. Je ne sais pas ce qui se trame, mais Sandra, une des Génitrices est entre les mains de Julia qui attend nos ordres pour s'occuper d'elle. Nous pouvons attendre Hermione pour que je vous fasse un compte-rendu détaillé à toutes les deux. Je l'ai fait prévenir de venir au plus vite.

— Oui, très bien. Allons l'attendre dans la salle du conseil. »

Hermione… elle était encore absente de son appartement cette nuit, pensa Eumélia. Elle savait bien sûr quelle était son addiction, depuis des années, des décennies. Tant que cela n'affectait pas ses missions, elle ne disait rien, mais depuis quelques semaines ses absences récurrentes à des moments inopportuns commençaient à se remarquer.

Elle devait de plus en plus s'occuper de tâches qui ne lui étaient pas affectées. Il faudrait qu'elle ait une discussion avec elle sans tarder.

La salle du conseil paraissait vaste, occupée seulement par Diane et Eumélia. Elle patientèrent en attendant Hermione. Katy venait d'annoncer son arrivée imminente.

CHAPITRE 9

2h30

Assise en tailleur sur son lit, Thalia discutait depuis quelques minutes avec sa voisine de chambrée, face à elle dans la même position, sur son propre lit.

Elle avait quitté Stella trente minutes auparavant mais n'avait pu rentrer directement, perturbée par une multitude d'idées fourmillant dans sa tête. Elle avait arpenté les ruelles, devenues de plus en plus sombres avec la lune qui descendait vers l'horizon. Le soleil n'allait pas se lever avant trois bonnes heures environ. Elle avait aperçu, de loin en loin, plusieurs groupes de Guerrières dans les rues. Elle savait se faire invisible et silencieuse quand il le fallait. Elle continuait le jeu même si rencontrer des Patrouilleuses n'eut pas posé de problème pour elle. Tout le monde savait que les six nuits de part et d'autre de chaque pleine lune étaient réservées aux épreuves finales des prétendantes au corps des Guerrières et elle-même avait toujours sa tunique turquoise qui permettait de la différencier.

La discussion avec Stella lui trottait dans la tête.

Assimiler et digérer toutes ces informations sur l'histoire véritable du Continent n'était pas évident. Même si elle se doutait qu'on cachait la vérité à la population pour maintenir la cohésion, elle n'en connaissait pas vraiment la raison profonde.

Pourquoi Stella l'avait-elle choisie ? Qu'avait-elle de plus que les autres ? Que se tramait-il ? Elle devrait en discuter le lendemain, dans quelques heures en fait, avec Dagon, si elle pouvait le rencontrer avant son départ aux champs, mais rien n'était moins sûr.

Elle était arrivée à l'internat peu de temps auparavant. C'était un triste bâtiment en pierres calcaires, restructuré pour accueillir les élèves et l'équipe enseignante dans des chambres de deux à huit personnes sur ses quatre étages. Au rez-de-chaussée il y avait les chambres des professeures, des femmes de ménage et des Gardiennes affectées à la surveillance et en charge de faire respecter les règles. L'étage de Thalia était réservé aux adolescentes de seize ans, en dernière année de formation pour intégrer le corps des Guerrières. Avant cela, elle avait déjà changé trois fois de résidence. Les bébés habitaient dans les Nurseries jusqu'à ce qu'ils marchent seuls, soit entre huit mois et seize mois environ. Ils étaient élevés conjointement par leur mère et des nourrices. On leur donnait un prénom et un matricule à la naissance. La notion de famille avait disparu. L'enfant appartenait à la société. Les bébés étaient détachés progressivement de leur mère car les Génitrices devaient de nouveau être enceintes deux ou trois mois après l'accouchement précédent. Puis, jusqu'à l'âge de six ans, la mixité étant alors supprimée, les enfants étaient réunis dans des crèches où ils mangeaient et dormaient sur place. Des animatrices étaient chargées de les occuper. Entre six et treize ans, ils étaient plus indépendants. Durant cette période scolaire de plusieurs années, ils intégraient un autre internat, proche de leur école, mangeaient dans une des nombreuses cantines de la ville, préparaient les tests et leur affectation dans une des différentes Corporations de la société. Pour les femmes, les voies étaient : Guerrière, Génitrice, femme de ménage ou une profession technico-scientifique telle que formatrice, artisan, gestionnaire. Quant aux hommes, ils étaient affectés à toutes les tâches les plus dures tels les travaux extérieurs d'entretien des voies et des bâtiments, l'agriculture et l'élevage, les réparations d'outils et de machines diverses. Les plus doués pouvaient cependant devenir artisan, technicien ou scientifique, mais toujours sous la tutelle d'une femme.

Zoda était une fille pour le moins déjantée, mais attachante, au physique relativement similaire à celui de Thalia, comme beaucoup de prétendantes Guerrières. Elle était toujours enjouée, franche et disait ce qu'elle pensait, sans parfois en mesurer les éventuelles conséquences. Elle ne se posait pas trop de questions et ne gambergeait pas à la moindre contrariété. Peu de chose d'ailleurs la contrariait. Grâce à ses blagues pourries sensées être drôles, elle savait toujours remonter le moral de ses camarades lorsqu'ils avaient des moments de doute et de déprime passagère.

Mais Thalia ne pouvait pas se confier à elle sur ce qu'elle venait d'apprendre. D'autant que cette nuit, c'était plutôt Zoda qui avait besoin d'une présence réconfortante. Elle se faisait du souci car son tour de passer les épreuves finales allait arriver rapidement.

« Je n'arrive pas à dormir depuis des heures, se plaignait-elle. Je me demandais comment ça se passait pour toi. Je suis contente que tu aies réussi toutes les épreuves facilement, tu es une vraie ninja.

— Hé ! Qu'est ce que c'est que ce terme ninja, d'où sors-tu encore ça ?

— Je ne sais pas, ce sont des vieilles, à la cantine, qui parlaient des Prétoriennes en ces termes. Ça doit être quelqu'un qui peut se rendre invisible d'après ce que j'ai compris. Elles deviennent gagas les vieilles. Pour moi le test est planifié au début de la prochaine pleine lune dans exactement 26 jours et je stresse déjà ! Regarde comme mes mains tremblent ! »

Thalia lui prit les deux mains qu'elle tendait horizontalement devant elle.

« Je crois que tu exagères un peu non ? Elles ne tremblent pas plus que les miennes. Tu as besoin de sommeil, c'est tout, et moi aussi d'ailleurs.

— Oui je sais que nous avons besoin de sommeil, mais donne-moi tout de même des détails. Des astuces à connaitre pour mieux réussir.

— Hum ! Soupira Thalia en baillant de fatigue et en s'allongeant pour fixer le plafond blanc décrépi et se remémorer les dernières heures. Hé-bien, concernant les épreuves théoriques et physiques, je pense que tu les réussiras sans problèmes, tu as reçu la même formation que moi. Il n'y a pas de difficulté particulière. Par contre, avec la fatigue, il est plus difficile de courir et de se concentrer pour échapper aux poursuivantes et ramener le fanion à destination. Le point de départ change pour chacune d'entre nous et tous les trajets dans les rues de la cité sont autorisés, mais ne fais pas trop de détours sinon tu risques de dépasser le temps limite. Ce n'est pas éliminatoire uniquement si tu es largement au-dessus de la moyenne aux épreuves précédentes. D'ailleurs, regarde ces quatre derniers jours, toutes les candidates ont réussi.

— Et comment se déroule la course finale ? Tu peux te défendre si tu es prise ? Tu n'as pas d'arme je crois.

— Ne t'inquiète pas, on nous explique tout avant de commencer. Le principe est de n'être ni touchée par une flèche ni rattrapée par tes poursuivantes. Il n'y a pas à se battre. Un groupe part une minute après toi, du même endroit, d'autres se déplacent en différents points de la cité pour t'intercepter. Il faut faire très attention à chaque croisement. Mais elles n'ont pas le droit de t'attendre cachées pour te tendre un piège. Il y a quand même une part de chance non négligeable, mais il faut parfois observer, réfléchir pour la provoquer. Pour te motiver, il faut te mettre dans la tête que tu risques réellement ta vie. Peu après mon départ j'ai failli être prise en tenailles par deux groupes de poursuivantes dans une ruelle. Heureusement, je passais juste devant la porte d'un bâtiment qui avait une sortie de secours dans une autre rue parallèle, ce qui m'a permis de m'en sortir. Puis plus tard.. » Elle fit une pause, se demandant si elle allait parler du bidon et de son passage à l'extérieur des remparts, quand elle s'aperçut, au bruit de sa respiration, que Zoda s'était endormie. Ouf ! Elle allait pouvoir dormir à son tour.

Avant cela elle se leva pour aller respirer de l'air plus frais à la fenêtre restée ouverte. Elle passa devant les lits de plusieurs camarades endormies à poings fermés. Elles récupéraient des durs entraînements de la journée.

Du troisième étage, elle pouvait voir les deux tours de la façade de la cathédrale, éclairées de pleine face par la lune. Elle les voyait presque aussi nettes qu'en plein jour. Elle y serait bientôt, pas à plein temps la première année bien sûr, mais de façon régulière. Dès demain elle pourrait emménager dans un logement avec trois autres camarades et un an après elle aurait son propre appartement. Le statut de Guerrière avait de nombreux avantages dont celui-là. Et lorsqu'elle serait Prétorienne, elle pourrait choisir de le garder ou de vivre dans la cathédrale.

Sauf bien sûr s'il se passait un événement imprévu dans les heures qui viennent comme Stella le lui avait suggéré. Et si elle en croyait son intuition, c'était un événement certainement grave pour que Stella lui en eut parlé. Deux heures auparavant, elle ne la connaissait que de renommée et maintenant elle avait l'impression étrange de la connaître depuis toujours. Même son odeur lui semblait familière, et elle avait un excellent odorat. Mais pourquoi elle ? Elle sentait que la réponse se trouvait au fond d'elle-même. Elle le sentait, mais sans pouvoir le formuler explicitement. Une vague impression que tout cela était logique, qu'elle n'avait pas été choisie au hasard.

Elle se rendrait à la cantine dès l'ouverture puis essaierait de voir Dagon pour le questionner. Peut-être aurait-il des informations concordantes obtenues auprès des hommes.

Durant une fraction de seconde, elle crut voir une cape pourpre tourner rapidement au bout de la rue. Son esprit lui jouait-il des tours ? Etait-ce la fatigue ? Elle commençait à penser en permanence à Stella.

Elle retourna vers son lit, ôta sa tunique et se glissa sous un léger drap. La journée s'annonçait encore torride le lendemain. Elle fit quelques amples respirations pour se relaxer et s'endormit plus facilement qu'elle n'avait osé l'espérer.

CHAPITRE 10

2h40

Hermione arriva à la cathédrale et se rendit directement en salle du conseil. Elle était de mauvaise humeur et n'hésitait pas à le faire savoir.

Elle avait rencontré un groupe de jeunes Guerrières en train de discuter tranquillement sur le banc d'un square au lieu de patrouiller dans les rues. Elle leur avait passé un savon qu'elles n'étaient pas prêtes d'oublier. Elles ne se rendaient pas compte de la situation. La jeunesse n'avait plus le professionnalisme d'autrefois. Elle esquissa toutefois un sourire en pensant que c'était un reproche que faisaient leurs parents à ses copines quand elle était adolescente. Le monde ne changeait pas !

« Tu sais te faire attendre, lui dit Eumélia en l'accueillant froidement. »

Leurs relations n'étaient pas au beau fixe depuis que de nouvelles tensions étaient palpables au sein de la cité. Chacune d'elle rejetait la faute sur l'autre.

« Désolée Eumélia, j'ai dû régler des affaires urgentes

dans un autre quartier de la cité. Tu connais la situation actuelle, la cité grogne d'un peu partout.

— Des problèmes avec les hommes je suppose, lui lança Eumélia ironiquement en la fixant droit dans les yeux.

— Entre autre, mais pas qu'avec eux, répondit-elle sur le même ton, elle n'allait pas se laisser déstabiliser par la Gouvernante. Il y a du laisser-aller dans beaucoup de Corporations. Les règles sont de moins en moins respectées. Il faut réprimer durement avant d'avoir une nouvelle rébellion comme il y a deux ans.

— Je ressens aussi un certain trouble dans la société, mais n'est-ce pas justement parce que les habitants manquent de liberté et ont trop de contraintes ?

— Un certain trouble ! Bel euphémisme. Tu sais bien que le peuple a besoin d'une bride serrée sur le cou. Tu vieillis Eumélia.

— Je ne te permets pas de me juger Hermione ! Mais tu sais bien qu'au delà d'une certaine limite, l'autorité produit l'effet contraire à celui recherché, fit-elle en haussant la voix. »

Cette joute verbale entre les deux principales Dirigeantes de la cité rendait Diane mal à l'aise. Elle prit la parole pour faire baisser la tension.

« Si je puis me permettre, nous avons un problème urgent à régler.

— Bien, nous t'écoutons Diane, quel est ce nouveau problème ? De quoi s'agit-il ? questionna Eumélia.

— Nous avons surpris un groupe important de Génitrices occupées à comploter, dissimulées à l'extérieur de la cité. Le problème est qu'il y avait des représentantes des cinq Nurseries. Il est facile d'en déduire que quelque chose d'important se prépare. Je ne serais pas surprise que ce soit pour bientôt, une nouvelle rébellion, de plus grande ampleur. Nous avons éliminé la presque totalité des participantes à ce rassemblement interdit.

— Comment ? Vous les avez tuées ? S'exclama Eumélia, sans même un procès, sans même savoir quel était l'objet de leur rassemblement ? C'est inadmissible.

— Il était évident qu'elles n'étaient pas sous ce pont à regarder le clair de lune et à parler du beau temps. Avant même notre arrivée, elles se sont séparées et se sont enfuies dans plusieurs directions, sinon nous les aurions arrêtées et elles seraient encore vivantes. Sans l'aide d'une patrouille arrivant de l'autre côté, nous n'aurions peut-être pas pu les rattraper. Et puis j'ai des ordres pour ne tolérer aucune rébellion et utiliser la force s'il le faut.

— Des ordres de qui s'il te plait ?

— De moi, Eumélia, évidemment, intervint Hermione. Il faut tuer dans l'œuf toute nouvelle velléité de révolte.

— Il y a tout de même des limites, tu aurais dû m'en parler avant ! Poursuis, Diane, s'il te plait.

— Donc, nous avons réussi à capturer Sandra, une Génitrice de plus de trente ans, qui semble être une des meneuses. Par contre deux d'entre elles ont réussi à s'échapper en escaladant les remparts et nous les avons perdues. J'ai envoyé Angora enquêter dans les Nurseries les plus proches. J'attends son retour. Sandra est en ce moment même dans une cellule d'interrogatoire au plus profond des souterrains de la cathédrale. Julia est en train de se préparer et attend les ordres pour l'interroger.

— Bien, que faisons nous encore assises ici ? Allons lui rendre une petite visite de courtoisie, s'impatienta Hermione.

— Allons-y, décida Eumélia, voyons ce que nous pouvons tirer d'elle.

— Avec Julia, elle avouera tout ce qu'on voudra, je te le promets.

— Je n'aime pas trop ce genre de méthodes, tu le sais Hermione.

— On ne fait pas d'omelette sans casser les œufs ! »

Elles se levèrent toutes les trois et se dirigèrent vers l'accès aux sous-sols.

@@@

Julia attendait patiemment dans une des cellules souterraines. La patience était une de ses vertus. Elle briquait les divers objets qu'elle vénérait et stockait dans cette pièce. Elle les avait retrouvés dans les caves d'un vieux musée d'une autre cité il y a bien longtemps, et elle ne s'en séparait jamais. Ils n'avaient à l'époque pas été utilisés depuis des siècles. Dans ses mains, ils avaient encore peu servi. Les occasions étaient trop rares à son goût, mais aujourd'hui elle allait pouvoir les manier à loisir. Il y avait là divers instruments de torture des siècles passés, certains avaient plus de cinq cents ans, mais fonctionnaient toujours. Elle caressait avec passion celui qu'elle préférait, il lui serait utile très bientôt.

Julia avait environ quarante-cinq ans. Personne ne savait exactement combien, pas même elle, mais peu importait, elle ne fêtait jamais ses anniversaires. Lors des évènements tragiques de la fin des années vingt, elle n'avait pas encore quinze ans. Elle avait tout de même profité de la confusion générale pour se débarrasser définitivement de ses parents. De façon atroce. C'était de leur faute après tout. Ils contestaient sans arrêt ses choix dans tous les domaines et lui interdisaient quantités d'activités qu'elle aimait. Enfant, elle avait une collection d'insectes – vivants – sur lesquels elle faisait des tas d'expériences. Elle avait l'esprit scientifique, pensait-elle, une vraie chercheuse. Elle expérimentait aussi nombres de ses idées sur des rats, des oiseaux et même des chiens et des chats, qui survivaient rarement, à son grand désarroi. Mais cela eut été difficile, amputés des oreilles et de deux ou trois pattes ! Quand elle ne les éventrait pas, pour étudier l'intérieur de leurs corps ! Les animaux se vidaient alors de leur sang et mouraient rapidement, bien trop vite à son goût.

Pour ses parents, qu'elle avait attachés les bras en croix à la rambarde en fer forgé de l'escalier après les avoir assommés, elle avait concocté un scénario particulier. Ils devaient souffrir, endurer tout ce qu'elle avait enduré durant toutes ces années sous leur joug. Ils l'avaient même fait examiner par un médecin, soi-disant spécialiste du cerveau. Il avait surtout essayé d'abuser d'elle, mais son bas ventre doit encore se souvenir du coup de pied qu'elle lui envoya dans les parties.

Lorsqu'elle avait mis le feu au tas de cartons et d'objets en bois rassemblés au pied de l'escalier, ses parents ne criaient déjà plus. Leur cerveau saturé de douleurs s'était déjà déconnecté de leur corps. Oh ! Ils l'avaient suppliée, pendant des heures, lui faisant maintes promesses. Mais tout ça n'était que des mensonges, il fallait en finir. Elle avait regardé la vieille bâtisse campagnarde brûler pendant quelques heures avant de rejoindre la ville la plus proche.

Elle avait ensuite erré dans les rues pendant des jours, peut-être des mois, elle ne savait plus, ne survivant que grâce à quelques chapardages, par-ci par-là, dormant sous les ponts, dans les couloirs des métros ou de vieilles usines désaffectées, souvent au milieu de la puanteur de corps inertes, morts ou proches de l'être.

Pratiquement morte de faim, amaigrie, elle avait alors rencontré une autre adolescente, solitaire comme elle, un peu plus âgée, mais en parfaite santé, une athlète pleine de vitalité. Léa, comme elle s'appelait à l'époque, s'occupa d'elle comme une deuxième mère. Elle avait des ressources, physiques et intellectuelles pour assurer leur subsistance et surtout elle ne la jugeait pas. Elle la prenait comme elle était, même si parfois elle trouvait certaines de ses expériences légèrement étranges. Elle décida de vouer un amour et une fidélité à vie à Léa. Elle avait eu raison. Se faisant maintenant appeler Hermione, Générale en chef du corps des Guerrières, elle était sa protectrice pour l'éternité.

Elle avait hâte de pouvoir de nouveau reprendre ses expériences. Les quelques rats qu'elle avait tailladés ces derniers temps ne lui suffisaient pas. Un corps humain, quoi de mieux ? La nouvelle prisonnière allait parler, elle en était sûre.

Elle entendit des bruits de pas dans le couloir.

Eumélia, Hermione et Diane arrivaient à peine devant la porte de la salle des instruments que celle-ci s'ouvrit violemment.

« Je vous attendais mes Reines, siffla Julia. Je me préparais patiemment pour tout dire. »

Elle aimait flatter les personnages importants, même s'ils n'étaient pas dupes. Mais elle n'aimait pas Eumélia, elle sentait qu'elle détestait Hermione. Et Hermione était son idole. Elle imaginait quelles expériences elle pourrait réaliser sur la Gouvernante.

« Tout est prêt, suivez-moi vers la cellule de Sandra.

— Ne sois pas impatiente Julia, répondit Eumélia. Nous allons d'abord discuter avec elle, il se peut qu'elle nous parle sans avoir besoin d'utiliser tes…compétences, la peur suffit parfois.

— J'en doute, j'ai déjà tenté de lui parler, mais essayons, dit Diane. »

@@@

Sandra avait repris connaissance depuis quelques minutes à peine. Elle était plongée dans le noir, la bougie ayant été éteinte. Julia croyait-elle qu'elle avait peur du noir ? Elle souffrait toujours de plusieurs endroits de son corps et respirait de moins en moins bien. Il fallait qu'elle tienne au moins toute la journée sans rien révéler. Les Génitrices auraient peut-être l'idée d'avancer l'heure de la rébellion, tout n'était pas perdu, bien qu'elle en doutait.

Des bruits derrière la porte rompirent soudain le silence pesant des entrailles de la terre. Puis quelqu'un tira le verrou extérieur.

La porte s'ouvrit et plusieurs silhouettes entrèrent à la queue leu-leu par l'étroit passage mais elle ne pouvait pas encore les identifier. L'une d'elle alluma quelques bougies proches de l'entrée. Elle reconnut alors les quatre femmes.

« Bonjour mesdames, que me vaut l'honneur de la visite des femmes les plus puissantes de la cité ? » réussit-elle à marmonner en grimaçant. Si la Gouvernante et la Générale en chef du corps des Guerrières étaient descendues toutes les deux si profondément dans les fondations de la cathédrale cela signifiait qu'elles pensaient que la situation était grave. Ce n'était pas bon signe, elles allaient mettre des moyens colossaux pour combattre la rébellion.

« Bonjour Sandra, dit Eumélia. Tu es déjà dans un piteux état. Il est dans ton intérêt et celui de tous de parler. Je refuse d'avoir de nouvelles émeutes dans la cité. Nous avons eu assez de morts et de blessés il y a deux ans. »

Elle fit une pause.

« Réfléchis. Que prépariez-vous en vous regroupant à dix ? Qu'espérez-vous réussir ? Crois-tu que vous avez une chance face à des centaines de Guerrières armées ? En avouant tout, tu pourras bénéficier de ma clémence. Tu pourrais quitter le corps des Génitrices pour une tâche moins contraignante, tu as déjà apporté une bonne contribution à la cité en lui offrant une douzaine d'enfants. »

Eumélia continuait à la questionner calmement. Sandra ne disait pas un mot. Mieux valait ne rien dire que de se laisser entraîner dans une discussion à sens unique et de révéler des informations sous le coup de la colère, pensait-elle. Eumélia avait parlé d'un groupe de dix, cela lui confirmait que les cinq autres Génitrices avaient sûrement dû réussir à regagner leurs Nurseries.

Le sourire de Julia s'accentuait au fil du temps. Elle n'aimait pas l'interrogatoire mené par la Gouvernante qui essayait de négocier avec sa proie. Elle était comme ses parents finalement, elle promettait, c'est tout. Elle aurait aimé à cet instant expérimenter quelques-unes de ses idées sur elle. Mais elle savait que si Sandra ne révélait rien, on emploierait ses moyens à elle ! Et ils étaient efficaces !

Hermione n'étant pas patiente, elle envoya une énorme claque sur la joue gauche de Sandra qui fit rebondir de nouveau sa tête contre le mur, au même endroit. La prisonnière serra les dents pour ne pas hurler de douleur. Son arcade sourcilière droite saigna pour la deuxième fois.

« Nous n'obtiendrons rien d'elle de cette façon, mais nous aurons au moins essayé. Laissons là entre les mains expertes de Julia.

— Puisqu'il le faut ! soupira Eumélia en regardant Julia dans les yeux, mais j'exige d'être prévenue à la moindre information intéressante. Nous devons savoir ce qui se trame avant midi.

— C'est plus de temps qu'il ne m'en faut, Eumélia, répondit la tortionnaire avec une courbette. »

Mais elle savait qu'elle préviendrait d'abord Hermione.

Les trois femmes sortirent, laissant Sandra seule avec Julia dont les yeux brillaient d'excitation.

CHAPITRE 11

3h10

Stella n'avait pas chômé depuis plus d'une heure. Après avoir rencontré Thalia, elle avait informé Sinivali, à la Nurserie centrale, puis ses trois autres contacts dans les Nurseries restantes. Heureusement, la plupart des bâtiments officiels étaient situés à moins de trois cents mètres de la cathédrale sauf la Nurserie ouest un peu plus à l'écart. Cela avait été rapide et facile, elle connaissait la cité par cœur. Tout en longueur, elle s'étendait à l'intérieur des remparts sur deux kilomètres et sa largeur variait de cent mètres au centre à cinq cents mètres aux extrémités. Vue du ciel, elle pouvait faire penser au signe ∞. L'infini, cela avait-il une signification ?

Elle n'avait pas rencontré de problème particulier. Enfin, presque pas. Les gardes ayant été renforcées, elle avait dû escalader plusieurs fois les bâtiments à l'aide des descentes de gouttières et autres aspérités des murs et pénétrer par des fenêtres ouvertes des derniers étages.

Elle avait constaté que tous les membres du troisième

groupe de fugitives avaient réussi à regagner leur base, mais avec difficulté, en contournant la cité pour y entrer par la porte sud. Elles avaient dû attendre une relève des Sentinelles pour profiter d'un moment d'inattention.

Stella leur avait résumé la situation et donné des consignes suite aux nouvelles décisions qu'elle avait prises pour avancer la date de la rébellion. Tout était maintenant organisé et planifié.

Avant de se diriger vers l'ouest de la ville où résidaient les hommes et où elle devait rencontrer Célio pour le mettre au courant des derniers évènements, elle repartit vers le quartier général pour, auparavant, résoudre un autre problème.

@@@

Beaucoup plus bas sous terre, Julia n'avait pas perdu de temps après le départ de ses supérieures. Elle avait ramené quelques-uns de ses instruments favoris dans la cellule d'interrogatoire, et les avaient disposés sur les tables placées le long des murs parmi ceux déjà présents. Elle se réjouissait d'avance des expériences inédites qu'elle allait effectuer sur son nouveau sujet. Elle allait se montrer digne des espoirs qu'on mettait en elle. Sandra s'était plus ou moins endormie. Elle était somnolente, mais elle n'allait pas tarder à se réveiller complètement, et surtout à hurler.

Sandra entendit des bruits métalliques et reprit conscience. Plusieurs bougies éclairaient sa cellule. Illuminés de leur faible lueur, beaucoup d'instruments luisaient sur les tables. A une autre époque on aurait pu se croire participant à une messe noire et qu'un sacrifice se préparait. Elle savait à quoi s'attendre. Elle avait déjà entendu des discussions entre des Guerrières qui avaient été affectées à la surveillance des cellules souterraines. Même elles ne supportaient pas les hurlements qu'elles entendaient parfois à travers l'épaisse porte de la salle de torture. Elles s'éloignaient au fond du couloir en priant pour ne pas en être victime un jour.

Julia perçut les mouvements de sa prisonnière.

« Tu es réveillée ma belle ! Réjouis-toi. La séance va bientôt commencer. »

@@@

Stella observait l'entrée principale de la cathédrale. Bien que son statut lui eût permis de circuler partout dans la Cité 101, et même dans toutes les cités du continent, ce qu'elle avait à faire nécessitait de rester invisible. Il y avait beaucoup plus de Sentinelles qu'habituellement sur le parvis et devant les portes principales. Elle décida de contourner le monument presque millénaire et d'entrer par une porte annexe qui ne servait jamais la nuit et dont elle possédait un passe. Cet accès ne serait sûrement pas surveillé. Elle passa par une ruelle qui débouchait perpendiculairement et au milieu du flan nord de la cathédrale. Comme prévu, la voie était libre. Une fois à l'intérieur, elle progressa de colonne en colonne dans le collatéral nord et longea les différentes chapelles jusqu'à trouver celle qu'elle cherchait. Il y en avait eu autrefois vingt-huit réparties sur le pourtour intérieur de la cathédrale. Elle fit appel à sa mémoire pour se rappeler laquelle donnait accès à la crypte. Elle n'y était pas descendue depuis des années. Il n'y avait plus grand monde debout à cette heure tardive, toutes les Prétoriennes de permanence avaient été envoyées à l'extérieur en patrouille et les autres dormaient en prévision de la rude journée du lendemain. Au fond de la chapelle, elle trouva le passage qu'elle cherchait et qui donnait accès à l'escalier en colimaçon qu'elle emprunta aussitôt. Il y faisait plus frais qu'en plein air, même la nuit, en cette saison. Arrivée à la dernière marche elle s'arrêta pour écouter. La crypte semblait vide. Les Gardiennes devaient se trouver encore plus en profondeur, au niveau des cellules. Elle pénétra dans la salle voutée, renforcée par des colonnes placées à intervalles réguliers. Que de milliers d'heures de travail avaient été nécessaires pour réaliser un tel ouvrage à l'époque des chevaliers !

Au même moment, une jeune Guerrière sortait par l'issue située en face et qui menait aux niveaux inférieurs. Ce n'était pas un problème en soi, elle avait été formée pour respecter la hiérarchie, mais Stella ne voulait pas prendre le risque que sa présence dans les sous-sols fût connue. Elles s'avancèrent pour se rencontrer au centre de la pièce.

« Bonjour Guerrière, comment t'appelles-tu ? dit Stella en la fixant du regard entre les deux yeux.

— Bonjour Procureure Générale Stella, je m'appelle Taligie, Matricule…

— Bien, bien, Taligie, la coupa Stella en lui posant amicalement la main droite sur l'épaule gauche à la base du cou, je ne suis pas là pour te contrôler, je voulais juste discuter un peu. Tu as terminé ta mission et tu remontes ?

— Oui, je viens d'être relevée par Angora, répondit-elle déjà sous l'emprise de son interlocutrice.

— Angora ! Il doit y avoir des prisonniers importants pour qu'une Prétorienne gradée soit affectée dans les profondeurs de la cathédrale, fit-elle comme si elle n'était pas au courant.

— Oui je pense, mais on ne m'a rien dit. J'ai juste cru comprendre qu'Angora doit prévenir la Gouvernante dès qu'une des prisonnières a parlé.

— Je comprends, il y a des secrets dont il vaut mieux ne pas être détenteurs. Regarde-moi bien Taligie, fit-elle avec un geste de la main. Tu ne vas pas te souvenir de m'avoir rencontrée ici. Tu vas remonter et arrivée à la dernière marche tu te réveilleras et tu oublieras que tu m'as vue dans la crypte. Tu ne te souviendras de rien. As-tu compris ?

— Oui Stella, je vais remonter et arrivée à la dernière marche, je ne me souviendrai pas de t'avoir vue.

— Bien. Je te souhaite une bonne nuit Taligie.

— Bonne nuit Stella, répondit-elle dans un état second. »

Elle la laissa remonter avec une démarche de somnambule puis se dirigea vers l'escalier menant au pire endroit de la Cité 101. C'était elle-même qui avait découvert ce passage au milieu des années trente. Il avait sûrement été muré suite à la disparition progressive de l'Inquisition au quinzième siècle et était resté inconnu jusqu'à ce que des infiltrations d'eau désagrègent une partie du mur de la crypte. Une équipe de terrassiers avait alors mis à jour un passage menant dans les entrailles de la terre.

Elle commença à descendre l'escalier à vis creusé dans le calcaire en ébauchant son plan. Angora était un bon élément, mais cela ne lui causerait pas de soucis.

@@@

A cet instant, Angora discutait avec Julia devant la porte de la cellule de Sandra. Sa présence ici n'était pas un bon signe pour son avancement. Elle avait foiré sa mission et Hermione l'avait envoyée sous terre pour remplacer une simple Guerrière.

« La situation doit être exceptionnelle Angora. J'ai la visite des plus hautes Dirigeantes de la cité et maintenant une Prétorienne qui vient surveiller mon travail.

— Je ne viens pas surveiller ton travail Julia. Je dois juste informer Hermione au plus vite dès que tu as obtenu des informations. Où en es-tu ?

— Je viens à peine de commencer, mais cette pauvre Sandra s'est déjà évanouie. Elle n'a encore rien dit.

— Je te conseille de ne pas l'achever avant d'avoir obtenu des informations. Certaines comploteuses ont réussi à s'échapper. Je n'ai pas pu les retrouver dans aucune des Nurseries, c'était pourtant toutes des Génitrices. Personne n'a rien vu comme par hasard.

— Ne t'inquiète pas, je connais mon affaire. Je te préviens dès que j'ai obtenu la moindre petite information.

— Merci Julia, je reste au bout du couloir, l'air y est plus respirable. »

Stella était arrivée en bas de l'escalier. Le couloir était éclairé par quelques bougies aléatoirement fixées sur les murs suintant d'humidité du dernier sous-sol. Réservé aux interrogatoires, il n'y avait en général presque personne, contrairement aux niveaux intermédiaires qui abritaient les prisonniers et étaient surveillés par des Gardiennes. Elle vit Julia entrer dans ce qui semblait être une cellule. Puis Angora vint dans sa direction. Il n'était pas garanti qu'elle puisse l'endormir en l'hypnotisant, c'était un esprit fort et entraîné, pas une Guerrière débutante. Elle ne voulait pas la tuer, c'était une Prétorienne intègre et compétente, et puis elle-même n'abattait un adversaire que quand sa propre vie était menacée – en principe. Il allait falloir ruser et la prendre par surprise. L'oxygène était plus rare ici, ça allait peut-être l'aider.

@@@

Pendant ce temps, Julia avait rejoint sa prisonnière et lui jetait en plein visage un liquide que même un rat n'aurait pas bu. Sandra reprit conscience en grimaçant de dégoût.

« Alors ma belle, sais-tu que tu as de l'importance ? Je risque ma tête si je te laisse mourir. Il semble que tu détiennes quantités d'informations à m'avouer. Je répète ma question : que faisiez-vous sous ce pont à comploter ? Que préparez-vous ? Et pour quand ? »

Elle alla prendre un nouvel objet sur une table et revint auprès de Sandra qui poussa un cri horrifié à la vue de l'instrument de torture brandi devant ses yeux. Qui avait pu inventer de tels appareils ? Elle serra les dents, prête à souffrir.

@@@

Stella attendit qu'Angora passe sans la voir devant le recoin sombre où elle se tenait, puis se glissa derrière elle. Elle lui asséna un coup sur la tempe pour l'étourdir et lui prit la gorge entre les doigts de sa main droite en enroulant son bras gauche autour de son cou pour accentuer la pression. Elle lui comprimait les artères carotides et empêchait ainsi le sang d'atteindre le cerveau. La Prétorienne ne se débâtit pas plus de cinq secondes avant de perdre connaissance. Stella relâcha son étreinte et la tira vers l'arrière en la maintenant sous les aisselles. Bon sang qu'elle était lourde ! Elle la conduisit le plus à l'écart possible. Après avoir bifurqué deux fois dans des couloirs de plus en plus sombres, elle trouva une cellule libre et l'y déposa au sol. Avec des lanières de cuir qu'elle récupéra à la ceinture de sa victime, elle lui lia les bras et les jambes du mieux possible et l'attacha après des chaines fixées au mur. Un vieux chiffon humide qui traînait là servit de bâillon. Il ne fallait pas qu'on la découvre avant une quinzaine d'heures.

Cette tache terminée, elle se dirigea vers la cellule de

Sandra. Arrivée à quelques mètres de l'entrée, elle entendit hurler, puis de nouveau le silence pesant. Elle s'arrêta devant la porte dont le bois de chêne devait avoir des siècles. Il avait pratiquement mieux résisté que toutes les ferrures qui maintenaient les planches entre-elles. A l'époque, on n'utilisait pas directement le bois fraichement coupé, mais il existait un cycle de traitement naturel, notamment par trempage dans l'eau durant plusieurs décennies, destiné à le rendre imputrescible pendant des centaines d'années. La méthode était surtout utilisée pour le bois des bateaux, mais celui de cette porte avait dû en bénéficier. Elle l'ouvrit et pénétra dans la pièce.

Julia était près de Sandra et recueillait son sang dans un petit récipient. Mais que diable allait-elle en faire ? Cette femme était vraiment folle. Elle n'appartenait à aucun corps de la société. Seulement quelques personnes étaient officiellement au courant de sa présence ici. Stella savait qu'elle était toute dévouée à Hermione.

Arrivée au milieu de la pièce, elle croisa le regard de Sandra. Dans ses yeux, elle sentit poindre une lueur d'espoir.

Julia ne l'avait pas encore remarquée.

« Bonjour Julia. Je viens voir si tu as réussi à la faire parler. La situation est urgente. Il nous faut très vite des résultats concrets.

— Tu es qui toi ? » répondit-elle en faisant volte-face. Elle vit une femme en cape de couleur pourpre. Elle savait que c'était quelqu'un d'important, mais elle restait méfiante.

« Je suis Stella, Procureure Générale inter-cités. Je ne vais pas t'énumérer toutes les responsabilités de ma fonction mais je travaille avec tes supérieures, dont Hermione.

— Personne ne m'a parlé de toi, mais si tu le dis ! Je pense que pour arriver ici, il fallait avoir l'autorisation. Pour le moment, je n'ai obtenu qu'une information : les

Génitrices veulent se rebeller dans moins de deux jours. Elle n'a pas encore voulu me donner de détail, mais ça va venir. Maintenant laisse-nous, j'aime travailler seule. »

Cette femme dégoutait Stella, autant par sa physionomie, que par sa mentalité ou son comportement. Elle était en outre irrespectueuse de la hiérarchie. Une telle personne ne devrait pas exister, si on pouvait parler de personne à son sujet. C'était plutôt une création du diable. D'ailleurs au fond de ses oubliettes, elle ne pouvait en être plus proche ! Elle prit sa décision, elle allait la supprimer. Tuer un ennemi dans un combat singulier était plus facile, on y était forcé, c'était lui ou vous. Prendre la décision d'ôter volontairement une vie, qu'elle qu'en soit sa valeur – subjective du reste – c'était se prendre pour un juge ou un jury. Mais une Procureure Générale ne devait-elle pas rendre des sentences ? Elle respira profondément et s'avança.

Julia s'étant de nouveau tournée vers Sandra, Stella lui plaqua la main gauche sur le visage et la fit reculer de quelques pas en la maintenant fermement. La tortionnaire s'agrippa quelques secondes à son bras gauche, le temps que la Procureure Générale inter-cités lui tranche la gorge juste sous le menton avec le poignard qu'elle venait de dégainer. Elle l'envoya vers l'avant de façon à ne pas être éclaboussée par le sang qui gicla du corps devenu flasque. Elle le tira ensuite au pied du mur.

Qu'allait-elle faire maintenant ? Que faire de Sandra ? Si elle la libérait, le risque serait grand qu'elles se fassent prendre toutes les deux. Elle ne pouvait pas la laisser dans sa cellule, Julia serait remplacée, même par quelqu'un de moins compétent dans sa spécialité. Elle réfléchissait à ce dilemme quand Sandra lui offrit la solution.

« Tu as des nouvelles des autres Génitrices Stella ? demanda-t-elle faiblement.

— Oui, ne t'inquiète pas tout est réglé. J'ai informé mes contacts dans toutes les Nurseries. Nous avons avancé la date de la rébellion.

— Bien. Il faut réussir, la société actuelle est trop injuste.

— Nous allons tout faire pour ça Sandra. Ne t'agite pas trop, tu vas t'affaiblir.

— Ne t'inquiète pas, je sais que je n'en ai plus pour longtemps, j'ai perdu trop de sang. J'ai froid… Je sens que la vie s'échappe de mon corps. Je pense que tu vas devoir m'achever.

— Tu es courageuse, je suis désolée Sandra, mais je ne vois en effet pas d'autre solution. Dans ton état, il me serait impossible de te remonter et de te faire sortir de la cathédrale sans attirer l'attention. Je te remercie pour tout ce que tu as fait pour les Génitrices et pour ton sacrifice.

— Mais fais le vite s'il te plait.

— Bien sûr, tu ne souffriras plus, et je parlerai de ta bravoure aux autres.

— Merci Stella, fais leur part de tout mon soutien.

— Tu as ma parole, elles seront toutes fières de ton courage et de ton martyre.

CHAPITRE 12

3h30

Eumélia et Hermione étaient maintenant assises seules dans la salle du conseil. Elles avaient convoqué les différentes Centuriones commandant les cohortes de Prétoriennes et de Guerrières et depuis une demi-heure, elles leur avaient résumé les derniers évènements. Elles leur avaient exposé les risques de rébellion et la situation critique qu'elles s'apprêtaient à vivre dans les jours ou même les heures à venir.

La Cité 101 s'apprêtait en effet à accueillir plusieurs Dirigeantes des cités avoisinantes, à partir du milieu de la journée, pour la réunion officielle et la fête annuelle qui avait été fixée, il y a plusieurs années, durant la première pleine lune qui suivait le milieu de l'année, soit le lendemain. La notion d'année avait été conservée par les fondatrices mais elles avaient abandonné toute notion de semaine ou de mois. Les jours étaient numérotés de 1 à 365, et 366 les années bissextiles. Le concept de week-end n'existait plus, car il faisait référence aux anciennes religions, mais les travailleurs bénéficiaient d'un jour de repos tous les dix jours, en alternance. La société fonctionnait ainsi identiquement tous les jours de l'année avec quatre-vingt-dix pour cent de la population en activité et dix pour cent au repos. Cela ne posait pas de problèmes familiaux, la notion même de famille ayant disparu. Les enfants étaient élevés en communauté, par tranches d'âge, sans connaître leurs parents, et pour cause ! Les hommes vivaient à l'écart des femmes et ne restaient que quelques années dans la même cité. Un seul jour faisait exception, celui de la fête de la cité. Ce devait être une journée de joie et de détente pour tout le monde, sauf pour les Guerrières et les Prétoriennes de permanence, évidemment.

Chaque cité avait instauré les mêmes règles, cela permettait d'échanger entre elles des informations diverses concernant leurs progrès respectifs, les différentes difficultés internes, tant au niveau technique, approvisionnement, qu'organisationnel. Les problèmes humains figuraient bien sûr parmi les plus importants. La guerre civile ne datait que de trois décennies, et on ne réorganise pas une société en partant de rien en quelques années. L'objectif de départ avait été de bâtir sur de nouvelles bases une société matriarcale, exempte de guerre et de violence et stable sur le long terme.

Il s'avérait que cela était plus compliqué que prévu, pensait Eumélia. Les concepts de départ étaient bons et louables mais la mise en application n'était pas aussi évidente que l'avaient cru les fondatrices à l'origine du projet. Aucune situation n'était permanente. Aucune société ne demeurait stable car elles évoluaient en permanence, quelle qu'en soit l'organisation. Elles progressaient, puis déclinaient, inévitablement. Comme la nature avait horreur du vide, d'après Aristote, les humains avaient horreur du changement, mais pourtant ne savaient pas vivre dans une société stable. Il fallait toujours que cela évolue, quelle contradiction ! Les habitants ne se contentaient pas de ce qu'ils avaient. Il leur fallait toujours autre chose. Ça ne changeait pas depuis des siècles.

« Bien, nous pouvons lever la séance, conclut Euménia, deux rudes journées nous attendent. J'espère que nous allons impressionner nos invitées. Il faut que la fête se déroule parfaitement. J'exige une réussite complète sur tous les plans. Hermione, as-tu reçu des informations de Julia ? Cela ne fait pas très longtemps que nous l'avons quittée mais c'est une experte, elle arrive à des résultats rapidement non ?

— Je n'ai pas encore de nouvelle. Angora doit me prévenir dès que nous en aurons obtenues. Cela ne saurait tarder, je connais Julia, je lui fais entièrement confiance.

— Merci. Je vais dormir quelques heures, je dois être prête et en forme pour mon discours de demain et accueillir au mieux nos visiteuses. Préviens-moi à partir de sept heures s'il y a du nouveau et ne t'éloigne pas trop, la situation exige une présence continue au quartier général.

— Ne t'inquiète pas Euménia, je vais gérer au mieux les prochaines heures, tout se passera bien.

— J'espère. A tout à l'heure, nous referons un point avant notre réunion de neuf heures avec les responsables de Corporations. »

La Gouvernante quitta la salle pour se rendre dans ses appartements.

Repose-toi bien, tu as une mine épouvantable, pensa Hermione après qu'Euménia l'eut quittée.

@@@

Stella se trouvait dans le collatéral nord derrière une colonne qui le séparait de la nef. Elle venait de remonter des enfers. Le mot n'était pas trop fort. Elle avait réglé le cas de Sandra. Elle en était désolée, mais les pertes étaient inévitables, même quand on se battait pour une cause juste. Elle lui avait d'abord fait perdre connaissance par strangulation puis lui avait tranché la moelle épinière à la base de la nuque. Elle avait mis fin aux souffrances que la Génitrice endurait depuis quelques heures mais qui avaient dû lui paraître des jours.

Elle observait l'agitation inhabituelle de cette fin de nuit. Elle vit Eumélia sortir de la salle du conseil. Toutes les responsabilités pesant sur ses épaules se lisaient sur son visage. Ce n'était plus celle qu'elle avait connue autrefois, gaie, enjouée, volontaire, combative, pressée de développer ses idées dans une nouvelle société utopique. Elle la voyait vieillir lors de chacune de ses visites à la Cité 101. Il est vrai qu'elle avait soixante ans, comme elle-même, mais avec toutefois une *légère différence* au niveau génétique.

Elle décida de ressortir par la même issue qu'à son arrivée. Il y avait vraiment trop d'allers et venues du côté de la sortie principale. Une fois dehors, elle se dirigea vers l'ouest. Les hommes étaient installés à l'extrémité de la ville. Au petit trot, il lui faudrait environ quinze minutes pour l'atteindre, et trouver le moyen d'entrer dans la résidence de Célio. Son neveu devait encore dormir à cette heure-ci. Les travailleurs se levaient avant six heures à cette époque de l'année. Depuis qu'il n'y avait plus d'électricité, il fallait profiter au maximum de la journée solaire. Il devait se rendre aux champs, puis serait libre le lendemain pour la fête, comme toute la population.

@@@

Hermione sortit de la salle à son tour et décida d'aller vérifier si les ordres étaient bien descendus jusqu'à la base de ses troupes. Toutes les Blackwomen étaient réquisitionnées pour effectuer des rondes supplémentaires dans les rues de la cité et à l'extérieur des remparts. Elle sentait que quelque chose d'énorme se préparait. Son instinct la trompait rarement. Elle sortit sur le parvis. La nuit était douce. Les premières lueurs de l'aube n'allaient pas tarder, dans une heure le ciel commencerait à rougeoyer et dans moins de deux heures le soleil se lèverait. Il n'y avait plus d'heure d'été, c'était devenu inutile étant donné qu'il n'y avait plus d'économies d'énergie électrique à réaliser. Il restait juste un décalage d'une heure entre l'heure officielle et l'heure solaire. Elle ne savait pas pourquoi, mais peu importait. Elle repensa à son parcours qui n'avait pas été le même que pour toutes les autres Dirigeantes, issues d'un ancien mouvement féministe appelé les Femen. Durant les années de guerre civile, elle avait développé des compétences de survie et de combativité hors pair. Elle était devenue experte en combat de rue et avait développé un sens aigu des relations humaines par les nombreuses confrontations auxquelles elle avait été exposée. Confrontations était un bel euphémisme, son existence même ayant été si souvent mise en péril. Elle avait ôté la vie de tant de gens durant ces temps obscurs qu'elle n'en connaissait même pas le nombre total. Elle aurait peut-être bien fini par y perdre la sienne si elle n'avait pas été remarquée par une Femen qui avait décelé en elle des qualités de meneuse et de Guerrière qui allait servir dans le combat des femmes pour la prise du pouvoir. Bien sûr, elle n'avait pas été emballée tout de suite, elle était beaucoup trop indépendante pour intégrer un groupe structuré, quel qu'il soit, mais elle s'était finalement laissée convaincre. Elle ne le regrettait pas le moins du monde en ce moment même. Elle était tout proche du sommet de la hiérarchie.

L'effervescence sur la place la rassura un peu. Les jeunes

Guerrières qu'elle voyait s'activer devant elle avaient vraiment eu de la chance de pouvoir bénéficier d'une formation efficiente. Des patrouilles partaient et s'enfonçaient dans les rues de la cité endormie, d'autres revenaient et faisaient leur rapport à leurs Centuriones. Il ne se passerait plus rien cette nuit. Elle pouvait aller dormir deux heures, un cycle de sommeil lui suffirait pour récupérer. Elle ordonna à Katy de se rendre à la cellule d'interrogatoire vers quatre heures trente et de la réveiller si Julia avait obtenu des informations. Elle allait pouvoir se reposer dans la chambre qu'elle occupait – rarement – au plus haut niveau du casernement de la cathédrale.

@@@

Stella parcourait les ruelles obscures en direction de l'ouest. La lune baissait régulièrement vers l'horizon. Il faisait un peu plus sombre entre les murs, ce qui l'arrangeait. Elle croisa plusieurs patrouilles mais réussit à rester invisible à leurs yeux. Elle dut contourner, par une rue adjacente, une grande plaine herbeuse avant de se retrouver à proximité d'un des bâtiments où logeaient les hommes. D'après ses souvenirs, c'était une ancienne maison de retraite proche d'un hôpital. Ce dernier avait presque entièrement brulé lors des premières émeutes il y avait plus de trente ans. Cela avait été atroce. Presque tous les malades invalides avaient péri dans de terribles souffrances, personne n'ayant eu le temps de leur faire quitter le bâtiment. Et beaucoup d'autres n'avaient pu évacuer l'hôpital à cause de la panique générale qui congestionnait toutes les sorties. Il avait été, depuis, nettoyé tant bien que mal pour servir aussi de dortoir aux hommes. Certains vivaient à dix dans des grandes pièces, d'autres occupaient des anciennes chambres de malades à deux lits.

Célio logeait dans un bâtiment plus modeste de deux étages situé cent cinquante mètres à l'est de l'hôpital. Les anciennes chambres particulières des retraités d'une autre époque étaient maintenant occupées par deux, voire quatre hommes. Surtout pour faciliter leur surveillance : moins de locaux nécessitant moins de Guerrières affectées comme Gardiennes. Célio était dans une chambre de deux personnes. Cela serait plus facile pour lui parler. Avant cela il fallait pénétrer dans le vaste bâtiment, de forme rectangulaire délimitant une grande cour intérieure.

Des Sentinelles stationnaient devant les quatre façades extérieures. Elle choisit d'arriver par le côté est qui était maintenant dans l'ombre. Un jardin garni d'arbres et de bosquets lui faciliterait la tache pour arriver, sans être repérée, au pied du mur. Une fois là, elle pourrait choisir une ouverture non surveillée pour entrer, si elle en trouvait une. Sinon elle escaladerait la façade, puis la toiture et elle entrerait par une lucarne.

Toutes les Sentinelles avaient le regard tourné vers l'extérieur, dos au bâtiment à dix ou vingt mètres de celui-ci. Elle passa d'un fourré à l'autre s'arrêtant régulièrement pour les observer et bouger chaque fois qu'elles regardaient dans une autre direction. Cela lui prit cinq bonnes minutes pour parcourir les trente derniers mètres.

Plaquée contre le mur à peu près au milieu de la façade, elle voyait maintenant les Sentinelles de dos. Bien, se dit-elle, il n'y a plus qu'à entrer. Elle se déplaça latéralement jusqu'à une porte. A l'intérieur, dans ce qui devait être une entrée annexe, elle entendit des voix de femmes. Sûrement des Gardiennes chargées de la surveillance intérieure. Il allait falloir qu'elle passe ailleurs. Elle se déplaça dans l'autre sens jusqu'à une descente de gouttière qui semblait capable de supporter son poids avec une bonne marge de sécurité, les supports métalliques étant encore bien scellés dans les joints du mur. Elle l'escalada jusqu'à la gouttière puis passa avec précaution sur le toit recouvert d'ardoises noires et franchit le faîtage. Elle était maintenant nettement visible sur ce pan de toiture, éclairé par la lune, mais il n'y avait personne pour la voir depuis la cour intérieure. Elle descendit sur la pente jusqu'à une lucarne. Pas de lumière à l'intérieur. Elle jeta un œil et vit que c'était une salle de bains dont la fenêtre était ouverte pour laisser entrer l'air plus frais de la nuit. Elle y pénétra. Il devait faire une chaleur torride la journée dans ces pièces mansardées sous les toits. Célio était au premier étage dans l'aile nord. Elle descendit donc d'un étage par l'escalier central et s'engagea dans le corridor. A l'extrémité, elle devrait tourner à gauche pour atteindre la chambre de son neveu, située au milieu du couloir. Elle aimait que ses plans se déroulent tels qu'elle les avait prévus, comme aujourd'hui.

Au sortir de l'angle du couloir elle faillit rentrer dans une Gardienne effectuant sa ronde. Cette dernière fut aussi surprise qu'elle de cette rencontre inattendue. Stella prit l'initiative.

« Bonjour, Guerrière, je suis Stella, Procureure Générale inter-cités, comment t'appelles-tu ? fit-elle d'une voix ensorceleuse et persuasive en la fixant du regard et en lui posant la main sur l'épaule.

— Je m'appelle Elsa, répondit-elle, mais que fais-tu ici Stella, les règles de sécurité viennent d'être renforcées et nous devons contrôler tout le monde.

— Elsa, regarde-moi, penses-tu que je suis tout le monde ? Tu connais mes fonctions. Qui est chargée de faire respecter les lois, et qui les a définies alors que tu n'étais même pas née ? »

Elsa commençait à tomber sous son emprise.

— Les Dirigeantes, Stella, dont tu fais partie, mais Hermione vient de nous donner des ordres stricts.

— Et qui crois-tu qui en est à l'origine ? Hermione ne fait que transmettre les instructions de la Gouvernante.

— Oui Stella je comprends.

— Es-tu la seule Guerrière à cet étage ?

— Oui Stella je fais le tour des couloirs.

— Bien, Elsa, tu vas maintenant te rendre à l'étage supérieur, tu t'allongeras au sol dans une des salles de bain et tu t'endormiras jusqu'au matin. Au réveil tu ne te rappelleras pas m'avoir vue. Tu penseras t'être endormie durant ta ronde. Tu as compris ?

— Oui Stella j'ai compris.

— Bien, tu peux y aller maintenant Elsa. »

Ouf ! Ça avait été plus long que prévu mais elle avait réussi à l'hypnotiser. Le plus dur, c'était de gagner la confiance pour faire tomber les barrières psychologiques, ne pas laisser croire à l'autre qu'on veut l'hypnotiser. Il lui restait quelques mètres à faire pour atteindre la chambre de Célio, sans autre surprise espérait-elle.

CHAPITRE 13

3h50

Pendant ce temps au quartier général, Katy s'impatientait. Elle n'aimait pas se rendre dans les entrailles de la cathédrale. Elle était claustrophobe, mais ne l'avait jamais avoué à personne, pas même à Hermione, dont elle était pourtant la confidente. Une Prétorienne devait être irréprochable, ne pas avoir de point faible. Elle ne connaissait pas vraiment l'origine de sa phobie mais elle en avait une petite idée. Agée de vingt-sept ans, elle avait bien sûr été élevée dans la cité par des nourrices comme tous les bébés. Il y a quelques décennies, les cicatrices psychologiques de la guerre civile étant encore inscrites dans la mémoire de tous les habitants, la société était plus dure, surtout pour les enfants. Lorsqu'elle avait six ans, elle se souvenait avoir souvent vu les animatrices emmener les enfants de deux ou trois ans, seuls, dans les caves sombres des crèches, pour les punir. Quand ils remontaient, ils étaient en pleurs pendant des heures. Peut-être avait-elle subi le même sort de nombreuses fois et son inconscient, masquant ces souvenirs douloureux, lui jouait maintenant des tours – peut-être. Mais il lui fallait vaincre cette peur, autant pour sa fierté personnelle que vis à vis des impératifs de sa fonction.

Jusqu'à maintenant elle avait réussi à ne pas se trouver dans ce genre de situation tant redoutée. Elle se demandait comment elle allait se comporter dans les soubassements de la cathédrale. Mieux valait effectuer cette corvée le plus vite possible pour en être débarrassée, car sa nervosité augmentait au fil du temps. Elle n'attendit pas quatre heures trente comme l'avait exigé Hermione et se dirigea vers les escaliers. Elle en aurait pour moins d'un quart d'heure pensait-elle. Elle prit par sécurité plusieurs bougies de rechange – on ne savait jamais ce qui pouvait arriver – et elle commença la descente de l'étroit escalier en colimaçon. A peu près toutes les quinze marches, une petite niche creusée dans le mur abritait une bougie. Elles étaient changées et rallumées tous les matins, mais au bout de vingt-quatre heures, en fin de nuit, elles étaient presque totalement consumées, ce qui n'était pas fait pour la rassurer. Elle commençait déjà à transpirer, ce qui ne lui ressemblait pas étant donné son niveau d'entraînement physique. Elle accéléra pour sortir au plus vite de cette spirale infernale qui descendait vers les enfers. Elle savait qu'il y avait soixante-six marches mais elle n'avait pas compté. Arrivée presque en bas la tête commença à lui tourner. Elle arriva en trombe dans la crypte, s'empiergea et s'affala sur le sol dallé.

« Tu es pitoyable Katy », s'invectiva-t-elle.

Elle se releva d'un bon, vexée par sa chute. La crypte était vaste et éclairée par de nombreuses bougies, pour le moment du moins, mais cela suffirait, elle n'allait pas rester des heures sous terre, pensait-elle. Elle respira amplement plusieurs fois. Elle reprit un peu d'assurance et se dirigea vers le passage situé à l'opposé de la pièce. L'escalier suivant était encore plus étroit que le précédent. Elle prit son courage à deux mains et descendit, consciente que son seul et pire ennemi, c'était elle-même. Tu ne risques rien, tu ne risques rien, se répétait-elle sans arrêt. Elle arriva finalement au dernier niveau. Elle respirait de plus en plus mal, son cœur battant pratiquement à son maximum. L'air était suffocant, l'oxygène était rare. Elle posa le pied sur un sol pavé, solide, ce qui la rassura un peu et avança vers la cellule où elle pensait trouver Julia et sa prisonnière. De vieilles chaises en bois étaient posées régulièrement le long des murs, sûrement destinées aux Gardiennes. Le silence était impressionnant, elle n'entendait que son cœur et le bruit sec de ses bottines sur les pavés de pierres. Où se trouvait Angora qui était chargée de superviser l'interrogatoire ? Arrivée devant la porte qu'on lui avait indiquée, elle frappa. Le verrou extérieur était ouvert. Elle poussa le battant et entra.

Dans la pénombre, au fond de la pièce, un spectacle affreux s'offrit alors à ses yeux. Elle avait pourtant vu des choses horribles, lors des émeutes deux ans auparavant. Mais là ! Elle fut prise d'angoisse et de spasmes à la vue des deux corps imbriqués nageant dans une terre imbibée de sang. Elle s'approcha, suffocant de plus en plus. Ce qui devait être le corps de Julia avait la gorge tranchée et avait dû perdre tout son sang. Son bras gauche était passé autour du cou de Sandra et elle tenait dans la main droite un poignard ensanglanté. Sandra tenait aussi un poignard rouge de sang également dans sa main droite, la gauche serrant la veste de Julia. Elles s'étaient empoignées et avaient porté leur coup au même moment puis étaient tombées toutes les deux sur le côté. C'est la conclusion qu'elle tirait sur le moment. Mais comment cela avait-il été possible ? Julia avait libéré Sandra ? Pour quelle raison ?

Pour la rapprocher d'un de ses instruments de torture ? Et où était donc Angora ?

Ses convulsions s'accentuèrent, elle avait envie de vomir. La tête lui tournait. Elle pivota vers une table et prit appui de ses deux mains pour garder son équilibre. Elle avait maintenant devant les yeux des tas d'objets infernaux. Son regard se voila. Ses yeux se brouillèrent. Elle voulut appeler, mais rien ne sortit de sa gorge, et puis qui eut pu l'entendre ? Ses jambes flageolèrent soudain, lui faisant perdre l'équilibre et elle chancela. Sa tête cogna le bord de la table en chêne renforcé d'une cornière métallique sur son pourtour, puis tout devint noir.

@@@

Au même moment, Stella entrait dans la chambre de Célio puis refermait la porte. La fenêtre était ouverte et donnait vers le sud, sur la cour intérieure. Il faisait sombre mais elle vit deux lits dont l'un semblait vide. Le compagnon de chambre de son neveu s'était-il levé ? Elle s'approcha de Célio qui dormait sur le dos, un simple drap remonté jusqu'à son thorax. Elle lui mit la main sur la bouche.

« Chut Célio, c'est moi, chuchota-t-elle. »

Il s'éveilla presque instantanément. Il n'était plus dans un sommeil profond à l'approche du petit matin. C'était un homme de quarante-sept ans encore svelte et musclé pour son âge. Il avait passé les vingt dernières années dans les champs et les élevages de plusieurs cités, parfois à des centaines de kilomètres, où il avait toujours été affecté à des travaux durs, mais en plein air. Coïncidence, c'était ici, dans cette région, qu'il était né, bien avant les événements tragiques de la fin des années vingt et c'est ici qu'il résidait définitivement, ayant dépassé l'âge limite pour participer à la reproduction. Habitant à la campagne, il avait moins souffert des émeutes et tueries de l'époque mais il avait été fait prisonnier lors de la prise de pouvoir par les femmes. Il devait maintenant être père de dizaines d'enfants, qu'il n'avait jamais connus bien sûr, répartis dans plusieurs cités.

« Célio, je n'ai pas beaucoup de temps. » Elle commençait à connaître ce refrain à force de le répéter.

« Bonjour Stella, que se passe-t-il ? Je ne pensais pas te revoir avant plusieurs heures et surtout ici.

— Tout d'abord, où est ton voisin ? Il ne faut pas qu'il nous surprenne.

— Ne t'inquiète pas pour ça, il a été transféré dans une autre cité il y a quelques semaines mais personne ne l'a remplacé pour le moment.

— Ha, excellent ! Célio, les évènements s'accélèrent. Les Génitrices ont été surprises à l'extérieur de la cité pendant leur réunion de coordination concernant l'organisation de leur mutinerie. Beaucoup sont mortes suite à l'intervention de la section des Blackwomen qui patrouillaient non loin de là.

— C'est terrible, elles étaient une quinzaine je crois.

— Oui, sept d'entre elles ont réussi à regagner leur Nurserie, le reste a été massacré. »

Elle ne dit rien au sujet de Sandra, elle n'en était pas très fière, même si cela avait été la meilleure solution.

« Est-ce que cela remet en cause notre opération ?

— Non, il faudra seulement être prêts plus tôt que prévu. J'ai rapidement changé nos plans, les Génitrices doivent prendre possession de leurs Nurseries à dix heures ce matin. Dès qu'elles seront barricadées à l'intérieur, cela va poser un problème à Eumélia et à Hermione, comme nous le souhaitons. Elles vont devoir utiliser une bonne partie des Guerrières et des Prétoriennes pour lutter contre cette rébellion. Je pense que dans un premier temps, elles vont étouffer l'affaire, surveiller les Nurseries de l'extérieur, empêcher toute tentative d'esclandre, pour que la rencontre inter-cités se déroule comme prévu. Nous serons alors prêts à agir de notre côté. Tu vas devoir faire l'échange avec ton frère ce matin, prévenir rapidement les autres et leur donner les dernières informations que tu as glanées depuis quelques jours. Mais fais bien attention, la garde risque d'être extrêmement renforcée.

— Ok, pas de problème, j'ai l'habitude. Mon champ se trouve à côté d'un bois, ce qui est pratique.

— Il se situe où exactement ton champ ?

— En contrebas de la cité, il n'est pas très éloigné. Nous sortons par la porte ouest, descendons la colline, passons la clôture de vieux véhicules et il reste un kilomètre à parcourir. C'est du bon côté et Livian n'a pas trop de chemin à faire, moins d'une heure de cheval ou à peine deux heures à pieds. Il sera là deux heures après le lever du soleil comme d'habitude, même si nous ne devions changer de rôle que demain.

— Très bien. Il faudra que je le mette au courant dès que possible, ne perds pas de temps à tout lui expliquer, il faut prévenir les autres rapidement. Voilà ce que j'ai prévu pour les heures qui viennent. Les Génitrices doivent prendre possession de leurs cinq bâtiments durant la réunion des Gouvernantes. Après leur petit déjeuner, elles vont, dans un premier temps, récupérer tous les outils tranchants qu'elles trouveront dans les cuisines. Elles se débarrasseront des Gardiennes en poste à l'intérieur, pour la plupart des jeunes sans expérience qui ne résisteront pas longtemps. Espérons qu'elles ne feront pas de carnage pour se venger de leurs camarades abattues cette nuit. Elles devront ensuite barricader toutes les portes et les fenêtres des étages supérieurs non munies de barreaux. Elles ont de l'eau et de la nourriture pour elles et les bébés et peuvent tenir des semaines. C'est un plan très simple, mais il devrait fonctionner.

— En effet, ça doit fonctionner, l'élite des Prétoriennes sera sûrement dans l'entourage immédiat des Dirigeantes. Elles vont surveiller les Nurseries mais n'interviendront pas avant la fin de la fête. »

Ils discutèrent encore quelques minutes. Stella lui donna encore des instructions et quelques informations sur le déroulement de la journée.

« Je vais te laisser, maintenant. J'ai besoin d'un peu de repos avant la réunion des Corporations à neuf heures et le soleil se lève dans moins d'une heure. Bonne chance Célio.

— Bonne chance aussi Stella. »

Elle allait repasser dans les appartements mis à sa disposition au centre de la cité pour dormir un peu. Depuis quelques années elle avait trouvé un rythme de récupération efficace qui lui permettait d'être nuit et jour opérationnelle. Elle se contentait de trente minutes de sieste toutes les quatre heures, soit trois heures par jour. Mais ce fractionnement équivalait à au moins six heures de sommeil continu. De temps en temps elle pouvait aussi faire une nuit presque complète pour effacer une fatigue exceptionnelle, mais c'était de plus en plus rare.

Elle refit le chemin inverse et repassa dans la salle de bain du second étage. Elsa dormait à poings fermés. Elle enjamba le garde-corps de la fenêtre et remonta le pan de toiture.

Du faîtage, vers l'est, elle vit à moins d'un kilomètre le sommet de la cathédrale qui se détachait sur le ciel qui commençait à perdre de sa noirceur nocturne. En contrebas, le jardin était encore plongé dans l'ombre, mais il fallait se hâter de redescendre. Elle le fit sans encombre de la même façon qu'à l'aller.

Quinze minutes plus tard elle était assise en tailleur sur un tapis posé sur le sol de son appartement et se plongeait dans un sommeil artificiel réparateur. Elle pouvait tenir des semaines avec ce rythme de trente minutes de sommeil toutes les quatre heures. Mais elle n'avait pas encore dormi de la nuit, elle se programma donc pour ne se réveiller que deux heures plus tard.

CHAPITRE 14

5h35

Illythie s'était réveillée dès les premiers rayons du soleil. Comme prévu ! Bien avant l'heure officielle du lever et du petit déjeuner dans les Nurseries, elle avait réuni les principales Génitrices qui allaient mener l'offensive contre les Gardiennes. Elles se trouvaient dans une pièce du sous-sol de leur immeuble. Toutes les constructions de la Cité 101 possédaient plusieurs niveaux souterrains.

Le premier tenait lieu de caves. D'architecture généralement voutées, elles avaient été construites dans des remblais que la population avait accumulés au fil des siècles.

Le deuxième niveau était une carrière. Il avait été creusé dans le sol calcaire, il y a bien longtemps, afin de tailler les pierres destinées à la construction des bâtiments de la ville.

Le troisième niveau avait servi de carrière de sable pour la fabrication du mortier destiné à solidariser les pierres.

Les Génitrices étaient rassemblées dans le deuxième niveau. C'était aussi à cet endroit qu'elles avaient accumulé progressivement depuis plusieurs dizaines de jours une grande quantité de nourriture et d'eau en prévision du siège qu'elles devraient tenir. Une dizaine de mètres sous la surface du sol, il y faisait frais toute l'année. Les bruits y étaient atténués et personne ne risquait de les entendre. Les Guerrières n'y descendaient jamais.

Damona venait de confirmer que son groupe avait pu rentrer dans la cité, non sans difficultés, durant la nuit, mais qu'ensuite elles étaient toutes parties dans des directions différentes rejoindre leurs Nurseries respectives. Mais on ne pouvait pas être sûr qu'elles les aient toutes atteintes.

Illythie résumait la situation de la nuit à ses camarades et les informaient des nouvelles décisions prises par son contact, la coordinatrice de leur mutinerie. Toutes étaient considérablement affectées après qu'elles eurent appris la mort tragique de plusieurs de leurs camarades et la capture de Sandra, que beaucoup connaissaient depuis longtemps, même si elle était d'une autre Nurserie. Toutes avaient hâte d'engager le combat.

« Donc, pour résumer, dès la fin du petit-déjeuner, vers sept heures trente, chacune de vous s'emparera de couteaux, de hachoirs ou d'autres objets tranchants à la cuisine. Prenez-en le plus que vous le pouvez. Nous devons être coordonnés avec les autres Nurseries. L'attaque ne débutant qu'à dix heures, il est impératif de cacher nos armes et de ne pas nous faire prendre. A cette heure-là, il n'y aura pas beaucoup de Gardiennes dans notre bâtiment, elles vont être occupées en ville par la préparation de la fête. Il n'en restera que quelques-unes aux différents accès, à moins que la garde ne soit renforcée suite aux évènements de cette nuit. Nous verrons. Nous allons nous emparer des trois entrées simultanément. J'ai réparti les rôles entre nous de la façon suivante. »

Illythie expliqua en détails la constitution des équipes et

le déroulement des actions qui allaient suivre, puis distribua les responsabilités à chacune.

« A dix heures donc, chaque équipe se rendra vers une des issues du bâtiment. Il faut trois ou quatre d'entre nous minimum par Gardienne pour être sûr de la dominer. Nous allons les prendre par surprise. Elles n'auront pas le temps de réagir. Vous devez les maîtriser rapidement, les ligoter et les descendre à la cave. L'objectif n'est pas de les tuer. Nous devons refreiner nos idées de vengeance irréfléchie, elle viendra bientôt, soyez patientes. Les Guerrières qui surveillent les Nurseries sont jeunes, elles font leur boulot, comme nous. Sauf quelques cas particuliers, elles ne sont ni agressives ni méprisantes ni arrogantes comme Hermione et les Blackwomen. Aussitôt, une autre équipe cloisonnera les entrées de l'intérieur avec les outils que nous avons récupérés. Il faut aussi continuer à s'occuper des bébés. Une équipe en est chargée avec les nourrices. Heureusement, nous ne prévoyons pas d'accouchement avant plus d'une semaine, sauf accident ! Dès que nous serons maîtres de la situation, nous pourrons discuter de nos revendications avec les Dirigeantes.

@@@

Hermione ouvrit les yeux, surprise par la clarté baignant la pièce, une des rares de la cathédrale avec des vitres qui donnaient sur l'extérieur. Il y a trente ans ces ouvertures étaient garnies de vitraux. Tous avaient été détruits puis remplacés par des vitres récupérées dans des habitations abandonnées à l'extérieur de la Cité 101. Quelle heure pouvait-il être ? Elle regarda le vieux réveil mécanique posé sur sa table de nuit. Cinq heures quarante-cinq. Le soleil était déjà levé et personne ne l'avait réveillée ! Elle fut prise d'une fureur qu'elle aurait du mal à apaiser.

« Prétorienne ! » hurla-t-elle.

Elle savait que devant sa porte il en stationnait une en permanence.

« Oui Hermione que se passe-t-il ? fit la Prétorienne en pénétrant l'épée à la main.

— Appelle-moi une Centurione tout de suite.

— Je vais chercher Diane, elle est au rez-de-chaussée en train de contrôler l'organisation des affectations des Guerrières pour l'après-midi.

— As-tu vu Katy depuis deux heures ?

— Non, Mais je suis à ce poste depuis quatre heures, elle est peut-être en bas.

— Merci, je descends moi-même retrouver Diane. Tu peux rester à ton poste. »

Elle suivit le corridor jusqu'à son extrémité. Quatre paires de couloirs provenant de la nef et du transept débouchaient au niveau de leur intersection. Ils se rejoignaient sur un palier de type mezzanine sur les quatre côtés de la tour lanterne. La construction en bois était similaire sur chacun des six étages, du sol jusqu'aux fenêtres situées proche du sommet de la nef. Un escalier en bois de construction récente desservait tous les niveaux depuis le rez-de-chaussée. Aux quatre angles de chaque palier, une ouverture avait été aménagée dans le plancher et une grosse corde de chanvre lisse, destinée aux descentes urgentes, pendait depuis le niveau supérieur. Hermione la saisit et se laissa glisser jusqu'au rez-de-chaussée en quelques secondes. Ne prêtant pas attention à ses mains qui la brûlaient, elle rejoignit la salle des gardes pour retrouver Diane.

« Diane, as-tu des nouvelles de Katy et d'Angora ?

— Non désolée Hermione. Je commence aussi à m'inquiéter, j'étais sur le point d'envoyer quelqu'un au sous-sol.

— Katy devait descendre à quatre heures trente pour avoir des informations et me faire aussitôt un rapport. Il y a quelque chose qui cloche, je te conseille de descendre avec une section de Prétoriennes. C'est un vrai labyrinthe en bas, vous ne serez pas trop de dix pour inspecter les différents couloirs et corridors si cela s'avère nécessaire, surtout au dernier niveau. Je redoute le pire.

— Bien, j'y vais de ce pas. J'ai une section de Prétoriennes qui vient de rentrer de patrouille et qui est opérationnelle.

— Tiens-moi au courant, je vais informer Eumélia, je pense qu'elle est encore dans ses appartements. »

@@@

Arrivée dans la crypte, où tout semblait normal, Diane sépara sa section en trois équipes, chacune chargée d'inspecter un des niveaux inférieurs. Elle se réserva logiquement le plus profond, celui où se trouvait la salle d'interrogatoire de Julia. Elles changèrent plusieurs bougies entièrement consumées puis elles commencèrent leur descente. Seul le bruit de leurs pas rompait le silence en résonnant dans l'escalier en colimaçon. Il n'y avait pas de palier à chaque niveau intermédiaire. Pour y accéder, seule une ouverture, de un mètre soixante de haut sur cinquante centimètres de large, percée dans le mur cylindrique partait de l'escalier, directement depuis les marches. Les deux premières équipes pénétrèrent chacune dans leur niveau respectif. Arrivée en bas, Diane envoya deux Prétoriennes dans le couloir de droite, se réservant avec celle qui restait avec elle, Matilda, le côté gauche où se trouvait la cellule de Sandra. Parvenue à quelques mètres de la porte, elle constata qu'elle était ouverte. Elle dégaina son épée et avança prête à répondre à une éventuelle attaque. L'air sentait la mort, remarqua-t-elle. En entrant dans la pièce, elle ne vit rien. Le noir absolu. Elle réclama une bougie neuve à Matilda. Elles en allumèrent chacune une puis pénétrèrent plus profondément dans la cellule. L'odeur était pire que quelques heures auparavant lorsqu'elle était venue avec ses supérieures. Elle vit d'abord le corps d'une Prétorienne, affalé au pied d'une table, puis deux autres à quelques mètres de là. En retournant le premier corps, elle reconnut Katy. Son crâne saignait mais elle respirait faiblement. Qu'avait-il pu arriver ? Avait-elle surpris un agresseur au moment où il se débarrassait de Julia et de Sandra ? Avait-elle essayé de séparer Sandra et Julia en train de se battre puis avait été projetée contre la table ?

Hermione allait piquer une crise ! Diane connaissait son affection pour cette femme démente qu'elle connaissait et protégeait depuis des décennies.

Les corps inertes des deux mortes étaient dans une position étrange, comme si elles se battaient, mais en observant de plus près avec sa bougie elle vit des traînées dans la terre battue et des traces de sang à quelques mètres. Les corps avaient été déplacés. Cela ressemblait à une mise en scène. Mais par qui et pourquoi ? Il fallait interroger Katy au plus vite.

Elle lui donna quelques claques et l'aspergea avec l'eau d'un broc. C'était le seul objet *civilisé* qu'elle voyait sur la table parmi les mécanismes de torture de Julia. La Prétorienne reprit peu à peu connaissance, mais semblait désorientée. Pas moyen de la faire parler.

« Matilda, il faut la remonter tout de suite, appelle les autres.

— J'y cours Diane. »

— Katy, tu m'entends ?

— Diane ? Qu'est ce que je fais ici ?

— C'est ce que j'aimerais savoir. Depuis quand es-tu là ?

— Je suis descendue vers quatre heures, un peu avant l'heure fixée par Hermione. Je pensais obtenir des renseignements plus rapidement.

— Mais que s'est-il passé exactement ?

— Les corps étaient déjà là quand je suis arrivée. J'ai pensé qu'elles s'étaient battues. Ensuite je ne me souviens de rien. » Elle n'allait certainement pas avouer qu'elle s'était sentie mal !

« Non, reprit Diane, je pense que c'est une grossière mise en scène qui peut tromper un moment dans la pénombre. Tu as peut-être été assommée par l'assassin.

— C'est possible, il était peut-être encore dans les parages, les corps étaient encore chauds quand je suis arrivée.

— Bien, mets-toi debout. Il faut remonter l'information au plus vite. »

Elle mit le bras droit de Katy autour de son cou et la prit par la taille pour l'aider à quitter la pièce.

— Bien que cela soit peu probable, crois-tu Angora capable de nous trahir ? Elle a disparu aussi. Je l'avais sermonnée peu de temps auparavant.

— Non, c'est pratiquement impossible, je la connais très bien. Elle est fidèle et compétente, elle ne nous trahirait jamais. »

Diane la soutint jusqu'au pied de l'escalier. Une Prétorienne descendait à ce moment et leur apprit que tout était normal dans les niveaux supérieurs. Les Guerrières en faction devant les différentes cellules occupées n'avaient rien vu d'inhabituel.

Elle n'attendirent pas longtemps le retour de leurs collègues. Elles distinguèrent quatre silhouettes au bout du tunnel. Matilda revenait avec les deux autres, elles avaient retrouvé Angora qui semblait furieuse.

« Nous l'avons découverte ligotée et bâillonnée dans une

cellule du fond, raconta Matilda. »

Angora reprenait péniblement son souffle, son bâillon l'avait difficilement laissée respirer l'air à l'oxygène raréfié.

« Que t'est-il arrivé Angora ? Ce n'est décidément pas ta nuit !

— J'ai été agressée après avoir parlé à Julia. Je marchais dans le tunnel lorsque j'ai reçu un coup sur la tempe qui m'a étourdi et j'ai ensuite été étranglée. J'ai perdu rapidement connaissance. Sûrement un ou une spécialiste de la strangulation étant donné sa maîtrise technique. Je ne pense pas que mon agresseur voulait me tuer sinon je ne serais pas ici à vous parler.

— Le problème se corse, je me demande qui peut avoir intérêt à supprimer à la fois Julia et Sandra et à te laisser la vie sauve ainsi qu'à Katy.

— Etrange en effet, poursuivit Angora. D'autant qu'il s'est passé environ une demi-heure entre nos deux agressions, d'après ce que j'ai compris.

— Nous allons réfléchir à tout ça. Remontons pour informer les Dirigeantes. »

Diane ordonna à deux Prétoriennes d'allumer plusieurs bougies dans la cellule des défuntes et de monter la garde devant, puis elle remonta avec le reste du groupe. Elle sentait que ça allait barder au rez-de-chaussée.

@@@

Pendant ce temps, Hermione parlait avec Eumélia. Elle l'avait fait réveiller peu de temps avant par Clotilde, son assistante. La discussion était tendue et animée.

Hermione prônait l'augmentation des contrôles et de la répression durant la journée qui s'annonçait difficile. Eumélia quant à elle voulait donner une vision plutôt idyllique à toutes les Dirigeantes attendues pour leur réunion et leur fête annuelle. Le ton montait entre elles. C'était une question de pouvoir personnel.

Elles trouvèrent finalement un compromis acceptable pour toutes les deux. La garde serait renforcée dans la cité, mais très discrète pour ne pas alerter les visiteuses.

Elles descendirent pour attendre les informations que Diane ne devait pas tarder à remonter des sous-sols.

CHAPITRE 15

6h00

Elle court à toute allure sur une chaussée noire, dure et glissante comme de l'acier. Ses pieds dérapent à chaque pas. Elle a du mal à garder son équilibre. Des Prétoriennes armées jusqu'aux dents sont à ses trousses. Elle ne sait même plus depuis combien de temps. Elle arrive soudain à une espèce de carrefour, un disque noir duquel part une dizaine de routes qui se perdent à l'horizon. Laquelle prendre ? La question ne se pose même pas. Un groupe de Prétoriennes arrive soudain de chacune des voies. Elle est cernée. Au centre, elle voit un escalier en colimaçon transparent comme du verre qui monte vers le ciel. Elle n'en voit pas le sommet. Il est sans limite. Elle monte, c'est sa seule solution. De plus en plus vite, comme aspirée. Elle débouche sur une plate forme circulaire semblable à celle du bas. Elle voit au loin, venant de toutes les directions, des dragons ailés menaçants. Ils se rapprochent vite.

Soudain, Dagon arrive vers elle en planant, tel un oiseau. Il vient pour la sauver. Il a des ailes. Comment est-ce possible ? Il l'attrape par les mains mais ses pieds sont collés au sol, pas moyen de bouger. Elle est bloquée. Il la secoue, de plus en plus fort, pour l'attirer vers lui. Les dragons sont maintenant là, tout proches, elle est à nouveau encerclée, mais par un ennemi qu'elle ne sait pas combattre. Le plus gros, muni d'une tête démesurée à la dentition impressionnante, est vêtu de tissus pourpres. Il agrippe Dagon avec des griffes monstrueuses et l'emmène au loin. Pétrifiée, elle ne peut même pas crier. C'est alors que de longues flammes brûlantes jaillissent de la gueule de tous les autres monstres. Elle cherche à les éviter mais au moment où elles allaient l'atteindre, elle se réveille en sursaut.

Zoda était en train de la secouer par les épaules.

« Thalia ! Réveille-toi ! »

Thalia reprit rapidement contact avec la réalité. Elle était en sueur, et pas seulement à cause de la chaleur. Quel rêve affreux ! Que signifiait-il ? Elle aimait les analyser. Ils étaient souvent prémonitoires et l'aidaient à prendre des décisions.

« Pardonne-moi de t'avoir réveillée Zoda, un cauchemar, sûrement dû à la folle journée d'hier, fit-elle avec la bouche pâteuse en se frottant les yeux.

— Ce n'est rien, de toute façon je ne dormais plus, il fait déjà jour et je suis en pleine forme. Tu n'as pas crié, mais je te voyais en train de t'agiter anormalement. Tu désires me le raconter ?

— Non, excuse-moi mais je ne préfère pas, je vais plutôt aller marcher seule, cela me fera du bien.

— OK. Comme tu veux ! On se voit au petit déjeuner alors ?

— Bien sûr ne t'inquiète pas, je vais trottiner jusqu'au haras et je serai de retour à l'heure. Je pense que je serai affamée !

— Super ! Bonne balade !

— Merci Zoda. »

Thalia se leva d'un pas mal assuré, encore sous l'influence de son mauvais rêve, et remit sa tunique. Elle se laverait et changerait de vêtements plus tard. Elle descendit au rez-de-chaussée, but un grand verre d'eau à la fontaine, puis sortit de l'immeuble. L'air était relativement frais, car le soleil était encore bas sur l'horizon et invisible depuis les ruelles étroites. Il y avait déjà une grande agitation, la cité reprenait vie. Les habitants se rendaient sur leurs différents lieux de travail. Elle décida d'aller se calmer parmi les chevaux, qu'elle adorait. Sa formation incluait l'équitation depuis trois ans et elle était excellente cavalière. Elle prit la direction du haras des Guerrières. Il était dans l'enceinte même des remparts, à l'extrémité ouest. Pour des questions de sécurité et de proximité avec le quartier général de la Gouvernante, il ne se trouvait pas au même endroit que les autres animaux domestiques, à l'extérieur de la cité, en bas de la colline.

A un carrefour, elle vit deux jeunes Guerrières admonestant un homme qui, semblait-il, avait renversé un sac de fruits sur la chaussée. Certains s'étaient écrasés, d'autres roulaient à quelques mètres. Elles n'y allaient pas de main morte ! Le pauvre, à genoux, se prenait des coups de bottes dans les cuisses et se faisait insulter. Beaucoup d'habitants riaient sur le dos du miséreux, mais personne n'aurait voulu être à sa place. Les Guerrières, d'une vingtaine d'années à peine ne devaient pas encore être très sûres d'elles et faisaient preuve d'autoritarisme et d'excès de zèle. Cette situation était courante depuis quelques temps, mais elle se dit que quand elle serait en fonction, elle n'agirait pas de même et serait plus indulgente avec la population.

Après avoir marché quelques centaines de mètres, elle se

mit à trottiner. Elle avait quelques courbatures dues aux efforts de la veille et un footing lui ferait du bien. Elle en aurait pour moins de dix minutes à ce rythme. Elle prévoyait de revenir pour l'heure du petit déjeuner à la cantine centrale.

Au détour d'un croisement, perdue dans ses pensées, elle ne put éviter un homme en combinaison marron claire, caractéristique des travailleurs des champs, portant sur une épaule un outil muni d'un long manche. Il allait dans le même sens qu'elle mais beaucoup plus lentement. Elle le bouscula par derrière et il perdit son outil. Leurs regards se croisèrent lorsqu'elle se retourna pour s'excuser. Elle fut troublée un instant, comme si elle reconnaissait ce regard. Il lui sembla que lui aussi paraissait perplexe. Pourtant elle n'avait jamais vu cet homme auparavant. Elle continua sa course, puis n'y pensa plus.

@@@

Célio venait de sortir de l'immeuble d'un artisan situé dans le centre de la cité. Il était venu reprendre possession d'un outil qu'il avait donné à réparer la veille. La Corporation des techniciens artisans comptait plusieurs spécialités réparties en sections. Celle dont il venait d'utiliser les services était la section des dépanneurs. Elle se composait d'un groupe de femmes et d'hommes assez âgés qui avaient eu différentes compétences techniques avant l'éclatement de la guerre civile : mécaniciens, plombiers, menuisiers et beaucoup d'autres encore. Ils étaient bien sûr encadrés par des femmes, dont beaucoup d'anciennes ingénieures, qui réapprenaient puis amélioraient les anciennes techniques datant de la période préindustrielle du continent. Sans machines de production ni électricité, elles avaient pour mission d'utiliser au mieux les moyens humains et matériels à leur disposition. Elles récupéraient beaucoup de matériaux dans les habitations et usines maintenant inhabitées des faubourgs de l'ancienne ville au centre de laquelle la Cité 101 s'était établie. Du verre, du métal, du plastique, du bois et tout ce qui pouvait servir était stocké en attente d'être utilisé. Cela leur servait de matière première pour produire de nouveaux outils manuels de terrassement et de jardinage par exemple. Les anciens magasins de bricolage avaient été vidés et les stocks d'outils disponibles étaient encore impressionnants, même si une bonne partie avait déjà été utilisée et usée depuis trois décennies.

Les jeunes, dont la plupart étaient des filles parmi les plus douées et les plus intelligentes, mais n'ayant pas la stature physique pour devenir Guerrière, étaient affectées à ces métiers et étaient formées par les anciens, hommes ou femmes.

L'atelier duquel sortait Célio abritait Daniel et cinq jeunes apprenties qu'il formait. Des jeunes filles très habiles et astucieuses d'après lui. Daniel était un homme de cinquante-cinq ans. Il avait été mécanicien automobile dans une autre vie. Avec un marteau, une pince et un tournevis, il savait réparer à peu près tout ce qu'on lui demandait. Mais ce n'était pas le plus important. Au sein de cette Corporation il était avant tout le contact de Célio qui venait de lui relater les derniers évènements, les décisions prises par Stella et les instructions concernant leur prochaine opération.

Après avoir parcouru quelques rues il remarqua qu'il y avait beaucoup plus de patrouilles que d'habitudes. Cela ne le surprit pas, car après les évènements de la nuit, les Dirigeantes s'attendaient sûrement à être confrontées à une nouvelle révolte venue de la base.

Soudain, il fut bousculé dans le dos par quelqu'un. Une

jeune fille en tunique d'Apprentie-Guerrière se retourna pour s'excuser sans cependant s'arrêter dans sa course. Il croisa fugacement son regard qu'il trouva familier. Il ne l'avait pourtant jamais vue auparavant. Elle avait déjà parcouru cinquante mètres quand il ramassa son outil et pressa le pas. Il devait encore passer à la cantine prendre son petit déjeuner et le panier repas du midi préparé par les cuisinières. Il irait ensuite chercher dans son internat l'apprenti qu'on lui avait affecté le matin même et se joindrait au groupe de travailleurs partant aux champs sous la surveillance de plusieurs Guerrières.

Puis il ferait l'échange avec son frère jumeau et informerait en détail le Réseau.

@@@

Thalia traversa le quartier résidentiel des hommes composé de plusieurs cantines et internats. Elle espérait avoir la chance de rencontrer Dagon, sortant de son internat pour aller à la cantine ou inversement mais elle ne le vit pas.

Elle arriva finalement devant le portail du haras à l'extrémité ouest de la cité. Depuis trois ans qu'elle prenait des leçons d'équitation, elle était connue de toutes les Guerrières qui surveillaient l'entrée. Tout le monde ne pouvait pas pénétrer dans l'enceinte dont l'accès était réservé aux cavalières des cohortes Guerrières et au personnel d'entretien. Mais du lever au coucher du soleil les Apprenties-Guerrières pouvaient venir s'entraîner, en plus de leur formation règlementaire, si un cheval était disponible bien sûr.

Elle passa devant quelques dizaines de stalles avant d'arriver devant le box de Milka, son cheval favori. Il avait une robe Pie bai tobiano. Il était de taille moyenne et c'était un de ceux qu'elle préférait monter. Il lui obéissait à merveille et elle n'était jamais tombée à cause de lui contrairement à quelques chevaux mal débourrés qu'elle avait aussi chevauchés.

En lui caressant la tête, elle repensa aux évènements de la nuit et à sa rencontre avec Stella. Se pourrait-il vraiment que toute la société ne soit qu'une mystification et que les Dirigeantes et fondatrices soient les seules à connaître l'histoire réelle de la société avec les anciens qui n'avaient pas le droit d'en parler aux jeunes ? Etaient-ils menacés d'une peine quelconque mais suffisamment dissuasive pour éviter toute fuite ? Cela pouvait expliquer un grand nombre de disparitions et de décès d'habitants, pas si âgés que ça en fait, du moins pour mourir de vieillesse, et qui s'étaient peut-être rebellés.

Elle aurait eu envie d'aller faire une balade à cheval, mais le temps lui manquait. Et puis seules les Patrouilleuses de la cohorte des Cavalières ainsi que toutes les Prétoriennes avaient leur propre monture qu'elles pouvaient utiliser quand elles le désiraient. Les Apprenties devaient être accompagnées. Elle espérait avoir la sienne dans un an, à la fin de sa formation. En attendant, elle aurait des heures d'entraînement à des horaires précis.

Elle entra dans le box et se colla contre l'encolure de Milka. Elle sentait que lui aussi aurait voulu faire une sortie pour se dégourdir les jambes, mais lui n'aurait pas à attendre longtemps car les cours d'équitation commençaient à huit heures. Il dégageait une douce chaleur humide et une force tranquille qui la rassura. Elle resta ainsi plusieurs minutes puis elle se sentit prête pour la journée qui s'annonçait encore chargée pour elle.

Elle se remit en route pour rejoindre sa cantine dans le centre de la cité. Elle trottina durant un quart d'heure avant de poursuivre en marchant. Elle n'était pas en retard. Il était à peine six heures quarante-cinq.

L'heure était donnée dans beaucoup d'endroits de la ville par de vieilles horloges mécaniques récupérées un peu partout dans les villages des alentours. Elles avaient été réhabilitées, et depuis étaient maintenues en fonctionnement et réparées régulièrement. Tous les matins, un horloger et ses assistants vérifiaient l'heure, remontaient les mécanismes et les inspectaient. C'était le travail de six personnes qui prenait toute la matinée. L'horloger était dépositaire de l'heure officielle, qu'il vérifiait quotidiennement grâce au soleil. C'était un spécialiste, presque un magicien des mécanismes, sinon son poste aurait bien sûr été occupé par une femme. Il réparait aussi les vieux réveils et pendules situés dans les immeubles. Aux endroits bien exposés, des horloges solaires avaient aussi été installées, elles étaient beaucoup moins précises, mais servaient en cas de pannes des horloges mécaniques, s'il y avait du soleil.

Thalia n'avait pas réussi à voir Dagon. Elle n'avait bien sûr pas le droit d'entrer dans les résidences des hommes – pour le moment – mais quand elle serait Guerrière, elle pourrait éventuellement s'y faire affecter. Elle avait espéré qu'elle aurait pu le rencontrer par hasard aux environs de sa cantine ou de son internat en traversant son quartier, à proximité du haras. Il était peut-être déjà parti aux champs, par cette chaleur les travailleurs commençaient de bonne heure.

CHAPITRE 16

6h30

Eumélia et Hermione attendaient Diane depuis peu de temps. Elles déambulaient dans le collatéral nord devant les anciennes chapelles transformées en bureaux et salles de réunions diverses. Elles entendirent du bruit dans celle qui menait à la crypte et y entrèrent. Les femmes de l'équipe qu'Hermione avait dépêchée en bas sortaient une par une de l'escalier en colimaçon. Les Dirigeantes virent Katy et Angora en piteux état.

« Alors que s'est-il passé, questionna Eumélia ?

— Toutes les deux ont été semble-t-il agressées. Elles ont été surprises par quelqu'un qui s'était introduit au niveau moins trois. Sûrement celui qui a assassiné Sandra ou Julia ou toutes les deux on ne sait pas.

— Comment ça *assassiné* Julia ! s'exclama Hermione accusant le coup. Julia est …morte ?

— Oui Hermione, la gorge tranchée, je suis désolée.

— Comment cela a-t-il pu être possible ? Je veux tous les détails, s'emporta-t-elle, son visage livide redevenant rouge de colère.

— Angora et Katy, racontez en détails ce qui vous est arrivé, ordonna Diane. »

Les deux Prétoriennes s'exécutèrent et racontèrent leurs versions mais elles n'avaient pas vraiment beaucoup d'informations supplémentaires à donner.

« Merci, je vais descendre moi-même voir ce que je peux trouver comme indice. Accompagnez-moi, Katy et Diane.

— Je vous laisse descendre, je vais commencer à préparer nos réunions du jour, ajouta Eumélia.

— Bien, à tout à l'heure. » conclut Hermione sous le coup de la colère.

Elle avait déjà dépassé l'étape du déni. Elle savait bien qu'elle n'y pouvait plus rien. Julia était morte. Mais elle trouverait le ou les coupables et ils paieraient – Chèrement.

Elles descendirent jusqu'à la cellule de Sandra. Hermione voulut y entrer seule un instant. Les autres attendirent à l'extérieur.

On avait posé des bougies dans plusieurs endroits du cachot. L'endroit paraissait moins lugubre que quelques heures auparavant mais l'odeur était pire, presque insoutenable. Elle s'approcha lentement des corps que personne n'avait déplacés pour le moment. Ils étaient enchevêtrés de façon étrange comme l'avaient indiqué Katy et Diane. C'était bien sûr une mise en scène grossière. Celui ou celle qui avait fait cela en était conscient, il souhaitait seulement gagner un peu de temps. Il était pratiquement impossible à ces deux femmes de s'être battues au couteau et de s'être entretuées exactement au même moment. Elle s'agenouilla à côté du corps de sa protégée sans même avoir un regard pour Sandra. Pauvre Julia, elles avaient traversé des décennies ensemble, une amitié forte les liait, même si elle-même avait été l'élément dominant de ce couple improbable. Pourquoi elle ? Même si d'autres qu'elle pouvaient la considérer comme folle, sans pitié, cruelle, simple d'esprit, elle ne se rendait pas vraiment compte du mal qu'elle faisait. Elle pensait faire ses expériences. Ses expériences ! Elles étaient un peu étranges pour les profanes, mais quand on la connaissait bien, on pouvait commencer à entrer dans sa tête et la comprendre. Et puis Julia lui avait servi en de nombreuses occasions pour obtenir des renseignements et se salir les mains à sa place. C'était finalement peut-être cette compétence de Julia qui lui manquerait le plus. Mais elle n'était plus là. Elle lui prit la tête entre ses mains.

« Julia, je te jure que je te vengerai ! cria-t-elle. »

Elle retenait ses larmes bien sûr ! Elle devait se maîtriser devant ses subordonnées. Elle se releva et parcourut la pièce des yeux. Elle alla jusqu'au mur où la prisonnière avait été attachée, observa le sol autour des corps. Son attention fut attirée par un petit objet qui dépassait du poing gauche fermé de Julia. Un morceau de tissu ? Elle hausa les sourcils. Peut-être prélevé sur son agresseur ? La teinte était foncée, mais à la lueur jaunâtre des bougies, on ne pouvait pas en déterminer la couleur avec précision. Plus tard, avec la lumière du jour cela serait plus facile. Elle mit machinalement le tissu dans sa poche pour l'étudier ultérieurement et n'y pensa plus, encore sous le coup de l'émotion de la perte de Julia. Elle appela les autres.

« Deux Prétoriennes aguerries mises au tapis par un agresseur inconnu ! Qui peut pénétrer dans nos prisons comme dans un moulin ? Comment est-ce possible ? J'attends vos hypothèses.

— Heu…, répondit Diane, le plus dur n'est pas de pénétrer dans les souterrains mais dans la cathédrale elle-même. Une fois dans la chapelle, il est facile de descendre jusqu'au dernier niveau sans rencontrer de Gardienne. Cette nuit, seuls les niveaux moins un et moins deux étaient gardés pour surveiller plusieurs prisonniers. Au niveau moins trois il n'y avait que Sandra, Julia et une jeune Guerrière en faction devant la seule cellule occupée. Par précaution, je l'avais justement fait remplacer par Angora qui a plus d'expérience et pour me remonter les informations dès que Sandra aurait parlé. »

Elle ne révéla pas, qu'en fait, elle avait puni Angora en l'envoyant au fin fond des souterrains.

« Eh bien, ça n'a pas suffit ! rétorqua Hermione. Quelqu'un de plus malin s'est joué de vous et c'est inadmissible.

— Oui, nous en sommes conscientes mais les faits sont là, se défendit Diane. Il faut maintenant reporter nos efforts sur l'enquête. Et pour le moment, nous n'avons aucune idée de l'identité de l'agresseur.

— Il va falloir chercher. Il faut que ce crime soit élucidé et puni, et rapidement.

— Nous ferons tout notre possible Hermione, tu peux en être sûre. Nous sommes aussi contrariées que toi par cette situation et nous avons hâte de regagner ta confiance.

— Tu as toujours ma confiance Diane, pour le moment. Mais ne me déçois pas à nouveau, et ceci est valable pour vous toutes, Prétoriennes. Au fait qui était de garde avant que tu n'envoies Angora ?

— Une jeune Guerrière, Taligie, répondit Diane. Elle est remontée dès qu'Angora est arrivée en bas. Nous allons l'interroger pour savoir si elle a vu des faits inhabituels.

— Excellente idée. Ne perds pas de vue qu'elle est peut-être complice, même si c'est improbable. Fais nettoyer et placer les corps dans des cercueils. Choisis-en d'assez petits pour passer dans l'escalier à vis. Ne les clouez pas pour le moment, nous pourrions avoir besoin de les étudier à nouveau. Puis il faudra les remonter le plus discrètement possible. Il ne faut pas ébruiter l'affaire. Ensuite et jusqu'à nouvel ordre, personne d'autre que toi ne rentre dans cette cellule. Place deux Prétoriennes de garde devant la porte.

— Oui Hermione, ce sera fait. Nous les enterrerons plus tard dans leurs cimetières respectifs, tu seras prévenue. Ce sera sûrement après la journée de fête.

— Maintenant remontons. Nous avons une journée chargée à organiser. »

Hermione commençait à trouver cette journée lourde en évènements négatifs. Il y avait eu beaucoup de mortes depuis quelques heures. Cela ne présageait rien de bon. Qui pouvait prendre le risque de pénétrer dans le quartier général et espérer en ressortir sans se faire prendre ? Une Génitrice ? Ce serait étonnant. Un homme ? Possible, elle allait déployer ses antennes dans toutes les Corporations de la cité. Elle en avait beaucoup !

CHAPITRE 17

6h55

Thalia arriva peu avant sept heures à la cantine. Dans le hall d'entrée, une femme, la cuisinière en chef, était en train d'admonester un homme en combinaison de bucheron qui quittait précipitamment le bâtiment sous l'œil rigolard des Sentinelles.

« C'est toujours la même chose, braillait-elle en le poursuivant avec un balai, des bons à rien. Ils ne sont pas capables de livrer le bois sans rien casser. Celui-ci vient de détruire une partie du repas de ce midi en laissant tomber ses bûches dessus. Les plats se sont à moitiés renversés par terre. Je devrais lui faire manger, puis lécher le sol. Bandes d'incapables ! »

La vie courante de la cité, se dit Thalia !

Zoda arriva à cet instant, tout sourire.

« C'est encore cet empoté de Paul, il n'aurait même pas pu inventer la hache avec laquelle il coupe les arbres, fit-elle en rigolant.

— Oui le pauvre, il en a pris pour son grade !

— Et heureusement qu'il est au plus bas niveau de la hiérarchie, tu imagines sinon ? »

Encore une des blagues pourries de Zoda, mais Thalia rit tout de même. Le contact des chevaux de bon matin lui avait fait du bien.

« Bon, on va s'installer ?

— Je te suis ma grande, tu dois avoir besoin de calories pour récupérer de cette nuit.

— Exact, je vais même dévorer ta part si tu ne la surveilles pas d'assez près. »

En se rendant à la salle à manger, elles passèrent devant la cuisine. C'était une grande pièce qui occupait une partie du rez-de-chaussée. Le reste était consacré entre autre aux stocks de nourriture non périssable. La cuisinière en chef avait de nombreuses aides. Une quinzaine de personnes s'activait entre les tables et les fourneaux. Toutes les cuisinières étaient alimentées au bois. Et il en fallait beaucoup pour préparer la nourriture pour plusieurs centaines de personnes par jour. Il y avait trente-cinq cantines réparties dans la cité mais la cantine centrale était la plus importante. Le réapprovisionnement en bois s'effectuait chaque matin en provenance de l'une ou l'autre des différentes scieries situées à l'extérieur de la cité.

Le système des cantines avait été instauré dès le début de la création de la nouvelle société. Au départ l'idée était de subvenir aux besoins des plus faibles. Les plus robustes récupéraient toute la nourriture qu'ils pouvaient dans les anciens magasins. Pour combattre les trafics de plus en plus importants et pour lutter contre l'obésité d'un groupe de privilégiés, les Dirigeantes avaient décidé d'imposer à tous de venir manger dans les cantines. Bientôt il fut interdit de préparer ses propres repas. Il avait fallu s'organiser pour pouvoir nourrir des milliers d'habitants par cité, voire quelques dizaines de milliers pour certaines des plus peuplées. D'anciens médecins et nutritionnistes avaient défini des menus équilibrés et variés qui prévenaient toute carence en protéines, minéraux et vitamines. L'élevage et l'agriculture artisanale avaient été développés au fur et à mesure que les stocks de conserves et autres nourritures non périssables diminuaient. On avait replanté des arbres fruitiers tout autour de la cité. On n'élevait pas que des animaux domestiques car à l'époque beaucoup avaient disparu ou étaient en quantité trop faible. Il y a déjà des décennies, des sangliers et des chevreuils avaient été capturés et ils se reproduisaient maintenant en captivité. Les terres les plus fertiles étaient cultivées. Les céréales et autres graines séchées étaient conservées dans les nombreuses caves du sous-sol de la cité. On produisait aussi des conserves artisanales de légumes pour l'hiver. La pomme de terre était bien sûr l'aliment de base des habitants, sa production étant abondante dans la région.

Après avoir pris un plateau bien garni, adapté à leur âge et corpulence, elles s'assirent côte à côte à une grande table, à côté d'un groupe de femmes relativement âgées, leurs combinaisons bleues claires indiquant qu'elles étaient affectées à l'entretien. La table et les chaises étaient en bois grossièrement taillé.

« Alors que vas-tu faire aujourd'hui Zoda ?

— Ce matin j'ai quelques cours et cet après-midi préparation à l'épreuve que tu as réussie avec brio hier. Entraînement sévère ! Je vais être lessivée ce soir.

— Je suis contente d'être parvenue à passer ce cap, bien que je ne m'inquiétais pas trop ! Tu verras, c'est une grosse satisfaction quand on réussit.

— *Quand* on réussit ! Je me doute bien.

— Allez ne sois pas pessimiste, ça va aller. »

Penchée vers sa droite pour parler à Zoda, Thalia tournait le dos au groupe de femmes. Elle entendait d'une oreille distraite leur conversation. Elles se mettaient à chuchoter, ce qui lui semblait bizarre. Elle les écouta plus attentivement.

« Oui, comme j'te dis, j'me f'rais bien de temps en temps un gros hamburger rempli d'ketchup avec une bonne bière.

— Arrête ! Tu m'fais saliver ! répondit une autre. Moi je m'enfilerais bien trois tablettes de chocolat d'un coup.

— Et moi, c'est d'une glace à l'Italienne dont je rêve, mais faut plus trop y compter maintenant » fit une autre, l'air nostalgique, en tournant la tête de tout côté pour voir si personne ne les écoutait.

Thalia ne comprenait rien à ce jargon. Le discours de Stella prenait du sens à cet instant. Il y avait bien eu une rupture dans la société et ces femmes parlaient de types de nourriture qui existaient auparavant. Elles en avaient été les témoins et devaient être encore jeunes à cette époque.

Au menu ce matin-là, elle et Zoda avaient un bol de fraises mélangé à du yaourt, un morceau de pain complet tartiné de beurre, un plat de pommes de terre et de haricots blancs, accompagnés d'un morceau de jambon de sanglier. Elles allaient être calées pour plusieurs heures. Comme boisson, il n'y avait que de l'eau, provenant d'une source potable s'écoulant dans la cité même.

Les trois repas de la journée étaient à peu près équivalents. Il y avait plusieurs services entre six heures et huit heures le matin, entre douze heures et quatorze heures et entre dix-huit et vingt et une heures le soir. Mais les horaires variaient selon les saisons et la durée du jour. Ils étaient plus étalés l'été. Il y avait aussi des permanences chargées de distribuer des paniers repas froids à toute heure du jour et de la nuit pour les Guerrières, les Prétoriennes de garde et les travailleurs qui exerçaient à l'extérieur de la cité. Les cantines étaient, avec la cathédrale, les rares lieux où régnait une certaine effervescence vingt-quatre heures sur vingt-quatre.

Les deux adolescentes étaient maintenant repues et pouvaient quitter la cantine. Elles se souhaitèrent une bonne journée en se séparant. Zoda commençait ses cours à huit heures et se dirigea vers son école. Thalia avait encore plus de deux heures avant la réunion d'information et de remise de ses armes de Novice.

Le kit était composé d'un arc avec son carquois de flèches – uniquement à embouts en caoutchouc la première année – d'une épée, d'un bâton, d'un poignard, d'une dizaine de lanières de cuir, d'un fouet, d'une sacoche remplie de divers petits ustensiles et d'une tunique argentée, mais munie d'une large ceinture blanche pour signifier qu'elle était maintenant Guerrière, mais encore novice pour un an.

Elle décida de se promener dans les rues en attendant l'heure et de profiter de la fraîcheur relative du matin.

@@@

Au même moment, depuis déjà un quart d'heure, Célio était en route pour les champs. Il avait pris son petit déjeuner et retrouvé le nouveau stagiaire qu'il devait former. Son ancien formateur en faisait l'éloge, il travaillait dur et apprenait, parait-il, très vite.

« Hé bien Dagon, j'espère que tu es aussi bon qu'on le dit. Je n'ai pas grand chose à t'enseigner en ce moment c'est dommage, les cultures sont toutes semées ou plantées. Mais il y a beaucoup de travail de désherbage à faire.

— Ne t'inquiète pas Célio, Je n'ai plus grand chose à apprendre en fait. Depuis trois ans, j'ai pratiquement déjà fait un tour complet de toutes les cultures et des élevages. J'ai même travaillé un temps dans une scierie.

— Très bien, tu seras plus autonome. On peut aussi récolter quelques légumes primeurs, la saison est en avance cette année. »

Ils avaient quitté la cité par la porte ouest et pris la route qui serpentait jusqu'en bas de la colline sur laquelle était bâtie la Cité 101. Ils avaient franchi ensuite la clôture composée de vieux véhicules hors d'usage. Il n'y avait pas réellement de porte à cet endroit mais une chicane, sorte de mini labyrinthe, empêchant de distinguer de l'extérieur qu'une entrée était aménagée dans cet amas de métal qui faisait le tour de la colline sur plusieurs kilomètres. Il reconnut dans l'amoncellement de véhicules une marque de voiture que son père possédait quand il était jeune. Cela lui rappela cette époque révolue où les hommes et les femmes étaient égaux – ou presque.

Les groupes de travailleurs s'égrenaient au fil de leur marche pour se répartir dans les différents champs qu'ils traversaient. Celui de Célio et de quelques-autres était le dernier, une parcelle d'un demi-hectare, tout en longueur, dont une extrémité jouxtait le bord d'un bois, à vingt minutes de marche au sud-ouest de la cité.

Tous stockèrent leur repas de midi à l'ombre d'un bosquet proche du chemin puis commencèrent leur dur labeur. Il fallait effectuer un maximum de travail avant la grosse chaleur du début d'après-midi durant laquelle ils faisaient généralement une sieste réparatrice, enfin, sauf si les Guerrières étaient de mauvais poil !

Célio, aidé de Dagon, commença à s'occuper de l'extrémité de la parcelle, la plus proche du bois. Pas loin, il y avait Kevin et Judas qui commençaient aussi à s'activer. Il était relativement proche de Kevin, qui logeait dans le même immeuble que lui, mais il n'aimait pas tellement Judas. Et même pas du tout pour être exact. Ce dernier avait été l'amant d'Hermione et il ne le cachait pas en privé, voire même pouvait parfois s'en vanter. Il avait bizarrement rejoint son équipe de travailleurs alors qu'ils avaient déjà quitté la cité. Il le soupçonnait même d'être un délateur à la solde de la Générale en chef du corps des Guerrières et de lui reporter tous les faits et gestes des hommes. Qu'il travaille si proche de lui aujourd'hui, Célio trouvait cela étrange. Les soupçons de rébellion avaient dû s'amplifier chez les Dirigeantes, et il devait être surveillé de plus près, comme beaucoup d'autres sûrement. Avait-il fait une erreur et était-il soupçonné de quelque mauvaise action ? Il allait devoir jouer serré pour faire l'échange avec son frère.

CHAPITRE 18

7h30

Après avoir quitté Zoda à la sortie de la cantine, Thalia parcourait tranquillement, en marchant, les rues de la cité maintenant en pleine effervescence. Des groupes d'ouvriers rejoignaient leurs lieux de travail pour la journée, accompagnés de Guerrières, plus nombreuses que d'habitude lui semblait-il. La cité n'avait pas du tout le même aspect que la nuit car la journée les murs de pierres blanches reflétaient la lumière solaire. Les ruelles, même étroites, paraissaient moins lugubres. Qu'allait-elle faire jusqu'à dix heures ?

Elle passait à ce moment devant un atelier de fabrication de meubles en bois. Pour chaque métier, il y avait un groupe d'apprentis qu'un artisan était chargé d'éduquer. Lorsque la société avait été suffisamment organisée, la politique de natalité avait été telle les deux dernières décennies que les enfants et les adolescents étaient nettement majoritaires dans la population. Et il fallait les instruire. Les techniciens, ingénieurs, artisans ou formateurs divers se retrouvaient donc chacun avec cinq voire dix élèves à former dans une de leurs spécialités, en sus de leur production.

Thalia entra dans le vaste atelier. Peu de fenêtres donnaient sur la rue mais les baies vitrées étaient plus importantes du côté cour intérieure et les occupants se trouvaient proche d'elles au fond de la pièce. Elle reconnut Tatiana une fille sympathique qui était dans le même internat qu'elle jusqu'à leurs quatorze ans. Toute joyeuse de la rencontrer, elle alla lui parler.

« Bonjour Tati, ça fait un moment qu'on ne s'est pas vues.

— Bonjour Thalia, oui, je ne bouge pas beaucoup de mon atelier depuis trois ans. Je commence à être une vraie spécialiste de la fabrication d'objets en bois. Et toi que deviens-tu ? Tu avais réussi les tests pour intégrer la formation de Guerrière je crois ?

— Oui et je l'ai terminée hier ! J'ai réussi les épreuves finales. Je vais intégrer le corps des Guerrières en tant que Novice. Mais je serai vraiment une Guerrière à part entière dans un an, après une année d'entraînement intensif. Je reçois mes armes et mon affectation à dix heures. J'avais un peu de temps alors je me baladais, ça tombe bien, je te rencontre !

— Super ! Je suis contente pour toi, tu vas avoir une vie moins monotone que la mienne, fit Tatiana avec un grand sourire qui se transforma en moue dubitative.

— Mais c'est intéressant ce que tu fais ! Tu crées des objets nouveaux, tu travailles à la fois avec ton cerveau et tes mains. Montre-moi un peu ce que tu fabriques en ce moment.

— Avec joie ! Je monte actuellement une table de nuit pour un internat. J'ai moi-même dessiné le plan et j'en ai déjà fabriqué une dizaine. Regarde ! J'ai inventé un mini tiroir au fond du tiroir principal qui peut permettre de garder quelques affaires personnelles à l'abri des chapardages. Tu te rappelles comment souvent nos affaires disparaissaient quand nous étions enfants !

— C'est une excellente idée que tu as eue là. Mais tu devrais varier la position du tiroir secret, sinon tout le monde va la connaître !

— Oui c'est ce que je prévois de faire. Je n'en fabrique qu'une dizaine de chaque modèle. J'ai déjà dessiné plusieurs variantes du plan pour en réaliser d'autres types. Il suffira de placer un seul modèle de chaque dans les différents internats.

— Les enfants vont être contents, ils adorent les cachettes ! Tu vas être leur héroïne ! »

Thalia discuta encore un moment, puis regarda Tatiana et les autres travailler pendant une bonne demi-heure. Leur vie était peut-être monotone mais elle était calme, sans danger, sans risque, sans grande responsabilité, sans violence si on respectait la loi. Elle pensait que c'était cela que recherchaient les Dirigeantes quand elles avaient organisé la nouvelle société. Mais cela n'avait plus l'air de fonctionner dans tous les domaines. Les habitants, surtout les hommes et les Génitrices, auraient voulu plus de liberté.

@@@

Stella était réveillée depuis une demi-heure et préparait les réunions de la journée auxquelles elle allait participer. La première rassemblait les responsables de toutes les Corporations professionnelles de la cité. Ce matin, elle allait surtout s'informer de tous les problèmes de la Cité 101. Ils étaient de plus en plus nombreux, mais elle savait pourquoi ! Puis elle présenterait les principales avancées techniques des cités qu'elle avait visitées ces derniers mois.

Eumélia allait sûrement alerter les principales Dirigeantes et responsables de Corporations sur la criticité de la situation, de la colère qui montait de la population.

Son rôle de Procureure Générale inter-cités l'amenait à prononcer ce midi le discours inaugural de la rencontre entre les Gouvernantes et leurs équipes des diverses cités conviées à la fête annuelle. Elle saurait quoi dire bien sûr. Elle allait promouvoir les progrès techniques de la Cité 101, proposer aux autres cités d'adopter ses méthodes d'organisation. Elle savait que la Cité 101 était un peu en avance sur ses voisines pour plusieurs raisons, les principales étant le dynamisme des Dirigeantes, la compétence technique et scientifique de toutes les Directrices de Corporations et la configuration de la cité elle-même qui possédait de nombreux atouts supplémentaires par rapport aux autres.

Mais tout cela servirait-il ? Avec les évènements qui se préparaient. Qu'elle préparait et dirigeait dans l'ombre !

Sa famille était originaire de la région et elle avait une affection particulière pour cette ville qu'elle avait connue dans sa jeunesse. C'est pour cette raison que l'action devait débuter ici mais qu'elle la préparait aussi dans d'autres cités qui suivraient le mouvement. Son père avait habité la région, il avait même dirigé un temps le Réseau, mais avait disparu soudainement il y avait presque vingt ans, sans que personne ne sache pourquoi, ni ce qu'il était devenu. Personne sauf elle ! Et elle savait pourquoi et où il s'était retranché. Bien qu'elle ne l'ait pas revu depuis longtemps, elle ressentait toujours sa présence. Elle savait au fond d'elle-même qu'il était toujours vivant.

Un de ses neveux avait repris la direction du Réseau, qui était maintenant devenu au fil du temps une organisation armée efficace de trois cents hommes. Il avait fui la cité il y avait dix-sept ans environ après avoir conçu un seul enfant, une fille, qu'il n'avait jamais connue. Résidente de la Cité 101 au moment de sa naissance, Stella avait secrètement noté son nom et son matricule et avait fait en sorte qu'un traitement particulier fut réservé à sa mère, qui malheureusement n'avait pas survécu à l'accouchement. Puis elle avait suivi les premières années de la fillette. Elle était prédestinée à un brillant avenir. Et elle faisait partie de sa famille après tout ! C'était important pour elle, malgré la nouvelle politique matriarcale dont elle était en partie l'initiatrice. Quelle contradiction ! Faites ce que je dis, ne faites pas ce que je fais ! Elle se rendait compte de l'égoïsme de son geste. Mais elle avait ses raisons. Thalia devait avoir un destin hors du commun.

Repassant fréquemment à la Cité 101 au cours des années suivantes, elle avait suivi son évolution avec attention. Et elle était contente de ce que l'adolescente était devenue. Thalia lui remettait en mémoire sa jeunesse à elle par plusieurs aspects de son caractère. Elle était dynamique, intelligente, rebelle. Elle l'avait même aperçue avec un garçon il y a quelques semaines et elle avait constaté qu'ils se voyaient souvent malgré l'interdiction formelle de la loi. Ils avaient l'air d'être amoureux l'un de l'autre, cela lui rappelait aussi une période de sa vie qu'elle avait volontairement oubliée. Par prudence, elle avait alors pris la décision de les exfiltrer tous les deux avant les événements. Elle avait fait affecter Dagon auprès de Célio pour qu'il rejoigne le Réseau. Elle allait s'occuper de Thalia dans la journée.

L'heure approchait, il était temps de quitter son appartement.

CHAPITRE 19

8h30

Célio et Dagon s'activaient entre les rayons de légumes. Les mauvaises herbes, bien enracinées dans la terre sèche, étaient difficiles à arracher. Cette parcelle était plantée de pommes de terre, l'aliment de base de la Cité 101. Elles étaient en fleurs depuis plusieurs semaines. On pouvait déjà récolter quelques primeurs pour les Dirigeantes qui en étaient friandes. Mais pour assurer une production plus importante, on laissait grossir la majeure partie des légumes plus longtemps. Les récoltes principales débutaient après le 230ème jour et s'étalaient presque jusqu'en fin d'année, avant les premières gelées. On les stockait à l'abri de la lumière et du gel dans les caves de la cité pour une consommation jusqu'à l'été suivant.

« Tout va bien Dagon ?

— Oui Célio, c'est un peu répétitif comme travail, mais il faut bien le faire si on veut manger.

— Tu as tout compris, les conséquences peuvent même être plus graves que d'être privé de nourriture si tu ne veux pas travailler. Les Dirigeantes ne rigolent pas avec les contestataires !

— Oui je m'en suis rendu compte. Il faut faire profil bas. La société évoluera peut-être à l'avenir.

— Qui sait ! Une société n'est jamais figée, elle évolue au fil du temps.

— Ce n'est pas ce qu'on nous enseigne à l'école. Nous n'avons pas beaucoup d'informations sur l'histoire qui s'est déroulée avant les trois dernières décennies.

— C'est vrai mais il y a une raison à cela.

— Ha bon ? Laquelle ?

— Tu as sûrement entendu dire qu'il y avait eu une révolution il y a une trentaine d'années. Les anciens parlent de plus en plus, même s'ils sont de moins en moins nombreux. Les Dirigeantes n'arrivent pas à faire taire tout le monde. Les jeunes sont de mieux en mieux informés indirectement et se posent des questions, comme toi.

— Oui, j'en ai même discuté hier avec Tha.. , Heu ! Avec Tahir, un copain. Il entend aussi des discussions entre anciens dans sa cantine.

— Tahir, tu es sûr ? Jamais entendu ce prénom dans la cité, tu n'allais pas plutôt dire Thalia ?

— Thalia, heu… non, pourquoi Thalia ? répondit-il abasourdi.

— Allez Dagon ! Ne joue plus la comédie, je suis au courant. Je dois te conduire quelque part où elle viendra te retrouver. Des événements vont avoir lieu dans la cité aujourd'hui et ça risque d'être dangereux. » Il riait intérieurement, il était vraiment facile de mettre mal à l'aise les adolescents.

Dagon était ébahi et ouvrait de grands yeux. Qu'est-ce-que c'était que cette histoire ? Célio, avec qui il n'avait jamais échangé un mot avant ce matin, allait l'emmener loin de la cité pour lui éviter d'être en danger ! Et quel danger ?

« Je sais que cela doit te surprendre, anticipa Célio, mais je ne suis que ton guide, les ordres viennent d'ailleurs, il semble que tu aies un ange gardien !

— On dirait bien oui. Est-ce que ça a un rapport avec Thalia ?

— Indirectement oui, on dirait que votre relation a ému quelqu'un de proche d'elle et d'influente dans la cité. Bien, voilà ce que nous allons faire. Je vais entrer dans le bois, tu attendras deux minutes, puis tu me rejoindras. Si entre temps on te demande où je suis, tu diras que je suis allé faire un besoin personnel. Judas est à cinquante mètres, je ne pense pas qu'il vienne nous poser un problème, et la Guerrière est encore plus loin, sur le chemin. Je t'attendrai environ à une vingtaine de mètres de l'orée du bois à côté d'un grand chêne. OK ? »

Dagon acquiesça, finalement satisfait d'échapper à la contrainte du désherbage et qu'un peu d'action et de mystère anime sa vie.

Livian attendait à dix mètres de la lisière du bois. Il voyait son frère discuter avec un jeune garçon dans le champ. Surprenant, d'habitude il travaillait seul. Puis Célio s'avança dans sa direction. Un peu plus loin, Il voyait aussi Judas qui tourna la tête vers eux. Il avait dû voir Célio se dirigeant vers le bois. La Guerrière à plus de cent mètres de là discutait avec sa collègue du champ situé de l'autre côté du chemin et regardait ailleurs.

Célio pénétra dans le bois. Il avait jeté un regard en arrière et avait vu Judas qui regardait dans sa direction. Dagon n'avait pas changé de position. Il rejoignit son frère et gagnèrent ensemble le chêne multi-centenaire. Il se prirent dans les bras l'un de l'autre et se firent une grande accolade.

« Bonjour Livian, il y a un léger changement, je dois conduire ce jeune garçon au QG du Réseau, ordre de Stella, elle t'expliquera tout en détails dans la matinée. Elle devrait te rendre une petite visite. Nous n'avons pas beaucoup de temps les évènements se sont accélérés. Tu iras te cacher un peu plus loin pour que Dagon ne te voie pas, ça ne sert à rien de dévoiler notre secret pour le moment, je vais l'attendre ici.

Soudain, après que Célio eut pénétré dans le bois, Dagon vit Judas se mettre en route dans sa direction. Qu'est ce qui lui prenait ? Il arriva près de lui, le dépassa sans rien lui dire en continuant vers les arbres.

« Que se passe-t-il Judas ? Tu as envie de te soulager en même temps que Célio ?

— Ne te mêle pas de ça petit, et bosse. »

Judas pénétra dans le bois. Tout ne se passait pas comme prévu. Dagon commençait à paniquer. Devait-il agir ?

Judas vit deux silhouettes de même stature à vingt mètres de lui à l'ombre des feuillages denses de l'été. Il s'approcha. Non ! Il rêvait ou quoi ? Il voyait deux Célio ! Comment cela était-il possible ? Le soleil ne tapait pas encore si fort que ça de bon matin !

Livian et son frère virent Judas, à quelques mètres d'eux maintenant. Célio et lui étaient des jumeaux parfaits. Jusqu'à l'âge de trois ans, seule une tache sur le front de l'un permettait de les différencier. Mais maintenant, et surtout en ne les voyant pas en même temps, personne ne pouvait se douter de leur subterfuge. Ils se voyaient en effet rapidement au même endroit tous les jours pour échanger des informations en temps réel au sujet des événements se déroulant dans la Cité 101. Ils permutaient régulièrement pour informer le Réseau plus en détails en cas de nécessité, mais aussi pour se partager le travail, fastidieux, dans la cité. Le fait que Judas les ait surpris posait un grave problème. Il ne fallait absolument pas qu'il aille tout raconter aux Guerrières qui les surveillaient. Leur couverture serait fichue, ils devraient fuir tous les deux ou alors ils seraient emprisonnés, du moins l'un d'eux.

« Qu'est ce que vous manigancez tous les deux, cria Judas ? Vous êtes des traîtres ! Lequel est le vrai Célio ?

— N'exagères pas Judas, répondit Célio, je m'occupe juste de mon frère, je le nourris. Il ne supportait plus la cité et cela fait des années qu'il s'est échappé. Il vit seul dans la forêt. Cela ne pose de problème à personne. Tu n'étais pas là à l'époque, mais tout le monde ici savait que nous étions des jumeaux.

— Et vous pensez que je vais vous croire ? hurla Judas en les menaçant de sa fourche à trois dents. Vous êtes des espions à la solde du Réseau. Je vais vous livrer à Hermione. »

Il était rouge de colère mais pensait aussi que livrer ces jumeaux comploteurs à Hermione pourrait lui apporter maints avantages.

« Tu aimerais bien n'est-ce pas ? Nous livrer à ta maîtresse, pauvre esclave !

— Allez ! Avancez ou je vous transperce tous les deux. »

Un sourire fugace se dessina sur le visage des jumeaux au moment où Judas recevait un énorme coup de bâton sur le crâne et s'affalait sur le sol meuble du sous-bois. Dagon avait surgit soudainement derrière lui et l'avait frappé de toutes ses forces avec une branche morte d'un mètre environ qui s'était cassée en deux sous le choc. Il avait suivi Judas sans se faire repérer, se doutant qu'il avait une autre idée en tête que d'aller uriner. Voyant que Judas menaçait Célio et un autre homme, masqué par sa haute stature, il n'avait pas hésité une seconde et avait ramassé un morceau de bois pour agir. Il voyait maintenant deux Célio ! Il jeta le reste de la branche et se frotta les yeux.

« Bonne initiative Dagon, dit Célio, non, tu ne rêve pas, je t'expliquerai tout en chemin. Je te présente Livian, mon frère jumeau. Il va prendre ma place. Livian, tu vas devoir résoudre le problème Judas, fais au mieux.

— Ne t'inquiète pas, je vais trouver une solution et une histoire vraisemblable. Le cheval est à trois cents mètres à l'ouest, juste à l'orée du bois, à côté d'un ancien puits. Il vous portera facilement tous les deux, Dagon n'a pas l'air si lourd. Maintenant échangeons rapidement nos vêtements, avant que les Guerrières s'aperçoivent de notre absence. »

Livian se déshabilla et se vêtit de la combinaison marron de Célio qui enfila le vieux jean et le tee short en coton de son frère.

— Bonne chance, conclut Célio »

— Merci, à bientôt. »

Ils partirent vers l'ouest en direction du QG du Réseau situé en pleine forêt sur un des plateaux surplombant la plaine.

Livian ne perdit pas de temps. Il tira le corps inanimé sur une cinquantaine de mètres dans la direction opposée au champ jusqu'à une dépression d'une dizaine de mètres de diamètre et de deux mètres de profondeur. C'était l'un des restes d'une guerre qui s'était déroulée plus d'un siècle auparavant. Ces trous d'obus étaient nombreux dans la région qui avait subi moult bombardements. Elle allait lui servir à cacher le corps, mais il devait avant cela l'achever. Sa tempe droite saignait mais il respirait toujours. Il improvisa. Il chercha et trouva une brindille dure et fine d'environ trente centimètres et la rentra d'un coup sec dans l'oreille droite de Judas. Il avait eu connaissance de cette méthode pour tuer un homme dans un roman lorsqu'il était adolescent, mais c'était la première fois qu'il testait ce procédé rapide et qui ne laissait pas de trace. On pourrait éventuellement croire, si on retrouvait la dépouille, que l'homme était mort à cause d'une fracture du crâne. Le corps de Judas tressauta une fraction de seconde avant de devenir inerte pour de bon.

Livian dégagea un espace sur le sol, de la dimension du corps, en repoussant les feuilles mortes et l'humus, puis creusa sur dix centimètres la terre meuble, cela suffirait. Il y plaça le corps, le recouvrit de terre, d'humus et de feuilles de façon à ce que l'aspect du trou soit homogène. Le cadavre serait indétectable, personne n'allait volontairement marcher au fond de la dépression, on la contournait. Généralement. Indétectable, sauf pour les charognards qui parcouraient la campagne la nuit. Mais quand ils l'auraient trouvé, il ne resterait pas longtemps entier !

Il revint en trottinant jusqu'au champ. Il ne s'était passé que dix minutes depuis le départ des trois hommes du champ, mais c'était suffisant pour inquiéter les Guerrières et il avait mis au point un scénario crédible à leur raconter.

CHAPITRE 20

8h45

Thalia ressortit de l'atelier de Tatiana. Il lui restait plus d'une heure avant sa réunion, lui indiqua une horloge publique du quartier. Elle allait repasser à sa chambre, prendre une douche, rapide car l'eau était rationnée, et changer de vêtements. C'était plutôt un uniforme, pensa-t-elle, car ils étaient tous identiques dans une même Corporation. Mais elle aurait bientôt un nouveau trousseau complet dont une belle tunique argentée, en plusieurs exemplaires.

Les rues étaient maintenant remplies de monde, il y avait surtout beaucoup d'habitants chargés de manipuler divers objets, matériaux, caisses de nourriture, car tout se transportait à pieds, à la brouette ou en charrettes. Elle vit beaucoup de patrouilles de Guerrières, elle ne faisait pas cinquante mètres sans en croiser une. La sécurité s'était énormément renforcée.

Il lui restait quelques centaines de mètres à parcourir jusqu'à son internat. Depuis sa sortie de l'atelier, elle s'était sentie épiée à plusieurs reprises. Mais en se retournant plusieurs fois elle n'avait rien vu de suspect. Etrange. Pour en avoir le cœur net, après avoir tourné à droite à un carrefour, elle entra prestement par l'entrée principale de l'atelier qui faisait le coin de la rue et qui semblait vide. Elle constata qu'il était actuellement en travaux, mais les ouvriers devaient être occupés ailleurs. Elle se plaça derrière la baie vitrée couverte de poussière. On ne devait pas la voir de la rue grâce à la luminosité extérieure. Elle attendait depuis quelques secondes lorsqu'une main qu'on posa fermement sur son épaule la fit sursauter. Se retournant d'un coup, elle reconnut Stella. Ouf ! Pas de danger. Elle prit d'amples inspirations pour abaisser sa fréquence cardiaque. Elle manquait encore d'expérience.

« Bonjour Thalia, et bravo.

— Bravo ! Pourquoi ?

— Je suppose que tu as senti que tu étais suivie. Je n'ai pas effectué une filature parfaite, sinon tu n'aurais rien vu ni même rien ressenti. Peu de gens m'auraient détectée, ton sixième sens est déjà aiguisé.

— Oui peut-être. Mais comment as-tu fait pour me surprendre et par où es-tu entrée ? Je suis juste à côté de la porte.

— Je t'ai vue entrer grâce au reflet dans la fenêtre de la maison d'en face. J'arrivais à ce moment au niveau d'une entrée secondaire presque invisible dans la ruelle perpendiculaire, dix mètres avant la vitrine où tu te tiens.

— D'accord, je ne suis pas tout à fait prête ! Mais c'était juste un test ou tu avais une bonne raison de me suivre ?

— C'était seulement un petit jeu. La raison principale était que je voulais te demander d'être prête à partir en début d'après-midi. Je vais te conduire dans un endroit sûr. Il va se passer des événements dans la cité aujourd'hui et dans les jours qui viennent et cela risque d'être dangereux.

— Et pourquoi moi ? Et que va-t-il se passer ?

— Je ne peux encore rien te dire sans te mettre en danger, mais ne t'inquiète pas, je te raconterai bientôt tout ce que tu voudras savoir. Après le déjeuner de ce midi, retourne à ton internat, habille-toi avec ta nouvelle tunique et n'oublie pas tes armes.

— Ne t'inquiète pas, j'ai travaillé trop dur pour les obtenir et je ne vais pas m'en séparer !

— Bien, excellent ! Ensuite rends-toi au haras et selle deux chevaux. Je t'y rejoindrai dès que possible.

— Et comment vais-je faire pour seller deux chevaux ? Je n'y suis pas encore autorisée.

— Voici une lettre signée par moi. Je demande deux chevaux pour moi et une Guerrière, ça devrait aller. Je dois y aller, je participe aux réunions avec les Dirigeantes à neuf heures puis à midi. Je compte sur toi, c'est important. Tu peux ressortir par ici, je passe par la porte de derrière. »

Elle laissa partir Thalia. Ne tardait-elle pas trop à lui révéler qu'elle était sa petite-nièce ? Non. Apprendre maintenant qu'elle avait une famille lui procurerait trop d'émotions, il fallait qu'elle ait toute sa tête au cas où les plans ne se dérouleraient pas comme prévu et qu'il faille se battre.

@@@

Livian était ressorti du bois en courant pour paraître essoufflé. Il avait vu les Guerrières approcher. Ne voyant plus que Kévin, elles devaient se poser des questions. Il prit un air affolé, comme si une catastrophe était arrivée, ce qui n'était pas vraiment faux du reste.

« Que se passe-t-il Célio, où sont les autres ?

— Ils ont disparu. Je pense qu'ils se sont échappés pour quitter la cité.

— Comment ça disparu ?

— Je suis allé faire mes besoins seul, puis en revenant, je les ai vus pénétrer en courant dans le bois à quelques dizaines de mètres, j'ai essayé de les suivre mais ils sont beaucoup plus jeunes que moi et je n'ai pas pu les rattraper. Ils doivent déjà être loin.

— Je vais faire parvenir un message au quartier général. Ils vont s'en charger, une patrouille à cheval aura sûrement plus de chance que nous de les rattraper, bien que j'en doute. Ce ne sont pas les premiers cette année. On les retrouve rarement. »

Effectivement, Livian et son frère avaient exfiltré de nombreux hommes, et cela depuis plusieurs années ! Toujours avec succès ! Ceux qui étaient repris s'étaient toujours échappés de leur propre chef, sans préparation. Ils s'en trouvaient toujours pour se rebeller sous le coup de la colère et agresser une Guerrière pour tenter une évasion, mais ils étaient vite repris. Célio et lui choisissaient toujours des hommes qui pouvaient être utiles au Réseau, au niveau technique, organisationnel ou militaire…

« Bien, Laura, alors qu'est ce que je fais ? Je retourne à mon travail ? demanda-t-il à la chef de section.

— Je préfère te faire remplacer, tu vas retourner à la cité avec une Guerrière et l'aider à faire son rapport en donnant une description du jeune homme qui t'accompagnait. Judas, tout le monde le connaissait.

— D'accord, J'y vais, mais je n'aurai pas beaucoup de détails à leur donner. »

Livian s'inquiétait surtout pour son rendez-vous avec Stella, qui devait venir le rencontrer à proximité du champ. Mais peut-être arriverait-il à la cité avant son départ à elle. Il se mit en marche avec Frida, une jeune Guerrière.

@@@

Au même moment, Illythie se trouvait dans la cave de sa Nurserie et faisait le compte des armes que toutes ses camarades avaient récupérées : des dizaines de couteaux de toutes sortes, des ciseaux, des hachoirs et même des rouleaux à pâtisserie. Tout avait été regroupé dans un recoin de la cave car les Génitrices et leurs alliées, nourrices et autres femmes d'entretien, des ex-Génitrices en fait, ne pouvaient pas se promener dans le bâtiment, armées jusqu'aux dents. Elles avaient aussi pris des cordelettes et de la ficelle pour pouvoir attacher les Guerrières. Il n'avait pas été facile de sortir tous ces ustensiles de la cuisine. La garde avait été renforcée un peu partout, mais leurs amples vêtements les y avaient aidé. L'entrée de la cave se trouvait dans un cul de sac au fond d'un couloir sur lequel donnaient les portes des toilettes et des salles de bains. Il n'était pas gardé, les Guerrières n'allaient pas surveiller tout le monde pendant leurs ablutions. Il serait facile de venir récupérer les armes un peu avant l'heure du passage à l'action.

Illythie s'était réservée la direction du groupe, composé de douze membres, qui allait prendre possession de l'entrée principale qui donnait sur une rue passante. Il y avait trois Gardiennes de faction dans le hall, mais ça pouvait changer à chaque instant. Il fallait les neutraliser avant que celles effectuant des rondes à l'extérieur ne viennent en renfort. Puis bloquer les issues. C'était le rôle de ses cinq camarades qui suivraient, avec outils, planches, meubles etc…Les autres accès n'étaient gardés que par deux jeunes Guerrières, ce serait encore plus facile pour les deux autres équipes de huit Génitrices.

Tout cela était de la théorie pensait-elle en s'inquiétant peut-être plus qu'il ne fallait. Mais l'effet de surprise devrait jouer en leur faveur. Dans une heure. Il restait soixante minutes avant le moment fatidique. Toutes les horloges de son bâtiment étaient réglées exactement sur la même heure. Elle espérait qu'il en était de même dans les autres Nurseries.

CHAPITRE 21

9h00

Tout le monde était présent. Le bruit courait qu'il s'était produit des évènements graves et qu'il n'aurait pas fait bon être absent à la réunion, qui ne durerait qu'une heure, tout le monde ayant de nombreuses taches à accomplir dans la journée. Ce jour devait être préparé au mieux pour recevoir les Gouvernantes des cités voisines. Eumélia devait annoncer des mesures drastiques concernant d'éventuelles restrictions de liberté dans la vie de la cité. La salle du conseil du rez-de-chaussée, qui avait été construite en bois à l'extrémité de la nef de la cathédrale, était presque pleine. C'était une pièce longue de vingt mètres, large de huit mètres et haute de cinq mètres. Elle était éclairée par les vitraux de la façade est, à travers lesquels le soleil commençait à poindre, par de hautes fenêtres sur les murs nord et sud et par la tour lanterne du côté ouest. C'était la pièce la plus lumineuse du monument. Elle était meublée volontairement de façon spartiate d'une grande table en U et de simples chaises en bois.

Etaient présentes :

La Directrice de l'agriculture, Christine, 58 ans, ancienne ingénieure agronome, accompagnée des responsables de ses différentes Corporations, le bûcheronnage, l'agriculture et l'élevage.

La Directrice des techniques et des fabrications, Sarah, 57 ans, ancienne ingénieure mécanique accompagnée du responsable des artisans et du responsable des recherches techniques.

La Directrice de la logistique de la cité, Brigitte, 62 ans, ancienne ingénieure travaux publics, accompagnée des responsables de la distribution de l'eau, de l'entretien des routes, de l'entretien des bâtiments, de la gestion des internats et des cantines.

La Directrice de l'éducation : Sylvie, 63 ans, ancienne proviseure de lycée, accompagnée de la responsable de l'éducation générale des jeunes avant quatorze ans, de la responsable de l'enseignement des techniques et de l'artisanat et de la responsable de la formation des Guerrières.

La Directrice de la santé : Suzanne, 61 ans, ancienne docteure experte en médecines douces, accompagnée de la responsable des Nurseries, de la responsable de la recherche de plantes médicinales et de la responsable santé et soin des habitants.

Toutes ces femmes étaient expertes dans leur domaine de compétence et avaient participé à la révolution féminine trente ans auparavant.

Cela représentait une bonne quarantaine de personnes. Euméia, Hermione, Stella et les Directrices étaient assises à l'extrémité de la table, toutes les autres ainsi que leurs nombreuses assistantes se partageaient les places des deux grands côtés du U. Il y avait aussi les trois Centuriones de la cohorte des Prétoriennes, dont Diane.

Avant la réunion, Eumélia et Hermione avaient fait un point sur les évènements de la nuit. L'enquête ne donnait toujours rien, mais la découverte des crimes ne datait que de quelques heures. On n'avait trouvé aucun indice sur le criminel qui s'était introduit dans les souterrains. Un vrai fantôme. Seul fait étrange, Taligie était remontée des souterrains dans un état second comme si elle avait été droguée. Elle n'avait pourtant rien remarqué d'inhabituel. Elle avait été remplacée par Angora et avait quitté son poste aussitôt pour être affectée à la surveillance de la cathédrale. Concernant les Génitrices, rien d'anormal n'avait été décelé dans les cinq Nurseries. Toutes les occupantes dormaient la nuit dernière et les Sentinelles n'avaient rien remarqué. Mais les deux fugitives qui leur avait échappé avaient certainement pu rentrer et se mettre au lit avant la visite des Prétoriennes. Bref on était au point mort et elles avaient décidé de renforcer les rondes dans la cité.

Eumélia commença donc la réunion en relatant ces faits et en demandant aux personnes présentes la plus grande vigilance au cours des journées à venir. Les cellules commençaient à se remplir de prisonniers dans les sous-sols. Cela lui rappelait les prémices qui annoncèrent la rébellion de l'année 2057. Elle espérait que la situation ne se reproduirait pas. Hermione donna des informations plus précises sur les différentes mesures prises à tous les niveaux de la société.

Stella prit la parole pour informer les participantes que des rébellions couvaient aussi dans les autres cités. Elle souhaita que chacune des Corporations informe l'assistance de ses progrès dans son domaine de compétence, ce qu'elles firent, puis elle donnerait des informations techniques sur les autres cités qu'elle avait visitées. La réunion se déroula calmement, mais avec beaucoup de chuchotements jusqu'à la fin. Dès l'arrivée des délégations des cités visiteuses, la Gouvernante les accueillerait. Après la réunion des Dirigeantes et le repas, toutes les Corporations devraient présenter leurs progrès sur le parvis de la cathédrale pour les partager avec leurs homologues. Puis les Directrices feraient visiter aux invitées les différents sites techniques et artisanaux sur l'ensemble de la Cité 101.

CHAPITRE 22

9h50

Illythie et les deux responsables des autres équipes distribuaient les armes à leurs camarades qui descendaient tour-à-tour à la cave pour les récupérer. Elles remontaient ensuite se cacher dans les salles de bains et les toilettes du rez-de-chaussée en attendant l'heure prévue. Le moment approchait et la tension montait.

Illythie ne s'était pas doutée qu'elle serait aussi nerveuse avant le démarrage de leur mutinerie. Elle n'était après tout qu'une Génitrice, pas une Guerrière, même si adolescente elle en avait rêvé. Elle espérait que personne ne craquerait ou ne perdrait ses moyens avant ou pendant la prise de contrôle des cinq Nurseries. Les assassinats de la nuit étaient encore présents dans leurs esprits. Elle encourageait pourtant toutes les femmes du mieux qu'elle pouvait et leur communiquait son enthousiasme et son énergie, en souhaitant qu'elles ne remarquent pas son agitation intérieure.

Puis vint le moment de lancer l'attaque. Les trois

meneuses remontèrent et regroupèrent leurs camarades pour partir en direction des trois issues qu'elles s'étaient réparties. Illythie et son groupe avancèrent vers l'entrée principale en masquant les couteaux dans leurs dos et en discutant comme si de rien n'était. Elles débouchèrent d'un couloir à seulement cinq mètres des Guerrières et se ruèrent sur elles.

@@@

A presque dix heures, Thalia arrivait devant le portail de son école au-dessus duquel on lisait sur un panneau de bois *Ecole des Apprenties-Guerrières.* Bientôt elle serait *Guerrière-Novice*, une étape supplémentaire. Elle était fière et souriait. Elle allait profiter de ce moment, même si elle savait que la suite était hypothétique après les révélations de Stella. Elle verrait bien. Elle était toute fraîche après une douche et portait des vêtements propres. Elle franchit le porche au même moment que cinq de ses camarades de classe. D'autres étaient déjà entrées. C'était une des dernières fois qu'elles foulaient le sol pavé de la cour intérieure. Elles avancèrent vers la salle de réception du rez-de-chaussée, la tête haute. Le bâtiment de quatre niveaux était vaste et pouvait accueillir trois promotions de cent apprenties. Les élèves de première, deuxième et troisième années entre quatorze et seize ans étaient répartis respectivement sur les trois étages.

Après les discours et les remises de récompenses et armes, on leur donnerait toutes les informations concernant la prochaine année de formation. La réunion devait durer jusqu'à midi.

Les jeunes filles entrèrent fièrement dans la salle où se trouvaient déjà des professeurs, des élèves de troisièmes années n'ayant pas encore passé les épreuves et des jeunes

Guerrières-Novices. Ces dernières devaient donner leurs impressions sur leur année de formation actuelle pour motiver les nouvelles recrues. Comme s'il en était besoin ! Sur des tables, les divers trousseaux étaient déjà prêts à être distribués.

On attendait Magdalena, qui arriverait sûrement la dernière, pile à l'heure.

@@@

Au même moment, Célio et Dagon montaient à pieds un chemin caillouteux en pente. Ils avaient trouvé le cheval à l'endroit indiqué par Livian. Il les avait transportés pendant une heure mais commençait à être épuisé par la chaleur. Ils avaient alterné marche, trot et parfois petit galop lorsque la chaussée le permettait sur d'anciennes routes goudronnées qui n'étaient pas totalement envahies par la végétation, signe d'un passage relativement régulier. Dans le dernier village abandonné qu'ils avaient traversé, Dagon avait remarqué que toutes les maisons étaient entièrement désossées : plus de porte, plus de fenêtre, l'intérieur semblait vide, même les toitures avaient été allégées de leurs tuiles et de leurs charpentes.

« Pratiquement tous les villages des alentours ne sont plus que des squelettes, lui avait expliqué Célio. Dès la prise du pouvoir par les femmes, des équipes de Guerrières ont été chargées de récupérer tout ce qui pouvait servir dans la cité, bois, verre, meubles, matériel divers, etc. Tout a été vidé en une décennie. Pour la nourriture, cela n'avait pris que trois ou quatre mois, c'était le plus important pour survivre, il fallait en récupérer et en stocker le plus possible. Mais comparativement à la population qui avait été divisée par dix, les réserves étaient énormes et durèrent trois ou quatre ans. A l'époque les magasins étaient remplis de toutes sortes d'aliments dont des conserves pouvant se garder cinq années. Les résistants s'étaient aussi servis royalement. Au début, beaucoup d'hommes ne voulaient pas quitter leur village et résistaient. Si les Guerrières n'arrivaient pas à les capturer vivants, elles les supprimaient tout simplement. Puis les rescapés se sont regroupés pour mieux se défendre et ont créé le Réseau. C'était un des premiers du continent. Le site où nous nous rendons fut occupé et aménagé dès la fin de la guerre civile, par Rick. Un drôle de bonhomme ! Il a tout organisé, puis un jour il a disparu. Personne ne l'a revu. On pense qu'il a été tué par une patrouille de Guerrières, mais on n'a retrouvé aucune trace de lui. Et je n'en ai jamais, à l'époque, entendu parler à la cité. Il connaissait pourtant certaines Dirigeantes. Il y avait parfois des anicroches avec les Guerrières mais nous avions toujours le dessus, nous étions mieux armés. Elles patrouillent encore de temps en temps, mais il n'y a plus grand chose à récupérer. Elles cherchent uniquement à trouver le QG du Réseau et à éteindre la résistance. Mais nous sommes bien cachés, tu verras. Bien que cela représente une faible proportion de leurs récoltes, elles doivent s'apercevoir que nous chapardons beaucoup de légumes la nuit. Pour la viande, nous chassons car le gibier pullule dans les bois environnants. »

Dagon buvait les paroles de Célio. L'histoire, la vraie, le passionnait. Il aurait voulu partager cet instant avec Thalia. D'après ce qu'il lui avait dit, elle le rejoindrait bientôt.

Au cours de leur ascension, ils passèrent devant des grottes taillées dans le calcaire à flan de falaise et situées sur leur gauche. Célio lui expliqua que c'était des maisons troglodytes qui avaient été habitées autrefois. En regardant sur la droite, Dagon fut surpris de constater qu'il voyait parfaitement la cathédrale qui dominait de toute sa hauteur la Cité 101 située sur un éperon rocheux, à la même altitude qu'eux-mêmes à cet instant, mais à des kilomètres.

« C'est incroyable, j'ai l'impression d'avoir fait un long voyage, pourtant on dirait qu'on peut presque toucher la cathédrale.

— Nous sommes à moins de dix kilomètres à vol d'oiseau, mais le chemin n'est pas direct, nous avons contourné certains endroits où les patrouilles de Guerrières circulent régulièrement la journée.

— Oui, je comprends.

— Il nous reste un petit kilomètre à parcourir, mais ça monte jusqu'au bout. Si tu as soif, il y a une source à deux cents mètres. Le cheval aura aussi besoin de boire. Par bonheur, malgré cette sécheresse, elle n'est pas tarie, c'est une rivière souterraine sur une bonne partie de son parcours et qui affleure par endroits. »

CHAPITRE 23

10h00

Thalia attendait, assise dans la grande salle d'intronisation de son école. Elle était entourée de neuf camarades, toutes ayant réussi les épreuves finales, avec des résultats disparates, chacune ayant un domaine où elle excellait. Thalia était la seule qui se distinguait dans toutes les matières. Chaque pleine lune, dix élèves passaient les épreuves. Thalia avait été la dernière du groupe la nuit dernière. Pour le moment, elles allaient former une section de Novices et allaient, une partie du temps, s'entraîner entre elles tout en suivant en parallèle une formation intensive. L'autre partie du temps, elles seraient confiées à une Guerrière ou une Prétorienne pour débuter leur expérience de terrain. Selon leur mérite, elles pourraient au bout d'un an choisir leur affectation. C'est cette période qu'elle avait attendue avec impatience, mais maintenant, elle n'en était plus sûre. Les événements se bousculaient dans sa tête depuis cette nuit. Elle avait beaucoup réfléchi. Elle sentait qu'il lui fallait suivre les conseils de Stella, de qui elle se sentait de plus en plus proche, sans savoir pourquoi. Quand on observait les conditions de vie de la population, il n'était pas étonnant de la voir contester la façon dont on la traitait ! Bien sûr les habitants mangeaient à leur faim et tous avaient une activité journalière pour s'occuper, même si elle était lassante et répétitive pour la plupart d'entre eux. Mais la pression des Dirigeantes, répercutée par les Guerrières, était permanente, surtout sur la minorité que constituaient les hommes. Il ne fallait pas déroger aux règles. Les lois devaient être respectées. Et elles l'étaient de façon stricte et implacable.

Elle fut interrompue dans ses pensées par l'arrivée de Magdalena. Habillée de sa tenue officielle de formatrice, d'un blanc immaculé, elle était encore plus impressionnante. Elle dominait de presque dix centimètres les professeurs et formateurs toutes disciplines confondues debout de part et d'autre d'elle. La remise des diplômes et des armes se déroulerait par ordre alphabétique après son habituel discours. Thalia allait devoir patienter avant de devenir officiellement Guerrière-Novice. Et la patience n'était pas sa principale qualité !

@@@

Au même moment, Stella sortait de la salle du conseil après sa première réunion de la journée et parcourait le collatéral nord de la cathédrale quand elle vit Livian qui y pénétrait. Une Guerrière l'accompagnait. Livian ou Célio, elle n'était pas sûre de si loin. Que se passait-il ? Encore un imprévu ? Dagon n'était pas là, la meilleure hypothèse était que Célio et lui aient pu fuir mais qu'on veuille interroger Livian – officiellement Célio – sur la disparition de Dagon. Il fallait qu'elle trouve le moyen de lui parler ici avant qu'il ne soit renvoyé on ne sait où. Mais du moins elle n'aurait pas à parcourir la campagne torride pour le voir. Il allait sûrement être interrogé dans une salle du rez-de-chaussée, on n'emmenait les prisonniers dans les sous-sols que pour des faits très graves.

Masquée par une colonne, elle observa et repéra l'endroit où Livian était conduit. Elle devait agir sans tarder.

@@@

A dix heures cinq, les Génitrices terminaient de barricader les issues. Pour les renforcer, des planches étaient clouées sur les épaisses portes en bois préalablement fermées à clé. Puis les meubles les plus volumineux et lourds étaient poussés contre elles. Au premier étage, tous les volets étaient fermés.

Quelques minutes auparavant, l'assaut n'avait pas été facile pour le groupe d'Illythie. Arrivées à moins de deux mètres des trois Guerrières regroupées de part et d'autre de l'entrée principale, elles avaient sorti leurs armes et fondu sur elles. Deux Génitrices s'étaient jetées de part et d'autre de chaque Gardienne pour lui maîtriser les bras pendant qu'une autre la menaçait d'un couteau sous la gorge. Ainsi terrassées, elles furent vite ligotées. La troisième Guerrière, réagissant rapidement, s'était abritée derrière les deux premières, avait pu dégainer son épée et s'était défendue. Une Génitrice avait été touchée au bras par un coup d'épée circulaire. Mais la Guerrière de vingt ans à peine n'était pas habituée au combat en situation réelle, elle manquait encore d'expérience devant une telle quantité d'assaillantes. Illythie para un coup d'épée venant du ciel en levant les bras munis de ses deux couteaux placés en croix. Elle les serra tellement fort que les jointures de ses doigts blanchirent. Simultanément, deux de ses camarades se précipitèrent sur les jambes de la Guerrière pour l'immobiliser et deux autres s'agrippèrent à ses bras pour la désarmer. La Guerrière ne put résister à ces quatre masses de chair et d'os qui la clouèrent au sol avant de lui attacher les membres.

Cette attaque sentait vraiment l'amateurisme, même si elle n'avait duré que dix secondes qui leur en avaient paru mille. On ne s'improvise pas soldat du jour au lendemain.

Les Génitrices ayant œuvré aux trois issues étaient toutes en sueur et tremblaient. Mais elles tenaient leur victoire. Elles maitrisaient les Guerrières et les emmenèrent dans les sous-sols, laissant la place et le soin aux autres d'obstruer les ouvertures de la Nurserie. Maintenant il allait falloir tenir le temps nécessaire pour négocier de meilleures conditions de vie avec les Dirigeantes. Illythie se demandait si tout s'était bien déroulé dans les quatre autres Nurseries. Elle l'espérait. Elle aurait peut-être des nouvelles plus tard grâce à Stella.

Les Sentinelles situées à l'extérieur n'eurent pas le temps d'intervenir. Elles tambourinèrent sur les lourdes portes en bois et essayèrent de les défoncer mais sans succès. Elles étaient complètement déboussolées par cette attaque. L'une d'elle partit aussitôt prévenir les Dirigeantes à la cathédrale.

@@@

Stella pénétra dans la pièce, et sourit. Elle avait reconnu Andréa, une Guerrière qu'elle avait hypnotisée huit jours avant, lorsqu'elle avait dû pénétrer dans la Nurserie de Sandra lors de la préparation de la rébellion. Ce serait facile ! Après l'avoir eue sous son contrôle une fois, il lui suffisait d'un mot pour l'avoir à nouveau en son pouvoir.

« Bonjour Andréa, dois-tu t'occuper de la déposition de cet homme ?

— Non, Stella, j'attends Angora, c'est elle qui doit s'en charger dès qu'elle rentre de patrouille.

— Dors Andréa ! Mais reste debout, fit-elle en la fixant et en effectuant un geste spécifique de la main. Tu vas maintenant te poster devant la porte et me prévenir dès que quelqu'un veut pénétrer dans la pièce.

— Oui Stella.

— Bien, et referme la porte. »

Stella s'approcha ensuite de Livian à l'autre bout de la salle.

« Hé bien ! Que se passe-t-il ? Les travaux des champs étaient trop durs aujourd'hui ? plaisanta-t-elle.

— Très drôle Stella ! Il y a juste eu un grain de sable qui s'appelle, s'appelait plutôt, Judas. Il portait bien son nom. Nous le soupçonnions d'être un des nombreux espions à la solde d'Hermione et nous en avons eu confirmation. Mais le problème a été réglé de façon définitive, en partie grâce à ce jeune garçon qui accompagnait Célio.

— Ha ! Très bien, je suis heureuse qu'il ait pu vous rendre service.

— Pourquoi ? Tu le connais ? Dans le feu de l'action, Célio n'a pas eu le temps de me donner de détail.

— Oui, je l'avais moi-même fait placer auprès de lui. C'est le petit ami de Thalia. Ta nièce figure-toi ! Mais je vous raconterai toute l'histoire lorsque nous serons tous regroupés. Nous n'avons pas beaucoup de temps, raconte-moi rapidement ce qui s'est passé et je te relaterai les événements de la nuit. »

Ils échangèrent mutuellement leurs informations puis Stella lui dévoila ses nouveaux plans.

« Nous allons devoir avancer notre attaque. Célio, que j'ai rencontré en fin de nuit, va donner les dernières instructions au Réseau pour préparer notre intervention. Je m'y rendrai dans l'après-midi avec Thalia pour terminer l'organisation. J'avais planifié la mutinerie des Génitrices à dix heures. A cette heure-ci elles ont dû prendre possession des Nurseries, je vais sûrement avoir l'information sous peu. Cela va provoquer une grosse panique chez les Dirigeantes, pour un bon moment et monopoliser leurs forces et leur attention. Elles vont vouloir le cacher aux visiteuses des autres cités, pensant dissimuler le problème jusqu'à la fin de la fête et le régler ensuite. Après tout ce n'est pas si difficile, elles peuvent argumenter d'une épidémie quelconque chez les Génitrices et qu'une quarantaine a été instaurée pour quelques jours dans leurs bâtiments. Quant à toi, tu vas devoir réunir tes hommes dès la fin de la journée. Notre objectif est de pénétrer par les portes nord et sud simultanément, à minuit, après que tu t'en seras rendu maître par l'intérieur. Puis nous visons d'atteindre rapidement la cathédrale et d'en prendre possession. Il devrait y avoir beaucoup moins de Prétoriennes à l'intérieur. Il faudra délivrer les prisonniers, il y a plusieurs dizaines d'hommes au niveau moins deux des sous-sols. Ils récupéreront les armes de toutes les Guerrières pour grossir notre armée. Il faut aussi assigner à résidence les Dirigeantes des autres cités et leurs collaboratrices. Ce qui sera un atout pour étendre notre action dans les jours qui suivent. Je leur expliquerai mes objectifs dès que possible. »

Stella continua à donner des détails durant quelques minutes.

« Est-ce clair, Livian ?

— Très clair, et où logeront-elles les visiteuses au fait ?

— Les Dirigeantes et leurs assistantes dans un bâtiment situé cent mètres à l'ouest de la cathédrale, un ancien hôtel, il est facile à trouver et il sera sous bonne garde. Leurs Prétoriennes, une centaine, seront dans le bâtiment contigu et au nord de la cathédrale, un ancien tribunal. Si je peux, je te donnerai plus de précisions en début d'après-midi avant de quitter la cité, sinon tu feras au mieux. Je vais devoir te laisser. Je dois me préparer pour accueillir nos visiteuses avant midi. Ensuite, dans l'après-midi, je quitte la cité avec Thalia, si possible à cheval. Essaie de ne pas retourner aux champs et de te faire affecter pour la journée au haras, tu pourras peut-être nous aider en cas de besoin. A bientôt Livian. Bonne chance.

— A bientôt Stella. »

Elle quitta la pièce et réveilla Andréa puis la renvoya auprès de Livian. Elle devait maintenant trouver un coin tranquille pour recharger ses batteries une trentaine de minutes.

CHAPITRE 24

10h30

Hermione fulminait. Elle venait d'être informée de la mutinerie des Génitrices. Depuis quelques jours, elle avait bien senti qu'un bouleversement allait se produire, et son instinct ne l'avait pas trompée. Cette nuit ses soupçons s'étaient encore accentués. Pour le moment, elle ne pouvait pas se consacrer à la résolution de ce problème. Avec Eumélia, elle devait recevoir les différentes délégations puis participer à une réunion avec ses homologues des autres cités avant le déjeuner. Les vigies placées au sommet de la cathédrale annonçaient leur présence à quelques centaines de mètres des différentes portes de la cité. Hermione chargea Diane de contrôler et d'étouffer les fuites qui pourraient éventuellement se propager dans la cité. Elle lui donna l'ordre de circonscrire la révolte à l'intérieur des Nurseries. Que rien n'en sorte ! C'était d'ailleurs facile, les Génitrices s'étaient barricadées dans leur immeuble. Que voulaient-elles ? Qu'espéraient-elles ? Elles ne tiendraient pas longtemps, mais c'était de toute façon inadmissible. Il faudrait trouver une solution pour les déloger. Mais pas en journée, leurs invitées ne devaient rien savoir, la Cité 101 devait rester exemplaire. Elle devait trouver un moyen pour que cette affaire ne s'ébruite pas dans la cité et n'arrive pas aux oreilles des visiteuses. Ce serait désastreux pour sa réputation ! Elle agirait la nuit prochaine.

Elle ordonna à Diane de lui faire un rapport en temps réel si la situation évoluait. Les cinq Nurseries en même temps, comment avaient-elles pu se coordonner et s'organiser aussi précisément ? Il devait y avoir un cerveau à l'extérieur qui avait tout planifié en détail, mais qui ? Elle commençait à transpirer en cette fin de matinée, à cause de la chaleur qui s'accentuait, mais surtout à cause de la pression des événements. Elle sortit un mouchoir de sa poche pour s'éponger le front. Elle ne vit pas le bout de tissu que le mouchoir entraîna avec lui et qui tomba sur les pavés de la rue.

« Hermione, tu as perdu quelque chose, il me semble, l'avertit Diane. »

Hermione regarda à ses pieds et vit le morceau de tissu pourpre rehaussé de deux liserés dorés qu'elle conservait depuis quelques heures sans plus y penser.

« C'est ce que j'ai trouvé dans la main recroquevillée de Julia, s'exclama-t-elle. C'est un galon de manche. Elle a dû l'arracher à son agresseur. »

Les deux femmes se regardèrent avec un sourire entendu. Elles avaient compris simultanément qu'il ne pouvait provenir que d'un seul type de vêtement, et elles savaient qui le portait.

@@@

Les visiteuses arrivaient de tous côtés à la fois. Leurs cortèges étaient fastueux et impressionnants. Ils avaient pénétré dans la Cité 101 par les trois portes principales correspondant à trois points cardinaux, nord, ouest et sud, avant de parcourir les rues et de stationner sur le parvis de la cathédrale. Chaque délégation était composée d'un véhicule, mi-carrosse, mi-diligence, tiré par quatre ou six chevaux. Tous étaient différents les uns des autres, car ils étaient conçus et réalisés artisanalement avec du matériel de récupération par les meilleurs ingénieurs et artisans de leurs cités respectives, sans concertation. La couleur des tenues règlementaires, pour toutes les Corporations, était la seule commonalité entre les cités. Cela permettait ainsi de reconnaître facilement ses homologues sur tout le continent. Les *carrosses* transportaient les Dirigeantes et Directrices de chaque Corporation. Ils étaient précédés et suivis par une section de Prétoriennes en tuniques dorées, soit vingt cavalières dressées sur leurs montures et armées jusqu'aux dents pour parcourir la campagne en relative sécurité. Certaines, les plus éloignées de la Cité 101, étaient parties avant le levé du jour, afin que toutes arrivent au même moment sur leur lieu de destination. Leur mission de protection étant terminée, les cent Prétoriennes des cinq cités invitées furent dirigées dans le bâtiment contigu au monument millénaire où elles logeraient jusqu'au lendemain. Leurs montures furent conduites vers le haras où les palefreniers allaient s'en occuper pendant deux jours.

Le parvis était maintenant bondé. Les cinq véhicules des cités 103, 106, 111, 112 et 121, tractés par les chevaux, emplissaient presque toute la petite esplanade. Les occupantes commençaient d'en descendre. On avait placé des barrières à quelques mètres des portes de la cathédrale pour réserver un espace d'accueil et permettre d'y entrer plus facilement. Beaucoup d'habitants du quartier avaient été conviés et se trouvaient sur le pourtour de la place. Ils applaudissaient les visiteuses avec plus ou moins de ferveur.

Eumélia et Hermione les accueillirent sans ostentation et

les convièrent à les suivre. La salle de réunion allait bientôt se remplir avec ces trente-cinq visiteuses, mais auparavant les Dirigeantes de la Cité 101 les accompagnèrent jusqu'à l'immeuble où elles dormiraient cette nuit. Elle y allèrent à pied tout en parlant du programme des deux journées de rencontre. L'ancien hôtel était situé à cent mètres de la cathédrale. Les invitées allaient pouvoir se rafraichir et s'installer avant la réunion de midi et le repas qui serait servi dans la salle du conseil pendant les débats. Il était prévu qu'on leur apporte des plateaux garnis de nourriture froide.

Eumélia et Hermione revinrent ensemble à la cathédrale. Hermione réfléchissait. Elle se demandait si elle allait parler de ses soupçons concernant Stella. Elle savait que les deux femmes se connaissaient depuis plus de trente ans et qu'elles étaient proches. Eumélia n'allait pas vouloir croire à cette hypothèse, même avec une preuve quasi irréfutable. Mais sinon, à qui d'autre pouvait appartenir ce galon pourpre ? La deuxième hypothèse était qu'on l'avait placé à cet endroit pour accuser Stella, mais qui ? Un homme ? Stella était tout de même à l'origine de la révolution féminine, de l'organisation des cités, avec Eumélia. Elle était respectée depuis trois décennies par toutes les Gouvernantes des cités de la région qu'elle était chargée de coordonner et d'harmoniser depuis quelques années. Elle avait elle-même été Gouvernante de la Cité 103. Elle n'avait jamais commis aucun acte de trahison.

« Tu es bien pensive Hermione, lui dit Eumélia.

— Oui, les événements s'enchainent depuis quelques jours. Je pensais aux assassinats de cette nuit dans les sous-sols de la cathédrale. Nous n'avons pas vraiment de piste pour le moment. L'enquête piétine. »

Elle sortit le tissu pourpre de sa poche.

« Tu pourrais peut-être nous aider. Sais-tu d'où pourrait

provenir ce galon pourpre avec ces liserés dorés, demanda-t-elle innocemment. Je l'ai trouvé dans la main de Julia, elle a dû l'arracher à son agresseur. »

Eumélia vit tout de suite de quoi il s'agissait, cette couleur n'était autorisée que sur les vêtements des Procureures Générales inter-cités.

« Tu te moques de moi je suppose ? Tu le sais aussi bien que moi. Une seule personne est vêtue de cette couleur actuellement dans la Cité 101. Mais je ne vois pas le rapport, Stella serait incapable d'une telle chose, nous avons fondé les cités ensemble, toute l'organisation de la société a été en partie issue de nos réflexions. Je ne la vois pas tout casser maintenant en participant à une mutinerie.

— Elle pourrait avoir des états d'âme, des remords, vouloir aider certaines Corporations dans leur désir de plus de liberté ou d'avantages.

— Non, impossible, et qui voudrais-tu qu'elle aide ?

— Les Génitrices par exemple.

— En les assassinant, comme Sandra ?

— Peut-être avait-elle peur que Sandra parle ?

— Je n'y crois pas une seconde, mais attends la fin de la réunion avant de lui en parler, je veux que tout se passe bien avec nos visiteuses.

— Bien sûr, je ne vais pas faire de remous avant, mais je vais la faire surveiller dès à présent, de façon discrète bien entendu !

— Il n'est pas sûr que cela suffira, elle a un sixième sens très affuté. Elle va repérer facilement une filature.

— Ne t'inquiète pas nous avons des Prétoriennes très compétentes pour ce genre de travail.

— D'accord, mais je veux être tenue au courant de tout sur ce sujet.

— Bien entendu Eumélia ! fit Hermione avec un sourire satisfait. Je te trouve un peu fatiguée, tu devrais prendre un remontant je pense.

— Oui je sais, j'ai prévu d'aller voir qui tu sais dans la soirée. »

Elles arrivaient à la cathédrale, le parvis était encadré de trois sections de Prétoriennes sur son pourtour. Il ne pourrait pas se passer grand chose ici. L'endroit était sécurisé.

« Bien, allons rejoindre nos Directrices pour préparer la réunion de midi, conclut Eumélia. »

@@@

Pendant ce temps, Célio et Dagon avaient atteint la source d'eau fraîche et étanchaient leur soif. Elle donnait abondamment toute l'année. Que le temps soit caniculaire ou qu'il gèle par moins quinze, l'eau sortait de terre à dix degrés. Ils s'aspergèrent mutuellement le visage et les cheveux. Il fallait bien plaisanter un peu, pensait Célio, avant ce qui les attendait la nuit suivante.

Quelques instants plus tard ils repartaient d'un bon pas. La pente s'accentuait mais soudain ils furent bloqués au milieu d'un raidillon. Le chemin était envahi de ronces et de lianes ! Célio n'avait pas l'air surpris et il grimpa le terre-plein sur leur gauche en tirant à sa suite le cheval qui franchit difficilement le bas côté abrupt, Dagon fermant la marche. Ils pénétrèrent dans le bois et contournèrent d'épais taillis. Un vrai labyrinthe naturel ! Il était impossible de trouver le QG du Réseau par hasard. Dagon était impressionné par son guide qui avançait sans hésiter. Il avait parcouru ce chemin plusieurs centaines de fois et en connaissait chaque motte de terre.

« C'est encore un reste de l'époque de Rick, raconta Célio, il avait de bonnes idées et était passionné de labyrinthes. Le fort est entouré d'un enchevêtrement de ronciers, lianes et autres buissons épineux. Si on ne connaît pas l'un des chemins, on peut tourner en rond des heures. Si on y allait en ligne droite à la machette, il faudrait des jours pour traverser les bosquets. C'est grâce à cela que les Guerrières ne nous ont jamais trouvés. »

Sur le sentier sinueux, quelques centaines de mètres plus loin, une flèche, sortie de nulle part, vint se ficher à cinquante centimètres devant leurs pieds. Dans un réflexe, Célio poussa Dagon derrière le talus du bas côté droit en lui criant de se baisser. Il ne réalisa que trop tard qu'il s'était fait berner une fois de plus !

« Ha ! Ha ! Ha ! entendirent-ils.

— Goderic ! C'est encore toi !

— Et tu t'es fait avoir Célio, comme d'habitude. Imagine que j'ai été une Guerrière !

— Elles ne viennent pas si haut et si profondément dans les taillis, aucun risque qu'elles franchissent le roncier.

— On ne sait jamais ! Pourquoi poste-t-on des Sentinelles alors ?

— Tu poses trop de questions et je suis fatigué, nous avons marché presque deux heures sous le soleil. Dagon je te présente Goderic, il a ton âge. Il est ici depuis un an. Je vais te confier à lui. Il va te faire visiter le QG. C'est un ancien fort militaire bâti voila deux siècles. J'ai beaucoup à faire maintenant, je pense que Thalia nous rejoindra en fin d'après-midi. Je vous laisse ensemble, on se reverra pour le déjeuner. Et pour ta peine, Goderick, je te charge d'aller t'occuper du cheval.

— OK Célio, allez viens Dagon, tu ne vas pas en croire tes yeux si tu n'es jamais sorti de la Cité 101. Comme moi il y a un an en fait !

@@@

Au même moment, Thalia, debout devant l'estrade sur laquelle se tenaient les professeurs, écoutait Magdalena. Celle-ci la félicita et lui prodigua maints conseils pour l'année à venir. Elle reçut ses tenues et ses armes. C'était approximativement les mêmes que celles des Guerrières, sauf la lance, remplacée par un bâton rigide de un mètre quatre-vingts et les embouts de flèches qui étaient tous en caoutchouc. Les Novices devaient peaufiner leur entraînement un an et maîtriser le combat au bâton avant de recevoir une lance, beaucoup plus dangereuse.

Elle rayonnait de fierté et remercia tout le monde.

Puis elle alla se rasseoir parmi ses camarades. Elle fut la dernière à être intronisée Guerrière-Novice, les diverses formatrices allaient maintenant leur donner un aperçu du programme de l'année qu'elles allaient entamer.

Il n'y avait pas d'année scolaire proprement dite. Chaque groupe de dix élèves, qui était sélectionné à chaque pleine lune, commençait aussitôt la formation qui durait exactement un an. Cela présentait l'avantage d'avoir périodiquement, tous les vingt-neuf jours, un cycle lunaire pour être précis, dix nouvelles Guerrières pour grossir les effectifs ou en remplacement de celles qui atteignaient la limite d'âge ou qui avaient été tuées au combat.

Magdalena reprit son discours à l'attention de toutes les Novices puis passa la parole aux autres intervenants. Chacun allait partager son expérience et donner un aperçu de l'enseignement de cette dernière année de formation. Ils en auraient pour jusqu'à midi, mais Thalia n'écoutait plus que d'une oreille, déjà tournée vers l'avenir, qui était, pour le moins, encore indécis. Le temps allait lui paraître long jusqu'au déjeuner. Elle devait retrouver Zoda à la cantine. Sa copine de chambre était encore plus excitée qu'elle et allait lui poser moult questions. Qu'est ce que cela allait être lorsqu'elle-même passerait les épreuves !

CHAPITRE 25

11h00

Livian était occupé à nettoyer une stalle vide du haras des Guerrières. Il faisait chaud et il transpirait à grosses gouttes sous les tôles. L'ensemble des trente boxes où il se trouvait était un long bâtiment en bois à la structure constituée de poutres et planches imbibées d'une vieille huile de vidange garantissant leur conservation sur plusieurs années. Le tout avait été récupéré dans les villages alentours. Il y avait dix bâtiments similaires. Leur toiture était en tôle ondulée, ce qui expliquait la chaleur à l'intérieur. Heureusement pour les chevaux, on les sortait la journée. Une partie d'entre eux était au repos dans les pâturages environnant la cité, une autre en patrouille avec des Guerrières et une troisième à l'intérieur du haras dans divers petits enclos arborés, prêts à être scellés en cas de nécessité, ce qui n'était pas rare ces derniers jours. Aujourd'hui même, après la *fuite* de Judas et de Dagon, une patrouille de Guerrières venait d'être envoyée à leur recherche. Mais Livian savait que son frère et son protégé avaient trop d'avance pour être rattrapés.

Son interrogatoire s'était déroulé sans problème particulier. Seulement quelques minutes après que Stella l'eut quitté, c'est finalement Diane en personne qui était venue l'interroger. Les Dirigeantes prenaient au sérieux l'accumulation de faits divers inhabituels. Beaucoup de décès et de disparitions étaient à déplorer ces derniers jours. Diane était presque de la même taille que lui. Elle était intelligente et perspicace, on ne pouvait pas lui faire avaler des couleuvres Il avait dû lui donner beaucoup de détails, qu'il avait peaufinés auparavant. Il n'eut cependant pas de problème pour lui faire accepter sa version, plausible et bien rodée. Elle l'avait donc libéré rapidement.

Pour la fin de la journée, il avait réussi adroitement à la convaincre qu'il serait plus utile qu'il aille travailler au haras pour éviter deux nouvelles heures de marche aller-retour jusqu'à son champ. Elle l'envoya donc là-bas jusqu'au soir. Il y fut accompagné par la section des Patrouilleuses chargée d'aller retrouver les deux fugitifs.

C'est pour cette raison qu'il se retrouvait par cette journée torride sous des tôles brûlantes. Il aurait préféré être en plein air par ce temps extrême, mais il serait d'une aide précieuse à Stella qui aurait peut-être besoin d'une diversion pour quitter la cité avec Thalia dans les prochaines heures.

@@@

Pendant ce temps, Dagon visitait le QG du Réseau. Il découvrait avec émerveillement l'immensité de l'ancien complexe militaire construit sur six hectares et presque entièrement recouvert de terre et de végétation. Cela le rendait indétectable, du moins par un observateur terrestre.

L'aviation n'existait pas du temps de sa construction et elle n'existait plus depuis trois décennies sur le continent. C'était énorme, gigantesque, pensait le nouvel arrivant.

A l'approche du fort, ils avaient confié le cheval à un palefrenier qui était reparti par un autre chemin contournant le fort. Puis les trois hommes étaient descendus dans les douves qui avaient été creusées sur le pourtour du fort. Leurs murs étaient très bien entretenus, mais elles étaient, à dessein, envahies de ronces. Ils étaient ensuite entrés par une ouverture cachée par un épais buisson en bas de la muraille, puis étaient montés au niveau supérieur où se trouvaient toutes les pièces habitables. Célio avait rejoint la pièce de commandement et avait laissé Dagon entre les mains de Goderic, qui allait lui servir de guide.

« Tu vas voir, c'est impressionnant ! Ces constructions en pierres de taille datent de presque deux cents ans, mais elles sont très bien conservées. C'est normal, le fort n'a pas été habité pendant plus d'un siècle, et, isolé en pleine forêt, les visiteurs n'ont jamais été nombreux. Il n'y a donc pas eu de dégradation. Il y a des tas de couloirs et de recoins ou les enfants pourraient jouer à cache-cache. Le Réseau a installé progressivement, depuis 25 ans, un confort spartiate mais agréable à vivre. La vie est très bien organisée. Il y a des dortoirs, une cuisine, un réservoir d'eau, des locaux de stockage. Nous avons beaucoup d'armes, plus modernes que celles des Guerrières.

— Des armes ? Vous allez faire la guerre ?

— Ha ! Tu n'es pas encore au courant ! C'est normal le secret est bien gardé. Notre objectif est de reprendre les cités des mains des femmes et de réinstaurer une société plus égalitaire. Comme avant !

— Avant quoi ?

— Avant la prise de pouvoir par les femmes. Beaucoup

de choses nous sont cachées dans les cités. Notamment l'histoire qui précède la guerre civile qui a eu lieu de 2027 à 2029. J'ai beaucoup appris depuis que je suis ici. Une bonne partie des résistants étaient composée de jeunes qui avaient survécu à 2029 et à la grande épidémie qui avait suivi. Ils s'étaient regroupés ici pour échapper aux Guerrières qui commençaient à s'organiser. Ils ont entre 45 et 60 ans maintenant, mais ils ne sont plus la majorité, beaucoup d'hommes de tous âges se sont échappés de la cité grâce au Réseau. Des jeunes comme nous par exemple. Nous formons une bonne petite armée. Mais nous sommes dix fois moins nombreux que les Guerrières et Prétoriennes réunies, et même mieux armés, il va falloir les prendre par surprise. Mais allons visiter le fort, on parlera guerre plus tard ! Nous n'allons pas y participer de toute façon, nous sommes trop jeunes.

— En plus on n'est pas entraîné du tout.

— Parles pour toi ! Moi je m'entraîne depuis un an, mais je ne suis pas encore au niveau des anciens. Et puis il faut continuer à faire vivre notre base.

— D'accord, allons-y. Montre-moi tout ce que tu connais déjà. »

Ils traversèrent une cour rectangulaire d'une bonne trentaine de mètres de long sur huit de large. De chaque côté, plusieurs ouvertures, portes ou fenêtres donnaient accès à différentes pièces. Goderic expliqua qu'il s'agissait des dortoirs. Plus loin, ils passèrent devant la cuisine qui dégageait déjà une bonne odeur de viande cuite.

« Ça me donne déjà faim, fit Dagon, on mange à quelle heure ?

— On ira au service de douze heures, ça nous laisse suffisamment de temps pour parcourir l'ensemble du site.

— OK je tiendrai bien une heure ! »

Ils visitèrent diverses pièces de stockage, une salle de communication avec des appareils que Dagon n'avait jamais vus et ils empruntèrent plusieurs couloirs souterrains aux plafonds voutés. Goderic lui expliqua toutes les astuces de l'architecture souterraine, par exemple les puits de lumière pour éclairer les pièces aveugles. Il lui montra les latrines, la cuisine, les dortoirs, et d'autres salles. Le cerveau de Dagon aspirait littéralement toutes ces informations.

CHAPITRE 26

12h00

Toutes les Dirigeantes des autres cités étaient maintenant réunies autour de la grande table de la salle du conseil. A l'extrémité du U, Stella, qui avait refait son apparition juste avant midi, animait la séance, entourée d'Eumélia, d'Hermione et des Directrices des différentes Corporations de la Cité 101.

La Procureure Générale inter-cités remercia l'assemblée pour sa ponctualité, félicita les invitées pour leur déplacement par cette chaleur étouffante et dévoila l'ordre du jour précédemment défini par les hôtes.

Le premier sujet concernait l'organisation des jeux du lendemain. Parmi les visiteuses, en effet, plusieurs Prétoriennes participeraient à différentes épreuves de course, d'adresse ou de combat. Celles-ci débuteraient à la fraîche à six heures. Il y aurait des trophées à gagner. Une assistante était désignée pour inscrire dès cet après-midi les candidates représentantes des invitées.

Le deuxième sujet concernait les progrès des cités dans

les divers domaines techniques et artisanaux. Les responsables de chaque Corporation feraient une présentation théorique puis à quatorze heures les Dirigeantes seraient installées sur une estrade devant la cathédrale. Elles assisteraient à un défilé des artisans et des techniciens qui exposeraient leurs nouvelles créations incarnant les principales compétences de la Cité 101.

Des démonstrations pratiques permettraient d'illustrer concrètement les progrès techniques pour une meilleure compréhension par les autres cités.

Plusieurs sujets politiques et organisationnels devaient être abordés par les Gouvernantes en privé en fin d'après-midi. Stella les informa que plusieurs sujets concernaient les mécontentements de plus en plus nombreux de la population sur différents points touchant à leur qualité de vie, cela dans toutes les cités présentes. Il fallait aborder ces problèmes avant qu'ils n'empirent et prendre des décisions adéquates. Tout le monde approuva l'ordre du jour, la réunion pouvait commencer.

Hermione n'était pas surprise par ce qu'elle entendait. Que les même revendications existent dans la plupart des cités était logique ! Les organisations, les lois, les règles diverses étaient les mêmes sur tout le continent. Les mêmes causes produisaient les mêmes effets. Elle se demandait si Stella jouait la comédie pour brouiller les pistes en abordant le sujet des prémices d'une révolte dans les cités. Ou n'y était-elle effectivement pour rien dans les crimes de Julia et de Sandra ? Elle portait une tunique pourpre et avait posé sa cape sur le dossier de sa chaise. Hermione avait remarqué avant d'entrer dans la salle que les galons étaient présents sur les deux manches de la cape de la Procureure Générale inter-cités mais cela ne voulait rien dire, elle avait pu en changer entre temps. Aussi, avant de pénétrer dans la salle du conseil, avait-elle ordonné à Diane d'envoyer une Prétorienne dans l'appartement de Stella pour vérifier si *par hasard* il n'y avait pas un galon manquant sur la manche d'une de ses capes pourpres. Et aussi si rien d'autre n'était suspect. Elle aurait la réponse à la fin de la réunion. Si la réponse était oui, elle serait sûre de sa culpabilité, il faudrait arrêter Stella et la faire parler. Elle s'y emploierait avec joie. Si la réponse était non, elle aurait encore des doutes et poursuivrait l'enquête discrètement.

Stella avait passé la parole à une assistante qui décrivait en détails le déroulement des jeux et des épreuves diverses du lendemain. Elle repensait à l'erreur grossière qu'elle avait faite. Ce n'était qu'en rentrant de sa visite chez Célio qu'elle s'était aperçue que le galon de sa manche gauche avait été arraché. Elle était sûre de n'avoir rien accroché ou raboté. La seule hypothèse possible était que Julia l'avait arraché en s'agrippant à son bras lorsqu'elle l'avait tirée en arrière pour lui trancher la gorge. Elle avait donc caché la cape déchirée au fond d'une armoire de son appartement, prévoyant de s'en débarrasser plus tard. Elle pensait n'avoir rien à craindre, même si quelqu'un trouvait le galon arraché, personne n'oserait pénétrer chez elle, même si elle était la seule habillée de couleur pourpre à des kilomètres à la ronde. Elle avait mis une cape de remplacement identique pour la suite de la journée. Elle sentait le regard d'Hermione sur elle en permanence. Elle était sûre qu'elle la soupçonnait d'être complice des événements de la nuit, mais sans avoir de preuve. Il allait falloir jouer serré et ne plus faire d'erreur.

Les débats continuaient et à douze heures trente on apporta à toutes les participantes un plateau de nourriture froide composé des meilleures spécialités de la Cité 101. Un assortiment de fruits de saison, fraises et cerises, saucissons et jambons fumés accompagnés d'une salade de pommes de terre et de tomates. Elles dégustèrent leurs repas tout en écoutant les différents exposés techniques.

@@@

Thalia et Zoda s'étaient retrouvées à la cantine peu après douze heures et elles commençaient leur repas. La salle était loin d'être pleine. Beaucoup d'habitants, artisans ou techniciens dans diverses spécialités, avaient pris un repas froid à emporter pour rester disponibles dans leurs ateliers respectifs au cours de la journée. La plupart devaient présenter leurs travaux aux visiteuses dans le courant de la journée mais on ne leur avait pas donné d'horaire précis. Ils devaient tous se tenir prêts.

Le regard dans le vague, Thalia se posait beaucoup de questions. Un cas de conscience ! Elle se demandait si elle devait ou non emmener Zoda, et même si elle-même devait partir et suivre Stella. C'était sa meilleure amie et elle allait lui manquer. Mais le danger dont avait parlé Stella n'était peut-être que provisoire et elle reviendrait peu de temps après à la cité. Et puis Stella ne serait sûrement pas d'accord pour emmener quelqu'un d'autre. Non, il ne fallait pas qu'elle en parle à Zoda.

« Alors Thalia, tu sembles pensive, ça y est, tu as tes armes ?

— Oui, j'ai tout ramené à l'internat et j'ai reçu aussi toutes mes nouvelles tenues. Superbes ! Je commence la formation dans deux jours, dès que la fête sera terminée. Je vais aussi déménager dans un logement proche du centre de formation des Guerrières novices.

— Oui, dommage, je ne vais plus te voir souvent, répondit Zoda en faisant la mou.

— Mais si ! Dès la prochaine pleine lune, tu me rejoins. Tu ne doutes quand même pas de ta réussite ?

— Je ne sais pas, ça sera dur, j'espère en tout cas.

— Et tes entraînements ? Ça va ?

— Je n'ai eu que des cours théoriques ce matin, mais cet après-midi va être plus dur, surtout avec la chaleur. Heureusement on ne reprend qu'à quinze heures.

— Oui, tu as intérêt à boire beaucoup si tu es en plein soleil.

— Ne t'inquiète pas, je prendrai soin de ma petite santé !

— J'espère bien ! »

Elles continuèrent à papoter calmement, Zoda étant toujours guillerette et Thalia ayant le cœur gros de ceux qui vont perdre un ami ou dont la vie risque d'être bouleversée. Ou les deux à la fois !

« Tu as remarqué, on ne voit pas de Génitrice, fit soudain Thalia. Habituellement il y en a toujours quelques-unes de la Nurserie voisine. »

L'absence de combinaison d'une certaine couleur, bleu marine en l'occurrence dans le cas des Génitrices, était en effet notable dans la pièce.

« Oui c'est vrai, c'est étrange, répondit son amie en se tournant vers un groupe de femmes entre deux âges vêtues d'une combinaison bleue et en demandant à la plus proche : tu ne saurais pas pourquoi on ne voit aucune Génitrice ce midi ? Certaines viennent manger ici d'habitude. »

La femme la regarda mais ne faisait pas mine de répondre. Avec ses collègues elles se regardaient d'un drôle d'air. Elles paraissaient mal à l'aise. Thalia lui posa à son tour la question.

« Nous ne pouvons rien dire, il ne se passe officiellement rien. Mais je sais que quand j'ai voulu prendre mon poste à la Nurserie centrale à onze heures, l'accès m'a été refusé par des Prétoriennes. Des Prétoriennes, je précise, pas des Guerrières comme habituellement. On m'a dit que le bâtiment était en quarantaine à cause d'une maladie. On m'a ordonné de ne pas en parler et de retourner chez moi. Mais les portes m'avaient tout l'air d'être fermées ! Personne ne rentrait ni ne sortait.

— Ha bon ? Toutes les Génitrices étaient à l'intérieur ?

— Sûrement, répondit la femme, je n'en ai vu aucune ce matin, c'est bizarre. Elles ont peut-être réellement attrapé une maladie contagieuse. Avec cette chaleur, la nourriture se dégrade vite.

— J'ai du mal à y croire, fit Thalia dubitative, en général la nourriture est stockée dans les caves. Il doit se passer quelque chose. Nous verrons bien.

— Oui, et nous avons d'autres préoccupations en tête, renchérit Zoda. »

Les *vieilles* se remirent à discuter entre elles et les deux adolescentes continuèrent leur repas. Thalia pensait aussi à Dagon, elle espérait pouvoir revenir au plus vite dans la cité pour le revoir. Mais ce n'était pas la première fois qu'il se passait plusieurs jours sans qu'ils se rencontrent. Ce n'était pas si terrible ! Et puis, elle n'avait même pas encore quitté la cité.

@@@

Au même moment Dagon était également assis à table et mangeait avec Goderic et Célio. Son nouveau camarade venait de lui faire visiter le QG du Réseau et il était impressionné. Il leur avait fallu plus d'une heure pour parcourir les centaines de mètres de couloirs voutés en pierres de taille et de salles en enfilade, en s'arrêtant à chaque fois que le *nouveau* avait des questions. Il avait vu des tas de machines, de mécanismes, d'armes et autres objets dont il ne connaissait même pas les noms et encore moins la fonction. Les résistants étaient même capables de communiquer à distance avec des objets, portables ou fixes, munis d'une antenne. L'énergie provenait du soleil d'après ce qu'il avait compris. Il avait déjà remarqué que son corps avait besoin de soleil et qu'il était plus en forme quand il s'y exposait régulièrement, mais de là à fournir de l'énergie à des objets inanimés, ça le dépassait encore. Tous ces appareils dataient de plus de trente ans, bien avant la guerre civile qui avait ravagé le continent, lui avait-on expliqué. On en prenait soin car on ne savait plus en fabriquer. On pouvait seulement les réparer, parfois en refaire fonctionner un avec deux exemplaires hors d'usage en récupérant les pièces non détériorées. Goderic lui avait fait une démonstration pour le convaincre avec deux talkie walkies portables. Ils s'étaient parlé à deux cents mètres l'un de l'autre comme s'ils n'étaient qu'à un mètre. Il avait aussi vu des armes qui n'existaient pas à la cité. Des *fusils*, des *pistolets* et *revolvers* qui pouvaient tuer des hommes ou des animaux à des centaines de mètres avec une *balle* pas plus grosse qu'un petit caillou. Il y avait aussi toute une panoplie d'arcs, de flèches, de lances qu'il reconnut à leurs formes et couleurs. Elles avaient dû appartenir à des Guerrières en patrouille. Les résistants les avaient récupérées au fil des escarmouches qui étaient courantes dans la plaine située entre le fort et la Cité 101. Il y avait aussi un gros stock de nourriture, conservé dans la plus profonde des salles, sous terre, au frais. Une bonne partie des fruits et des légumes provenait des champs cultivés par les hommes de la Cité 101. Les résistants profitaient de la nuit pour aller les cueillir ou les ramasser à l'insu des habitants et avec l'aide de quelques complices. Ce n'était qu'une petite partie de la production. La quantité pour nourrir trois cents bouches de plus par rapport aux milliers d'habitants de la Cité 101 était négligeable comparativement à la production totale et personne ne le remarquait, du moins le pensait-on. Beaucoup d'hommes affectés à l'agriculture et partisans des résistants, tels Célio et Livian, amassaient des légumes ou des fruits à des endroits prédéfinis dans les champs lorsque la vigilance des Guerrières se relâchait. A la nuit tombée, quand travailleurs et surveillantes avaient déserté les campagnes, les récoltes étaient plus rapides pour les chapardeurs du Réseau ! Malgré tout, une grande partie de la nourriture provenait de la chasse. La forêt recouvrant le plateau regorgeait de gibiers tels perdreaux, lapins, chevreuils et sangliers pour les principaux. Pour ne pas gaspiller le stock de munitions, les résistants utilisaient la plupart du temps des pièges pour les capturer. Parfois aussi ils se servaient des arcs ou des lances des Guerrières, mais la chasse était alors plus sportive, et aléatoire. Une rivière coulant à quelques kilomètres fournissait du poisson abondamment. Les noyers, noisetiers et châtaigniers qui poussaient en pagailles dans la forêt environnante étaient grands pourvoyeurs de fruits secs qui apportaient beaucoup d'énergie, une nécessité les hivers froids. Célio entama la conversation d'un ton enjoué.

« Alors Dagon, cette visite ? Tu m'as l'air impressionné.

— Oui, j'ai appris beaucoup de choses ce matin. J'ai du mal à tout digérer.

— C'est normal, et tu n'as pas encore tout vu ! Nous avons aussi des stocks de matériels cachés dans la forêt. Tu as remarqué de quelle façon nous cuisions les aliments à la cuisine?

— J'ai remarqué que vous réussissiez à canaliser de petites flammes puissantes directement sous les marmites.

— Ha oui ! Les flammes sont produites par du gaz inflammable. Nous avons des centaines de bouteilles en stock dissimulées dans les bois environnant. C'est plus sûr !

On risque moins une explosion dans le fort. Nous avons calculé qu'il nous reste pour au moins quarante ans de consommation au rythme actuel. Elles ont été récupérées dans une usine, il y a trente ans. A l'époque nous avions encore du gasoil pour alimenter les camions à moteur diesel et les transporter jusqu'ici.

— Oui, je connais ce genre de véhicules antiques ! Ils ont servi à construire la clôture de protection qui fait le tour de la Cité 101. Il ne reste plus que les carcasses, les artisans et techniciens ont récupéré depuis longtemps tous les matériaux qui peuvent leur servir.

— Exact, c'était le travail principal de tous les clans les premières années après l'épidémie, quand les survivants ont commencé à ressortir de chez eux et à se rassembler en communautés. Je devrais dire les survivantes, car les femmes étaient dix fois plus nombreuses, c'est d'ailleurs pour cette raison qu'elles ont pu prendre le pouvoir et assujettir les hommes. C'était d'autant plus facile que les rescapés étaient les moins agressifs, c'étaient ceux qui n'avaient pas voulu participer à la guerre civile. Elles se sont bien organisées et en quelques années elles dominaient chaque ville du continent et parcouraient la campagne à la recherche de rebelles.

— Goderic m'en a parlé un peu. Ce n'est pas ce qu'on apprend à l'école. On nous fait croire que la société actuelle a toujours existé.

— Bien sûr ! Nous avons rapidement abordé le sujet dans le champ ce matin. Les jeunes acceptent ainsi plus facilement leur condition. Au départ, tous les anciens étaient d'accord sur le principe. Mais au fil du temps la société devenait plus dure, plus contrôlée, les Dirigeantes plus exigeantes et tyranniques. Certains anciens, hommes et femmes n'ayant pas un statut élevé dans les cités, commençaient à regretter l'ancienne société, parlaient, et dévoilaient la vérité. Les Dirigeantes les faisaient passer pour fous ou folles et ils disparaissaient rapidement.

— Oui, c'est terrible.

— Mais cela va bientôt changer, j'espère ! Nous nous préparons activement. Tu en sauras plus dans la journée. Allez, à plus tard, j'ai encore beaucoup à faire cet après-midi.

— Ok, merci pour toutes ces explications Célio. »

Célio se leva et partit rejoindre les équipes du Réseau. L'heure du départ approchait, ils devaient achever tous les préparatifs de leur assaut nocturne.

« Alors Goderic, que faisons-nous cet après-midi ?

— Nous allons donner un coup de main : nettoyage et chargement des armes, préparation des paquetages pour une marche de nuit, je t'expliquerai.

— D'accord, finissons notre repas rapidement, j'ai hâte d'affuter mes connaissances et de rendre service. »

CHAPITRE 27

13h30

La réunion préliminaire était terminée et les participantes se répandaient en désordre par petits groupes dans la cathédrale et discutaient de ce qu'elles venaient d'apprendre en nouvelles techniques, méthodes, procédés et recettes diverses.

Diane en profita pour prendre Hermione à part et lui donner des nouvelles concernant les enquêtes en cours.

« Nous n'avons pas eu besoin de fouiller beaucoup la chambre de Stella pour trouver une cape dont un galon manquait. Elle était simplement jetée en boule au fond d'une armoire. Je pense qu'il est possible qu'elle soit la coupable.

— Bien sûr que c'est elle ! Tu n'imagines pas un complot ? Quelqu'un cachant la cape dans sa chambre pour reporter les soupçons sur elle ? Impossible, trop emberlificoté comme hypothèse.

— Je suis d'accord avec toi Hermione. Que fait-on alors ? On ne peut pas l'arrêter devant nos invitées et compromettre le bon déroulement des réunions et des visites de la journée, sans parler des jeux de demain. Il y aurait trop de justifications à donner.

— Je vais y réfléchir et en parler à Eumélia. Je vais la mettre au courant de ce que tu as découvert.

— D'accord. Concernant le problème des Génitrices, j'ai ordonné le blocus des cinq Nurseries et fait courir le bruit d'une épidémie à l'intérieur comme nous en avions convenu. Des sections de Prétoriennes surveillent toutes les entrées et empêchent tout le monde d'y accéder.

— Très bien, Je te revois dès que j'ai parlé à Eumélia. Reste dans les parages. »

A l'abri d'une colonne du collatéral nord, Stella avait assisté à la conversation. Elles avaient osé pénétrer chez elle et avaient trouvé sa cape ! Elles n'allaient pas tarder à vouloir lui parler en privé – elle savait ce que cela impliquait – et elle n'avait plus beaucoup de temps. Mais elles n'oseraient pas faire d'esclandre en public. Elle avait encore une chance de pouvoir s'échapper si elle ne tardait pas trop.

Elle vit Hermione aller dialoguer avec Eumélia. Cette dernière voudrait certainement des preuves concrètes avant de la faire arrêter pour l'interroger. Elles se connaissaient depuis plus de trois décennies et elles se faisaient mutuellement confiance. Confiance qu'elle n'avait pas hésité à trahir récemment pour le bien du plus grand nombre. Mais elle n'avait pas de regret, elle avait fait le bon choix. La société prenait un tournant qu'elle n'avait pas envisagé trente ans auparavant.

Il valait mieux qu'elle s'éclipse maintenant. La Gouvernante trouverait une excuse pour expliquer son absence auprès des invitées, et de toute façon, le lendemain cela n'aurait déjà plus d'importance. Elle décida donc de quitter la cathédrale pendant qu'elle le pouvait encore. Elle allait passer par la petite porte latérale comme la nuit précédente. Il y aurait sûrement une Sentinelle à l'extérieur, mais ce serait tout de même plus facile que de passer par le portail principal. Elle se dirigea donc dans cette direction.

Hermione était en grande conversation avec Eumélia dans un recoin sombre de la cathédrale. Les visiteuses sortaient sur le parvis, guidées par des assistantes, pour prendre part aux exhibitions et démonstrations de fonctionnement de divers matériels.

« Tu ne te rends pas compte de cette accusation Hermione. Je connaissais Stella bien avant la guerre civile, nous avons lutté et tué ensemble au péril de nos vies, nous avons décidé ensemble de prendre le pouvoir aux hommes, nous avons créé les cités ensemble, nous avons unifié le continent ensemble, nous avons développé la société actuelle ensemble !

— Je sais tout cela Eumélia, mais les gens peuvent changer en trente ans. Elle a peut-être pris fait et cause pour une partie de la population. Crois-tu réellement que les Génitrices ont pu se coordonner de façon si précise et organiser seules leur mutinerie ?

— Elles peuvent avoir eu des complices dans le reste de la population.

— Je ne pense pas, nous le saurions. Nos Guerrières surveillent en permanence toutes les Corporations. Je ne vois que Stella qui puisse coordonner une action, aussi vaste et minutée, grâce à sa fonction de Procureure Générale inter-cités. Personne ne la contrôle, elle est libre de ses mouvements dans toute la région.

— Tout de même, attendons la fin de l'après-midi et interroge la discrètement, je ne voudrais pas que cette journée soit perturbée.

— D'accord, je vais donner l'ordre à Diane de la faire

surveiller en attendant.

— Et si vraiment elle est coupable, il faudra en parler ce soir aux autres Gouvernantes. Le problème va sans doute s'étendre jusque dans leurs propres cités.

— Oui, la révolte s'y est peut-être déjà propagée !

— Peut-être. Les autres Gouvernantes nous donneront leurs témoignages dans quelques heures.

— Sais-tu où se trouve Stella ? Je ne l'ai pas revue depuis que nous sommes sortis de la salle.

— Moi non plus, peut-être est-elle déjà sur le parvis avec nos invitées ?

— Je vais vérifier de ce pas.

— Tiens-moi au courant dès que tu as du nouveau. »

Stella se tenait à côté de l'issue latérale de la cathédrale et écoutait. Aucun bruit ne venait de l'extérieur. Elle ouvrit doucement la porte. Une seule Sentinelle se tenait à l'ombre, à trois mètres sur la gauche, appuyée sur un contrefort. Elle n'avait pas le temps de l'hypnotiser, tant pis, elle serait loin quand on la chercherait pour l'interroger.

« Bonjour Guerrière, cette réunion a été harassante, je vais me dégourdir les jambes dans les rues alentour.

— Oui Stella, as-tu besoin de quelque chose ? D'une escorte ?

— Merci, mais non, je ne risque rien à proximité du quartier général un jour de festivité comme celui-ci, et je sais me défendre ne t'inquiète pas.

— Bien sûr, bonne promenade.

— Merci. »

La Procureure Générale inter-cités partit d'un bon pas vers la première ruelle. Dès qu'elle fut hors de vue de la Sentinelle, elle se mit à trottiner à l'ombre des murs.

Du parvis, Diane vit furtivement une ombre pourpre s'enfoncer dans une ruelle au nord de la cathédrale. Hermione arrivait à l'instant sur la place. Elle l'appela, la rejoignit et lui parla tout bas.

« Hermione, je crois avoir aperçu Stella entrer dans une ruelle là-bas, fit-elle en lui indiquant l'endroit.

— Nos soupçons se confirment donc, elle essaie de s'enfuir. Envoie tout de suite des ordres aux portes nord et sud pour les faire surveiller, ce sont les plus proches si elle veut quitter la cité. Elle ne doit pas en sortir.

— Angora ! Appela-t-elle, et elle lui transmit les ordres à exécuter immédiatement.

— Il faut aussi fouiller le quartier et trouver où elle se rend. Peut-être n'est-ce qu'une fausse alerte et elle va revenir pour participer aux autres réunions. Prends une section de Prétoriennes et suivez sa trace, elle ne doit pas encore être très loin. »

Diane s'exécuta rapidement, pénétra dans la cathédrale, rassembla dix Prétoriennes et sortit par l'issue annexe, par où, avait-elle déduit, Stella avait quitté le monument. La Sentinelle lui confirma avoir vu la Procureure Générale inter-cités moins de deux minutes auparavant. Il fallait faire vite pour la rattraper. Elles se mirent toutes à courir vers la ruelle, et suivirent facilement sa trace en interrogeant les quelques rares passants osant affronter le soleil à son zénith. Stella était connue de tous, au moins de réputation, et aurait du mal à se déplacer sans se faire remarquer. Elle avait vite tourné à gauche au bout de la ruelle, sa piste avait l'air de mener vers l'ouest. Qu'y avait-il à l'ouest ? Son appartement s'y trouvait. Elle profitait probablement d'un moment après la réunion pour aller se débarrasser de sa cape, pensa Diane. Elle reviendrait peut-être ensuite à la cathédrale. Il fallait la rattraper et la surveiller. Ce qu'elles firent au bout de quelques centaines de mètres.

Elles la virent soudain au bout d'une avenue, pénétrant dans une rue sur la droite. A priori elle se rendait bien chez elle. Elles accélérèrent.

Stella aperçut le groupe de Prétoriennes alors qu'elle bifurquait dans sa ruelle. Elle repassa la tête à l'angle du mur pour juger de la situation. Elle vit Diane, courant à toutes jambes, accompagnée d'une section complète. Tout ça pour elle ? Les choses avançaient plus vite que prévu. L'heure n'était plus à la justification. Elle devait partir dès maintenant. Elle n'avait plus le temps de passer dans son appartement pour prendre les affaires qu'elle avait prévues. Ou plutôt si, une idée lui vint, elle devrait avoir le temps de la mettre en application. Elle monta rapidement jusqu'au troisième et dernier étage, où elle logeait.

Les Prétoriennes arrivèrent devant l'entrée de l'immeuble. Diane leva la tête et vit le visage de Stella qui la regardait.

« Bonjour Diane, je bénéficie d'une escorte personnelle pour revenir à la cathédrale ?

— Ne te moque pas de moi Stella. Tu te doutes bien pourquoi nous sommes là.

— Pas le moins du monde Diane. J'étais venue faire un brin de toilette entre deux réunions. Mais tu vas m'expliquer ça, je descends tout de suite. »

Elle n'allait pas descendre bien sûr. Attrapant le sac à dos qu'elle avait préparé le matin même, elle se dirigea vers le hall d'entrée et entendit du bruit à l'extérieur. La Centurione avait certainement envoyé des éclaireuses pendant qu'elles discutaient ensemble à la fenêtre. Elle ouvrit brutalement sa porte au moment où deux Prétoriennes qui montaient l'escalier tête baissée et au pas de course arrivaient sur le palier à deux mètres d'elle. Prenant son élan elle poussa brusquement de toutes ses forces la première, qui ne la vit qu'au dernier moment et ne put éviter l'attaque. Elle tomba lourdement sur sa collègue et elle dégringolèrent l'escalier jusqu'au palier inférieur.

Stella pénétra dans l'appartement inoccupé situé au même étage que le sien. C'était sa porte de sortie, qu'elle referma au verrou. Elle gagnerait quelques dizaines de secondes. Les Prétoriennes ne l'ayant même pas vue y entrer, elles iraient fouiller son appartement avant de se rendre compte qu'elle n'y était plus. Elle ouvrit la fenêtre d'une chambre qui donnait sur une cour intérieure. Elle l'enjamba et sortit en marchant le long du mur sur un rebord de pierres de vingt-cinq centimètres de large. Elle atteignit une descente de gouttière et y grimpa jusqu'au niveau du toit avant de se redresser en plein soleil sur les tuiles brûlantes. Elle parcourut quelques dizaines de mètres sur plusieurs toitures puis dut faire un bond pour franchir une venelle et se retrouver sur le toit du bâtiment qu'elle visait. Elle y pénétra de la même façon qu'elle avait quitté le sien mais se retrouva directement sur le palier du dernier étage car il était muni d'une fenêtre. Elle descendit. Mais beaucoup plus bas que le rez-de-chaussée !

Elle franchit la porte de la cave, et continua jusqu'au niveau inférieur les carrières calcaires. Elle avait reconnu ce parcours souterrain il y a déjà bien longtemps et se doutait bien qu'il lui servirait un jour. A l'inverse des caves, réservées à l'habitation qui se trouvait au-dessus d'elles, la plupart des carrières étaient reliées entre elles et on pouvait parcourir des centaines de mètres sous terre pour rejoindre un autre bâtiment. Elle avait découvert des sections bouchées par des murets de briques jointoyées avec du sable, mais un coup d'épaule voire de masse en était venu à bout en quelques secondes. Peu de gens descendaient si profondément, mais elle avait tout de même masqué certaines issues par de larges bâches. Elle avait mémorisé le plan complet du parcours. Certaines des sorties lui avaient servi à pénétrer plusieurs fois dans les Nurseries.

En quelques minutes elle arriva à l'extrémité ouest de ce long dédale souterrain et remonta en surface. Elle n'était plus loin du haras maintenant où l'alerte n'y serait sûrement pas encore donnée. Diane devait encore la chercher dans le quartier qu'elle venait de quitter. Elle fut éblouie par le soleil en sortant de l'immeuble par le côté sud dans une rue presque vide. Elle prit à droite vers le haras et partit en petite foulée. Elle y serait dans moins de dix minutes. Personne d'autre ne connaissait la ville aussi bien qu'elle. Même si elle ne s'en souvenait pas, elle était déjà montée au sommet d'une des tours de la cathédrale avec ses parents alors qu'elle ne marchait pas encore.

@@@

Diane n'avait pas apprécié de s'être fait rouler dans la farine par la Procureure Générale inter-cités. Pas plus que les deux Prétoriennes couvertes de bleus ! Elles fouillèrent rapidement l'appartement de Stella mais elle avait disparu. L'appartement contigu lui aussi était vide mais avec un verrou tiré de l'intérieur, qu'elles avaient forcé, la déduction était facile. Elle envoya quatre Prétoriennes inspecter les toits. Avec le reste de la section, elle redescendit pour inspecter les rues alentours. Plusieurs sections de Patrouilleuses opérant dans le quartier les aidèrent à quadriller le pâté de maisons dont les toitures communiquaient. Il était étendu : au moins trois cents mètres de long sur cinquante de large. Ce quartier était entouré d'avenues et de rues de plus de cinq mètres de large. La fugitive ne pourrait pas leur échapper par les toits. Elles visiteraient chaque pièce de chaque appartement de chaque immeuble s'il le fallait. Elle envoya une Prétorienne informer Hermione de la fuite de la Procureure Générale inter-cités et demander des renforts. Elle envoya aussi une messagère donner l'alerte et demander au haras de préparer des chevaux au plus vite pour deux sections. Il fallait anticiper. C'était son boulot de Centurione.

CHAPITRE 28

13h50

Thalia attendait maintenant Stella avec impatience. Elle avait préparé les chevaux. Elle en avait choisi deux parmi les plus rapides disponibles dont son préféré, Milka.

Arrivée à treize heures au haras, munie de l'ordre de Stella et habillée en Guerrière novice, elle n'avait pas eu de problème pour obtenir rapidement deux montures. Elle avait commencé aussitôt à rassembler l'équipement nécessaire en double exemplaire : bride, selle complète, sangle de tour de taille, tapis de selle, amortisseur de selle et étrille ainsi qu'une brosse douce et un cure-pied brosse. Elle avait tout d'abord rapidement brossé les deux chevaux, puis curé et brossé leurs sabots.

Ensuite, en se positionnant à gauche de Milka elle avait commencé à l'équiper. Avec dextérité, elle avait posé le tapis et l'amortisseur de selle, ajusté et sanglé la selle, réglé les étriers, mis la bride, réglé les montants et la sous-gorge. Elle fit de même avec Kaolin, l'autre cheval, de robe isabelle.

Elle aimait beaucoup s'occuper des chevaux, cela la relaxait et lui permettait de réfléchir. Après les avoir fait marcher tous les deux pour dégonfler leur ventre, elle avait resserré les sangles des selles. Les deux équidés étaient prêts pour une longue balade.

Elle avait fixé aux selles les kits habituels utilisés par les Guerrières pour les sorties d'une journée. Ils comprenaient le nécessaire de survie, eau et nourriture, essentiellement des fruits secs, et quelques outillages de première nécessité.

Elle attendait depuis deux minutes seulement quand un homme s'approcha. Elle reconnut tout de suite celui qu'elle avait bousculé le matin même. Il était muni d'une fourche. Par reflex, elle fut tout de suite sur ses gardes, même si elle savait qu'elle ne risquait pas grand chose.

« Bonjour, tu veux quelque chose ? On s'est déjà vu ce matin je crois. Tu veux d'autres excuses ?

— Bonjour Thalia, n'aies pas peur, je ne te veux rien de mal. Je ne viens pas te parler pour avoir des excuses. Je m'appelle Célio.

— Je n'ai pas peur, pourquoi aurais-je peur ? Et comment connais-tu mon nom ?

— Je l'ai deviné. Je savais que tu devais préparer deux chevaux pour partir avec Stella. Elle doit te conduire en lieu sûr cet après-midi.

— Et comment sais-tu tout ça ?

— C'est une longue histoire, mais je connais bien Stella, et depuis longtemps.

— Bon sang ! Mais quand est ce qu'on me dira enfin tout ce que j'ai à savoir ? s'énerva-t-elle. Que se passe-t-il depuis cette nuit ?

— Patiente encore un peu. Stella va tout te raconter au cours de votre randonnée qui devrait vous prendre une bonne heure de cheval. Si tout va bien. Vous aurez le temps de discuter. Elle t'a d'ailleurs déjà donné beaucoup d'informations cette nuit d'après ce que je sais. Et tu auras encore d'autres surprises en arrivant à destination.

— Bonnes, j'espère ! Depuis moins de douze heures, j'en ai eu plus que dans toute une année, des surprises !

— Ne t'inquiète pas. Ça ira, tu ne pourras pas être plus en sécurité qu'à l'endroit où elle t'emmènera. Je dois te laisser. J'ai encore du travail et je ne veux pas éveiller les soupçons des Guerrières, les contrôles sont renforcés aujourd'hui. Tu diras à Stella que je suis dans le coin en cas de besoin. » fit-il en indiquant la direction d'un bâtiment.

Livian s'éloigna et regagna un des boxes qu'il devait nettoyer à quelques dizaines de mètres.

La Fille du Vent était plongée dans ses pensées. Elle attendait à l'ombre d'un arbre avec les deux chevaux. Les évènements s'enchainaient, sans qu'elle en ait la maîtrise. Elle n'aimait pas ça du tout, mais elle avait tendance à faire confiance à Stella. Cela venait de l'intérieur d'elle-même sans qu'elle sache pourquoi. Et puis elle devinait maintenant à qui lui faisait penser ce Célio : à Stella. Le même regard, une ressemblance frappante du visage aussi. Etaient-ils de la même famille ? Ils étaient tous les deux nés bien avant la guerre civile, et ils se connaissaient. Elle en saurait bientôt plus. Elle saurait tout espérait-elle.

Soudain, elle vit Stella passer en trombe le portail du haras et se diriger vers elle en courant. Elle lui faisait signe de venir à sa rencontre. La Fille du Vent mit le pied à l'étrier, enfourcha Milka et s'élança en tirant Kaolin par ses rênes. Son cœur s'accéléra d'un coup. Elle rejoignit la Procureure Générale inter-cités en quelques secondes. Celle-ci bondit sur sa monture avec une agilité prodigieuse.

« En route ! Sans tarder Thalia, suis-moi au galop ! »

Sans poser de question, Thalia éperonna Milka qui démarra au quart de tour et elle suivit Stella.

Livian les regarda partir. Il se passait quelque chose pensa-t-il. Stella avait dû être démasquée. Il les vit franchir le portail au moment où une section de Prétoriennes arrivaient de l'extérieur en courant. Il enquêterait en fin d'après-midi auprès de ses divers contacts.

La Procureure Générale inter-cités accéléra encore sa monture qui fondit sur les Prétoriennes et envoya valser de chaque côté de la rue celles qui n'avaient pas eu le temps de s'écarter. Le cheval n'avait ni bronché ni ralenti.

Les fugitives n'auraient pas beaucoup d'avance, trois minutes maximum, la section allait réquisitionner rapidement des chevaux déjà sellés pour les cas d'urgence et se mettre à leur poursuite. Il fallait filer au galop en ligne droite plein ouest, ensuite Stella aviserait.

« Au galop Thalia, je t'expliquerai plus tard. Ce n'est plus un entraînement, nos vies sont en jeu. »

Elles passèrent en trombe la porte ouest de la cité, devant les yeux ébahis des Sentinelles. Mais ces dernières n'étaient pas encore au courant de l'avis de recherche la concernant et ne bougèrent pas. La Procureure Générale inter-cités accompagnée d'une garde du corps était assurément pressée !

@@@

« Je la veux vivante, hurlait Hermione à Angora dans une salle du quartier général, tu vas rassembler une autre section et aller assister Diane et la retrouver. Immédiatement ! »

Elle venait d'être prévenue par la Prétorienne envoyée par Diane que la Procureure Générale inter-cités avait disparu dans un quartier un peu à l'ouest de son appartement, qu'on avait encerclé totalement tout le pâté de maisons et qu'on le fouillait minutieusement. Les quatre rues qui l'entouraient étaient surveillées, personne ne pourrait en sortir avant que tous les appartements n'aient été fouillés. Mais il fallait du renfort, il y en avait des centaines.

« Fouillez tout ! Des sous-sols aux greniers, il faut la retrouver et la faire parler. Elle n'a pas organisé la mutinerie des Génitrices pour rien, je subodore quelque chose de plus vaste. S'il le faut, fouillez aussi toute la région, tout le continent, s'emporta-t-elle. »

Se gardant bien de répondre à une Hermione dans cet état, Angora partit pour rassembler dix Prétoriennes. Décidément, ce n'était pas son jour, elle supportait les colères d'Hermione depuis cette nuit. Certaines étaient justifiées car elle avait fait quelques erreurs, mais d'autres non. Hermione voulait simplement passer sa colère sur quelqu'un et elle était là au mauvais moment.

Elle se rendit à la salle des gardes où elle forma une section de dix Prétoriennes puis partit vers l'ouest de la cité prêter main forte à Diane.

Lorsque Angora rejoignit la Centurione, une Prétorienne arrivait en courant. Elle expliqua qu'elle avait vu Stella et une complice s'échapper à cheval par la porte principale du haras en direction de la porte ouest. La chef de la section à laquelle elle appartenait avait tout de suite réquisitionné des chevaux pour les poursuivre mais elles allaient avoir plusieurs minutes de retard. Diane décida qu'il fallait envoyer des renforts supplémentaires et quadriller la campagne pour espérer les retrouver. Elles se précipitèrent toutes vers le haras après que Diane eut envoyé un émissaire prévenir Hermione des derniers évènements.

CHAPITRE 29

14h20

Arrivées en bas de la colline par une ancienne route sinueuse qui les mena au sud-ouest de la ville, les fugitives galopaient à la vitesse maximale de leurs chevaux. Elles franchirent la clôture de vieux véhicules sans encombre. Les Sentinelles et les travailleurs des champs, de chaque côté de la route levèrent la tête pour les voir passer à toute allure, l'air surpris. Elles atteignirent un ancien rond point et prirent tout droit vers le sud sur une voie qui avait dû être très large mais dont seul le centre n'était pas envahi d'herbe et de plantes diverses. Stella avait décidé de ne pas rejoindre le fort en ligne droite en partant directement vers l'ouest mais en le contournant pour l'atteindre par le sud. Leurs poursuivantes pouvaient à tout moment les rattraper et elle ne voulait pas les mettre sur la piste du QG du Réseau.

Elles ralentirent un peu, cela faisait dix bonnes minutes que les chevaux souffraient sous la chaleur. Thalia en profita pour poser des questions à sa compagne de voyage et se tourna vers elle pour l'interroger.

« J'ai rencontré Célio au haras, aujourd'hui. Il te connaît, il connaissait même mon nom. Je crois que tu peux maintenant m'expliquer certaines choses que je dois savoir.

— Oui, je le connais bien sûr, c'est mon neveu. Et ce n'est pas Célio que tu as vu mais Livian. Ce sont des jumeaux parfaits. Même moi j'ai du mal à les reconnaître.

— Ton neveu ? Tes neveux plutôt ! Mais tu n'as pas l'air plus âgée qu'eux.

— C'est le fils de mon demi-frère. Tu sais dans les familles autrefois, il pouvait y avoir des écarts notables dans une même génération. J'ai même une ancêtre dans une branche éloignée qui était plus jeune que sa nièce. »

Elle ne voulait pas lui dire la vérité sur son âge réel.

« Figure-toi que j'avais déjà rencontré Livian par hasard ce matin vers six heures dans une rue de la cité. Je l'ai bousculé sans le faire exprès et j'ai été troublé par son regard.

— Non, ce matin, c'est Célio que tu as dû rencontrer. Ils ont changé de rôle dans la matinée, après que Célio et Dagon eurent rejoint les champs. Mais vis à vis de la Cité 101, c'est toujours officiellement Célio.

— Dagon était avec Célio ? Mais maintenant où est-il ? Je ne l'ai pas vu avec Livian.

— Ne t'inquiète pas, il est toujours avec Célio et en lieu sûr. C'est là où nous nous rendons.

— Dans une autre cité ?

— Non, nous allons au quartier général du Réseau de résistants dans un ancien fort militaire. Tu connais toute l'histoire du Continent que je t'ai résumée cette nuit. La société actuelle, telle que nous la concevions avec les Femen il y a trente ans, n'est pas ce que j'espérais. Elle dérive dans le mauvais sens. Elle se dirige vers une dictature totalitaire. Trop de gens sont privés de liberté, hommes ou femmes.

— Oui beaucoup d'anciens ont l'air de regretter leur jeunesse d'après ce qu'on entend dans les cantines. Les gens parlent de plus en plus.

— Une réorganisation en profondeur s'impose. Mais avec des Dirigeantes tyranniques telles qu'Hermione par exemple, cela ne va pas se faire en douceur, il va falloir prendre les armes.

— Donc Dagon sera dans le fort ? Il m'attend ? Il sait que je dois venir ? fit-elle toute excitée.

— Bien sûr Thalia. Tu vas même avoir d'autres surprises !

— Mais lesq… »

Elle n'eut pas le temps de finir sa phrase, Stella l'avait interrompue.

« Regarde ce nuage vers le nord derrière nous, elles sont déjà à nos trousses, à moins d'un kilomètre. Nous avons ralenti trop longtemps. Il va falloir trouver un endroit pour les affronter, ça m'étonnerait qu'elles veuillent discuter. Cette nuit, elles ont déjà tué plusieurs Génitrices. Prenons par-là, au bout de cette plaine herbeuse, à cinq cents mètres, il y a quelques rochers et une petite falaise, nous allons les y attendre. Il est trop risqué de se faire rattraper en terrain plat, elles nous encercleraient et nous attaqueraient de tous les côtés.

— Regarde Stella ! Vers l'est ! Une autre équipe arrive aussi dans notre direction.

— C'est sûrement une section de Guerrières qui patrouille habituellement dans le secteur. Elles sont à plus d'un kilomètre. Elles ne doivent pas être au courant de notre fuite, mais cela ne va pas tarder dès qu'elles vont rencontrer les Prétoriennes. Au galop jusqu'aux rochers ! »

Elles atteignirent les blocs de calcaire en moins d'une minute et mirent pied-à-terre le long du petit promontoire de quelques mètres de haut. L'escarpement n'était pas régulier, elles pourraient si nécessaire s'échapper par les saignées s'ouvrant dans les flans de la petite falaise, praticables même par les chevaux. Les Prétoriennes étaient à moins d'une minute. Stella demanda ses flèches à Thalia qui lui en donna vingt, la totalité du contenu de son carquois. La Procureure Générale inter-cités les prit quatre par quatre et à coups de poignard tailla en biseau leurs extrémités pour ôter les embouts de caoutchouc et les rendre pointues, donc potentiellement mortelles. Puis elle réclama son arc. A la grande surprise de Thalia, elle posa deux flèches dessus et se prépara. La Fille du Vent admirait sa dextérité et la rapidité de ses prises de décision.

Les Prétoriennes arrivaient au galop. Elles étaient à trois cents mètres. Deux cents mètres. C'est à ce moment que Stella décocha les deux premières flèches vers le ciel, après avoir jaugé le vent, presque nul du reste. Thalia pensait que la portée n'était pas suffisante, mais durant les quatre secondes que dura l'envol des flèches, les chevaux s'étaient rapprochés de plusieurs dizaines de mètres et deux Prétoriennes furent fauchées et tombèrent de leur cheval. La Fille du Vent, pourtant la plus douée de son école au tir à l'arc n'en croyait pas ses yeux. Elle était époustouflée par la précision du lâcher. Entre temps sa protectrice avait déjà rechargé et tirait deux autres flèches qui firent mouche également. Quatre Prétoriennes au tapis. Les six autres n'étaient plus qu'à cinquante mètres quand deux nouvelles chutèrent. La jeune fille regardait son aînée les yeux grands ouverts d'admiration, ne pensant même plus au danger qu'elles couraient à cet instant. Les quatre poursuivantes encore indemnes stoppèrent instantanément et descendirent de cheval pour se protéger. Elles tirèrent à leur tour des flèches qui s'écrasèrent sur les rochers derrière lesquels les deux fugitives venaient de rejoindre les chevaux pour se refugier.

Stella n'avait pas visé pour tuer, d'autant plus que même taillées en pointe, le bois des flèches n'avaient pas le pouvoir pénétrant d'une pointe en acier, à moins de rentrer par malchance dans l'orifice oculaire. Elle voulait seulement mettre hors de combat quelques Prétoriennes et forcer les autres à s'occuper d'elles. Elle envoya encore quelques traits, visant les jambes, mais protégées par leurs chevaux, ses cibles n'étaient guère visibles et les flèches se fichèrent dans la terre. D'ailleurs, se sentant vulnérables en terrain découvert, elles rebroussèrent chemin et rejoignirent les six blessées dont quatre se regroupaient clopin-clopant et deux restaient à terre. Elles allaient être retardées quelque temps. Mais maintenant les Guerrières approchaient, n'étant plus qu'à huit cents mètres.

« C'est le moment de déguerpir, Thalia, allons-y. Allez ! On bouge !

— Oui ! Oui ! Tout de suite Stella, répondit-elle encore sous le coup de la rapidité avec laquelle s'était déroulé ce premier combat. »

Elle grimpèrent à pied un sentier qui partait des rochers à travers l'escarpement. Arrivées au sommet, elles se remirent en selle. Elles avaient une vue dégagée, leur position dominant la plaine de quelques mètres. Le groupe de Prétoriennes s'était rassemblé à deux cents mètres de là. Plusieurs chevaux s'étaient enfuis dans la campagne. Elles allaient devoir les rattraper avant de reprendre leur poursuite. Par contre, et c'était plus fâcheux, les Guerrières, ayant saisi le contexte de la situation et connaissant certainement par cœur leur secteur de patrouille traçaient au galop vers le sud pour les prendre à revers. Les fugitives éperonnèrent leurs chevaux et accélérèrent l'allure.

Direction le sud-ouest. Elles descendaient en pente douce du promontoire où elles se trouvaient puis arrivèrent sur une section bitumée dans un état correct. Elles ne perdaient pas de terrain, et maintenaient une distance d'environ cinq cents mètres entre elles et leurs premières poursuivantes dont le groupe s'étalait maintenant sur quelques centaines de mètres, leurs chevaux n'étant pas aussi rapides les uns que les autres. Cela arrangeait Stella. Elles allaient pouvoir leur tendre une embuscade et se débarrasser d'elles au fur et à mesure de leur arrivée. Si tout allait bien. Thalia avait un bon niveau, elle l'avait vue à l'œuvre, et pour un premier combat, elle se débrouillerait mieux contre de jeunes Guerrières que contre des Prétoriennes aguerries.

L'ancienne route s'incurvait vers la droite direction ouest maintenant puis nord-ouest. Elles se rapprochaient du fort par le côté sud, mais il était encore à plus de sept ou huit kilomètres d'après son estimation.

« Nous allons nous arrêter et les attendre à l'orée de ce petit bois là-bas, cria-t-elle à Thalia.

— D'accord, je le vois, c'est à moins d'un kilomètre. »

L'ayant atteint, elles cachèrent les chevaux sous les frondaisons et attendirent derrière la première rangée d'arbres. Stella bandait déjà l'arc de Thalia chargé de deux flèches pour réitérer la même opération que contre les Prétoriennes.

Les premières Guerrières approchaient. L'arc se détendit soudain, communiquant toute son énergie aux deux flèches. Une seule atteignit sa cible. La deuxième flèche se perdit dans la lande, une des Guerrières ayant fait faire un écart à sa monture au dernier moment pour éviter un gros rocher. Une autre flèche eut raison d'elle. Toutes les deux, ne présenteraient plus une grande menace, même si elles n'étaient que blessées. Elles se relevèrent au moment où un groupe de cinq autres Guerrières parvenait à leur hauteur, mais restèrent en arrière, inaptes au combat. Les cinq cavalières mirent pied-à-terre et approchèrent à pied, protégées par leurs chevaux.

La Procureure Générale inter-cités comprit qu'il allait falloir se battre. Avec sa protégée, elles dégainèrent leurs épées. Un premier groupe de deux Guerrières approcha. Stella sourit, elle avait reconnu Taligie et Solveig qu'elle avait hypnotisées plusieurs fois récemment. Elle claqua des doigts à leur approche.

« Taligie, Solveig, stop! Dormez! Je ne suis pas votre ennemi, lâchez vos armes et jetez-vous au sol. »

Ce qu'elles firent instantanément à la grande surprise de Thalia qui était déjà en garde prête au combat.

Mais trois autres qu'elle ne connaissait pas approchaient, avec vingt mètres d'écart sur leurs collègues, pour se jeter sur elles.

Stella se battit contre les deux premières et en quelques moulinets, feintes et touches bien placées, elle blessa ses deux adversaires aux bras et aux jambes les rendant incapable de combattre et même de se tenir debout.

Thalia se battait avec rage, elle était du même niveau que son adversaire mais avait plus d'énergie et de hargne. Elle était aussi beaucoup plus créative que la jeune Guerrière qui pratiquait l'épée de façon trop académique et prévisible. Elle était rigoureuse et parait bien les attaques de la Fille du Vent qui trouva tout de même une ouverture et la blessa à la hanche. La Guerrière avait pivoté et offert son flanc droit, entraînée par son élan après que Thalia eut évité son assaut. Elle tomba à terre en gémissant. Elle saignait abondamment. Tout en récupérant l'arc et le carquois rempli de flèches d'une Guerrière, Stella observait sa protégée en souriant. Elle était satisfaite de voir qu'elle se débrouillait très bien. La Fille du Vent regardait sa victime en ouvrant de grands yeux ébahis. Il n'était pas évident de tuer quelqu'un, surtout la première fois, et il en était de même pour une blessure grave voire mortelle.

« Ne t'inquiète pas Thalia, elle s'en sortira si on s'occupe d'elle rapidement. Tu n'as tué personne, pour le moment. Vite partons ! Les autres arrivent et je vois un nuage de poussière à moins d'un kilomètre. Les Prétoriennes rescapées ont dû se regrouper et se remettre à notre poursuite. »

Thalia était sous le coup de son premier combat. Elle regardait encore son adversaire qui souffrait à terre. Elle s'imaginait à sa place, si toute cette journée s'était déroulée normalement. Elle avait du mal à se mettre en route, Stella dut la brusquer un peu pour qu'elle monte à cheval.

Elles partirent au galop sur un chemin qui serpentait à travers la forêt.

CHAPITRE 30

14h30

Au même moment, les Gouvernantes étaient installées en compagnie des Directrices de toutes les Corporations devant la cathédrale, sur une estrade d'un mètre de hauteur, et assistaient au défilé des artisans, techniciens et ingénieurs qui présentaient leurs savoir-faire. Elles n'étaient pas particulièrement passionnées par toutes ces démonstrations prônant les compétences d'une autre cité que la leur. La chaleur, bien qu'atténuée par une toile de tissu blanc tendue au-dessus de leurs têtes, y était pour beaucoup dans leur lassitude. Elles donnaient toutefois le change en applaudissant et en faisant des remarques flatteuses à ceux et celles qui transpiraient devant elles en plein soleil.

Seules les Directrices directement concernées par une technique, une méthode, un nouveau matériel correspondant à leur domaine de compétence étaient vraiment attentives et prenaient quelques notes, prévoyant de poser des questions plus précises lors de la visite de la cité, un peu plus tard. Elles étaient placées au bord de l'estrade pour bénéficier d'un meilleur point de vue et pouvoir interroger les démonstrateurs.

Les Gouvernantes étaient en retrait et légèrement plus en hauteur. Eumélia faisait parfois quelques commentaires à leur intention, expliquant le pourquoi de telle invention ou les avantages de telle technique et leurs contributions à l'amélioration de la vie de la Cité 101. Mais elle les connaissait bien et elle sentait qu'aujourd'hui elles n'étaient pas aussi enthousiastes qu'elles voulaient le montrer. Comme elle-même, elles devaient avoir leurs propres soucis dans leurs cités respectives. Elles discuteraient de tous les problèmes humains et politiques dans une réunion à huis clos dans moins de deux heures maintenant, pendant que les Directrices se réuniraient avec leurs homologues pour approfondir et partager leurs différentes expériences.

Elle était inquiète. Hermione n'arrêtait pas de quitter l'estrade, de rencontrer des Prétoriennes, de faire des allers-retours dans la cathédrale. Il devait se passer quelque chose. La mutinerie des Génitrices avait-elle évolué ? Ou cela concernait-t-il Stella ?

Justement la Générale en chef du corps des Guerrières revenait à l'instant et se rasseyait à côté d'elle. Elle lui parla à l'oreille.

« Que se passe-t-il Hermione, tu es bien occupée depuis une heure ?

— La situation a évolué très vite. Nous avions trouvé une cape avec un galon manquant dans la chambre de Stella. Diane l'a aperçue quittant la cathédrale par la petite porte nord et se faufilant dans la ruelle en face, sûrement pour s'échapper. Elle devait se douter que nous la soupçonnions. Diane l'a finalement rejointe à son appartement, mais elle leur a échappé et a disparu jusqu'à ce qu'on la retrouve à nouveau quittant le haras avec une complice vêtue comme une Guerrière-Novice. Depuis, plusieurs équipes sont parties à sa recherche. Pour le moment une émissaire est revenue me faire un rapport concernant la première section qui les avait poursuivies et rattrapées. Ton insoupçonnable Stella a blessé plusieurs de mes Prétoriennes en les *bombardant* de flèches avant même le premier contact pour parlementer.

— Ne me parle pas sur ce ton s'il te plait, chuchota la Gouvernante, je ne suis pas sa complice, j'étais seulement dubitative sur son éventuelle complicité avec les Génitrices. Mais maintenant, cela ne fait aucun doute, elle ne cherche même pas à s'expliquer, elle fuit. Mais où ?

— Excuse-moi Eumélia, mais la pression est forte en ce moment et je me laisse entraîner par mon tempérament. Où va-t-elle ? C'est bien la question. Essaie-t-elle de rejoindre une autre cité ? Est-elle complice avec des hommes, les résistants du Réseau ?

— Tout est maintenant possible, il faut envisager toutes les hypothèses tant que nous n'avons pas d'autres informations. Quand auras-tu des nouvelles ?

— Lorsque la messagère les a quittés, les Prétoriennes de la première section qui n'étaient pas blessées devaient se regrouper avec les Guerrières qui patrouillaient dans le même secteur et repartir à leur poursuite. Elles étaient une douzaine de rescapées sur vingt au départ. Le reste était malheureusement blessé et n'était plus apte à combattre. On ne peut pas dire que Stella ait fait dans la dentelle. C'est une rude adversaire.

— Oui je sais, elle a pas mal d'années d'expérience, de décennies devrais-je dire, et aussi une faculté innée pour le combat. Elle connaît toutes les tactiques et stratégies.

— Ce n'est pas ça qui va nous arranger ! »

Eumélia dut alors se tourner vers sa voisine de gauche. Stéphanie, la Gouvernante de la cité 103, commençait à se poser des questions. C'était aussi une ex-Femen qui connaissait Eumélia depuis plus de trente ans et elle était assez perspicace.

« Il se passe quelque chose d'important Eumélia ? Ta Générale en chef a l'air fort occupée en ce moment ?

— Nous allons en discuter tout à l'heure entre Gouvernantes. Pour le moment rien de vraiment critique, juste quelques faits anodins qui nous ennuient un peu, répondit-elle en minimisant les faits. Mais continuez à profiter des démonstrations, nous en parlerons bientôt.

— D'accord, je pense que dans nos cités respectives nous avons chacune nos petits soucis.

— Bien, il nous reste une petite heure à souffrir de la chaleur, ensuite nous serons plus au frais en salle de réunion. »

Toutes se remirent à regarder les démonstrations qui n'allaient pas tarder à se terminer. Mais toutes avaient à ce moment les idées ailleurs, l'esprit perturbé par leurs propres problèmes. Des problèmes communs à tous les dirigeants. Des problèmes essentiellement humains. Les problèmes les plus difficiles à appréhender et à résoudre. Mais c'était leur job de trouver des solutions consensuelles qui satisfassent le plus grand nombre sans léser les minorités. Toutes ne résistaient pas à cette pression. Il fallait de l'expérience, de l'énergie, du pouvoir de persuasion, de l'autorité. Mais aucune d'entre elles n'était arrivée à ce niveau de responsabilité par hasard.

CHAPITRE 31

14h55

Après quelques kilomètres, le chemin quittait la forêt et rejoignait une ancienne route en macadam orientée est-ouest. Stella et sa protégée prirent vers l'ouest, mais elles allaient de nouveau être en pleine campagne en terrain découvert. Elles galopèrent encore un moment puis ralentirent à l'approche d'une intersection. Vers la gauche partait une petite route de campagne envahie d'herbe et de ronces. Vers la droite, la route principale formait un S pour traverser perpendiculairement les voies d'un ancien chemin de fer. Il n'était plus fréquenté par les trains depuis plus de trente ans. Les rails entièrement rouillés étaient uniquement visibles sur le vieux passage à niveau grâce au bitume de la route qui limitait la pousse des mauvaises herbes, mais à droite et à gauche, on ne distinguait plus rien des voies. Du lierre recouvrait les barrières en position verticales jusqu'à cinq mètres de hauteur.

Thalia remarqua les rails. Elle n'en avait jamais vus car elle n'était jamais allé très loin vers le nord de la Cité 101 où se trouvait le chemin de fer et la gare de l'ancienne ville basse. Elle posa donc une question qui pouvait sembler naïve à Stella.

« Qu'est ce que c'est que ces grandes barres de métal dans le sol ?

— C'est un ancien réseau ferroviaire sur lequel circulaient des trains, des énormes convois de wagons, des sortes de grosses remorques si tu veux, munis de roues également de métal et tractés par une locomotive. Ils servaient à transporter plusieurs centaines de passagers par train ou bien des marchandises, sur de longues distances. Ils reliaient les principales villes du continent. C'était un moyen de transport très rapide grâce aux trains à grande vitesse qui pouvaient traverser un pays en trois ou quatre heures. Des semaines de cheval si tu veux comparer.

— Ça devait être super. Et tu les as utilisés ?

— Oui, des centaines de fois sur des courtes distances pour aller au travail, mais j'ai rarement fait de longs voyages, je préférais la voiture qui offrait plus de liberté.

— La liberté, c'est un peu ce qu'on a perdu non ?

— Il n'y a pas qu'une définition de la liberté. A l'époque tout le monde pouvait effectivement se déplacer sur tout le continent, mais tout le monde n'avait pas l'argent pour faire ce qu'il voulait. Il fallait travailler contre un salaire, de misère parfois, pour pouvoir survivre. Les cantines n'existaient pas, les habitants payaient leur nourriture. De plus, les femmes ont eu de moins en moins de liberté sous la dernière présidence qui s'est rapidement transformée en dictature. La société était devenue tellement complexe qu'il faudrait des semaines pour tout te raconter.

— J'espère que ça viendra un jour. Mais toi comment était ta vie, demanda Thalia avec curiosité, tu avais un petit ami par exemple ? »

A ces mots, maints souvenirs émergèrent du plus profond de la mémoire de Stella. Des souvenirs qu'elle avait enfouis depuis très longtemps. Des souvenirs auxquels elle n'aurait plus voulu repenser. Elle avait effectivement eu un compagnon avant les tragiques évènements. Elle tourna légèrement la tête pour cacher sa gêne et surtout ses yeux, qu'elle n'arrivait pas à empêcher de s'humidifier à ces douloureux rappels d'une époque dont elle n'avait, rétrospectivement, pas assez profité.

« Oui j'ai eu un copain à cette époque. Nous formions un couple très uni jusqu'au déclanchement des évènements, en 2027. Nous ne nous en mêlions pas trop et vivions la plupart du temps reclus dans notre appartement quand les émeutes se sont intensifiées. Mais il fallait malheureusement sortir régulièrement pour ramener de la nourriture. Un jour de l'été 2028, il n'est pas revenu. Des voisins m'ont dit qu'ils l'avaient vu être agressé par une bande qui l'avait emmené avec eux dans un camion. On n'a jamais su ce qu'il était devenu. Après quelques semaines de recherches et sans nouvelles de lui, j'ai supposé qu'il était mort. La police était déjà débordée par les émeutes, les casseurs, les bandes de délinquants, les groupes de partisans pour telle ou telle religion ou parti politique. Les morts violentes étaient de plus en plus nombreuses.

— Ça a dû être très dur pour toi, je n'ose même pas l'imaginer.

— Il vaut peut-être mieux que tu n'essaies pas de l'imaginer. Ceux qui l'ont vécu et qui vivent encore aujourd'hui se rappellent de tout dans les moindres détails. Ils sont marqués à vie. Aucun ne souhaiterait revivre une telle tragédie au niveau continental. Seule une partie des plus riches a réussi à quitter le continent avant la destruction des aéroports et l'arrêt total des lignes aériennes.

— Et ensuite, toi, qu'as-tu fait ?

— J'étais au bord du gouffre, déprimée. Pendant quelques mois j'ai survécu au jour le jour comme beaucoup de citadins. Je devais me battre tous les jours pour sauver ma vie et subsister. Mais j'étais plutôt avantagée par rapport à la population. J'avais un bon niveau dans plusieurs Arts Martiaux et j'avais été initiée des années plus tôt à des techniques de survie en milieu hostile, mais ça c'est une autre histoire ! Puis n'ayant plus de nouvelle de moi, toutes les communications étant coupées, mon père qui vivait à la campagne est parti à ma recherche et m'a retrouvée.

— Ha ! C'est super d'avoir connu son père !

— Oui, répondit Stella en pensant que le moment n'était pas encore venu de tout raconter à Thalia au sujet de son propre père. Heureusement qu'il était là car à l'époque j'étais dans la capitale, un des endroits les plus touchés par ce qui devenait réellement une guerre civile. Il m'a ramenée chez lui et je me suis rapidement refait une santé, mentale et physique. Nous avons laissé passer les mois les plus terribles, nous cachant dans les bois quand des bandes armées venaient faire des razzias dans les villages ou nous débarrassant d'eux s'ils n'étaient pas trop nombreux car nous étions aussi armés. Nous passions notre temps à nous entraîner physiquement et au combat. Nous chassions pour manger grâce à la forêt qui jouxtait sa propriété. Nous avons attendu la fin de l'épidémie en vivant en vase clos sans sortir du village où il restait d'ailleurs peu de monde à part quelques survivalistes qui s'étaient organisés depuis des années pour vivre en autarcie. C'est à ce moment que la majeure partie de la population a rapidement décrue, surtout en ville, éradiquée par les virus et les microbes. Ensuite, durant l'année 2029, je suis retournée dans la métropole et j'ai retrouvé d'anciennes amies, des ex-Femen comme moi qui avaient aussi perdu leur conjoint et réussi à survivre. Ensemble nous avons passé des soirées à refaire le monde, comme une bande d'ados. Mais notre idéal, notre projet, devenait de plus en plus concret. Nous bâtissions déjà les bases d'une nouvelle société sans guerre ni délinquance, ni dictateur à sa tête. Nous avions pris la décision que nous ne voulions plus connaître de tels conflits internes. Le continent avait été tellement dégradé, mis à feu et à sang, qu'il ne restait plus grand chose qui fonctionnait. C'est la société que tu connais depuis ta naissance, constituée, sur tout le continent, de cités indépendantes, fonctionnant en autarcie, mais coopérant entre elles pour améliorer la vie de la population. »

Stella marqua une pause dans son discours. C'est à ce moment qu'elles entendirent au loin une cavalcade, un bon kilomètre derrière elles. Les sabots de plusieurs chevaux résonnaient sur la partie bitumée de la route.

« Revoilà un groupe de Prétoriennes. A priori, je pense que c'est une nouvelle section. Hermione a certainement dû en lancer trois ou quatre à nos trousses. Allez au galop, je connais un endroit, dans le prochain village où nous pourrons les attendre. Nous aurons plus de chance qu'en terrain découvert. »

Elles lancèrent leurs chevaux au grand galop au centre de la route, encore visible entre les herbes qui la recouvraient partiellement. Elles discernaient déjà les premières maisons du village. Elles ne seraient pas rejointes avant de les avoir atteintes, d'autant que Milka et Kaolin avaient retrouvé toute leur fougue, après s'être reposés en marchant plusieurs centaines de mètres.

« Allons jusqu'à la sortie du village, cria Stella à la Fille du Vent, les vieilles bâtisses en ruine nous permettront de leur tendre des pièges plus facilement. »

Après plusieurs virages dans la rue principale, elles

atteignirent l'autre extrémité du village, ralentirent et s'introduisirent dans une petite ruelle sur leur gauche. Les toitures des habitations ainsi que leurs portes et fenêtres avaient pratiquement toutes disparues. Le haut des murs de pierre calcaire commençait à s'effriter, usé par les pluies, le gel et le soleil de trois décennies. Les maisons avaient été brulées ou elles avaient été dévalisées ou même parfois les deux à la fois. Elles amenèrent leurs montures dans une vieille bâtisse un peu plus éloignée de la route. Elles finirent rapidement leur gourde d'eau, prirent toutes leurs armes puis revinrent jusqu'à la maison qui faisait le coin avec la rue principale et y pénétrèrent.

« Au cas où il m'arrive quelque chose, dit Stella en sortant de son sac un papier plié en quatre et un petit objet circulaire, voici un plan et une boussole qui devraient te permettre de te repérer pour atteindre le QG du Réseau. Garde les sur toi. Une flèche sur le plan indique le nord ainsi que l'aiguille bleue de la boussole. C'est facile à comprendre. Voici aussi un message pour le responsable du Réseau au cas où je n'y arriverais pas.

— Mais pourquoi veux-tu que j'en aie besoin ? Nous n'allons pas être séparées, nous allons les vaincre ensemble non ?

— Nous ne pouvons être sûres de rien. Une Prétorienne est bien supérieure à une Guerrière, ce sera plus difficile. Il se peut que je doive les occuper pour te laisser fuir vers le fort. Montons là-haut, elles ne vont pas tarder. »

Elles montèrent un vieil escalier en béton recouvert de carrelage ocre qui avait résisté à l'incendie de la maison puis entrèrent dans une grande salle qui avait dû servir de pièce de stockage. Elle était munie de deux fenêtres donnant sur la rue principale. Les fugitives étaient dans l'ombre, protégées du soleil par le plafond en ciment du deuxième étage.

« Nous allons laisser passer une partie de nos poursuivantes, expliqua Stella, je me place devant la fenêtre gauche et toi devant celle de droite. Je vais tirer sur les Prétoriennes de tête avec l'arc que j'ai récupéré sur une Guerrière. Toi tu vas viser les dernières depuis la fenêtre de droite. Tiens, voici des flèches à pointes métalliques, nous n'allons pas leur faire de cadeau cette fois-ci, la guerre semble déclarée ! »

Stella se posta sur la droite de la fenêtre de gauche de façon à pouvoir tirer dans le dos des Prétoriennes qui allaient bientôt dépasser la maison qu'elles avaient investie et Thalia fit de même symétriquement pour tirer de face sur les dernières cavalières de la section. Si leur plan marchait, elles n'auraient plus à combattre que quatre ou cinq adversaires, qui seraient obligées de venir les débusquer dans cette vieille habitation aux nombreuses cachettes permettant de leur tendre un guet-apens.

CHAPITRE 32

15h20

Stella et Thalia patientaient depuis à peine une minute quand le galop des chevaux résonna sur la route en macadam. Elles attendirent dans l'ombre, mais la cavalcade cessa soudain à quelques dizaines de mètres, à l'approche de la sortie du village. L'instinct aiguisé des Prétoriennes subodorait-il une embuscade ? Après le village il y avait une longue ligne droite. N'y voyant personne jusqu'au bout, elles avaient dû en déduire que les fugitives avaient changé de direction. Thalia entendait à présent les chevaux marchant au pas. Elle les aperçut la première, sa position permettant d'observer la partie droite de la rue. Elle prévint Stella qui lui dit de se tenir prête à tirer la première à son signal. Elle-même lâcherait ses flèches dans la seconde suivante sur les Prétoriennes qui lui tourneraient le dos.

La section des poursuivantes s'arrêta brusquement à quelques mètres en amont de leur position. Elles discutaient entre elles et scrutaient les alentours à la recherche d'un éventuel danger. La Fille du Vent aurait pu tirer mais ne voyait que la tête de la colonne, il resterait trop d'adversaires indemnes.

« Stella, viens voir, chuchota-elle. Elles sont arrêtées presque sous ma fenêtre. Qu'est-ce qu'on fait ?

— J'arrive, répondit Stella en changeant de position. Je me demande ce qu'elles vont faire maintenant. Je pense qu'il vaut mieux en éliminer quelques-unes dès maintenant. Tiens-toi prête. »

Elle n'était pas si mécontente en fait car elle préférait d'ordinaire tirer de face plutôt que dans le dos de ses ennemis. Elle s'agenouilla devant l'ouverture et Thalia se positionna derrière elle pour tirer par-dessus son épaule. Elles lâchèrent trois flèches en même temps. Les deux de Stella atteignirent leurs cibles en haut du thorax, celle de Thalia seulement l'épaule droite de la sienne. Elle n'avait jamais tiré aussi mal à l'entraînement ! Sa cible, droitière, était tout de même inapte au combat. Devant la panique qui gagna instantanément la section, et les corps qui tombaient, quelques chevaux se cabrèrent et firent tomber deux cavalières. Stella avait eu le temps de recharger et d'en toucher deux autres avant qu'elles ne mettent pied-à-terre et ne s'abritent dans les rez-de-chaussée des maisons de chaque côté de la route. Thalia n'avait même pas eu le temps de préparer une nouvelle flèche, observant la scène bouche bée.

« Six adversaires à terre, dont une a dû se casser une jambe en étant éjectée de son cheval, ce n'est pas si mal pour un plan qui ne s'est pas déroulé complètement comme prévu. »

Elles durent cependant quitter rapidement leur position car les deux Prétoriennes d'en face commençaient à tirer leurs flèches qui pénétraient par la fenêtre et allaient s'écraser contre le mur du fond faisant éclater le vieux plâtre pourri qui le recouvrait encore.

« Préparons-nous à recevoir les deux Prétoriennes qui se sont réfugiées de notre côté de la route, dit Stella en dégainant son épée et s'éloignant des ouvertures. Elles vont longer le mur juste au-dessous pour pénétrer dans notre bâtiment. Mais nous ne pouvons rien faire, les deux autres en face les couvrent en nous empêchant d'accéder aux fenêtres. Allons jusqu'à la porte d'entrée.

— Ecoute Stella, cria sa protégée, d'autres chevaux arrivent.

— Sûrement le deuxième groupe à notre poursuite, tu en vois combien ?

— Cinq ou six Guerrières pour le moment, pas plus. Elles se sont arrêtées à cinquante mètres environ. Elles descendent de cheval. Je ne les vois plus, elles doivent aussi longer le mur.

— Bien, Il faut donc se débarrasser au plus vite des premières. »

Elle passa la porte d'entrée de la pièce lorsque la première Prétorienne surgit au pas de course en haut de l'escalier au bout du couloir. Elle avait son épée en main. Stella la rejoignit au milieu de l'étroit corridor et elles commencèrent à se battre. La deuxième était forcée de rester en arrière, faute de place pour combattre la fugitive à deux de front. La Procureure Générale inter-cités était avantagée par sa relative petite taille pour se mouvoir dans l'étroitesse du lieu. Elle parait facilement les coups ou les esquivait, son adversaire labourant les murs de plâtres, déjà en piteux état, du bout de son épée. Ensuite elle la toucha à la main pour la désarmer puis la blessa à l'épaule et à la cuisse. La Prétorienne s'affala au sol. Stella visait les tendons, ce qui était douloureux et immobilisait la victime pour un bon moment. Sa collègue l'enjamba alors pour combattre à son tour.

Dans la salle d'à côté, Thalia s'activait aussi mais d'une autre façon. Accroupie sous une ouverture pour éviter les flèches qui continuaient à pleuvoir, elle balançait tous les objets à sa portée, vases, caisses en bois, chaises, dans la rue pour retarder leurs nouvelles adversaires qui se déplaçaient sous ses fenêtres pour accéder à la porte de leur bâtiment. Même si elle ne les blessait pas, cela les occuperait et les retarderait un peu se disait-elle. En quelques dizaines de secondes le sol de la pièce fut jonché de flèches adverses, puis leur pluie cessa. La Fille du Vent tenta un regard et vit que les deux Prétoriennes d'en face sortaient de l'immeuble. Elle banda son arc et eut le temps d'en blesser une à la cuisse alors qu'elle était au milieu de la rue. Elle vit cinq silhouettes pénétrer dans le bâtiment.

Stella jaugeait sa nouvelle adversaire. Vingt-cinq ans environ, un mètre soixante-quinze, elle avançait sûre d'elle-même et de sa force. Elle allait lui laisser un peu d'illusion en la laissant attaquer, puis elle en finirait rapidement. Malheureusement pour elle, la Prétorienne était trop jeune pour avoir vu un certain film d'une époque révolue. La Procureure Générale inter-cités fit semblant de subir les assauts de son opposante, les esquivant de justesse. Elle attaqua à son tour puis para un coup en septime. Elle engagea alors la séquence qu'elle avait apprise et répétée de nombreuses fois : elle riposta, exécuta un enveloppement de quarte, fit un battement sur le bras et une prise de fer en changeant de main, désarma son adversaire et lui planta la pointe de son épée en plein front. La Prétorienne n'eut pas le temps d'être surprise, elle s'écroula sans un cri. Stella remercia mentalement le duc de Nevers pour l'efficacité de sa botte. Mais de nouvelles adversaires montaient déjà les escaliers.

Thalia avait jailli à cet instant dans le couloir, ouvrant de grands yeux, impressionnée de voir le corps sans vie tomber sur le sol comme une masse inerte, presque au ralenti.

« Stella attention, cria-t-elle, elles sont toutes entrées dans la maison, je n'ai pas réussi à les retarder. Elles sont sept.

— Je les ai vues, replions-nous dans la pièce de stockage » répondit-elle en coupant le câble d'un vieux lustre en verre qui pendait encore au plafond et en l'envoyant sur la première Guerrière qui n'avait plus que trois marches à grimper. Cette dernière fut surprise et n'eut pas le temps d'esquiver l'objet qui lui fracassa la tête en explosant en multiples éclats de verre. Elle tomba en arrière sur les suivantes.

Les fugitives s'étaient regroupées dans la pièce qui donnait sur la rue.

« Tu serais capable de sauter du premier étage Thalia ?

— Bien sûr et même d'un peu plus haut.

— Ok, quand je te le dirai, tu fuiras par une des fenêtres avec tes armes. Il reste deux Prétoriennes dont je vais m'occuper et quatre Guerrières. Ça serait bien que tu puisses affronter une Guerrière.

— Bien sûr ! Je vais te donner un coup de main Stella !

— Excellent ! Restons proche de la porte, ce sera plus facile, elles ne pourront pas toutes entrer en même temps.

— Mais tu saignes du bras gauche ! Constata soudain Thalia. Et comme ton sang est rouge vif ! C'est étrange, je n'en ai jamais vu d'une couleur aussi pure, même le mien qui me paraît toujours plus clair que celui de mes camarades de classe quand nous *forçons* un peu trop sur les entraînements.

— Ne t'inquiète pas, c'est superficiel, je cicatrise vite, surtout par cette chaleur sèche. » répondit Stella qui ne voulait pas lui en dire plus, les explications auraient été trop longues. Elles avaient peu de temps et devaient se concentrer sur le combat à venir.

Elles étaient maintenant coincées dans la pièce, les Guerrières y pénétrèrent rapidement avec force moulinets de leurs épées. Thalia et sa compagne étaient contraintes de reculer petit à petit. Stella mit hors de combat une Prétorienne tout en progressant à reculons vers le fond de la salle qui occupait toute la longueur du bâtiment. Thalia réussissait à parer les coups de deux Guerrières mais ne pouvait attaquer. Elles se retrouvèrent coincées contre le mur du fond, les fenêtres leur étant maintenant inaccessibles. Stella vit une porte qu'elle n'avait pas remarquée précédemment derrière une grosse pile de caisses vides empilées.

« Thalia c'est le moment, fuis par cette porte, elle doit donner sur une échelle de secours car nous sommes au niveau de la cage de l'escalier principal situé juste derrière le mur à notre gauche.

— Et toi Stella ? Viens avec moi.

— Ne discute pas, tu perds du temps, Allez ! fit-elle d'une voix ne souffrant pas la contestation. »

Thalia para deux ou trois derniers coups d'épée et passa derrière Stella qui allait devoir affronter seule la meute. Mais les caisses lui rendait toutefois service, seulement deux adversaires à la fois pouvaient l'attaquer dans l'espace entre la pile et le mur extérieur de la pièce.

La jeune fille ouvrit la porte aisément, et sortit, laissant sa protectrice à son sort. En fait, elle ne trouva pas d'escalier. C'était une petite pièce munie d'une minuscule fenêtre d'environ quarante centimètres de côté, ouverte sur le pignon du bâtiment. Elle pouvait s'y faufiler pour passer à l'extérieur mais elle allait tomber la tête la première. Il fallait qu'elle passe les jambes d'abord pour pouvoir retomber sur ses pieds. Elle avisa une table en bois contre le mur opposé, qu'elle amena sous la fenêtre. Elle se mit à plat ventre dessus et recula par l'ouverture jusqu'à ce que ses jambes pendent dans le vide. Elle jeta alors ses armes sur le côté puis recula encore en se tenant au rebord par les mains. Elle poussa alors avec ses quatre membres pour s'éloigner du mur et faire un demi-tour en l'air pendant sa chute, se reçut sur ses pieds et effectua un rouler bouler dans l'herbe. Elle récupéra son matériel et gagna la rue avec précaution. Bien lui en prit car elle aperçut au milieu de la chaussée deux des Prétoriennes blessées qui surveillaient les fenêtres de la pièce où Stella se trouvait encore, à la recherche de cibles ennemies.

Dos au mur, elle prit une grande inspiration. Puis elle en aligna une avec sa première flèche et tira. Elle la toucha et sa cible s'écroula pour de bon cette fois, touchée au thorax. Sa collègue pivota instantanément et décocha une flèche dans sa direction, mais Thalia s'était déjà abritée derrière l'angle du mur pour recharger son arc et riposta aussitôt pour l'atteindre dans le ventre. La voie était libre. En traversant la rue, elle constata les dégâts. A terre, plusieurs corps baignaient dans leur sang, plusieurs blessées gémissaient. Elles allaient devoir être soignées rapidement si elles voulaient survivre. La Fille du Vent jeta son carquois presque vide pour récupérer celui d'une Guerrière inconsciente ainsi que sa gourde. Elle ne prit pas le temps de vérifier si elle était déjà morte ou pas. Elle passa sous les fenêtres du premier étage, desquelles sortaient des cris de douleur. Stella se battait toujours et résistait. Elle s'élança alors au pas de course dans la rue perpendiculaire qui menait vers le nord, donc vers le fort et… Dagon, ce qui lui redonna un regain d'énergie.

Alors qu'elle atteignait l'extrémité de la ruelle et qu'elle s'engageait dans un chemin forestier, elle ne vit pas un nouveau groupe de cavalières qui arrivait de l'est par la rue principale, et qui mettait pied-à-terre pour constater le carnage qui s'était déroulé au milieu de la rue et venir en aide aux blessées.

CHAPITRE 33

Année 2020
Siège de Bio-Télomère
Côte ouest des Etats-Unis

L'homme de soixante ans était allongé nu sur une table en inox garnie d'un simple matelas mousse de cinq centimètres d'épaisseur recouvert d'un drap de coton blanc. Il venait de se réveiller et se sentait bien malgré la multitude de pansements enveloppant son corps. La tête tournée vers la gauche, il souriait à sa fille, qui venait d'ouvrir les yeux. Agée de vingt ans, elle était couchée sur une table identique. Puis il tourna la tête vers la droite et vit que son fils, âgé de trente-trois ans, commençait à se réveiller. La pièce dans laquelle ils se trouvaient était d'une luminosité aveuglante. Les murs d'un blanc brillant immaculé réverbéraient les puissantes lampes halogènes de l'éclairage indirect. Pourquoi fallait-il que les salles d'opérations fussent toutes éclairées de façon si désagréables ? D'environ vingt mètres sur dix, elle grouillait de laborantins, de médecins et de chercheurs en combinaisons blanches. Les baies de contrôles et appareils divers étaient nombreux sur le pourtour de la salle. Au-dessus de sa tête pendait d'un boitier inox une multitude de câbles, tubes et masques divers auxquels il avait dû être relié avant son réveil. La serviette rouge posée sur le milieu de son corps, de la taille aux cuisses, tranchait avec le reste de l'environnement !

Les trois cobayes, car c'était bien le terme qu'il fallait employer dans leur cas, même s'ils avaient donné leur accord par écrit, se réveillaient d'un profond sommeil de quinze heures, temps nécessaire pour effectuer toutes les opérations délicates et inédites auxquelles ils avaient été soumis.

Tout avait commencé un an auparavant. L'homme faisait un voyage touristique en Californie, avec ses enfants. Ils avaient décidé de se retrouver ensemble, rien que tous les trois, pour quelques semaines d'aventures. La vie active qu'ils menaient ne leur avait pas permis de se voir souvent au cours des années précédentes.

Au pied du Général Sherman, dans le Sequoia National Park, il avait rencontré par hasard, un ancien collègue ingénieur qui travaillait maintenant dans une entreprise de recherche sur le transhumanisme : Bio-Télomère Inc (BTI).

Le transhumanisme, terme inventé par le biologiste Julian Huxley en 1957, était une sorte de doctrine culturelle et intellectuelle, en plein développement depuis une décennie, dont le but était d'améliorer les caractéristiques physiques et mentales des humains, d'augmenter leur longévité, voire de les rendre immortels. Ou presque !

Les progrès avaient été fulgurants ces dernières années sous l'impulsion des nouveaux milliardaires illuminés des sociétés high-tech, qui voulaient continuer à l'être durant encore très longtemps, ainsi que grâce au nouveau président, milliardaire lui aussi, qui prônait l'eugénisme. Les sommes investies paraissaient, elles aussi, folles : des dizaines de milliards de dollars. L'immortalité faisait rêver.

Les trois axes de recherche et les objectifs de BTI étaient :

1. La greffe de cellules souches dans tous les organes du corps y compris la peau et le sang, pour multiplier par cent leur régénération en cas de blessure, d'usure et de fatigue.
2. Le rallongement des télomères, protecteurs des extrémités des spirales d'ADN, à leur longueur initiale et la modification de séquences d'ADN pour éviter leur raccourcissement lors des divisions cellulaires futures.
3. L'implantation et la programmation d'une multitude de robots miniatures issus des nanotechnologies et destinés à détruire les cellules mortes ou malades de façon à nettoyer et régénérer le corps.

L'ancien collègue lui avait dit qu'ils cherchaient des sujets humains pour étudier les effets de leurs dernières découvertes qui donnaient des résultats extraordinaires sur les singes. Pour les premiers essais, il fallait déjà respecter quelques critères physiques, génétiques, psychologiques. Les expériences devaient impérativement être réalisées sur une famille d'au moins trois personnes, sur les deux sexes et deux générations pour étudier les différentes réactions d'un sujet à l'autre ayant les mêmes caractéristiques génétiques. L'homme et ses enfants avaient accepté de passer les tests et les analyses préliminaires qui s'étaient révélées prometteuses. Leurs patrimoines génétiques étaient très diversifiés du fait que leurs ancêtres provenaient de quatre pays européens différents. Ils étaient tous sveltes et sportifs, possédaient une bonne condition physique, avaient un niveau intellectuel au-dessus de la moyenne. Ils furent donc sélectionnés parmi d'autres candidats. Ensuite ils avaient effectué de nouveaux tests spécifiques qui devaient servir de référence pour comparer leurs capacités physiques et intellectuelles avant et après la *transformation.*

Les trois cobayes volontaires se réveillaient maintenant pour une nouvelle vie, qu'on leur avait promise très longue. Le père regarda dans plusieurs directions, ferma un œil puis l'autre. Il voyait parfaitement, il n'était plus myope ! Avec une vision d'au moins quinze dixièmes estima-t-il à la louche. Il regarda ses mains. Elles restaient nettes jusqu'à moins de dix centimètres de ses yeux. Il n'était également plus presbyte ! Fantastique ! Et son cerveau avait l'air de fonctionner à merveille, pas de séquelle de l'anesthésie, pas de bouche pâteuse ou autre désagrément.

Voyant qu'il était réveillé, ce qui semblait être un médecin s'approcha de lui avec une cour de subalternes sur les talons. Il reconnut le Docteur Morse le grand manitou de cette expérience. Derrière des baies vitrées, plusieurs personnes aussi diverses les unes que les autres les observaient. Il reconnut l'homme le plus riche du monde, en personne, en tenue décontractée, affichant son grand sourire charmeur. Plusieurs autres individus avaient un look pour le moins hétéroclite dans un tel endroit, arborant qui une barbe, qui des cheveux longs, qui un tee short délavé, sûrement des pionniers de la High Tech californienne. Il vit aussi, plus en retrait, deux militaires en uniformes impeccablement repassés présentant un nombre impressionnant de décorations. Inévitablement l'armée s'intéressait à tout ce qui sortait de l'ordinaire ou pouvait augmenter le potentiel d'un soldat. Et ils faisaient certainement partie des principaux financiers de ce projet.

Le médecin regarda ses yeux avec un appareil optique puis décolla l'extrémité d'un pansement sur sa jambe. Il passa son doigt sur la peau glabre, les corps ayant été entièrement rasés pour l'expérience. Il ne sentit aucune aspérité, pas la moindre cicatrice. Cet endroit avait pourtant été incisé quelques heures auparavant. Mais la plaie avait cicatrisé très rapidement. L'homme en blouse blanche afficha un air satisfait. Il se tourna vers la baie vitrée et dit :

« Messieurs, je vous présente les premiers post-humains. Les opérations se sont déroulées à merveille. Nous les gardons en observation trois semaines mais vous pourrez les rencontrer dès le lever du jour prochain. »

La ribambelle de laborantins et chercheurs entourèrent alors les trois tables d'opération et ôtèrent les nombreux pansements, précautionneusement dans un premier temps, puis rapidement lorsqu'ils constatèrent qu'ils les décollaient sur une peau parfaitement lisse. Ils s'extasièrent devant le travail auquel tous avaient participé depuis des années et qui voyait aujourd'hui se concrétiser leurs journées, et parfois leurs nuits, de recherches et d'efforts. Mais ils ne voyaient pour l'instant que la partie émergée de l'iceberg. Etudier toutes les modifications internes allaient nécessiter des semaines d'études, de contrôles et de tests. Il fallait encore attendre pour jauger des effets secondaires éventuels et appliquer ces *transformations* à un grand nombre d'humains. Leur travail n'était pas terminé !

L'homme s'assit en tailleur sur la table. Son corps n'avait pas vraiment changé extérieurement, estima-t-il à première vue. Mais il sentait battre son cœur avec plus de forces et sa peau était un peu moins ridée et plus souple. On l'aida à se mettre debout, mais d'aide il n'avait nul besoin, il se sentait prêt à courir un cent mètres dès à présent. On les regroupa tous les trois dans un coin de la pièce pour les habiller d'un pantalon et d'une veste de toile blanche. On les amena ensuite dans une grande chambre munie de trois lits.

Trois semaines plus tard, le dernier jour des tests postopératoires dont les résultats furent impressionnants, ils reçurent la visite de deux personnages diamétralement opposés : un officier en uniforme traditionnel et une sorte de barbouze mal rasé. Un colonel de l'armée de terre et un officier du service action de la CIA. Ils étaient mandatés par leurs supérieurs pour recruter de futurs agents au potentiel élevé et pouvant s'améliorer sur des décennies. Ils imaginaient déjà un super agent avec un siècle d'expérience et les capacités physiques d'un homme ou d'une femme de quarante ans !

On proposa à sa fille d'entrer à la CIA comme agent de renseignement et à son fils d'intégrer un service *spécial* de l'armée, c'est à dire censé ne pas exister. Sa fille accepta mais son fils, père de famille, demanda un délai de réflexion. Il devait retourner vivre en France. Il faudrait trouver un accord et des missions lui permettant de rester dans son pays.

CHAPITRE 34

Cité 101
205ème jour de l'année 2059
16h15

Les six Gouvernantes étaient maintenant installées dans une salle jouxtant la salle du conseil et mieux adaptée à leur nombre réduit de participantes. Après s'être rafraîchies, elles allaient pouvoir commencer leur réunion.

Les Directrices de Corporations, quant à elles, avaient suivi leurs homologues respectives de la cité d'accueil pour des présentations plus détaillées et personnalisées.

La Directrice de l'agriculture, Christine, était partie faire visiter les élevages, les scieries et les modes de culture à l'extérieur de la Cité 101. La Directrice des techniques et des fabrications, Sarah, exposait pour le moment les détails des nouvelles inventions mécaniques dans une salle de réunion, avant d'aller rencontrer les différents artisans qui travaillaient le métal et le bois. La Directrice de la logistique de la cité, Brigitte, expliquait les nouvelles méthodes de distribution de l'eau dans la cité. La Directrice de l'éducation, Sylvie, aidée de Magdalena, présentait au même moment les nouveaux programmes de formation des

Guerrières-Novices. La Directrice de la santé, Suzanne, développait les dernières découvertes de plantes médicinales poussant dans la région et leurs effets sur certaines maladies. Toutes les équipes techniques étaient donc occupées et réparties dans différentes parties de la cité. Comme tous les ans, chacun allait apprendre de nouvelles méthodes ou recettes qui allaient les aider à progresser.

Dans la fraîcheur de la cathédrale, les Gouvernantes entraient dans le vif du sujet : le mécontentement des habitants. La sensation diffuse qu'une révolte se profilait à l'horizon.

Eumélia, d'une voix fatiguée, leur dévoila les derniers faits survenus depuis la nuit dernière. Ses consœurs furent effarées d'apprendre que les Prétoriennes de la Cité 101 n'avaient pas hésité à tuer sans procès plusieurs Génitrices.

« Il s'agissait des Blackwomen, expliqua Eumélia. Une section d'élite créée après la révolte que nous avons subie voilà deux ans et chargée du maintien de l'ordre nocturne. Nous n'en avions pas parlé lors de la dernière réunion, nous voulions tester le concept. Cette section est constituée des meilleures et des plus motivées des Prétoriennes. Elles ne font pas dans la dentelle et elles avaient reçu des ordres directs d'Hermione qui fait de plus en plus preuve d'autoritarisme et avait outrepassé ses fonctions en agissant ainsi. Elles avaient autorité pour stopper par tous les moyens la moindre résistance et le non-respect des règles. Depuis quelques mois, il y avait eu plusieurs décès, hommes ou femmes, mais c'est la première fois cette nuit que nous avons tant de morts, qui plus est dans la Corporation des Génitrices, qui ne présentent pas en soi un grand danger pour des Prétoriennes entraînées. J'ai décidé que les homicides volontaires n'avaient plus lieu d'être dans une société qui prônait la paix. A l'avenir, il faudrait faire en sorte de capturer les délinquants et de les juger.

Mais j'en viens maintenant à notre problème principal dont j'hésitais à vous parler. Mais comme vous avez l'air d'avoir les mêmes problèmes dans vos cités, j'ai décidé de jouer carte sur table : ce matin, les Génitrices se sont mutinées dans leurs Nurseries. C'était sans doute l'objet de leur rencontre la nuit dernière. Elles ont attaqué et pris le dessus sur les jeunes Guerrières qui étaient de faction dans leurs bâtiments respectifs. Toutes ont réussi à se barricader à l'intérieur. Les cinq Nurseries à la même heure ! Exactement ! Nous pensons avec Hermione, qu'une telle opération, aussi bien coordonnée, n'a pu l'être que de l'extérieur par quelqu'un d'expérience. Et nous pensons savoir de qui il s'agit. »

Elle marqua une pause pour ménager le suspense. Les autres Gouvernantes la regardaient les yeux remplis de questions et les sourcils levés. Des murmures de surprise se faisaient entendre.

« Oui, nous avons trouvé une preuve, non flagrante au premier abord je dois l'avouer, mais la coupable a confirmé nos soupçons en fuyant la cité il y a quelques heures et depuis elle a blessé, gravement parfois, plusieurs Guerrière et Prétoriennes lancées à sa poursuite. Il s'agit de Stella, la Procureure Générale inter-cités de notre région. »

Des chuchotements de surprise s'élevèrent alors. Aucune n'en croyait ses oreilles.

« C'est en effet difficile à croire, répliqua Marina, la Gouvernante de la cité 106. Surtout, je ne comprends pas ses raisons. Comme toi Eumélia, je la connais depuis plus de trente ans. Nous avons combattu ensemble à maintes reprises et organisé les cités sur des critères dont plusieurs proposés par elle-même. Elle est à l'origine de l'organisation des principales structures de notre société.

— J'ai aussi eu du mal à le croire, répondit Eumélia, mais

les faits sont là. Elle est maintenant une fugitive recherchée. Je vous conseille d'envoyer des émissaires prévenir vos Générales en chef pour mettre en place des recherches aux abords de vos cités. Nous ne savons pas où elle a décidé de se rendre. Nous pensons qu'elle a peut-être tenté de rejoindre le Réseau de résistants qui se trouve à l'ouest d'ici et dont nous n'avons jamais découvert la planque. Nous ne savons pas combien ils sont. Quelques dizaines ? Voire quelques centaines ? Difficile de faire une estimation. Il y a souvent, de plus en plus même, des anicroches avec les patrouilles de Guerrières et nous déplorons souvent des blessées. Ils sont semble-t-il, encore armés de fusils et de pistolets et ne manquent pas de munitions, alors que nous n'en avons plus depuis vingt ans. Beaucoup d'hommes tentent de fuir, leur nombre augmente au fil des années, mais nous les retrouvons presque toujours, même si certains manquent encore à l'appel.

— Nous aussi, renchérit Nathalie, la Gouvernante de la cité 112 située au sud-est de la Cité 101 et trois fois plus peuplée, ils sont de plus en plus nombreux à essayer de déserter. Nous les mettons un bon moment dans les cellules des souterrains de notre cathédrale pour les faire réfléchir. Il y a quelques…*pertes* s'ils résistent, mais c'est assez rare.

— Oui, très peu osent se battre s'ils sont repris, répondit Eumélia. Ils préfèrent abandonner ou réessayer plus tard. Nos cellules sont à moitié pleines en ce moment. Bien ! Je propose que nous réfléchissions et que nous trouvions ensemble des solutions à ce problème. Que pouvons-nous faire pour rétablir la situation sans heurs ? Si c'est encore possible bien sûr. Le dialogue avec la population sera toujours préférable à de nouvelles émeutes. »

Les Gouvernantes commencèrent à débattre, exposant leurs problèmes particuliers ou communs à plusieurs cités.

Chacune proposait des idées qui étaient discutées par les autres.

@@@

Hermione ne participait pas à la réunion. Elle en profitait pour se tenir au courant des rebondissements concernant la recherche de la Procureure Générale inter-cités renégate. Il y avait eu un nouveau combat plus au sud avec de nouvelles pertes chez les Guerrières. Les fugitives profitaient de leur avance pour les attendre dans des endroits propices à leur tendre des pièges. Elles s'étaient ensuite enfuies à travers la forêt, vers l'ouest. Elles changeaient encore de direction, sûrement pour brouiller les pistes, pensa-t-elle. Le temps qu'une section se regroupe, la poursuite n'avait repris que cinq minutes plus tard. Les blessées, sommairement soignées sur place, étaient sur le chemin du retour. De telles défaites n'étaient pas admissibles de la part de professionnelles du combat. Il allait falloir qu'elle en tire les conséquences. Bientôt !

Diane avait pris la tête de la section de recherche qui venait de partir. Hermione avait confiance en elle. Elle allait lui ramener la tête de Stella sur un plateau ou peut-être plus simplement dans un sac, ironisa-t-elle pour elle-même.

Elle réfléchissait aussi à une solution concernant les Génitrices. Il fallait trouver un moyen de pénétrer dans les Nurseries pour en reprendre le contrôle. Mais cela devrait attendre la fin de soirée, elle voulait y réfléchir avec Eumélia et Diane.

Que se préparait-il donc ? Une simple révolte passagère ? Une révolution à l'échelle de la région ? Cela n'arrangeait pas du tout ses plans. Elle voyait un autre avenir pour elle que de rester un simple *flic*, même le plus gradé de la cité. Son destin était au-dessus de sa condition actuelle. Elle avait soif de pouvoir, pas seulement au niveau de la cité, qui ne serait qu'une étape, ni même de la région, elle voyait plus grand ! Le Continent serait un jour à *elle* ! Son ascension allait bientôt commencer, elle le sentait. Elle devrait en profiter dès ce soir, comme prévu. Les évènements récents allaient peut-être l'y aider, ainsi que la présence des Gouvernantes des cités voisines.

@@@

Dans la Nurserie nord, Illythie conversait avec ses camarades. Il y faisait sombre car tous les volets étaient fermés. La mutinerie durait depuis six heures maintenant. Il fallait qu'elle remonte le moral de celles qui s'inquiétaient et se posaient des questions sur l'évolution des évènements et sur leurs conséquences. Elle ne savait pas exactement ce qui allait se passer, Stella était restée vague, mais elle sentait que leur mutinerie était le début d'une révolution plus importante, peut-être dans d'autres Corporations.

Elles n'avaient pas encore pu discuter et négocier avec les Dirigeantes. Personne ne voulait encore leur parler. C'était le statut quo. La Gouvernante était occupée avec ses homologues et une Prétorienne lui avait dit à travers la porte qu'on s'occuperait de leur cas dans la soirée. De la façon dont elle parlait, ça ne présageait rien de bon. Elles prévoyaient sûrement une entrée en force. Mais elles ne pourraient pas par les issues habituelles. L'accumulation de mobilier devant les portes atteignait plusieurs mètres et les bloquait complètement. Les barreaux étaient trop épais pour être sciés à la lime. Les volets de chêne étaient fermés à tous les étages. Elles se sentaient donc toutes en sécurité. Mais l'attente pesait un peu sur leur moral, même si elles s'y étaient préparées.

CHAPITRE 35

17h00

Thalia marchait maintenant sur un petit sentier serpentant entre les taillis. Elle avançait avec précaution, Stella lui avait dit d'être prudente car les patrouilles de Guerrières allaient être renforcées.

A la sortie du village, elle avait suivi le chemin indiqué sur le plan. Elle avait dû s'orienter grâce au soleil car le verre de sa boussole s'était fendu lors de son saut du bâtiment et l'aiguille était bloquée. Mais la méthode était moins précise, d'autant qu'elle devait estimer l'heure. Elle avait couru vers le nord, pensait-elle, durant une heure, sans problème autre que la chaleur, accablante, même sous les arbres. Elle longeait à ce moment le bas de la colline. Elle avait maintenant l'impression de se diriger plutôt vers l'ouest, mais sur sa droite, la pente de la colline n'était pas accessible : une vraie jungle de taillis, de ronces et de lianes enchevêtrées les unes dans les autres. Il aurait fallu y progresser mètre par mètre avec son épée en guise de machette pour s'ouvrir un chemin. Cela aurait pris des heures rien que pour faire cent mètres. Elle allait bien trouver un chemin qui menait au fort, elle devait rejoindre Dagon. Elle était confiante en sa bonne étoile, comme toujours.

L'environnement devenait un peu plus lumineux quelques dizaines de mètres devant elle. Sûrement une clairière, pensa-t-elle. Elle avança rapidement pour arriver dans la partie herbeuse et essayer d'y voir au loin pour se réorienter. Arrivant à l'orée du bois, elle fut éblouie par le soleil et ne remarqua pas certains indices qui auraient pu lui mettre la puce à l'oreille sur ce qui allait lui arriver.

Elle fut soudainement soulevée de terre par une force colossale et se retrouva prisonnière d'un filet pendu à de hautes et solides branches. Elle se débâtit comme une forcenée, mais elle ne fit que tendre les cordes et accentuer la pression des rets. Elle se calma un peu et envisagea les différentes options s'offrant à elle. Elle choisit d'essayer de couper les mailles du filet avec son épée. Elle se contorsionna comme elle put pour accéder à la poignée. Elle l'atteint et tira dessus pour dégainer, mais l'arme ne sortit que de vingt centimètres, bloquée par le filet. Elle s'énerva de nouveau en se tournant dans tous les sens et ne réussit qu'à se faire deux entailles à la cuisse gauche. Elle réfléchit encore. Son épée était presque aussi longue que son corps recroquevillé dans le filet, elle ne pouvait donc pas la sortir de son fourreau, fixé à sa ceinture, ce qui équivalait à plus de deux fois la longueur de la lame. Elle vit alors, en se tordant le cou pour regarder au-dessus d'elle, que les câbles maintenant le filet laissaient un orifice circulaire d'une quinzaine de centimètres de diamètre à l'extrémité supérieure de la forme oblongue créée par son corps prisonnier entre les mailles. Largement de quoi laisser passer la garde de son épée. Elle réussit à la placer verticalement, poussa tant bien que mal la poignée vers le haut, puis elle saisit la lame entre ses doigts pour la faire monter centimètre par centimètre. Lorsqu'elle fut presque sortie, elle en attrapa l'extrémité dans sa main droite, la sortit entièrement hors du fourreau et la fit redescendre doucement le long de celui-ci. Elle était trempée de sueur, saignait superficiellement à différents endroits de son corps et dut reprendre son souffle. La lame était maintenant contre son corps, passait entre ses jambes, pointe vers le bas. Elle la fit descendre avec difficulté entre les mailles du filet jusqu'à la garde. Puis elle réussit à saisir la poignée et à faire quelques allers-retours pour découper le filet. Elle ne réussit pas, la lame pourtant aiguisée par les meilleurs spécialistes de la Cité 101 ne parvenait même pas à entamer la matière. Elle souffla de dépit. Elle bouillonnait d'être ainsi prise comme un vulgaire animal. Mais qui pouvait avoir posé ce piège ? Les Guerrières ? Non. Aucun intérêt aussi loin de la cité, et puis elle n'en avait jamais entendu parler dans ses cours de combat ou de stratégie. Les résistants du Réseau ? Peut-être. Ils allaient la prendre pour une Guerrière avec sa tenue argentée. Il faudrait qu'elle s'explique rapidement, ils tiraient souvent à vue. Elle commençait à se soucier de son sort. Elle essaya de trouver d'autres solutions, se débattit encore en vain, fit tourner et balancer le filet, mais rien n'y fit. Elle pouvait passer la main dans l'orifice supérieur mais cela ne l'amenait à rien, les câbles étaient tendus par son poids. Elle se calma finalement et se relaxa.

Elle ne pouvait plus que penser et réfléchir. Elle fit le bilan de sa journée déjà bien chargée. A une heure du matin elle gagnait ses galons de Guerrière-Novice. A deux heures, elle flirtait avec Dagon, puis elle se faisait sermonner par Stella qui chamboulait tout son avenir en lui réapprenant entre autre l'histoire de la cité et du continent. A trois heures, elle s'endormait. A six heures, elle faisait un cauchemar dont elle comprenait maintenant le sens, le dragon pourpre symbolisait Stella enlevant Dagon pour le mettre en sécurité au QG du Réseau via Célio et les autres dragons représentant les Guerrières à leurs trousses. A dix heures, elle était intronisée et recevait ses armes. A midi, elle faisait ses *adieux* à sa meilleure copine sans que la dite copine n'en sache rien. A quatorze heures, elle devait s'enfuir de *sa* cité natale, poursuivie par des Prétoriennes et elle risquait sa vie dans plusieurs combats, à cause de Stella. Elle se demandait si tout cela en valait la peine. Qu'allait-il se passer cette nuit ? Une révolution ? Elle verrait bien. Elle décida de somnoler un peu pour récupérer. Elle avait soif. Enormément soif, et elle n'avait plus d'eau. Quelqu'un viendrait bien la délivrer, ce piège n'était pas apparu tout seul. Logiquement on posait des pièges et on venait les relever plus tard, pensa-t-elle avant de s'assoupir.

Son assoupissement ne dura pas longtemps. Elle fut réveillée par un sanglier qui vint grogner sous le filet. Heureusement c'était un jeune et il n'avait pas encore de défenses très longues. Elle sentait son museau contre son dos quand il se levait sur ses pattes arrière.

« Va-t-en ! cria-t-elle, c'est toi qui devrait être à ma place. Allez dégage. » Elle passa son épée par une maille du filet pour lui donner des coups et le faire fuir. Mais il était coriace et têtu ! Il évitait les coups, il est vrai qu'elle n'avait pas beaucoup d'amplitude dans ses mouvements, elle pouvait tout juste le toucher quand il passait sous elle. Il tournait autour. Thalia espérait qu'une harde n'allait pas déboucher et l'attaquer.

Finalement, il se découragea et il décida de partir comme il était venu. Elle fut tranquille de nouveau. Mais elle recommença à s'énerver et à gigoter dans sa prison inconfortable.

CHAPITRE 36

18h00

Non loin de là, un homme était allongé à plat ventre sur un sol meuble composé d'humus sur dix centimètres d'épaisseur. Il était recouvert de branchages et de fougères. Seul son visage dépassait du camouflage naturel qui le dissimulait presque entièrement. Les chênes et les châtaigniers culminaient à plus de vingt mètres. Ils fournissaient une ombre bienfaitrice à la faune qui occupait les bois. Pour supporter la chaleur du milieu de la journée, les animaux restaient terrés dans leurs antres ou somnolaient à l'ombre d'épais buissons, eux-mêmes protégés des rayons mortels du soleil par les feuillages épais des arbres centenaires qui les dominaient. La forêt était calme, même les oiseaux n'avaient pas encore repris leurs chants. L'astre du jour avait quitté le zénith pour se diriger lentement vers l'horizon. Les mammifères n'allaient pas tarder à sortir de leurs tanières pour se nourrir et s'abreuver. Les uns chassaient, les autres mangeaient des végétaux fournis par la flore environnante. Les prédateurs et leurs proies. Des lynx et des loups, descendants de leurs ancêtres captifs qui s'étaient échappés des zoos il y a trente ans, avaient refait surface depuis quelques années dans la région car les humains avaient délaissé les campagnes pour vivre regroupés dans des cités. Il valait mieux ne pas sortir la nuit dans les épaisses forêts environnantes.

Mais à cet instant, c'est l'homme qui jouait le rôle du prédateur et il attendait sa proie. Patiemment, avec ses propres armes. Son visage faisait face au terrier duquel un léporidé n'allait pas tarder à sortir. A un mètre exactement. Il savait qu'il n'avait pas plus de quelques minutes à attendre. Les animaux aussi ont leurs habitudes, dictées par la nature et leur instinct. Ils étaient donc prévisibles et ça l'arrangeait. Patienter cinq minutes était tout de même mieux que de perdre plusieurs heures. Sa journée était riche de tant d'activités qu'une organisation rigoureuse était nécessaire. L'étude des habitudes de ses proies lui faisait gagner un temps précieux, car sa journée était loin d'être terminée. Le lapin se faisait toutefois attendre. Peut-être la chaleur, qui s'était encore accentuée cette journée-ci, le poussait à différer sa sortie de la fraîcheur des sous-sols.

Ha ! L'homme entendit un léger bruit de frottement ou de grattement. La bête allait venir à lui. Il vit en effet quelques secondes plus tard poindre des oreilles puis la tête de sa future proie. Il la fixa entre les deux yeux d'un regard fixe. Le lapin observa d'abord les alentours proches à droite puis à gauche et puis il vit le visage qui lui faisait face. Cette chose qu'il n'avait jamais vue était immobile. Elle semblait inoffensive. Cela ne ressemblait pas à un des prédateurs qu'il connaissait, du moins à un de ceux que son instinct lui recommandait d'éviter. Il l'observa donc un moment et ce fût sa perte. Le regard perçant prenait possession de son esprit primaire. Lentement, mais sûrement. Le lapin était captivé. Il était figé. Ce n'est pas qu'il ne *pouvait* plus bouger mais il *n'essayait* même pas, il était bien. Bien dans cette position à regarder ces yeux grands ouverts qui le fixaient aussi.

Au bout d'un moment, un gourdin jaillit de dessous l'amas de fougères et l'atteint mortellement à la tête. Il chancela et s'écroula à l'entrée de son terrier après quelques soubresauts nerveux. L'homme s'extirpa de dessous son camouflage de branchages et se mit debout. Il regarda sa proie. C'est vraiment une chasse facile, et écologique, pensa-t-il. Il mit le lapin dans sa besace puis se mit en route. Il avait quelques pièges à relever. Des pièges pour du gibier plus gros.

Il n'y avait plus de saison particulière comme autrefois pour chasser. A l'époque, il fallait réguler le gibier, le laisser se reproduire, il y avait des tas de règles. Maintenant les animaux étaient tellement nombreux qu'on aurait pu nourrir des villes de dizaines de milliers d'habitants rien qu'avec la faune vivant à moins de deux kilomètres de chez lui. Son chez lui : un ancien corps de ferme, qu'il avait rénové voila maintenant plus de cinquante ans. Il y avait mis du temps et de la sueur mais cette base retirée et camouflée lui avait permis par la suite d'échapper aux raids des Guerrières. Il était organisé en autarcie complète depuis plus de trente ans. Bien avant les évènements qu'il avait anticipés. Depuis qu'il avait senti que la société qu'il avait connue partait en vrille ! Heureusement, il s'y était préparé.

Les oiseaux commençaient à chanter, la chaleur devenait un peu plus supportable. Il marchait sur un petit sentier qui serpentait entre les arbres. Avec de la chance, un de ses pièges aurait capturé un sanglier ou un chevreuil. Du travail en perspective pour cuire ou fumer la viande pour l'hiver prochain. Il devait aussi s'occuper de son jardin. La terre, très riche, produisait abondamment des légumes, mais aussi beaucoup de mauvaises herbes. Et il fallait désherber, non que cela gène la pousse des plantes comestibles, mais parce que des rayons propres et nets, c'était beaucoup plus joli !

L'homme arriva à proximité d'une petite clairière à l'orée de laquelle, dans l'ombre des arbres, il avait installé un piège au milieu du sentier. Un filet dont les mailles, tissées dans un matériau de type carbone ou kevlar, il ne savait plus, étaient indestructibles. Même avec le couteau le mieux affuté du monde, on ne pouvait pas le découper. Le filet était invisible, masqué par un lit de feuilles mortes, de même que les quatre cordes d'un matériau similaire qui reliaient ses quatre coins à un système de câbles et de ressorts sous tension. Un fil de nylon invisible, tendu en travers du chemin, était chargé de déclencher le système dès qu'un animal exerçait une pression dessus. Dans la seconde qui suivait, les extrémités des quatre câbles se tendaient et le gibier était propulsé vers le ciel, prisonnier du filet.

Arrivé à quelques dizaines de mètres, il constata depuis l'autre extrémité de la clairière, qu'il y avait du remue-ménage dans son piège. Il n'avait jamais vu de gibier se débattre avec autant de vivacité. Il comprit vite qu'il avait pris dans ses mailles un être humain. Une Guerrière semblait-il, d'après la couleur de ses vêtements. Cela faisait longtemps qu'elles ne s'étaient pas aventurées si près de chez lui. Il fut aussitôt sur ses gardes. Elle ne devait pas être seule. Il s'accroupit et attendit, tous ses sens en alerte. La Guerrière ne perdait pas espoir, elle ne manquait pas de combativité. Au bout de quelques minutes, il décida d'aller s'occuper de ce nouveau problème. Il n'en avait pas tant que ça en fait, des problèmes, et ça mettrait un peu de piquant pour sa soirée.

Il s'approcha à pas de loup. Elle lui tournait le dos. Enfin, pas exactement, son corps était complètement enchevêtré dans le filet, roulé en boule, mais sa tête était tournée de l'autre côté. Elle avait essayé de couper les mailles avec son épée mais n'avait réussi qu'à se blesser et un peu de sang perlait d'une de ses cuisses.

« Hum !Hum ! fit-il en se raclant la gorge. »

Elle essaya de tourner la tête pour voir quel nouveau danger arrivait mais ne put pas, trop comprimée par les rets. L'homme contourna le filet bien rempli à un bon mètre pour se retrouver en face de sa proie. Pas exactement face à face car la tête de la jeune Guerrière, très jeune d'ailleurs d'après ce qu'il voyait, était plutôt penchée vers le bas, coincée entre une épaule et le filet. Il inclina la tête en souriant, comme pour la narguer, afin que les axes de leurs yeux respectifs coïncident un peu mieux. Elle avait les mêmes yeux farouches que les animaux qu'il capturait d'habitude. Mais il y lisait aussi de la volonté et de la combativité. Et aussi une redoutable intelligence dans son regard. Un regard qui lui rappelait quelqu'un. Un regard qu'il n'avait pas vu depuis des années, des décennies peut-être. Un regard qu'il ne pouvait oublier, car c'était celui d'une personne qu'il avait très bien connue. Cela le troubla. Qui était cette jeune fille ? Que faisait-elle si près de chez lui ?

« Puis-je t'aider jeune Guerrière ?

— Qui es-tu ?

— Peut-être ton sauveur, qui sait ? Ou ton pire cauchemar, ça dépend de tes intentions.

— Mon nom est Thalia et le tien ?

— Ho ! Moi, je ne suis qu'une ombre, un ermite, je ne devrais d'ailleurs plus être de ce monde. Et d'où viens-tu Thalia ? De la Cité 101 ? Ça serait logique, c'est la plus proche.

— Oui c'est exact, je pourrais t'en dire plus si tu me libères. Je ne suis pas un gibier, je ne suis pas très grasse et je ne dois pas être très tendre.

— Ho ! Mais détrompe-toi, toutes les viandes, bien

bouillies et accompagnées des épices ad-hoc sont délicieuses. Je pourrais t'en faire goûter certaines…

— Oui bon, le coupa-t-elle, tu ne vas pas m'expliquer que tu es cannibale, je ne te croirais pas, je ne suis pas naïve à ce point.

— Qui sait ! Tu manques d'imagination, je pourrais m'appeler Hannibal ! Il est vrai que le cinéma n'existe plus dans les cités, tu n'aurais donc pas eu peur de le rencontrer !

— Je ne comprends rien à ce que tu radotes. Je connais des gens plus âgés en meilleur état que toi !

— Ho ! Plus âgés ! Ça m'étonnerait ! Mais peu importe. Passe-moi ton épée par l'orifice supérieur du filet entre les câbles si tu ne veux pas te blesser en tombant au sol.

— Mon épée, jamais ! Je l'ai durement gagnée, et je ne l'ai que depuis aujourd'hui.

— Tiens donc, une Novice, et en plus, tu fugues déjà hors de la cité.

— Je ne fugue pas. Mais je t'expliquerai, si tu me libères ! Et si tu me donnes à boire, je suis déshydratée.

— Exigeante en plus ! Attention, je vais relâcher le câble principal. J'espère pour toi que tu ne tomberas pas sur le tranchant de ton épée. »

L'homme libéra alors le coin de bois qui maintenait le câble tendu. Le filet et son occupante s'écrasèrent au sol. Ce n'était pas du béton, mais la terre était tout de même durcie par la sécheresse et la Fille du Vent s'écrasa avec un cri de douleur qui provoqua à l'homme un rictus de compassion. Mais les Guerrières étaient des dures à cuire, il ne la plaignait pas.

Toujours prisonnière de son cocon, elle put cependant s'asseoir en tailleur et lui faire face. Il lui tendit sa gourde et elle but à travers les mailles du filet. Elle but tout. Un litre. Tout ce qui restait. La moitié de la gourde.

« Tu viens de parcourir un marathon Thalia ?

— Un quoi ?

— Une course de 42.195 kilomètres exactement.

— Heu ! Non, je n'ai dû faire que 12.813 kilomètres, mais il fait chaud, répondit-elle du tac au tac.

— De la répartie en plus ! Ça me rappelle quelqu'un… *Tu* me rappelles quelqu'un. Tu me rappelles ma fille à ton âge. Tu as quoi ? Seize ans ?

— Bientôt dix-sept, dans dix jours.

— Le même regard. Tu lui ressembles un peu aussi, juste un peu plus bronzée qu'elle.

— C'est normal, mon père était blanc et ma mère noire d'après le peu d'informations qu'on m'a données.

— Oui bien sûr, le métissage rendu obligatoire depuis trente ans par les Dirigeantes, dont ma fille fait partie. Tu en es le fruit. Assez réussi, je dois l'avouer.

— Ta fille ? Qui est ta fille ? fit-elle en l'observant plus attentivement.

— Ma seule fille, Stella ! Mais je ne l'ai pas vue depuis des années !

— Stella ! Mais c'est avec elle que j'ai quitté la cité. Il y a moins de deux heures, elle s'est sacrifiée en combattant pour me permettre d'échapper aux groupes de Guerrières et de Prétoriennes qui nous pourchassaient. »

Il accusa le coup.

« Que dis-tu ? Tu connais Stella ? fit-il ébahi. Tu étais avec elle et elle est… morte ?

— Elle n'avait aucune chance, je pense qu'elle a dû résister un moment mais nos adversaires étaient trop nombreuses ! Je me demande d'ailleurs ce que je fais ici. Je suis une Guerrière-Novice, dans quoi m'a-t-elle entraînée ?

— Non, non, non ! Elle ne peut pas être morte, je le saurais, je l'aurais senti ! Et puis ça n'a pas de sens, elle fait partie des plus hautes Dirigeantes, pourquoi combattraitelle les Prétoriennes ? » Il s'était pris la tête entre les mains et la secouait de droite à gauche.

« Il faut se rendre à l'évidence, elle n'avait aucune chance, insista Thalia.

— La chance n'a rien à voir là-dedans. Je *sens* qu'elle est vivante. Elle a dû s'en sortir. Elle a été entraînée à se sortir de *toutes* les situations, à les anticiper ou à les provoquer.

— Si tu le dis.

— Que t'a-t-elle dit ? Pourquoi étiez-vous en fuite ? Où alliez-vous ?

— Elle m'a dit être la tante de mon père qu'elle connaissait et..

— Quoi, c'est donc ta grand-tante et tu me dis ça seulement maintenant ? Tu es donc mon arrière-petite-fille ! Je suis ton arrière-grand-père ! clama-t-il très ému en appuyant sur chaque mot et en la prenant dans ses bras à travers le filet. »

Il la serra avec vigueur, il ne voyait pas si souvent des humains, et en plus, c'était sa seule arrière-petite-fille, connue du moins. Thalia comprit soudain que c'était le quatrième membre de sa famille qu'elle rencontrait aujourd'hui. La veille, elle ne savait même pas ce qu'étaient devenus ses parents et maintenant elle en connaissait plusieurs, même s'ils étaient d'une génération plus ancienne, et elle savait qu'il y en avait d'autres. Elle fondit en larmes entre les bras encore puissants de son arrière-grand-père. Ils restèrent ainsi, écoutant leurs cœurs battre la chamade, durant une minute. Puis l'homme s'écarta un peu en lui maintenant les épaules et lui parla.

« Je m'appelle Rick, Thalia, et je suis très heureux de te rencontrer. Ne bouge pas je vais te libérer et nous irons chez moi soigner tes plaies. Elles ne sont pas très profondes, tu ne perds presque pas de sang, mais il ne faut pas que cela s'infecte. Quelques pansements suffiront. Tu peux m'appeler papy Rick, comme mes petits-fils.

— D'accord papy Rick. Ça sonne bien papy Rick ! Mais ensuite je dois me rendre au QG du Réseau pour retrouver Dagon, un ami et remettre un message de Stella au responsable.

— Nous verrons, je ne suis pas sûr de vouloir y retourner, mais je pourrai t'expliquer comment rejoindre le fort. J'y ai passé quelques années il y a bien longtemps. Mais je me demande comment Stella a su pour toi. Toutes les naissances sont anonymes depuis presque trente ans.

— Exact, et je ne me suis même pas posé la question quand elle me l'a dit.

— La seule solution que je vois, c'est qu'elle a forcément dû assister à ta naissance pour avoir ton nom et ton matricule, mais ça a dû être facile pour elle car elle faisait partie des principales Dirigeantes. Mais lequel de mes petits-fils serait ton père d'après Stella ?

— Ha, ça elle ne me l'a pas dit. Je ne sais même pas si mon père est encore vivant. Mais à priori, ce n'est ni Célio ni Livian que j'ai déjà rencontrés. »

Rick devint pensif. Il se rappelait un livre qu'il avait lu avec sa fille, trente ans auparavant. Se pourrait-il qu'elle s'en fût souvenu au moment de la naissance de Thalia et qu'elle eut agi en conséquence ?

Une fois débarrassée du filet, la Fille du Vent se mit debout avec difficulté. Elle était restée presque une heure à se débattre dans le filet dans des positions inconfortables. Mais après quelques mouvements d'assouplissement, elle était prête à suivre son arrière-grand-père.

Ils partirent d'un bon pas par le sentier qui continuait à serpenter à l'abri des arbres.

CHAPITRE 37

18h45

Rick et Thalia étaient attablés à l'ombre d'un énorme noisetier dont les branches basses et longues protégeaient des rayons bas du soleil qui commençait déjà à se diriger vers l'horizon. L'arbre trônait au milieu d'un grand potager très bien entretenu qui jouxtait les hauts murs du corps de ferme dans lequel l'arrière-grand-père de la Fille du Vent vivait reclus. Il avait servi deux grands verres de jus de framboises, pressé le matin même, et qu'il avait placé au frais dans la grange où il avait creusé depuis longtemps une fosse de deux mètres de profondeur qu'il remplissait de glace et de neige l'hiver, une technique de conservation ancestrale. Il possédait aussi des réfrigérateurs en stock, dont un fonctionnait en permanence, alimenté par une éolienne. Thalia se délectait. Elle ne buvait pas si souvent de boissons aussi succulentes. La plupart du temps la cantine servait de l'eau. Rick la regardait d'un œil amusé plein de tendresse.

La troisième génération après lui. La descendance ! Cela

lui rappelait un vieux film d'une autre époque, et même sans avoir traversé les couloirs du temps, il voyagerait encore à travers plusieurs époques. Sauf accident.

Un peu auparavant, ils étaient rentrés par le petit chemin sinueux, dans les sous-bois, sur lequel se trouvaient plusieurs pièges, mais aucun gibier n'avait été capturé. Puis ils avaient traversé une épaisseur phénoménale de buissons, ronciers et lianes enchevêtrées. Celui qu'elle avait essayé de contourner peu de temps avant. Rick lui avait expliqué qu'il avait laissé se développer cette jungle agressive et infranchissable et avait même planté lui-même nombre d'arbustes épineux pour protéger son repère d'éventuels intrus. Elle aurait été incapable de retrouver son chemin par elle-même. Ils avaient franchi nombres de taillis en écartant un arbuste qui masquait un passage entre les ronces par-ci, en se baissant pour passer sous un roncier par-là et ainsi de suite sur une centaine de mètres. A moins de voler comme un oiseau on ne pouvait pas le repérer.

Après une grande lampée de l'excellent jus de fruit, Thalia rompit le silence.

« Papy Rick, Tu vis là depuis longtemps ? Comment arrives-tu à vivre ainsi seul ? Et puis quel âge as-tu ? J'ai du mal à croire que tu es mon arrière-grand-père. Réellement, tu as quel âge ?

— Ça en fait des questions !

— Hé bien commence par la première !

— Je vis ici depuis quarante ans environ. Mais je n'y vis reclus que depuis une vingtaine d'années. Le temps passe vite tu sais et de plus en plus vite quand on vieillit. Une année ne représente plus qu'un pour cent de mon âge actuellement.

— Quoi ? réagit-elle aussitôt. Tu as donc cent ans ? Impossible !

— Et pourtant ! Je fête mon premier siècle l'année prochaine. J'ai un fils de soixante-douze ans et une fille de soixante. Stella ne t'a pas dit son âge ?

— Ha ! Je me doutais bien qu'elle n'était plus si jeune étant donné son passé, mais elle a essayé de m'embrouiller avec des histoires de décalage de naissances dans sa famille.

— Oui, mais n'en prends pas ombrage, nous ne parlons jamais à personne de notre longévité.

— Votre longévité ? Qui a l'air d'être exceptionnelle on dirait ! Et j'en bénéficie aussi vu que j'ai le même sang que vous ?

— Hélas pour toi, non. Tu as de bons gènes de part la mixité de tous tes ancêtres, mais mon fils a conçu ton père bien avant la *transformation* génétique dont nous avons profité en 2020.

— Une transformation génétique c'est quoi ?

— Ce serait trop long à t'expliquer, mais notre corps a subi plusieurs opérations destinées à le renforcer et à le faire vieillir moins vite. La science avait fait d'énormes progrès à l'époque. Les scientifiques rêvaient d'immortalité.

— L'immortalité ? Mais je pense que c'est impossible.

— Et pourtant ! Ils n'en étaient pas loin. Mais je crois que nous avons été les seuls à l'époque à en bénéficier. Quelques semaines après la validation de nos tests postopératoires la technique était au point. Nous avions servi de cobayes volontaires en fait. Seuls les milliardaires ou même les millionnaires allaient pouvoir en profiter car cela coutait cher. Puis ce fut le Big One.

— Le bigouane ? C'est quoi ?

— Un méga tremblement de terre qui a dévasté un quart du continent américain. Toute la côte ouest des Etats-Unis, du nord au sud. Quinze états. Des dizaines de millions de morts. Pratiquement aucun rescapé dans les villes côtières qui furent englouties. Des milliers de milliards de dollars de dégâts. Mais ça ne doit rien te dire, la notion d'argent n'existe plus dans les cités actuelles. L'équivalent de milliards d'heures de travail pour tout reconstruire. Le pays le plus riche du monde était ruiné, anéanti. Du moins en partie. Toutes les entreprises de la Silicon Valley étaient sous l'eau. Quatre-vingt-dix pour cent de la recherche technologique et génétique se trouvait dans cette région. Si bien que les programmes non nécessaires à la pérennité du pays furent abandonnés pour se préoccuper des problèmes urgents de survie car les USA avaient beaucoup d'ennemis de par le monde qui ne manqueraient pas de profiter de leur faiblesse. Finalement, à ma connaissance, nous n'avons été que trois à en bénéficier, et de justesse ! »

Thalia écoutait bouche bée Rick raconter son histoire avec passion. Son esprit, bien que vif, avait du mal à appréhender tous ces concepts, nouveaux pour elle : un autre continent, l'argent, les tremblements de terre, la génétique, tout cela la dépassait.

« Bien, fit-il en se levant, je ne vais pas t'endormir avec toutes mes histoires, viens plutôt par-là, je vais te montrer des choses plus concrètes qui n'existent pas dans ta cité.

— Détrompe-toi, je suis passionnée par tes histoires. Le petit monde dans lequel je vivais vient d'éclater en une seule journée. Je suis même contente de savoir qu'il y a autre chose dans le monde que la triste vie des cités.

— Ce qui est très bien, ton esprit commence à s'ouvrir ! Suis-moi. »

Il l'emmena dans la cour intérieure du corps de ferme en pierres de tailles calcaire. Il y avait des bâtiments sur la moitié du pourtour de l'enceinte, le reste étant constitué de murs de trois mètres de hauteur. Il tourna à gauche vers la plus grande des constructions, une ancienne grange, et y pénétra par une imposante ouverture de trois mètres de large sur presque quatre de haut, qui avait permis autrefois d'y garer les tracteurs et les remorques de l'agriculteur exploitant, son propre grand-père. Thalia fut subjuguée par l'amoncellement de caisses, de cartons, de matériels et d'objets divers qu'elle voyait entassés sur plusieurs mètres de hauteur.

« Voici ma réserve personnelle de matériel de première nécessité, que j'ai stocké voici bien longtemps, fit-il en souriant. Au hasard, voyons ce que nous avons : ici une caisse de 1500 savons, là 650 tubes de dentifrices, dans celle-ci 800 briquets à essence. Ici, j'ai même encore 65 jeans à ma taille ! Dans ces cartons, quelques dizaines d'ordinateurs portables neufs, tu verras plus tard à quoi ça sert. Ha ! Je l'avais oublié celui-ci. Un petit carton de LOREX électroniques, inusables, incassables, autonomie quarante ans après allumage, tiens, prends en une et accroches-la à ton poignet gauche si tu es droitière. Elle est précise à la seconde près, ça pourra te servir. Elle a à la fois des aiguilles et un afficheur numérique. La grande aiguille se transforme en boussole en appuyant ici.

— Merci papy Rick. Super ! Je vais pouvoir remplacer le grand horloger de la cite 101.

— De rien. Ha ! Voici ce qui va nous servir, un carton avec 350 boites de pansements et 130 fioles d'alcool à 90°. J'en utilise peu moi-même car comme je te l'ai dit, je cicatrise très vite. Une simple coupure disparaît en moins d'une heure au lieu de plusieurs jours. Un gros bleu est résorbé en moins de deux heures. Je ne suis pas tout à fait au niveau de Wolverine, mais je m'en approche, s'exclama-t-il en rigolant.

— Hein ? Qui ?

— Laisse tomber ! Encore un héros cinématographique d'une époque révolue.

— Cinéma quoi ? demanda-t-elle complètement paumée par tous ces nouveaux termes.

— Le cinéma, ça n'existe plus chez vous bien entendu, c'est la projection d'un film sur un écran. Je te montrerai, avec le matériel qui me reste. Je fabrique un peu d'électricité avec mon éolienne et quelques panneaux solaires récupérés, répondit-il en lui montrant les toits des autres bâtiments depuis l'entrée de la grange. Je regarde de temps en temps de vieux films. »

C'était bien sûr un euphémisme quand on voyait les dizaines de mètres carrés de toitures recouvertes de panneaux noirs réverbérant le soleil.

« Tu n'as bien sûr pas entendu parler de l'électricité ?

— Heu, non, je ne crois pas.

— C'est une source d'énergie qu'on peut produire avec à peu près n'importe quoi : les panneaux solaires que tu vois là-bas qui transforment les rayons du soleil en énergie, l'éolienne qui se trouve sur le mur à droite là-bas, qui transforme la force du vent en électricité, et j'ai même adapté un vélo sur lequel je pédale pour en produire de temps en temps si nécessaire.

— Tu as encore un vélo ! s'exclama-t-elle émerveillée.

— Pourquoi ? Tu connais ? Il en existe encore dans ta cité ?

— Non, plus depuis plusieurs années, ils ont tous été usés ou détruits et même les artisans les plus doués ne pouvaient plus les réparer faute de pièces de rechange. Mais quand j'avais entre cinq et huit ans, j'ai appris à rouler avec. C'est assez facile quand on a pris le coup. Et c'est un moyen très rapide, plus rapide qu'à pieds.

— Hé bien tu vas être servie ! J'en ai plusieurs en état de marche, ça ira plus vite pour rejoindre le fort. Mais d'abord, soignons tes plaies avant qu'elles ne s'infectent. »

Il prit le matériel nécessaire et ils se dirigèrent vers la maison qu'il habitait, un bâtiment perpendiculaire qui communiquait avec la grange. Il y faisait plus frais qu'à l'extérieur grâce aux épais murs de calcaire. Thalia ne fut pas surprise, sa cité était presque exclusivement composée d'immeubles de ce type. Il la fit asseoir sur une chaise puis alla chercher du coton dans la salle de bain adjacente. Il désinfecta les blessures avec l'alcool à 90° ce qui provoqua un cri chez elle, qui n'y était pas habituée. Puis il appliqua un pansement sur chaque plaie.

« Bien, te voilà réparée ! Dans quelques jours, on ne verra plus rien, ta peau sera toute neuve.

— Ho ! J'ai l'habitude. Ce ne sont pas mes premières blessures. Je cicatrise assez vite, mais quand même pas en une heure. Les entraînements sont durs pour devenir Guerrière.

— Oui, je suppose qu'ils le sont ! Tu m'as l'air en excellente condition physique ! Allez, sortons, je vais te faire visiter.

— D'accord et apprends-moi d'autres choses que je ne connais pas.

— Nous n'aurons pas le temps de tout voir, mais je vais te montrer le principal, ensuite nous mangerons un morceau. Tiens, par exemple, ce petit réfrigérateur dans le coin de la cuisine, c'est un matériel qui produit du froid avec de l'électricité. Il est relié à l'éolienne et il contient plusieurs briques qui permettent d'y garder la fraîcheur deux jours grâce à leur inertie thermique au cas où le vent ne serait pas assez puissant pour l'alimenter. »

Ils sortirent dans la cour intérieure, déjà à l'ombre des bâtiments, le soleil se couchant derrière la grange. Rick lui expliqua sommairement le fonctionnement de l'éolienne, lui montra les légumes qu'il cultivait et sortit deux vélos tous terrains d'un appentis.

« Alors, tu te sens capable de remonter dessus ?

— On va bien voir.

— Tu fais à peu près la même taille que moi, je n'ai même pas à régler la selle ! Super ! »

Thalia s'installa sur la selle et fit un petit tour dans la cour. Pas de problème, elle était habituée à faire des acrobaties sur un cheval au galop et le vélo ça ne s'oublie jamais !

« Excellent Thalia, tu te débrouilles comme un chef ! Ça devrait aller, il y a environ six à sept kilomètres jusqu'au fort. Nous monterons sur la colline à pieds car le chemin pentu n'est pas trop praticable en vélo. Mais sur le plateau les chemins sont corrects, nous y serons en… disons, environ quarante minutes.

— Très bien, parce que j'ai un message de Stella à remettre au chef du Réseau.

— Oui tu me l'as déjà dit mais que dit-il ?

— Je ne sais pas il a l'air codé.

— Montre-moi un peu ça.

— Voilà, tu vois, c'est une suite de chiffres sur toute la page. Je n'y comprends rien.

— Oui je connais ce type de code. Il fait référence à la page, la ligne et le mot d'un livre, mais si tu n'as pas le même que l'expéditeur tu ne peux pas le décoder. En général on prenait une édition classique d'un roman connu, facile à trouver si on perdait son exemplaire. C'est étrange qu'elle t'ait donné ce message. Elle doutait peut-être de ne pas pouvoir rejoindre le fort sans encombre, car elle a dû l'écrire avant votre départ.

— Oui, elle l'avait déjà dans son sac pendant la poursuite. Avec carte et boussole aussi. Boussole que j'ai cassée en sautant du premier étage d'une maison. La voici.

— Oui je la reconnais, elle avait appartenu à mon père et je lui avais donnée voila presque cinquante ans. Je pourrai la réparer, je dois avoir des couvercles en plastique quelque part. En attendant allons manger un morceau, il faut reprendre des forces.

— Très bonne idée papy Rick, je meurs de faim.

— Tu vas te régaler. Ensuite nous nous préparerons pour une petite rando vers le fort. Je ne vais pas te laisser y aller seule.

— Super, fit-elle en le prenant par le cou, je m'en doutais !

— Oui, c'est toujours ce qu'on dit après ! Allez, à table.

CHAPITRE 38

19h00

Livian prenait son dîner à la cantine. Il lui fallait des forces pour la soirée qui s'annonçait longue. Il venait de rencontrer Daniel dans son atelier en lui rapportant un nouvel outil à réparer. Il avait surtout eu besoin de le voir pour discuter de leurs rôles respectifs durant la prochaine nuit. Ils avaient passé en revue leur plan et il repensait à leur conversation :

« La porte sud présentera moins de difficultés pour moi que la porte nord pour toi. Nous sommes plus éloignés de la cathédrale et des éventuels renforts, avait dit Daniel.

— Oui c'est exact. C'est pour cette raison que mon équipe est un peu plus importante que la tienne. Je pense que nous n'aurons pas de problème, nous serons tout de même deux fois plus nombreux que les Guerrières en faction et nous les prendrons par surprise.

— Dans les deux cas, même renforcées, leurs équipes ne feront pas le poids. Je pense que les Prétoriennes seront occupées par les Nurseries.

— Exact, avait répondu Livian. Je ne sais pas comment elles vont traiter le problème mais une bonne partie d'entre elles sera occupée ailleurs que dans la cathédrale. L'équipe du Réseau passant par le nord sera la première à l'investir. Son rôle sera aussi de maîtriser les Prétoriennes des autres cités logées dans le bâtiment attenant.

— Ça devrait se faire sans difficulté. Et l'équipe sud se rendra maître de l'hôtel où sont logées les invitées des autres cités. Ce serait l'idéal si le plan se passe comme prévu.

— Espérons le, sinon il faudra passer au plan B, avait conclu Livian. »

Plan B qui n'existait pas vraiment en fait, pensait-il en regardant les aliments au fond de son assiette. Oui, le plan A devrait obligatoirement fonctionner sinon tout risquait de capoter. Deux tiers des forces du Réseau allaient être déployés dans la cité. Une défaite signifierait carrément la fin de la vie au fort. Tout serait à recommencer. Dix ans de retard.

Tout en mangeant, il avisa enfin celle qu'il cherchait. C'était une femme de quarante-cinq ans affectée à l'entretien de plusieurs immeubles dont certaines Nurseries. Brune, un mètre soixante-cinq, elle avait la sveltesse des travailleurs manuels et maintenait une bonne forme physique. Elle venait d'arriver, prenait son plateau, et se dirigeait vers lui. Juliette était son contact qui lui permettait de recueillir des informations dans les différents bâtiments où elle travaillait. Elle s'assit à côté de lui mais sans le regarder et commença à manger. Elle avait bon appétit, les travaux d'entretien étaient durs. Ce n'était pas seulement balayer et faire les poussières. Elle et ses collègues devaient aussi effectuer toutes les menues réparations, repeindre les murs, par exemple.

Il n'y avait que quelques personnes disséminées sur la grande table.

« Alors quelles sont les nouvelles dans les Nurseries ? dit-il à voix basse sans tourner la tête.

— C'est le statut quo. Les Prétoriennes les ont encerclées et rien ne bouge. Je n'ai pas pu y pénétrer de la journée, mais en traînant par-ci par-là j'ai entendu certains propos qui me font dire qu'Hermione a sûrement l'intention de tenter une entrée pendant la nuit. Elles la connaissent, elles savent qu'elle ne va pas laisser la situation s'éterniser et qu'elle veut profiter du sommeil des invitées pour agir.

— J'espère bien ! répondit Livian. C'était tout de même l'objectif : accaparer leur attention pour pouvoir prendre possession de la cathédrale. Dommage que tu n'aies pas pu entrer dans une Nurserie. J'aurais aimé connaître l'état d'esprit des Génitrices. Savoir si elles vont résister jusqu'au bout.

— Oui bien sûr, elles ne vont rien lâcher. Les meneuses sont motivées et elles encouragent les autres. J'étais à la Nurserie nord ce matin tôt. J'aime bien commencer tôt, à la fraîche. Le soleil était tout juste levé, c'est agréable, de travailler dans ces conditions quand tout le monde dort encore. Et j'ai eu la chance de pouvoir sortir juste avant leur mutinerie, sinon tu n'aurais pas le plaisir de me voir ce soir. Je les ai surprises se dirigeant en silence vers la cave. Je les ai suivies jusqu'aux carrières souterraines en me cachant. Tu aurais vu comment la petite Illythie les a motivées ! Elle ferait un bon leader je crois.

— C'est normal, Stella ne l'a pas choisie par hasard. Tout est prêt de ton côté ?

— Oui bien sûr, pas de problème.

— Excellent ! Alors souhaitons-nous bonne chance.

— Bonne chance à *nous* alors. Sinon, fit-elle en lui jetant un regard furtif, on se revoit quand, *nous* ?

— Pour l'instant nous avons d'autres priorités Juliette, soyons patients. Je te laisse, j'ai beaucoup de monde à rencontrer ce soir. Et avec les gardes renforcées, il ne va pas être facile de sortir de nos chambres sans se faire remarquer.

— Bien, bon courage, à très bientôt.

Juliette était l'amante de Célio et c'était toujours délicat pour Livian de trouver une excuse pour ne pas la rencontrer en privé. Dans l'intimité, il y avait des chances qu'elle s'aperçoive de leur subterfuge. C'est pour cette raison qu'il choisissait toujours le coin le plus sombre de la pièce quand il n'était pas possible que ce soit Célio qui s'en charge et qu'il évitait de la regarder dans les yeux. Il quitta la table, ramena son plateau à l'entrée de la cuisine et sortit de la cantine. Il allait être effectivement plus dur de sortir incognito du bâtiment où lui et ses compagnons dormaient que de prendre possession des portes d'accès de la cité par la force. Ils seraient supérieurs en nombre et bénéficieraient de l'effet de surprise.

CHAPITRE 39

19h45

Rick et Thalia étaient essoufflés en arrivant en haut de la colline. Pas à cause du dénivelé important, mais ils avaient dû porter les VTT sur un chemin pentu et inégal, au milieu des ronces et des lianes enchevêtrées, par une des sorties du labyrinthe que Rick avait créé pour isoler son repère. Ils portaient aussi de lourds sacs à dos avec plusieurs armes et munitions. De plus, ce qui augmentait encore la charge à porter, Thalia n'avait voulu se séparer ni de son épée ni de son arc ni du reste de son matériel. Le haut de la colline était un plateau herbeux qui avait autrefois été un champ. La forêt n'occupait en fait que les flancs de la colline, qui n'avaient jamais été cultivés à cause de la pente trop abrupte.

Avant cela, ils avaient pris un repas composé de rôtis de chevreuil fumés et de légumes du jardin relevés avec divers aromates. La Fille du Vent s'était régalée, elle était plutôt habituée à la nourriture de la Cité 101, certes excellente, mais beaucoup moins épicée. Puis Rick lui avait sommairement appris à se servir d'un pistolet automatique. Après une dizaine de cartouches tirées, il pensait qu'elle était assez douée pour pouvoir toucher une Prétorienne à vingt mètres, si cela s'avérait nécessaire. Puis ils avaient préparé un sac à dos chacun avec un nécessaire de survie pour, au moins, pouvoir passer une nuit dehors s'il leur arrivait quelque chose. Rick était toujours trop prudent, mais il connaissait la loi de Murphy depuis des décennies. Il appliquait le principe de précaution à presque tout ce qu'il entreprenait.

Ils se mirent en selle après avoir repris leur souffle trente secondes. Rick impressionnait Thalia par l'endurance dont il faisait preuve à son âge. Mais il était entraîné, il montait la colline parfois plusieurs fois par jour. Ils commençaient à peine à rouler sur le chemin caillouteux et irrégulier lorsqu'ils virent un nuage de poussière à l'est, dans la direction qu'ils prenaient. Ils stoppèrent immédiatement et Rick sortit ses jumelles, observa cinq secondes le nuage, puis les tendit à Thalia en grimaçant.

« Ce sont des Prétoriennes et des Guerrières, fit-elle. Je crois qu'elles nous ont repérés d'après leur comportement. J'en reconnais quelques-unes que j'ai déjà aperçues dans la cité.

— Cela va nous retarder, mais nous pouvons nous en débarrasser. Cachons les vélos dans ce buisson. Ne gardons que nos armes. Avançons vers elles, à cinquante mètres à droite il y a un chemin qui mène à d'autres pièges que j'ai installés. Quand nous l'aurons atteint, elles se seront rapprochées à environ deux cents mètres. Elles nous verront clairement y pénétrer et nous suivront. C'est le but. »

Après avoir laissé les VTT derrière un taillis, ils partirent en courant puis bifurquèrent dans le sentier qui pénétrait dans le bois un peu plus à l'est de celui qu'ils venaient de quitter. La piste animalière sinuait sur un tapis de lierre. Après une centaine de mètres Rick en sortit, Thalia sur ses talons, pour y revenir dix mètres plus loin.

« Il y a un piège à cet endroit, mais pas un filet. C'est un grand trou de deux mètres de profondeur avec des pieux plantés au fond. J'ai mis trois semaines pour le creuser, mais il est efficace. J'y attrape beaucoup de sangliers.

— Je n'en doute pas. Mais heureusement que je ne suis pas tombée sur ce type de piège !

— Oui, heureusement ! Tu m'as dit que tu étais moins tendre que mon gibier. »

Elle lui tapa sur l'épaule en rigolant.

« Aie ! fit-il. Mais ne t'inquiète pas, je n'en ai qu'un, c'est trop dur et trop long à creuser, et les filets fonctionnent plutôt bien non ?

— Arrête de te moquer de moi, tout le monde serait tombé dans le panneau, surtout avec le soleil dans les yeux.

— Oui, pas faux. Arrêtons-nous ici et observons. »

Ils les entendirent arriver à plus de cinquante mètres. Une absurdité selon Rick, elles auraient été incapables de chasser le moindre gibier avec le bruit qu'elles faisaient, mais ce n'était heureusement pas leur job !

Arrivées au sentier, les Guerrières avaient dû mettre pied-à-terre pour suivre leurs gibiers. De loin, elles n'avaient reconnu qu'une Guerrière-Novice grâce à sa tunique et sa ceinture caractéristique, mais pas l'autre personne. Par prudence, ayant été échaudées tout l'après-midi, elles avaient décidé de se séparer en trois groupes. Le premier avait pris le sentier, les deux autres les suivant à une vingtaine de mètres à droite et à gauche dans le sous bois qui était praticable sous les grands châtaigniers. Avant de partir, elles avaient appris que certaines de leurs camarades avaient subi plusieurs Guet-apens dans l'après-midi et que beaucoup étaient soit mortes, soit blessées. Elles ne voulaient plus prendre de risque. Elles se couvraient les unes les autres. Elles avançaient rapidement, au petit trot, sans se rendre compte du bruit qu'elles faisaient dans la forêt silencieuse.

Rick les vit arriver le premier.

« Ça y est, elles atteignent le piège. D'après leur allure, plusieurs vont tomber dedans avant de s'apercevoir de quelque chose. Mais seulement une ou deux vont s'empaler sur les pieux en bois de trente centimètres. Je ne les ai pas coupés trop long pour ne pas qu'ils ploient sous la charge. »

Ils entendirent alors tous les deux de grands cris au milieu du chemin, puis plus rien. Elles n'étaient tout de même pas tombées à dix dans le trou ?

Mais les bruits qu'ils entendirent ensuite les inquiétèrent rapidement. D'autres cris, plutôt de ralliement cette fois et des bruits d'épées qu'on dégaine, de chaque côté de leur position. Trois Guerrières sortirent de l'ombre et fondirent sur Rick et Thalia des deux côtés en même temps, l'épée levée. Rick ajusta son pistolet, tira et toucha deux Prétoriennes mortellement à moins de cinq mètres de lui. La troisième, une jeune Guerrière, était déjà sur lui, éjectant son pistolet d'un coup d'épée. Elle avait visé son bras, mais dans un réflexe rapide, il avait esquivé partiellement le coup. Il roula sur son flanc droit tout en dégainant son couteau en même temps et se releva aussitôt. Un poignard, même de trente-cinq centimètres, face à une épée, il se dit qu'il aurait de la chance de s'en sortir, même en connaissant les bois comme sa poche. Il n'était pas spécialiste d'escrime, c'était plutôt sa fille qui avait pratiqué pendant plus de cinq ans dans les années vingt. Mais il aurait été incapable de citer un sport de combat auquel elle n'avait pas été entraînée à la ferme. Pas la sienne, celle de la CIA.

Les deux adversaires se regardaient en chien de faïence en tournant en rond autour d'un axe invisible. Constatant la détermination de son adversaire, Rick se dit qu'il aurait du mal à l'hypnotiser. Il y avait tout de même des limites dans ses compétences, même s'il avait été entraîné à bonne école. Il fit mine de s'enfuir. Elle le suivit mais mal lui en prit. Il était passé sous un arbre et avait tendu une branche qu'il relâcha et lui envoya en pleine poitrine. Elle tomba, mais broncha à peine et se releva aussitôt. Elle l'attaqua d'un coup d'épée circulaire horizontal. Il eut du mal à l'esquiver, se prenant les pieds dans le lierre, et le bout de la lame le blessa au bras gauche et à la taille. Il saignait un peu, mais rien de grave. Il para un autre coup venu du ciel grâce à son poignard et riposta d'un coup dans le bras gauche de son adversaire. Prise de rage elle visa directement son cœur mais il bougea au dernier moment et son épée passa entre son bras et son torse, lui entaillant les deux. La blessure n'était pas trop douloureuse, mais il saignait abondamment. Elle avait dû toucher son artère brachiale gauche. Il fallait qu'il accélère et se débarrasse d'elle avant de perdre tout son sang. Il avisa un tas de sable, une fourmilière sûrement, à quatre mètres sur sa gauche. Il y fonça. La Guerrière le suivit, mais il plongea, se saisit d'une poignée de sable et lui balança dans les yeux. Elle fit des moulinets à l'aveugle avec son épée et lui entailla la cuisse droite juste avant qu'il ne lui saute dessus et lui enfonce son poignard en travers du cou. Les deux artères jugulaires de son adversaire sectionnées d'un coup aspergèrent Rick de la tête jusqu'à la ceinture. Elle s'écroula sur place en se tenant la gorge.

Il tomba à genoux pour reprendre son souffle, puis il pensa à Thalia. Il la vit, dos à un rocher et protégée par un gros arbre sur la gauche, qui se battait à l'épée avec deux Guerrières. Une était au sol. Elle n'avait pas dû avoir le temps d'utiliser le pistolet. Il se releva pour aller lui donner un coup de main quand une des victimes de son piège en ressortait. Elle avait seulement dû être étourdie un moment, tombée sur les autres qui devaient avoir péri empalées. Elle se précipita vers lui épée à la main. Il récupéra celle de son adversaire qui traînait à ses pieds et engagea le combat avec une arme blanche dans chaque main. Il se prit rapidement une deuxième blessure à la cuisse, mais qui semblait superficielle. Cependant il s'affaiblissait, il perdait beaucoup de sang de son bras gauche et aussi de la taille. Il para plusieurs coups, préférant s'économiser et défendre en attendant le bon moment. Celui-ci vint quand elle manqua un coup et planta son épée dans un arbre. Il en profita pour prendre son poignard de la main droite et lui envoya dans le ventre. Puis, fondant sur elle, il lui trancha la gorge avec l'épée. Il s'écroula de nouveau à genoux à bout de souffle. Thalia n'avait plus qu'une adversaire, elle se débrouillait bien cette petite. Comme sa fille ! Il s'assit contre un arbre pour récupérer. Il saignait d'un peu partout. Cinq blessures au moins. Thalia vint le rejoindre peu de temps après. Il était presque inconscient. Elle l'aida à se mettre debout.

« Je perds trop de sang Thalia. Je ne vais pas cicatriser assez vite. Tu vas devoir partir seule au fort.

— Hors de question que j'abandonne une deuxième personne de ma famille aujourd'hui, répondit-elle essoufflée. Je te ramène déjà jusqu'à la clairière et aux vélos, on avisera après.

— J'ai juste quelques petits pansements dans les sacs, mais pas de garrots, et j'ai des artères de touchées.

— Chut, garde tes forces papy Rick. Tu es immortel tu te souviens ?

— Je n'en suis plus si sûr maintenant.

— Courage, allons-y. »

En passant devant la fosse, ils constatèrent que deux

Prétoriennes et une Guerrière y baignaient dans leur sang. Transpercées par les pieux mais aussi pour une d'entre elles par l'épée de celle qui était tombée juste devant elle. Ils arrivèrent à l'orée du bois, reprirent le chemin qui longeait la forêt vers l'ouest et gagnèrent les taillis où se trouvaient les vélos et les sacs. Rick s'assit contre un arbre. Le soleil déjà bas sur l'horizon l'éclairait d'une lueur orangée. Il sentait ses forces l'abandonner. Thalia revint avec un sac et sortit la boite de pansements.

« Il n'y a que des petites bandes de quelques centimètres. Nous ne pourrons rien faire avec ça, dit Rick.

— Ce n'est pas idéal en effet. »

Mais elle lui en colla tout de même deux sur chaque plaie. Ce qui n'arrangea pas grand chose pour les deux blessures aux artères qui continuaient à saigner. Elle fouilla dans ses poches et trouva les petites lanières de cuir qui faisaient partie de son kit : des menottes souples en fait. Elle entoura le haut de son bras et serra puis fit deux nœuds. Le sang coulait encore mais beaucoup moins.

« Maintenant, va ma grande. Il faut se rendre à l'évidence. Tu suis ce chemin vers l'est et dans cinq ou six kilomètres tu tomberas bien sur une patrouille du Réseau.

— Papy Rick. Je suis tellement désolée. Je ne peux vraiment rien faire d'autre?

— Hélas, je connais bien ce type de blessure. Faute d'être soignée efficacement, elles sont mortelles. »

Elle s'agenouilla et le prit dans ses bras, en larmes.

« Ne pleure pas, je crois que ton petit copain t'attend non ? Une vie nouvelle va s'offrir à vous je pense. Je pressens un grand avenir pour toi. Allez laisse-moi. J'ai assez vécu. Je n'ai même plus mal, juste un peu froid. Et tu me fais de l'ombre !

— Arrête de plaisanter ainsi, tu es mourant !

— Et alors ? Si on ne peut plus rigoler un peu, dit-il dans

un souffle.

— Je suis tellement désolée de ne pas t'avoir connu plus longtemps, tu aurais eu des tas de choses à m'apprendre.

— Allez ! Tu perds du temps, une section de Prétoriennes n'est peut-être pas loin.

— Ok. J'y vais, désolée. Mais je reviendrai avec les gens du Réseau, on ne sait jamais. Au revoir papy Rick.

— Adieu ma fillotte ! » Terme qu'elle ne comprit pas, mais elle était trop concentrée pour se poser des questions de vocabulaire.

Elle enfourcha son VTT puis partit à fond vers l'est sans se retourner pour ne pas être tentée de faire demi-tour.

Rick s'affaiblissait. Il en avait pour quelques minutes maintenant. Même si son corps combattait pour cicatriser ses blessures, il lui aurait fallu une heure pour colmater les plaies et réparer les artères. Tout le monde avait ses limites. Il se redressa légèrement dans un dernier effort pour faire face au soleil couchant. Au moins il allait en profiter quelques minutes avant de s'éteindre doucement.

Il se perdit dans ses pensées et admira l'orangé de l'astre du jour jusqu'au moment où ses paupières furent trop dures à maintenir ouvertes. Il vit alors avant de sombrer dans l'inconscience des ombres lui masquer le soleil et se pencher vers lui. Allaient-elles lui trancher la tête ?

CHAPITRE 40

Quartier Général du Réseau
20h30

Viannoux récapitulait à ses chefs de section les grandes lignes du plan que tous connaissaient depuis des semaines. L'attaque avait seulement été avancée de vingt-quatre heures suite à l'arrestation de Sandra et à la découverte par les Dirigeantes de la Cité 101 que quelque chose d'important se tramait. La date initialement prévue avait été la nuit qui suivait la journée de festivités entre les différentes participantes des cités.

L'effervescence et la baisse de tension qui aurait suivi les jeux et le dîner de clôture était une aubaine pour une intervention musclée du Réseau. Grâce à la réactivité de Stella et à tous ses contacts dans les Nurseries, il avait été possible d'anticiper la mutinerie des Génitrices d'une journée. Cela n'avait pas posé de problème, elles étaient préparées depuis plusieurs jours. Selon les dernières informations, elles étaient toujours retranchées dans les cinq Nurseries. Une bonne partie des forces vives de la

Gouvernante allait être occupée et leur potentiel de résistance à une attaque amoindri.

Frère des jumeaux Célio et Livian, de quatre ans leur aîné, Viannoux était le commandant du fort depuis de nombreuses années. Cela impliquait de lourdes responsabilités. Il était garant de la sécurité de ses hommes. Chacune de ses décisions pouvait avoir un impact important. Il avait cependant, à cet instant, d'autres pensées qui le perturbaient. Il venait d'apprendre qu'il avait une fille. Enfin, il se doutait bien qu'il avait eu un enfant il y a dix-sept ans de cela, juste avant de s'échapper de la Cité 101. Sa seule contribution à la reproduction imposée par les Dirigeantes, et donc sa seule descendance ! Mais il n'y avait plus repensé depuis. Et il était loin de se douter qu'il le connaitrait un jour, cet enfant, tant le secret des origines de toutes les naissances était bien gardé au sein des cités. Célio avait de plus ramené le petit copain de Thalia sur les ordres de Stella. Stella qui savait que cette adolescente était sa fille. Stella qui l'avait maintenant exfiltré de la Cité 101 pour l'amener au fort. Sa tante l'étonnerait toujours. Dans quel but ? Il faudrait qu'il ait avec elle une discussion approfondie, mais plus tard. Pour le moment, il était préoccupé par la disparition de Thalia et avait envoyé plusieurs hommes à sa recherche vers le sud et l'ouest deux heures auparavant et on était encore sans nouvelles d'eux. Et puis, s'ils la ramenaient, il ne savait même pas comment il se comporterait. Quelle serait sa réaction ? Et la sienne à elle ?

Depuis le début de l'après-midi, les patrouilles du Réseau avaient rencontré plusieurs sections de Guerrières et les escarmouches avaient été nombreuses. Toujours à l'avantage des hommes, grâce à la supériorité de leur armement, mais on déplorait tout de même plusieurs blessures, heureusement non mortelles.

C'était l'un de ces groupes de reconnaissance qui avait sauvé in extrémis la vie de Stella. Elle combattait à l'épée deux Guerrières lorsqu'une section de Prétoriennes était arrivée au pied du bâtiment dans lequel elle essayait de sauver sa peau. Leurs ennemies avaient juste eu le temps de descendre de cheval pour subir le feu nourri d'une patrouille du Réseau qui arrivait au bout de la rue. Les combattantes n'avaient pas fait le poids face aux fusils à lunette des hommes, qui les avaient mises en joue depuis plus de deux cents mètres. Plusieurs étaient tombées au champ d'honneur mais quelques-unes avaient réussi à remonter à cheval et à s'échapper en emportant les blessées. Lorsque ses hommes étaient arrivés au pied de la maison, Stella était alors apparue à une fenêtre du premier étage. Elle était en sang mais vivante. Elle avait vraiment eu de la chance. Sur le chemin du retour au fort sur lequel ils n'avaient pas rattrapé Thalia, elle leur avait relaté tout de suite les derniers évènements. Ils en avaient déduit qu'elle avait dû se tromper d'itinéraire pour rejoindre le QG du Réseau. Il espérait bien avoir des nouvelles avant leur départ à vingt-deux heures.

Après une pause, Viannoux se concentra de nouveau sur le déroulement de l'assaut et répondit aux questions de ses hommes. Il y avait parmi eux plusieurs anciens militaires, comme lui, qui avaient survécu seuls en forêt quelques temps et qui, après avoir rejoint le Réseau, s'étaient chargés de former leurs camarades. Tenant compte des avis de tous, il affina les détails de son plan.

Il allait mener le groupe A et pénétrer par la porte nord et Fred son premier lieutenant serait chargé de la porte sud avec le groupe B. Célio devait rester au fort et en assurer la direction.

CHAPITRE 41

21h00

Eumélia marchait dans une étroite ruelle, au sud de la cathédrale, suivie de deux Prétoriennes. Le soleil venait de se coucher et il commençait à faire sombre entre les hauts murs de pierres des bâtiments multi-centenaires. La lune venait de se lever mais était encore trop basse sur l'horizon pour être visible.

Quelques instants auparavant, la Gouvernante avait raccompagné ses consœurs dans leur hôtel après avoir pris avec elles un bref et léger dîner. Tout le monde était fatigué par cette longue et torride journée et devait se lever à cinq heures du matin pour participer aux jeux et compétitions qui démarraient à six heures. Cependant, pour Eumélia, la nuit qui commençait s'annonçait aussi chargée que la précédente. Mais elle avait besoin d'un avis extérieur, de l'expérience de quelqu'un qui en avait beaucoup et qui était capable, même sans le prévoir précisément, de sentir l'avenir en fonction des événements présents et passés. Elle se rendait chez *l'ancêtre*, une petite vieille de 98 ans qu'elle connaissait depuis longtemps. Elle était la plus âgée de la Cité 101. En 2029 dans une autre ville, la Gouvernante l'avait sauvée d'une bande de jeunes délinquants qui l'avait prise à partie pour la détrousser, et peut-être la tuer, et depuis, elle la consultait régulièrement. C'était aussi une bonne voyante qui tirait les cartes et une experte en médecines douces, notamment la phytothérapie. Elle préparait souvent des potions défatigantes et régénérantes pour la Gouvernante ainsi que pour toute personne sollicitant son aide. Elle échangeait des recettes avec Céline la responsable de la recherche de plantes médicinales qui appréciait son expérience.

La Gouvernante toqua sur l'épaisse porte de chêne avec le heurtoir de bronze qui lui procurait chaque fois le même frisson. C'était une tête mi-dragon mi-diable dont l'anneau était articulé dans les naseaux de l'animal. Sa gueule était ouverte, prête à vous mordre. Elle était dotée d'une dentition que n'aurait pas renié un grand requin blanc. Ses yeux globuleux vous envoutaient. On avait l'impression de frapper à la porte des enfers. Eumélia attendit presque une minute. Alors qu'elle s'apprêtait à retoquer, elle entendit du bruit à l'intérieur. Puis quelqu'un tourna une clef qui grinça dans l'énorme serrure métallique et le lourd battant s'ouvrit doucement. Une tête ridée à la chevelure ébouriffée apparut.

« Qu'est ce que c'est ? fit une petite voix revêche.

— C'est moi Anny, désolée de venir si tard mais la situation est urgente, j'ai besoin de tes conseils et aussi d'un remontant.

— Tu peux entrer Eumélia, je n'étais pas encore couchée. J'étais à la cave, c'est pour ça que j'ai mis du temps à venir. Mais tu es toujours la bienvenue. Je pressentais ta visite. »

La Gouvernante fit signe aux Prétoriennes de l'attendre devant la porte et elle pénétra dans l'antre de *l'ancêtre*. Elle dut baisser la tête, l'ouverture faisait à peine un mètre soixante-dix de hauteur. Toute une panoplie d'odeurs lui monta jusqu'aux narines : des senteurs d'herbes et d'épices diverses, portées par une humidité toujours présente, générée par des chaudrons d'eau qui bouillaient en permanence au-dessus du feu de cheminée, été comme hiver. Il faisait sombre, comme dans tous les immeubles dès que le soleil se couchait. Les habitants s'éclairaient uniquement avec des bougies, mais il n'y en avait pas dans l'entrée. Elles se dirigèrent vers une porte d'où parvenait une faible lueur, la cuisine d'Anny. Mais pas une cuisine classique. Ici, on n'y mijotait pas de bons petits plats, mais on infusait, on distillait, on préparait des décoctions ou on laissait macérer quelques temps divers produits dans un liquide pour le moins écœurant. *L'ancêtre* s'assit à la table et proposa à son invitée de faire de même en face d'elle. Elle avait le visage tout ridé qui correspondait bien à son âge, de fins cheveux blancs dont certaines mèches étaient collées, mais l'œil encore vif et intelligent. Elle observa la Gouvernante pendant une vingtaine de secondes avant de parler.

« Alors Eumélia, que puis-je pour toi aujourd'hui ? Je pense m'en douter un peu, mais je te laisse me l'expliquer en détail.

— Je me doute que tu es au courant de pas mal de choses dans la cité, beaucoup de gens viennent te voir pour faire appel à tes services.

— Oui, ils sont même de plus en plus nombreux, je ne sais plus où donner de la tête. Je demande régulièrement des apprentis pour m'aider, mais ils ne veulent jamais rester plus de quelques jours. Va savoir pourquoi ! » Elle avait prononcé la dernière phrase assez bas, comme pour elle-même, en levant les yeux au ciel.

— Tu vas bien finir par trouver la bonne personne qui sera passionnée par ce que tu pourras lui apprendre, ne désespère pas. Bien, avant d'aborder le sujet principal, peux-tu me préparer une petite potion dont tu as le secret, je vais avoir une nuit encore très chargée.

— Bien sûr, j'en ai toujours plusieurs litres d'avance, je vais t'en réchauffer une tasse, répondit Anny en se levant pour remplir une casserole et la mettre à chauffer. Je t'en donnerai un flacon pour les jours qui viennent. Mais fais attention à ta santé Eumélia, je ne te sens pas au mieux en ce moment, tu devrais lâcher quelques-unes de tes responsabilités et déléguer un peu plus.

— Hélas, je le voudrais bien, mais les évènements s'enchaînent et il faut prendre les bonnes décisions et rapidement.

— En effet, j'ai appris ce qui s'était passé dans les Nurseries. Je suppose que tu parles de cela. L'information n'est pas encore passée dans la majorité de la population, mais les bruits commençaient à courir en soirée, dans les cantines.

— Oui, et j'aimerais bien que ce problème soit réglé avant demain, les bruits n'auraient plus lieu d'être. Je voulais ton avis à ce sujet. Tu connais les Génitrices, tu en as soignées beaucoup depuis trente ans. J'hésite entre écouter leurs revendications et dialoguer ou être intraitable et reprendre les Nurseries par la force.

— L'affaire est délicate en effet. Il s'agit de ne pas commettre d'impair afin de ne pas accentuer l'irritation de la population. J'entends beaucoup de choses. Les gens grognent, dit *l'ancêtre* les yeux dans le vague en regardant les flammes lécher son chaudron.

— C'est à cela que je pense en effet. Etre trop sévère risquerait de provoquer des mutineries dans d'autres

Corporations. Je n'ai pas envie d'avoir sur les bras une révolution comme il y a deux ans. »

Tout en conversant, *l'ancêtre* tirait les cartes, de vieux tarots dont les deux faces étaient aussi fripées que son visage. Elle ouvrait parfois de grands yeux en découvrant certaines cartes.

« Je vois qu'aujourd'hui tu as été contrariée par une personne proche ou qui fut très proche.

— S'il n'y en avait qu'une ! Mais oui, j'ai reçu une sacrée claque, une personne que je connaissais depuis plus de trente ans. Mais je ne viens pas pour ça…

— Je vois en effet de qui il s'agit, continua Anny. Je vois aussi la mort, très proche. Elle a déjà frappé de nombreuses fois dans ton entourage.

— Oui, nous avons eu de nombreux décès cette nuit, de mort violente et aussi durant la journée.

— Il faut te méfier de certaines personnes proches. Et prends garde à ta santé, je ressens une baisse de ton énergie vitale.

— Je m'en rends bien compte Anny ! J'espère prendre du repos dès que cette crise sera passée. »

Peut-être sera-t-il trop tard alors, pensa *l'ancêtre.*

« Quel est ton avis sur la question des Génitrices, questionna de nouveau la Gouvernante ?

— Délicat problème. Je pèse le pour et le contre. Il faut trouver un compromis. Il y a eu assez de morts aujourd'hui comme tu l'as dit. Mais négocier va mettre en péril ton pouvoir et ton influence auprès de la population. Les revendications vont abonder. Il faut que tu règles le problème dès cette nuit. Etre ferme mais juste.

— Ça ne m'avance guère ce que tu dis !

— Je parle d'intervenir mais avec un minimum de violence. Il te faut trouver un moyen de les déloger sinon la situation va s'éterniser.

— Avec Hermione, nous avons trouvé un moyen d'entrer, mais il y aura sûrement une résistance de leur part et des combats. Certaines Génitrices sont motivées et ne se laisseront pas faire sans se battre. Et dans ce cas les Prétoriennes seront sans pitié je le crains.

— On ne fait pas d'omelette sans casser les œufs. Tout combat a ses victimes.

— Tu as sans doute raison. Mais si je décide d'une intervention cette nuit, je vais devoir la superviser pour ne pas que cela dégénère. Si je laisse faire Hermione et Diane cela va être une tuerie.

— Tiens, en attendant bois ça, lui répondit son hôte en lui tendant une tasse remplie d'un liquide fumant.

— Merci Anny. Il faudra un jour que tu me donnes la recette, tu n'es plus toute jeune et il ne faudrait pas que tes petits secrets se perdent.

— Ils ne se perdront pas, ne t'inquiète pas. J'ai pris mes précautions, je note tous mes petits secrets, et Céline en possède maintenant la majeure partie. Donc tu envisages de participer à l'intervention dans les Nurseries ? Est-ce bien raisonnable ?

— Je n'ai pas encore décidé d'intervenir cette nuit, mais oui, si je prends la décision, je m'y sens obligée, je suis responsable de tous les habitants. Je ne peux pas me défiler.

— Pense à ta santé. Je sens qu'il peut t'arriver quelque chose de grave. Tu dois te méfier. Les cartes montrent que nous sommes à un tournant critique. »

L'ancêtre n'en dit pas plus et se tut, mais elle se doutait que la Gouvernante n'en avait plus pour longtemps, qu'elle qu'en soit la cause.

« Tout cela n'est guère réjouissant Anny. Je me demande si j'ai bien fait de venir te voir.

— Tu prends toujours la bonne décision quand tu viens me voir. Au moins, dans une heure mon breuvage commencera à t'apporter un regain d'énergie, tu pourras supporter la dure nuit qui t'attend.

— Ok très bien. J'espère qu'il fera vite effet. Il me semble que le goût a un peu changé, non ?

— Oui, peut-être, j'ai rajouté une ou deux plantes connues pour leurs vertus revigorantes.

— D'accord, le goût n'a que peu d'importance du moment que je me sens mieux. Je vais te laisser à tes décoctions. Le devoir m'appelle.

— Au revoir Eumélia, fit *l'ancêtre*, esquissant une expression d'apitoiement dans son dos en la reconduisant. Ce fut un plaisir, tu reviens quand tu veux.

— Au revoir Anny, répondit la Gouvernante en franchissant le seuil de la porte. »

Elle repartit vers son quartier général avec ses deux gardes du corps.

Au bout de la rue, une haute silhouette sortit de l'ombre d'un porche et se dirigea en rasant les murs vers le bâtiment qu'Eumélia venait de quitter. Elle toqua à la porte. Celle-ci s'ouvrit si soudainement que cela la fit sursauter. Elle masqua son trouble à la vue du visage ridé qu'elle entrevoyait à moitié.

« Alors ? questionna-t-elle.

— Tout s'est bien passé, elle a eu sa *potion*. Mais je n'ai pas pu la convaincre de ne pas se mêler de la mutinerie des Nurseries.

— Ce ne sera pas un problème pour cette nuit, fit la voix d'un ton catégorique.

— Mais j'aurai bien ce que tu m'as promis ?

— Nous verrons plus tard si ton aide nous a été utile. Bonne nuit *l'ancêtre*.

— Bonne nuit aussi, même si elle s'annonce agitée, fit Anny dans un rire étouffé. »

Puis la silhouette repartit rapidement, également en direction de la cathédrale.

CHAPITRE 42

21h15

Thalia était désespérée. Elle venait de perdre deux membres de sa famille qu'elle n'avait connus que quelques heures à peine. Son cœur était brisé par le chagrin. Rick et Stella s'étaient sacrifiés tous les deux pour la sauver et pour qu'elle puisse rejoindre le quartier général du Réseau. Et Dagon ! Pour qu'elle participe à quelque chose dont elle n'avait pas encore idée. Mais qu'elle allait savoir sous peu si elle réussissait à rejoindre le fort. Dans quel but ? Sa vie était-elle si précieuse et indispensable ? Qu'avait-elle de particulier ?

Malheureusement, le pneu avant de son VTT avait crevé au bout de quinze minutes sur le chemin caillouteux. Elle avait dû jeter le vélo dans un buisson et ne garder que ses armes et son sac qu'elle avait un peu allégé du trop plein des munitions de Rick. Elle était à pieds et devait cavaler pour espérer arriver avant la nuit noire. Le crépuscule était tombé depuis quelques minutes et elle y voyait encore assez pour éviter les pièges du chemin irrégulier et garder une bonne allure. Si elle avait bien estimé son trajet, d'après les renseignements de Rick, elle avait fait les trois quarts du trajet sur le deux-roues. Il devait lui rester quinze à vingt minutes à courir vers l'est. Elle ne tarderait pas à tomber sur des patrouilles de résistants. Il allait falloir qu'elle fasse attention, qu'ils ne la prennent pas pour une ennemie. La pleine lune commençait à monter sur l'horizon. Elle en voyait un morceau de temps à autre entre les feuillages touffus. Cela la rassurait un peu. La forêt était pour le moins stressante quand le jour disparaissait. Beaucoup d'animaux commençaient à chasser quand la nuit arrivait. Chaque bruit pouvait annoncer un danger mortel. Elle espérait qu'elle ne servirait pas de proie à une meute de loups ou à un lynx. Mais elle se défendrait de toute façon jusqu'au bout avec hargne. Elle était perdue dans ses pensées et ne se rendait même plus compte du bruissement des cailloux créé par sa cavalcade et qui s'entendait à des dizaines de mètres.

Soudain une voix invisible l'interpella depuis la droite du chemin, dans le sous-bois.

« Stop Guerrière, plus un pas ! »

Elle s'arrêta net, en paniquant et se jeta à genoux les mains derrière la tête en criant.

« Je ne suis pas une ennemie !

— Voyez-vous ça, quelle courageuse Guerrière nous avons là, fit une autre voix de l'autre côté du chemin.

— Je suis avec vous, je connais Stella, elle m'a dit de vous rejoindre, j'ai un message important pour le Réseau, débita-t-elle d'un trait.

— Ha ha ha ! Je n'ai jamais entendu une excuse aussi bidon, et toi Francis ?

— Moi non plus Alex. Couche-toi sur le ventre, Guerrière. Tout le monde sait que Stella est Procureure

Générale inter-cités, donc c'est une ennemie du Réseau. Tu aurais pu trouver quelque chose de plus intelligent.

— Mais non, elle travaille avec vous, elle connaît Célio et Livian.

— Connais pas non plus ces gars là. On va te ramener au fort. Tu sais que nos prisons sont pires que celles de la cathédrale ?

— Et Dagon, vous le connaissez ? Il a dû rejoindre le Réseau dans la journée. C'est mon ami.

— Non, on ne le connaît pas. Mais on est plus de trois cents, on ne connaît pas tous les nouveaux. »

Thalia ne comprenait plus rien. Les deux jeunes hommes dont elle ne voyait pas le visage se tenaient de chaque côté d'elle. Que se passait-il ? Y avait-il plusieurs Réseaux ? Elle allait être prisonnière. Qu'avait-elle loupé ? Elle se défit néanmoins de ses armes qu'elle poussa sur le côté tout en restant allongée.

« Allez debout Thalia, cria Alex, on y va, il va bientôt faire complètement nuit. »

Elle se mit à genoux, puis prit soudain conscience qu'elle ne leur avait pas dit son prénom.

« Comment vous savez mon nom, je ne vous l'ai pas dit ?

— Merde t'es con Alex, l'injuria Francis ! On peut pas rigoler cinq minutes avec toi ! Putain ! C'est pas vrai ! »

Thalia sauta alors sur ses pieds et décocha un crochet du droit dans la mâchoire de Francis si soudainement qu'il ne put l'éviter et tomba à la renverse. Alex la menaça alors de son fusil. Elle se frottait la main droite, la mâchoire de sa victime était aussi dure que de la pierre.

« Hé là doucement Thalia, ce n'est qu'une petite blague ! Et puis tu es quand même une Guerrière, même repentie, on peut te tirer dessus !

— Essaie pour voir, je ne pense pas que ton chef apprécie. Je t'ai dit que j'avais un message important. Allez !

On se bouge. On ne va pas rester là toute la nuit les gars. » fit-elle en tendant la main à Francis pour l'aider à se relever. Elle reprenait confiance en elle. Ce n'est pas ces deux brutes écervelées qui allaient lui faire peur, maintenant que leur blague avait été éventée.

« Elle a de la ressource la jeunotte, dis donc, fit remarquer Alex. Ça va Francis ? Tu t'en remettras ?

— Commence pas Alex, c'est de ta faute tout ça.

— Ouais, il ne perd rien pour attendre lui aussi, conclut-elle en commençant à marcher devant eux après avoir récupéré ses armes. C'est par-là ?

— Oui on va suivre le chemin jusqu'au labyrinthe de Rick, répondit Alex.

— Rick ? Je le connais, il a fait le même système de camouflage autour de son refuge.

— Quoi ? S'exclama Francis, Cette légende est toujours vivante ? Tu l'as rencontré aussi ?

— Oui, il m'a raconté une partie de son histoire, il a créé le Réseau il y a des décennies.

— Ça on le savait, répondit Alex. Mais on est trop nouveau pour l'avoir connu, il avait déjà quitté le Réseau il y a plus de dix ans quand on est arrivé. C'est un petit-fils à lui qui le dirige maintenant.

— Bon, avançons rapidement et en silence, le coupa Alex. Je ne voudrais pas tomber sur une patrouille de Guerrières à cette heure-ci, quoiqu'elles doivent être rentrées à la Cité 101.

— Moi non plus je n'ai plus envie de combat. J'ai eu mon compte depuis plusieurs heures !

— Ha bon ? Il faudra que tu nous racontes ça. Mais la journée n'est pas terminée ni ton lot de surprises, je pense !

— Ha bon ? Ça veut dire quoi ?

— Tu verras, tu verras. »

Thalia souffla rien que d'y penser, mais continua à marcher d'un bon pas. Puis Francis passa devant à l'approche du fort car elle ne connaissait pas les passages à travers l'enchevêtrement de ronces et de lianes. Elle en ressortit couverte de griffures aux bras et aux jambes. Elle s'était laissée surprendre par plusieurs branches de ronces qui lui avaient labouré la peau ou d'arbustes épineux que Francis, marchant juste devant elle, avait lâchés brusquement, délibérément avait-elle pensé. Mais c'était de bonne guerre et par fierté elle ne s'était pas plainte. Ils descendirent un petit sentier abrupt sur une vingtaine de mètres jusqu'à une dépression qu'on lui dit s'appeler des douves et entourant entièrement le fort. Ils remontèrent de l'autre côté puis débouchèrent dans une petite clairière. Devant eux, il y avait un monticule de terre d'environ six mètres de haut sur plusieurs centaines de mètres de circonférence : le fort enterré. Il y avait une entrée entre deux murs qui ouvrait un passage pour accéder à son centre. Ils prirent cette allée pavée puis arrivèrent dans la cour intérieure.

Là, il y avait une effervescence qui tranchait avec le calme de la forêt. A n'en pas douter, on se préparait à la guerre. Plusieurs dizaines d'hommes étaient affairés et se déplaçaient dans tous les sens, mais en sachant d'évidence ce qu'ils avaient à faire. Ils préparaient des paquetages. Ils nettoyaient et chargeaient des armes qu'elle n'avait jamais vues auparavant. Ils étaient habillés de combinaisons noires ou kakis, qu'elle n'avait jamais vues non plus. Son regard allait de l'un à l'autre, à la recherche de Dagon. Elle aperçut Célio à l'autre bout de la cour et se dirigea vers lui, se frayant un passage sous les regards parfois inquisiteurs, parfois amusés, des résistants. A l'évidence, ils n'aimaient pas trop les Guerrières, mais n'avaient pas l'air surpris de sa présence. Ils avaient dû être mis au courant de son arrivée depuis le matin par Célio.

Elle arriva justement auprès de lui mais n'eut pas le temps de lui parler. Elle ouvrit de grands yeux de stupeur en voyant sortir d'une pièce souterraine Stella et Dagon en grande conversation. Elle resta bouche bée et plantée sur place, à la fois surprise mais heureuse de voir que Stella avait réussi à échapper aux Prétoriennes mais aussi de retrouver Dagon. Ils relevèrent la tête et la virent enfin. Stella lui sourit en lui faisant un petit clin d'œil complice. Dagon se précipita vers elle et l'enserra dans ses bras jusqu'à la comprimer et lui faire perdre son souffle. Toute contente d'être de nouveau contre lui elle se laissa faire et profita de ce moment.

« Mais dans quel état es-tu Thalia, tu es remplie de pansements et tu saignes de partout.

— Ce n'est que superficiel, je me suis prise dans le roncier en arrivant au fort, et les autres blessures ont été soignées par Rick, mon arrière-grand-père, le père de Stella.

— Oui elle m'a raconté qu'elle était de ta famille, ainsi que Livian, Célio…

— Et peut-être d'autres, mais laissons-lui la surprise pour tout à l'heure. Tu as donc rencontré mon père Thalia ? Comment va-t-il ? Je ne l'ai pas vu depuis une éternité.

— Il allait bien jusqu'à ce que j'arrive, raconta Thalia en prenant sa grand-tante dans les bras. Mais j'ai l'impression qu'aujourd'hui, tout le monde meurt en voulant me sauver. Ou presque, car toi Stella comment t'en es-tu tirée ?

— Ça n'a pas été facile, surtout quand une nouvelle patrouille est arrivée juste après ton départ. Il ne me restait que deux adversaires à ce moment et j'avais plusieurs blessures assez profondes. Mais au moment où elles mettaient pied-à-terre sous les fenêtres de la salle où je combattais, j'ai entendu des coups de feux. Sachant que je devais arriver en milieu d'après-midi, des équipes du Réseau étaient parties à ma recherche. Celle qui m'a sauvée est arrivée juste à temps. Je n'aurais pas pu tenir contre les dix nouvelles Prétoriennes. Ils les ont mises en pièce, sauf quelques-unes d'entre elles qui ont réussi à enfourcher leurs chevaux et à s'enfuir en emmenant des blessées. Donc je suis arrivée ici il y a quelques heures déjà.

— J'en suis heureuse, s'exclama la Fille du Vent.

— Merci Thalia, mais la journée n'est pas terminée. Nous allons prendre possession de la Cité 101. Nous sommes prêts à nous mettre en marche. Le départ est prévu à 22 heures pour arriver sous les remparts à 23h45. Livian et ses compagnons doivent se rendre maître des portes nord et sud à minuit, puis ils nous les ouvriront et nous mènerons l'assaut vers la cathédrale. Je te passe les détails, il y a un briefing complet à 21h45 par le chef du Réseau, dont tu vas bientôt faire la connaissance. Mais nous avons décidé que tu n'y participerais pas. Tu as eu assez d'émotions pour la journée et tu dois te reposer.

— Comment ! Mais je suis tout à fait capable d'y participer, je récupère vite, et c'est aussi devenu mon combat, le combat pour la liberté, la liberté de vivre comme je veux, avec qui je veux, répondit Thalia en regardant Dagon avec un sourire.

— Stella a raison Thalia, insista Dagon, elle m'a raconté tout ce que tu as enduré au cours de la journée, sans parler de tout ce qu'elle ne sait pas depuis que tu l'as quittée. Il a dû t'en arriver des aventures depuis cet après-midi pour que tu n'arrives que maintenant, non ? Raconte-nous.

— Oui, que s'est-il passé avec Rick ? »

Thalia relata alors rapidement les grandes lignes de son histoire, sa capture dans les mailles du filet, la rencontre avec Rick, leurs préparatifs en vue de gagner le Réseau en VTT, l'attaque des Guerrières, leurs combats, les blessures de Rick.

« Il était mourant quand je l'ai laissé. Je ne voulais pas le quitter, j'étais désespérée, je ne savais pas quoi faire, il m'a fait comprendre qu'il était plus important que je gagne le fort pour transmettre ton message.

— Oui c'était la meilleure solution. Tu ne pouvais pas savoir que je réussirais à rejoindre le Réseau. Tu n'avais rien d'autre à faire, tu n'as rien à regretter. Mais je devine au fond de moi qu'il est toujours vivant. Il ne peut pas être mort, je le sentirais.

— Heu !... Je suis désolée Stella, mais il perdait beaucoup de sang, et même avec ses *transformations*, comme il me l'a expliqué, son corps ne cicatriserait pas assez vite, des artères étaient touchées.

— Il reste peut-être un espoir, voyant que tu n'étais pas là quand je suis arrivée, j'ai fait envoyer des équipes à ta recherche en pensant que tu avais dû progresser trop vers l'ouest le long de la colline. Peut-être que l'une d'entre elles le trouvera à temps et réussira à le soigner avec les kits de survie qu'ils transportent.

— Je ne me fais pas trop d'illusion, c'était une question de minutes, il était au bord de sombrer dans l'inconscience quand je l'ai laissé.

— Il peut se passer beaucoup de choses en quelques minutes. Gardons espoir. Mais nous aurons peut-être des nouvelles avant de partir.

— J'espère ! En tout cas, je suis motivée pour aller le venger s'il n'a pas survécu.

— Ne sois pas si impatiente Thalia, la colère est mauvaise conseillère. »

Elles virent alors un attroupement grossir autour d'un homme tenant un talkie walkie. Elles se rapprochèrent pour savoir ce qui se passait.

CHAPITRE 43

21h30

Pendant ce temps, Diane, qui était rentrée bredouille de patrouille à la tombée de la nuit, Eumélia, Hermione et deux autres Centuriones s'étaient réparties les cinq Nurseries pour négocier avec leurs occupantes. Elles s'étaient mises d'accord pour rester ferme et ne rien accepter des exigences des Génitrices. Elles allaient les menacer de graves représailles pour les faire céder. Mais la Gouvernante avait décidé de ne pas investir les Nurseries pour les reprendre par les armes.

Eumélia était devant une fenêtre de la Nurserie nord. Quelques barreaux la séparaient d'Illythie avec qui elle discutait. La Génitrice était inflexible dans ses revendications. Elle et ses collègues étaient catégoriques et elles voulaient voir leurs conditions de vie évoluer. Il était évident qu'elles ne bougeraient pas avant d'avoir obtenu gain de cause.

Eumélia commençait à être irritée par cette situation, même les pires menaces ne la faisaient pas changer d'avis.

Devant ce blocage de la situation, elle quitta Illythie en lui disant de bien réfléchir aux conséquences de leur révolte et qu'elles se reverraient bientôt. Puis elle se dirigea vers la cathédrale pour faire le point avec Hermione et les autres négociatrices. Elle commençait à se sentir mieux. La potion de *l'ancêtre* faisait-elle déjà effet ? Ou était-ce la conséquence du trop plein d'adrénaline, dû à son irritation ?

Elle fut la première de retour au quartier général, et alla attendre dans une petite salle de réunion. Elle n'avait pas envie de reprendre par la force les Nurseries cette nuit comme Hermione l'envisageait. Cela risquait de dégénérer et la présence des Dirigeantes des cités voisines pouvait poser problème. Elle allait devoir convaincre sa Générale en chef du corps des Guerrières d'attendre le départ des invitées pour une intervention musclée.

@@@

Les négociatrices étaient enfin assises toutes les cinq autour de la table et confrontaient les résultats de leurs rencontres respectives avec les Génitrices. Il s'avérait que leurs discours étaient étonnamment similaires.

« Elles ont vraiment bien préparé leur coup, conclut Eumélia. Elles ont dû planifier leur mutinerie depuis des jours voire des semaines. Ça ne devait pas être la première fois la nuit dernière qu'elles se rencontraient.

— Ça nous pouvons en être sûr, renchérit Hermione. Leurs modes de fonctionnement sont parfaitement similaires, dans les cinq Nurseries et leurs revendications sont les mêmes, au mot près.

— Oui, Stella a bien coordonné leur révolte. Je me demande quel sera le coup suivant. On peut s'attendre à tout, intervint une des Centuriones.

— Je pense justement qu'il ne faut pas attendre qu'elle

déplace une autre pièce sur l'échiquier. D'autres Corporations ont peut-être aussi des velléités de révolte. Il faut annihiler celle-ci rapidement avant d'être confrontées à quelque chose de plus grave et de devoir gérer de nouvelles émeutes. Nous devons agir dès cette nuit, affirma Hermione.

— Je ne suis pas totalement d'accord, il n'y a rien d'urgent à intervenir avant le départ des visiteuses. Les habitants vont vouloir profiter de la fête et de la compétition demain. Ça m'étonnerait qu'il se passe autre chose cette nuit, répondit Eumélia avec un regain de vitalité dans la voix, ce qui surprit Hermione et Diane.

— Ce n'est vraiment pas une bonne idée d'attendre. Il peut se passer n'importe quoi, dès cette nuit. Les problèmes risquent de s'accumuler et nous devrons gérer tout en même temps. Et puis elles se sont attaquées à *mes* Guerrières !

— Tu es trop impatiente Hermione. Ton rôle n'est pas de faire la guerre à tout prix aux habitants de la cité mais de les servir. Pour le moment les Génitrices n'ont tué personne, Illythie me l'a assuré. Les Guerrières sont leurs prisonnières, elles ne menacent même pas de leur faire de mal. Et il doit en être de même dans toutes les Nurseries, à moins que quelqu'un ici me contredise…Personne ? Bien, donc ma décision est prise, attendons demain lorsque la fête sera terminée. Hermione, tu peux cependant renforcer les patrouilles si tu le juges nécessaire.

— Bien Eumélia, mais je crois que tu fais une grave erreur, répondit la Générale en chef du corps des Guerrières dans une fureur contenue, en se levant et en quittant la salle la première.

— Mesdames, je vous engage, si vous n'êtes pas de garde cette nuit à aller dormir quelques heures. Demain va encore être une rude journée pour tout le monde. »

Les trois Centuriones la saluèrent puis quittèrent aussitôt la pièce. Euméla resta un instant à cogiter. Elle subodorait qu'Hermione préparait un coup fourré. Elle n'avait pas défendu ses idées d'une façon aussi fervente que d'habitude. Ce ne serait pas la première fois qu'elle ferait preuve d'insubordination. Elle allait devoir réfléchir à l'avenir de sa Générale en chef du corps des Guerrières.

Pour le moment elle avait encore un peu de travail à faire et décida de rejoindre ses appartements pour solder les affaires courantes de la Cité 101 puis de dormir quelques heures.

@@@

Diane avait rejoint Hermione dans un coin sombre du transept.

« Que fait-on Hermione ?

— A ton avis ? On accélère les choses, non ?

— Ce qui veut dire ?

— Eumélia commence à être dépassée à la tête de la cité. Si elle… disparaissait, nombre de problèmes pourraient être résolus plus rapidement. Il faut accélérer nos projets. Un accident est si vite arrivé, surtout à son âge.

— Tu veux carrément la supprimer ?

— Tu vois d'autres solutions ? Moi pas.

— Il faut *vraiment* que cela passe pour un accident. Sinon il y aura enquête, et notre avenir sera compromis. L'annonce de la trahison de Stella est déjà partie cet après-midi pour la cité centrale, et une nouvelle Procureure Générale inter-cités va nous être affectée aussitôt, et elle arrivera dans les jours qui viennent. C'est la procédure.

— Eh bien, je te charge d'étudier rapidement toutes les possibilités qui s'offrent à nous. Il faut agir dès cette nuit. Prépare-moi quelques scénarios pour dans une heure environ. On se revoit ici même, disons, à vingt-trois heures.

— Bien Hermione. As-tu remarqué la forme éblouissante d'Eumélia ? Elle ne semble pas du tout diminuée par la potion.

— J'ai remarqué en effet, c'est même l'inverse. Je m'en occupe tout de suite. Je sais qui envoyer pour résoudre le problème. »

Elles se séparèrent et partirent dans deux directions opposées.

@@@

Un peu plus tard, dans un autre quartier de la cité, une jeune femme toute de noir vêtue, arborant un gros pansement sur le front, toqua à la porte de *l'ancêtre.* Elle regardait nerveusement à droite et à gauche en attendant que la porte s'ouvre. Cette mission ne lui plaisait vraiment pas, mais elle s'acquitterait tout de même de sa tâche. Elle avait utilisé de nombreuses fois les services d'Anny et regrettait la décision de sa supérieure, d'autant qu'elle n'en connaissait pas la raison. Et n'avait pas à la connaître lui avait-on dit tout en lui affirmant que cette raison était justifiée.

Une minute plus tard, la porte s'ouvrit de quelques centimètres après qu'on eut tourné une clé dans la serrure. La tête de *l'ancêtre* apparut.

« Qu'est ce que c'est, fit-elle de mauvaise humeur. C'est fermé à cette heure-ci.

— J'ai une demande de la part d'Hermione. Laisse-moi entrer, on m'a précisé que c'était une urgence absolue.

— Ça ne m'étonne pas de ta chef, elle croit que tout le monde est à sa disposition. Je pensais que j'avais déjà beaucoup œuvré pour elle aujourd'hui, répondit la vieille femme, méfiante, en ouvrant la porte entièrement. Baisse la tête si tu ne veux pas te faire une deuxième bosse.

— Elle a une autre demande, fit la femme en entrant.

— Bien, dirige-toi vers la cuisine à droite, j'arrive tout de suite, je terminais moi aussi une préparation spéciale. Il me faut d'urgence un ingrédient que je garde dans la pièce d'à côté. J'en ai juste pour une minute, à peine. »

L'envoyée d'Hermione était un peu décontenancée mais ne le montra pas. On lui avait bien précisé que ça devait avoir l'air d'un accident. Il ne fallait pas de trace de strangulation ni de coups visibles. Le mieux était de simuler une chute, le plus crédible étant donné l'âge de la vieille femme. Elle entra donc dans la cuisine pour peaufiner son plan. Un coup derrière la nuque puis elle transporterait le corps au bas de l'escalier de la cave avec plusieurs objets. Il paraîtrait évident que *l'ancêtre* aurait trébuché en descendant, ses bras remplis d'accessoires lui ayant fait louper une marche. Ensuite elle refermerait la porte à clef de l'intérieur puis sortirait par une fenêtre ouverte du premier étage. Qui plus est, on ne retrouverait pas de sitôt son corps. Ça allait être du gâteau se dit-elle. D'ailleurs en parlant de gâteau, le chaudron disposé au-dessus de l'âtre à l'autre bout de la pièce, produisait une légère fumée et une odeur étrange, pas si désagréable que ça. Elle se leva pour se rapprocher et sentir. Tout en approchant, elle prenait d'amples inspirations en essayant de deviner à quoi cette odeur correspondait. Ce fut la dernière erreur qu'elle fit dans sa courte vie. A trois mètres du foyer ses jambes commencèrent à flageoler, sa tête à tourner. A deux mètres elle tomba à genoux se prenant la tête entre les mains. Elle voyait des étoiles partout. Elle commençait à manquer d'air, la cheminée devant elle tanguait, comme sur un bateau. Elle entendit, comme au loin, une porte se refermer. Une sorcière menaçante était entrée dans la cuisine et s'approchait d'elle en flottant dans l'air. Elle était maintenant devant elle et lui parlait, mais elle ne comprenait rien à son charabia. Maintenant la pièce entière tanguait aussi. La sorcière fut prise d'un rire sardonique en levant au-dessus de sa tête un objet qu'elle ne reconnut pas. Son entraînement de Prétorienne lui indiqua que ce n'était certainement pas une attitude amicale. Elle voulut bouger mais ne le put pas. Elle regardait la scène en spectatrice. Elle observa l'objet arriver vers sa tête, comme au ralenti. Il suffisait d'une esquive pour qu'il ne la toucha pas, mais elle en était incapable. Ce fut la dernière chose qu'elle vit avant que le chandelier en argent ne s'abatte sur elle. Sa dernière pensée fut que, décidément, ça n'avait pas été sa journée ! Puis Katy s'écroula aux pieds de *l'ancêtre*.

« Comment crois-tu que j'ai atteint cet âge si avancé ma pauvre ? J'ai quatre fois ton âge et je pense qu'il me reste encore quelques belles années, avait-elle lancé à sa visiteuse, avant d'abattre le chandelier sur la tête de sa victime. » Puis elle alla ouvrir les deux fenêtres de sa cuisine et vida le chaudron dans son évier. Ça allait être la fête chez les rats dans les égouts, pensa-t-elle. Elle put alors retirer le chiffon devant son visage et respirer librement.

Plus tôt dans la matinée, elle avait reçu une visiteuse qui l'avait mise en garde. Celle-ci avait entendu des conversations au quartier général des Dirigeantes ne laissant planer aucun doute des intentions d'Hermione concernant le sort de *l'ancêtre* si sa mission n'avait pas été remplie. Une mission dont elle n'avait pas saisi l'objet mais dont elle se doutait. Anny avait donc pris ses précautions, elle savait que la sentence tombait rapidement avec la Générale en chef du corps des Guerrières. Elle avait donc préparé une potion adéquate pour recevoir son bourreau. Il ne restait qu'un dernier ingrédient à placer dans le chaudron quelques minutes avant d'obtenir l'effet hallucinogène désiré. Ce qu'elle avait fait dès qu'elle avait entendu frapper une nouvelle fois à sa porte.

Elle avait remercié mille fois pour son information la femme à la cape pourpre, qu'elle connaissait depuis quelques décennies, comme Eumélia à qui elle n'aurait jamais fait aucun mal, même sous la contrainte. Par contre concernant Hermione, elle envisageait de préparer un autre type de potion, une mixture de sa composition, mais qui faisait souffrir jusqu'aux trippes pendant quelques heures avant de donner la mort. Encore faudrait-il qu'elle ait l'occasion de pouvoir lui administrer.

En attendant l'heure de la vengeance, il fallait qu'elle se mette en sécurité et hors de portée de ses ennemies. Mais elle savait comment faire, elle ne manquait pas de solutions ni d'alliés.

CHAPITRE 44

21h40

On entendait grésiller une voix dans le haut-parleur du talkie-walkie. Une patrouille faisait son rapport. Thalia, Stella et Dagon s'étaient rapprochés mais ne comprenaient pas correctement, le discours était saccadé, la réception était mauvaise.

L'opérateur, habitué à décoder les bribes de conversation, fit un résumé à tout le monde. La patrouille avait retrouvé Rick une heure trente auparavant. Ils l'avaient soigné rapidement sur place en pansant efficacement ses plaies et en lui injectant de l'eau distillée pour compenser la baisse de tension due aux pertes de sang. Il avait alors repris connaissance et demandé qu'on le redescende chez lui. Il gardait des poches de son propre sang au congélateur. Il s'injecta alors lui-même un litre de sang neuf. Puis ils repartirent tous à cheval vers le fort. Ses plaies étaient maintenant toutes cicatrisées et il avait retrouvé ses capacités antérieures au combat avec les Guerrières. Ils avaient aussi emporté un lot d'armes et de munitions supplémentaires, prélevées sur le stock de Rick et qui ne seraient pas de trop pour la bataille qui se préparait. Ils étaient maintenant à moins d'un kilomètre du QG et arriveraient avant vingt-deux heures. Ils n'avaient pas pu les joindre auparavant, les batteries de leur radio étaient trop faibles pour émettre efficacement sur une plus longue distance.

« Super! cria Thalia. Papy Rick est vivant, je n'y croyais plus.

— Je te l'avais bien dit, répondit Stella, il est coriace mon père !

— Oui mais je ne pensais pas qu'il récupèrerait à ce point là, il était vraiment proche de la mort quand je l'ai laissé. »

Le groupe s'écarta soudain pour laisser passer un homme qui l'interpella :

« Hé bien Thalia ! On s'occupe de tout le monde sauf de son père ? fit Viannoux en souriant.

— Thalia je te présente Viannoux, ton père, intervint Stella.

— Papa ? C'est bien toi ? Oui ! Les airs de famille ne trompent pas ! répondit-elle en lui sautant dans les bras. »

Il la serra très fort contre son cœur. Elle paraissait toute menue dans ses bras puissants. Elle était une fois de plus en sanglots, mais de joie et d'émotion cette fois. Finalement il s'était posé trop de questions, la rencontre se passait bien.

Grand-tante, oncles, arrière-grand-père, père, elle avait fait la connaissance en moins de vingt-quatre heures de trois générations de sa propre famille, inconnue jusqu'à ce jour.

Viannoux la reposa à terre.

« Nous reprendrons nos effusions demain ma chérie, l'heure du départ approche, je dois rassembler mes hommes.

— Bien sûr papa, je comprends, Stella m'a tout expliqué, mais je souhaite participer à la bataille avec vous.

— Je ne pense pas que ce soit une bonne idée. Nous en avons parlé avec Stella. Tu as déjà eu ton compte de combats pour aujourd'hui, tu ne penses pas ?

— Hé bien non, je ne pense pas ! Et puis qui te dit que je serai plus en sécurité ici, alors que presque tous les hommes seront partis ?

— Ne t'inquiète pas, le Réseau n'a jamais été détecté depuis presque trente ans qu'il existe. Il restera une centaine d'hommes. Tu ne crains rien ici, alors que notre attaque sera sûrement sanglante.

— Oui je me doute, mais j'ai déjà vu plus de sang aujourd'hui que dans toute l'année écoulée !

— Justement, tu as besoin de te reposer.

— Mais j'ai déjà récupéré, et puis… je pourrai vous être utile, je connais même un moyen d'entrer dans la cité…

— Notre décision est prise Thalia, la coupa-t-il, notre plan est au point. Nous ne pouvons pas tout changer au dernier moment. Excuse-moi mais je dois te laisser et organiser notre départ. Nous nous reverrons demain, repose-toi bien ma fille. »

Il lui déposa un baiser sur le front, tourna le dos et rejoignit ses collaborateurs, le cœur gros. Une discussion houleuse dès la première rencontre avec sa fille. Ça promettait pour l'avenir. Pour le moment, il devait prendre une décision. Il souhaitait que Rick accepte de reprendre provisoirement la direction du QG pendant l'assaut de la Cité 101. Célio pourrait ainsi prendre la direction du groupe d'intervention B. Mais il voulait l'avis de ses plus proches lieutenants pour ne pas froisser Fred en qui il avait toute confiance mais qui n'avait pas l'expérience de Célio ni sa connaissance parfaite de la Cité 101.

Thalia, dépitée, resta muette quelques instants puis s'exclama soudain à l'attention de sa grand-tante :

« Mais si tu as des neveux, c'est que tu as un frère Stella, et qui se trouve être mon grand-père, non ?

— Oui bien sûr, il s'appelle ou s'appelait Matthew car on n'a plus de nouvelles de lui depuis la fin des évènements de 2029.

— Personne ne sait s'il est vivant alors ?

— Non. Il faisait partie d'un groupe de sécurité. Une entreprise privée qui a été réquisitionnée par ce qui restait du gouvernement qui n'avait plus suffisamment de soldats pour sécuriser toutes les centrales nucléaires de production d'électricité…

— Ha oui, l'interrompit Thalia, Rick m'a parlé de l'électricité, mais je pensais qu'on en produisait avec du vent et du soleil.

— Oui, mais il existe d'autres modes de production, dont l'énergie nucléaire qui est très dangereuse. Donc, avant une éventuelle catastrophe dans une centrale, ils les ont sécurisées et mises en veille. Il reste quelques dizaines de techniciens sur chaque site pour la maintenance générale, des militaires et de nombreux employés des entreprises de sécurité. D'après mes dernières informations, ils sont approvisionnés par un pays étranger. Comme notre père et moi, Matthew avait aussi subi les transformations. Sauf accident grave, il doit toujours être vivant. Il devrait avoir 72 ans mais en paraître 40 environ, c'est à dire plus jeune que ses fils. Mais nous en reparlerons en détails demain si tu veux, je dois rejoindre Viannoux et ses hommes. »

Thalia resta avec Dagon. Ils s'éloignèrent de l'effervescence de la cour centrale du fort et trouvèrent un coin tranquille, un peu à l'écart, proche de l'entrée ouest par laquelle elle était arrivée. Ils n'eurent même pas le temps de dire un mot après s'être assis sur un gros tronc d'arbre couché sur le sol que des bruits de cavalcade provenant de la forêt leur firent lever la tête. Ils se dirigèrent vers l'entrée au moment où la patrouille qui avait sauvé Rick pénétrait dans le fort. Thalia se précipita vers son arrière-grand-père qui avait l'air de se porter comme un charme.

« Thalia ! Tu es bien arrivée, j'en suis content. Désolé de t'avoir fait faux bond, mais une promenade à cheval, c'est tout de même plus agréable que de pédaler en VTT par cette chaleur !

— Et tu continues à plaisanter papy Rick ! Malgré être passé si proche de la mort.

— C'est vrai que je ne m'en étais jamais approché d'aussi près, mais le moment n'était pas encore venu semble-t-il.

— Et j'espère que ce n'est pas pour demain !

— Mais qui avons-nous là ? Tu ne nous présentes pas ?

— Hé bien ! Voici Dagon, mon ami. Il est arrivé au fort ce matin avec Célio.

— Enchanté Dagon, content de te connaître. Vous êtes mignons tous les deux.

— Enchanté aussi Rick, fit Dagon un peu troublé par la remarque mais surtout par la jeunesse du centenaire. Tout le monde parle sans arrêt de toi au fort. Ta présence les a marqués, même si tu es parti depuis de nombreuses années.

— Oui, il fallait laisser la place aux jeunes, le Réseau que j'avais mis en place avec plusieurs camarades était opérationnel. Je faisais confiance à mes petits-enfants pour prendre la relève. Ils ont l'air d'avoir bien développé l'organisation familiale que j'avais initiée. C'est maintenant une véritable petite armée d'après les conversations que j'ai eues avec les hommes de la patrouille. Bien, je dois voir Viannoux avant son départ d'après ce qu'on m'a dit. On se revoit plus tard les jeunes. »

@@@

A dix kilomètres de là, dans la Cité 101, Livian était allongé sur son lit et se relaxait. Il allait avoir besoin de toute son énergie dans les prochaines heures. En fin de journée une partie de son potentiel avait été entamé par la marche aller et retour au champ et les heures passées à travailler dans la chaleur du haras. Mais il s'était correctement hydraté et avait complètement récupéré.

Sur le terrain, tout ne se passait jamais comme prévu et il passait en revue les différents scénarios possibles à la recherche de failles. Tous ses hommes logeaient dans le même bâtiment que lui, ce qui simplifiait la tache pour se regrouper. Ensuite l'idéal était de sortir du bâtiment ni vu ni connu sans donner l'alarme. S'ils étaient découverts, la seule solution serait de combattre et de prendre le dessus sur toutes les Guerrières de l'immeuble. Pas une mince affaire ! Mais jouable. Ensuite il fallait éviter les nombreuses patrouilles dans les rues de la ville. Mais seront-elles si nombreuses ? Une bonne partie sera occupée dans les environs des cinq Nurseries pour les surveiller, voire même à essayer d'en reprendre le contrôle, ce qui ne serait pas étonnant connaissant le caractère d'Hermione.

Il avait prévu le regroupement à vingt-trois heures au dernier étage de l'immeuble. Puis quinze minutes pour sortir avec précautions de l'enceinte du bâtiment, quinze minutes de marche jusqu'à la planque située proche du centre de la cité et où Daniel avait rassemblé une bonne partie de leurs armes, et, sauf imprévu, presque trente minutes à rester cachés à proximité des portes nord et sud, à surveiller et à patienter en attendant l'heure de l'attaque.

@@@

Rick tapa sur l'épaule de Viannoux puis lui fit une accolade.

« Bonsoir Viannoux, c'est la journée des surprises non ? Comment te débrouilles-tu depuis toutes ces années ?

— Salut papy Rick, content de te revoir. C'est plutôt à toi de nous expliquer pourquoi tu as disparu du jour au lendemain, alors que tu étais si proche.

— C'est une longue histoire, mais nous en reparlerons plus tard. Je constate que l'effectif a énormément augmenté depuis mon départ, vous êtes une véritable petite armée maintenant.

— Oui, c'est ce qui va nous permettre de prendre possession de la Cité 101, de lui rendre sa liberté en fait. Nous sommes trois cents ici. Ce soir deux cents combattants, répartis en deux équipes, vont attaquer au même moment par le nord et par le sud. Je souhaitais que tu prennes le commandement du fort pendant mon absence. Cela me permet d'emmener Célio, qui connaît la cité comme sa poche et qui est un combattant expérimenté. Ici, il ne restera pratiquement que quelques jeunes, les derniers arrivants, sans expérience du combat. Je n'ai pas envie de risquer leurs vies pour rien. Il reste aussi quelques hommes bien entraînés affectés aux patrouilles. Nous devons être vigilants. Les Guerrières sont très nerveuses en ce moment.

— Oui tu as raison. J'accepte de rester ici le temps dont tu as besoin, bien qu'à mon âge je n'en fasse plus mon combat. Mais je vous soutiens de tout mon cœur. Tu nous feras parvenir un message dès que vous serez maître de la situation.

— Bien sûr, j'enverrai régulièrement des émissaires pour vous informer de l'évolution de notre progression.

— Alors bonne chance, il est presque l'heure.

— Merci, tu peux faire le tour du fort, tu vas y voir de

gros changements. Il a fallu s'adapter pour loger et nourrir tout le monde.

— Je suppose ! Trois cents personnes, c'est plus que le nombre prévu à l'origine lors de la construction, deux cents soixante-dix-sept si je me rappelle.

— Exact. Bien, je te laisse, à bientôt papy Rick.

— A très bientôt j'espère. »

CHAPITRE 45

22h15

La troupe composée de deux cents combattants pour la liberté était en route depuis quinze minutes. Après être sortis du labyrinthe et avoir atteint le bas de la colline, ils progressaient facilement sur les chemins et les routes praticables serpentant à travers la plaine séparant le fort de la Cité 101. A mi-chemin, ils devraient se séparer en deux équipes pour contourner la colline et atteindre les portes nord et sud au même moment, peu avant minuit. Marchant non loin derrière les éclaireurs, Thalia, Stella, Viannoux et Célio discutaient entre eux.

Vingt minutes plus tôt, la Fille du Vent était encore dans les bras de Dagon, dans un coin isolé du fort. Elle n'avait pas abandonné l'idée de participer à l'assaut de la Cité 101. Elle sentait bien qu'elle ne pouvait pas ne pas y contribuer. C'était son destin, elle le savait au fond d'elle-même.

« Dagon, pardonne-moi s'il te plait.

— Mais de quoi, Thal… » réussit-il à articuler juste avant

de recevoir un coup sur le crâne qui l'étourdit à moitié.

Thalia lui enserra alors le cou avec son bras gauche tout en lui comprimant les artères jugulaires pour lui faire perdre complètement connaissance, comme elle l'avait appris pendant sa formation. Il rejoignit les bras de Morphée en quelques secondes.

« Désolé Dagon, j'espère que tu comprendras. » fit-elle en l'allongeant délicatement sur le sol. C'était la première fois qu'elle réalisait cette prise en dehors de l'entraînement. C'était efficace et ça s'était plutôt bien passé.

Puis elle le quitta à regret et se dirigea vers le centre du fort en essayant de passer inaperçue. Avisant Goderic, elle l'appela depuis un coin sombre de la cour centrale. Il regardait les derniers soldats quitter le fort par la sortie est. Il était plus que temps si elle ne voulait pas se perdre dans le dédale du roncier ! Il la rejoignit et elle lui confia que Dagon souhaitait le voir et lui indiqua la direction de l'endroit où elle l'avait laissé. Ensuite elle rejoignit sans être remarquée la queue du peloton de marcheurs qu'elle suivit à plusieurs mètres sans se faire repérer. C'était un peu sa spécialité, l'invisibilité ! Dès la sortie des méandres de ronces et de lianes, elle laissa quelques dizaines de mètres de plus car elle était repérable plus facilement sous la lumière lunaire en terrain découvert. Elle pouvait les suivre au bruit et voir l'ombre de la colonne de deux cents hommes se découper sur le paysage.

Cependant, au bout de dix minutes, elle fut surprise en bas de la colline, au détour d'un chemin. Deux hommes l'empoignèrent fermement. Deux colosses ! Elle n'essaya même pas de se débattre. Elle n'avait pas été assez prudente, ils l'avaient repérée trop tôt. Il était encore temps de la renvoyer à son point de départ, se dit-elle.

« Mais regarde qui voila, nous avons une espionne, plaisanta Burgolin.

— Une espionne débutante, répondit Charibert en éclatant de rire.

— Que fais-tu ici Thalia, tu n'avais pas ordre de rester au fort ?

— J'en ai marre de recevoir des ordres. Comment vous êtes-vous aperçu de ma présence ?

— Nous ne t'avions pas repérée, c'est juste la procédure mise au point par Viannoux pour vérifier que nous ne sommes pas suivis. Nous sommes l'arrière-garde, nous marchons en queue de colonne, nous nous arrêtons, nous attendons un moment puis nous repartons au pas de course signaler que tout est OK. Bien, on n'a pas le temps de discuter, on doit te faire remonter jusqu'à la tête de la troupe pour que Viannoux prenne une décision à ton sujet. »

Ils partirent en petite foulée, puis après avoir rejoint l'arrière du groupe, ils confièrent Thalia à deux hommes pour lui faire rejoindre la tête de la colonne où se trouvait Viannoux et Stella.

« Tiens, quelle bonne surprise ! s'exclama Francis, qui était l'un de ses nouveaux anges gardiens, en la découvrant.

— Le plaisir n'est pas partagé, si tu veux savoir, rétorqua-t-elle.

— Je vous la confie, les interrompit Burgolin, amenez-la auprès de son père rapidement au pas de course, qu'il décide si elle reste avec nous ou si on doit la faire reconduire au fort.

Puis les deux colosses laissèrent les autres s'éloigner, restant sur le qui-vive.

Lorsque Thalia eut rejoint la tête de la colonne, Viannoux et Stella, après discussion, avaient décidé de la garder auprès d'eux. La faire reconduire au fort leur aurait fait perdre un ou deux hommes et ils n'étaient déjà pas de trop pour le combat qui s'annonçait difficile. Mais elle avait reçu des instructions strictes pour rester en retrait de l'assaut.

La Procureure Générale inter-cités leur racontait à ce moment pourquoi et comment elle s'était occupée de Thalia, depuis bien avant sa naissance.

« Nous sommes presque tous réunis et je vais profiter de l'occasion pour répondre à vos questions qui sont légitimes, vous êtes tout de même les principaux concernés. Mais que cela reste entre nous. Seul mon père était au courant, à part moi. Tout a en fait commencé en 2028. Rick venait de trouver un incunable derrière une pierre disjointe d'un mur de sa grange. L'ouvrage était relativement bien conservé, en tout cas suffisamment pour pouvoir le déchiffrer. Il contenait les prémonitions d'un ermite, qui vivait dans une caverne préhistorique au sommet de la colline, retranscrites par le Seigneur du village, au quinzième siècle. Le Seigneur consultait régulièrement cet ermite qui avait la renommée d'être un sage dans la région. J'étais revenue à la ferme à ce moment là, nous étions en pleine guerre civile. Grâce à nos souvenirs respectifs, plutôt les miens qui étaient plus récents en fait, nous avons réussi à traduire de nombreux passages du livre écrit en vieux français et en partie en latin. Chacun des extraits que nous arrivions à comprendre relatait un passage de notre histoire, mais décrit de façon parabolique. Les faits n'étaient pas textuellement relatés, mais à postériori nous pouvions associer chaque prédiction avec un passage de notre histoire sur les cinq siècles passés. Ensuite nous passâmes à la période postérieure à 2029. L'ermite avait prévu un grand changement de société au début des années 2030, ce que nous envisagions aussi à ce moment là, étant donné l'état du continent à cette époque. Cela retint toute notre attention. Cela s'est réalisé avec la prise de pouvoir par les femmes. Pour les années 2060, nous avons réussi à traduire quelques détails. La prédiction parlait d'un enfant, sans préciser son sexe, qui devait sauver le *monde*. Le monde, le pays, la région, on ne savait pas trop en fait. Cet enfant serait l'aîné de l'aîné de l'aîné de celui qui trouverait ces écrits. Paradoxalement, ce livre aurait pu être trouvé par n'importe qui depuis des siècles et donc cet enfant aurait pu être n'importe qui. Mais les coïncidences étaient trop fortes, la destinée a voulu que ce soit Rick qui mette la main dessus. Vous comprenez donc : Rick, Matthew, Viannoux, Thalia. L'aînée de l'aîné de l'aîné du découvreur. Nous étions tout de même sceptiques et avons mis toutes ces informations au fond de notre mémoire, nous avions beaucoup plus de problèmes à régler au jour le jour, pour juste survivre ! »

Stella marqua un temps.

« Puis les femmes vinrent au pouvoir, reprit-elle. Je ne sais pas si cela a eu ou non une influence sur mon rôle de leader à ce moment là. Plusieurs années plus tard, Viannoux fut capturé et affecté à la Cité 101. Il n'avait encore jamais eu d'enfant. J'ai donc repensé à la prophétie. Pour cela, il devait obligatoirement participer à la reproduction. J'ai donc choisi une femme d'environ trente-cinq ans, ex-sportive de haut niveau, intelligente, que j'ai fait affecter à la Corporation des Génitrices et je me suis arrangée pour que Viannoux lui serve de partenaire. Jusqu'à aujourd'hui, il n'en avait jamais rien su. Désolé, je sais, ça peut apparaître comme de la manipulation, mais l'idée m'avait semblé bonne à l'époque. Durant toute la grossesse, lors de mes passages à la Cité 101, je lui ai fait des transfusions de mon sang pour améliorer la génétique du fœtus. C'était sans risque, je savais depuis ma jeunesse que j'étais donneuse universelle. C'est pour cela que tu as des capacités hors du commun par rapport aux jeunes de ta génération Thalia, au niveau physique et intellectuel. Tu cours plus vite, tu réagis plus vite, tu penses plus vite. Ensuite il fallait laisser faire le temps. Tous les professeurs t'ont toujours sentie au-dessus du lot. Tu leur faisais parfois même peur !

— Et ma mère ? l'interrompit Thalia.

— Ta mère, elle a été courageuse, mais l'accouchement s'est mal terminé, elle n'a, hélas, pas survécu.

— Elle m'a mise au monde pour mourir, fit Thalia en retenant un sanglot tandis que Viannoux l'entourait de son bras tout en marchant.

— Ne te sens surtout pas coupable, reprit Stella, à l'époque, il y avait encore beaucoup d'enfants mort-nés ou de mères qui ne survivaient pas, voire les deux. Beaucoup plus que maintenant, même si le pourcentage reste élevé. Voilà, tu connais maintenant toute ton histoire. Je ne t'ai perdue de vue à aucun moment. Je savais tout de ta vie, je voulais que tu deviennes la meilleure.

— Et maintenant il se passe quoi ? fit Thalia, je vais m'emparer de la Cité 101 et conquérir le continent ?

— Non, il est bien trop tôt encore. Je pense que tu ne joueras un rôle que bien plus tard. C'est pour cela que je voulais te préserver ce soir et te laisser au quartier général. Nous ne voulons pas te faire prendre de risque trop tôt. »

Stella se tut. Thalia avait le regard tourné vers l'horizon, pensive. Etait-ce la dernière surprise de la journée ? Elle le souhaitait. Cela lui suffisait amplement pour le moment.

CHAPITRE 46

23h00

Le complot prenait forme. Hermione et Diane étaient en pleine conversation. La Centurione avait proposé plusieurs solutions à sa responsable pour se débarrasser de la Gouvernante. Elles passaient en revue les avantages et inconvénients de chacune d'elles, puis elles tombèrent d'accord sur celle qui leur semblait la mieux adaptée à la situation et prirent des dispositions pour que leur plan réussisse.

« Nous sommes d'accord Diane, ne perdons plus de temps pour rendre une petite visite à Eumélia.

— Tu as raison, il faut se dépêcher, si nous voulons réussir notre intervention dans les Nurseries avant la fin de la nuit.

— Et au fait, qu'en est-il de la mission de Katy ?

— J'étais sans nouvelle d'elle depuis que tu l'avais envoyée chez Anny pour la faire disparaître. J'ai donné l'ordre à trois Prétoriennes d'aller voir sur place. Katy aurait dû revenir depuis longtemps faire son rapport. Ça ne sent pas bon.

— Etrange en effet. Raison de plus pour accélérer les choses. Montons par l'escalier central, nous accéderons à l'appartement d'Eumélia par la tribune sud. »

Les deux femmes parvinrent devant la porte de la Gouvernante. Les deux Prétoriennes de faction de chaque côté de l'entrée les saluèrent. Diane leur dit de retourner à la salle des gardes et de faire envoyer par la responsable des affectations deux autres Prétoriennes pour les remplacer. Elles se regardèrent quelques secondes car leur tour de garde ne finissait qu'à minuit, mais il leur sembla que ce n'était pas le moment de contrarier ou de demander des explications à la Centurione ou à la Générale en chef du corps des Guerrières et finalement elles s'exécutèrent. Hermione frappa à la porte d'Eumélia. Son assistante vint ouvrir.

« Bonsoir Clotilde, je souhaite voir Eumélia en privé, peux-tu la prévenir et nous laisser seules ?

— Il est un peu tard mais je vais voir si elle accepte d'être dérangée.

— Dis-lui que c'est important, nous avons de nouvelles informations et il y a des décisions à prendre.

— C'est bon, tu peux nous laisser Clotilde, dit Eumélia qui se trouvait non loin de l'entrée et qui avait entendu.

— Bien Eumélia. »

Hermione franchit la porte tandis que Diane restait à l'extérieur avec Clotilde. La salle était éclairée par plusieurs bougies réparties principalement autour du bureau de la Gouvernante. Leurs flammes ainsi que la lune encore presque pleine se reflétaient sur les murs enduits de chaux blanche et suffisaient à donner une clarté agréable à la pièce, un mixte de lumière pâle et froide et de lumière chaude. Hermione s'avança vers la Gouvernante qui avait rejoint une des fenêtres ouvertes de la partie sud de la pièce. Elle lui tournait le dos et regardait l'astre de la nuit dans sa progression lente vers le zénith. La tentation était forte, mais la Générale en chef du corps des Guerrières se retint de la jeter par-dessus la balustrade.

« Alors Hermione, que veux-tu, quelles nouvelles informations as-tu que je ne connaisse pas ? commença Eumélia en se retournant vers sa visiteuse.

— J'aimerais te faire changer d'avis concernant la reprise en main des Nurseries.

— Je m'en doutais un peu. Tu connais déjà ma position sur ce sujet, nous en avons assez discuté ce soir. S'il n'y a rien de nouveau, le problème ne nécessite pas une intervention immédiate. Les habitants qui travaillaient dans le secteur nord ont déjà été suffisamment choqués de retrouver les corps des Génitrices tuées la nuit par les Blackwomen. Je trouve d'ailleurs odieuse cette idée de laisser les corps en évidence pour frapper les esprits. Cela ne peut que provoquer de la rancœur et un esprit de vengeance. Je ne veux plus de tueries de ce genre à partir de maintenant.

— Je crois que si, au contraire, nous devons intervenir. Laisser les événements s'enliser ne mène à rien. Tu as perdu la combativité qui t'animait voici encore quelques années Eumélia.

— Je ne te permets pas de me juger, encore une fois, s'énerva la Gouvernante en faisant face de nouveau à la fenêtre et en prenant une grande inspiration d'air frais. Je prends mes décisions en connaissance de cause et avec tous les renseignements nécessaires. J'ai aussi demandé l'avis de Suzanne et de sa responsable des Nurseries. Tu fais très bien ton boulot Hermione, mais la politique et les décisions appartiennent aux Dirigeantes. Tout ira bien si tu te cantonnes aux missions qui sont les tiennes.

— C'est bien dommage, je ne vois donc pas d'autre

solution.

— Quoi ! ? De quoi veux-tu parler ? fit-elle en commençant à se retourner.

Avant qu'elle n'eut terminé sa rotation, sans plus dire un mot, Hermione lui assena un coup sur la nuque puis avec son bras gauche lui fit perdre connaissance complètement par un étranglement réalisé de façon experte. Elle la porta jusque derrière son bureau, l'installa sur le siège et posa sa tête sur le plan de travail, une grande dalle en marbre de Carrare.

— Diane ! Clotilde ! venez vite ! Eumélia a perdu connaissance.

— Que s'est-il passé, s'exclama l'assistante en pénétrant dans la pièce avec Diane sur ses talons.

— Elle est tombée d'un coup pendant notre discussion très animée, je ne sais pas ce qu'elle a, peut-être que son cœur a lâché.

— Non, elle est en vie, elle respire, fit Clotilde après être passée derrière le bureau. »

Elle n'eut cependant pas le temps d'en dire plus et subit le même sort que la Gouvernante, mais de la part de Diane cette fois-ci et s'affala sur le bureau. Sauf que Diane maintint sa prise jusqu'à ce que l'assistante ne respire plus !

« Bien, il ne reste plus qu'à positionner les corps de façon à ce qu'on croit qu'elles se sont entretuées et d'enfoncer les poignards dans un organe vital. Très bonne ton idée de reprendre la scène de la cellule d'interrogatoire. Remercions aussi l'imagination de Stella. On pensera que Clotilde était une de ses complices. Et personne ne viendra vérifier en détails avant que les corps ne soient enlevés. »

Lorsqu'elles eurent terminé, la scène paraissait crédible. Elles attendirent les deux Prétoriennes de remplacement, choisies à dessein par Diane pour leur loyauté envers Hermione.

Lorsque Matilda et Angora parvinrent devant la porte fermée de la Gouvernante, leurs supérieures les attendaient et leur donnèrent l'ordre d'entrer et de donner l'alerte dix minutes plus tard. Elles étaient bien sûr au courant des plans et fidèles à Hermione.

« Tout se passe comme prévu, dit Hermione à Diane en redescendant au rez-de-chaussée, dans quinze minutes je vais annoncer que je prends la direction provisoire de la cité pour pallier un problème de sécurité urgent comme la loi m'y autorise en cas de révolte populaire et de disparition de la Gouvernante. Tu peux commencer à rassembler les sections de Prétoriennes et de Guerrières pour coordonner une intervention simultanée à minuit dans toutes les Nurseries. »

CHAPITRE 47

23h35

La colonne menée par Viannoux venait de se séparer en deux unités, vingt minutes auparavant, l'une contournant la Cité 101 par le nord et l'autre par le sud, pour arriver au même moment sur leurs cibles : les deux entrées visées étant les plus proches de la cathédrale. Le groupe de Viannoux venait de franchir la clôture de vieux véhicules et il lui restait environ un kilomètre pour atteindre les remparts. La troupe avait marché rapidement jusque là, mais maintenant il allait falloir faire attention aux patrouilles de Guerrières et de Prétoriennes qui surveillaient l'extérieur de la cité. Ils progressaient actuellement par petits groupes de cinq à dix soldats, de maison en usine désaffectée, de ruine en bosquet, s'arrêtant à chaque étape pour écouter et observer. Pour le moment, ils ne rencontraient pas d'ennemies. Les groupes s'étaient progressivement déployés sur une largeur de cinq cents mètres environ et convergèrent aux abords de la porte nord depuis plusieurs directions. Une partie des hommes vint se plaquer contre le rempart dans les coins d'ombre créés par les contreforts du mur, une vingtaine de chaque côté du solide portail de bois, tandis que les autres se tapirent dans les buissons à quelques dizaines de mètres du chemin de ronde extérieur. Viannoux était le plus proche de l'entrée de la cité, Stella et Thalia les plus éloignées, en retrait. Il ne restait plus qu'à attendre dix minutes et le signal de Livian quand soudain des bruits de pas se firent entendre à une centaine de mètres vers l'ouest. Une section de dix Guerrières, éclairées par la lune et bien visibles au milieu du chemin, arrivait en direction de leur position. Mais elles ne cherchaient pas à se cacher, leur mission était surtout de dissuader d'éventuels *déserteurs* de quitter la Cité 101. Les attaquants ne firent aucun mouvement. Habillés de noir et maquillés, ils étaient invisibles contre le rempart ou derrière les bosquets. Les tireurs d'élite mirent les Guerrières en joue avec leurs fusils munis de lunettes à vision nocturne et se tinrent prêts, au cas où. Mais ils avaient reçu l'ordre de ne tirer qu'en cas d'urgence absolue. Il ne fallait pas attirer l'attention pour ne pas compromettre la mission de Livian. Il eut été plus difficile de faire pénétrer une centaine d'hommes en escaladant la muraille. Les Guerrières, après les avoir dépassés sans les voir, tournèrent brusquement à droite. Viannoux fut légèrement surpris et inquiet, mais elles allèrent directement vers le portail. Il comprit alors que c'était l'heure de la relève de minuit, ce que Stella vint lui confirmer. Il pensa alors profiter de l'occasion pour les attaquer et pénétrer plus tôt dans la cité, mais il n'eut pas le temps d'y réfléchir plus en détail ni de mettre son plan à exécution. Les portes se refermaient déjà. Une nouvelle patrouille venait de sortir et elle partait directement vers l'est pour un nouveau tour de la cité. La relève était bien rôdée. Il se dit que peut-être, c'était mieux ainsi. Combattre à l'improviste deux sections entières, soit vingt Guerrières supplémentaires en plus des Sentinelles de faction à l'entrée sur un coup de tête c'était prendre trop de risques. Et il n'était pas sûr que Livian fut déjà prêt. A cet instant, un homme de la section vint les rejoindre et leur souffla :

« Thalia a disparu. Elle se tenait juste derrière moi quelques secondes avant. Je me suis retourné et elle avait disparu.

— Ce n'est pas possible, s'exclama Viannoux, presque trop fort.

— Je pense savoir où elle est, dit Stella.

— Mais où ?

— A l'intérieur de la cité.

@@@

De l'autre côté des hauts murs, Livian et ses hommes, douze en tout, se cachaient dans une venelle à trente mètres de l'imposant portail de chêne de l'entrée nord. Ils inspectaient leurs armes qui étaient, pour le moins, très diverses, mais redoutables. Une bonne partie était constituée d'outils fournis par Daniel : fourches à deux, trois ou quatre dents acérées, haches, serpes, machettes, mais aussi quelques poignards et épées. Livian n'avait pas voulu ramener de pistolets du fort, le risque était trop grand s'il s'était fait prendre en leur possession.

Il observait son objectif depuis quinze minutes environ. Sa tactique était simple. Huit de ses hommes fondraient sur les six Sentinelles de garde, tandis que les quatre restants les arroseraient de projectiles pas très sympathiques du genre couteaux, plantoirs en métal ou haches jusqu'au moment où la première équipe les atteindraient et puisse mettre hors de combat celles qui n'étaient pas blessées ou déjà mortes, mais l'objectif était de faire des prisonnières pas de tuer toutes les Guerrières ou Prétoriennes.

Mais pour le moment ce qui l'inquiétait, c'était que la section des Guerrières qui venait de rentrer de patrouille ne faisait pas mine de vouloir rejoindre leurs quartiers. Elles discutaient avec leurs collègues de faction à l'entrée. Il ne distinguait pas vraiment tout ce qu'elles disaient mais il comprenait que quelqu'un d'important venait de mourir dans la cité et qu'Hermione dirigeait les opérations. Oui mais lesquelles ? Sûrement la reprise des Nurseries comme c'était prévisible. La patrouille qui venait de sortir avait prévenu les Sentinelles qui elles-mêmes prévenaient les Guerrières qui revenaient de leur ronde. Il faudra qu'il en prenne au moins une vivante pour avoir des informations plus précises.

Finalement, deux minutes avant minuit, la section de Guerrières partit en direction de la cathédrale et disparut à l'angle d'une ruelle. Livian fit quelques signes à ses hommes postés en retrait de l'autre côté de la rue. Ceux-ci se rapprochèrent lentement des Sentinelles restées à discuter devant leur guérite puis, arrivés à une dizaine de mètres, sortirent de l'ombre et leur envoyèrent une nuée d'objets contondants et tranchants qui les prirent par surprise. Livian et le reste de ses hommes étaient déjà sortis de leurs cachettes pour se précipiter sur elles. Deux étaient déjà au tapis, blessées à la tête et aux jambes. Les quatre autres, constatant qu'elles n'avaient pas le temps de tirer à l'arc, pointèrent leurs lances vers les assaillants. Mais la tactique des hommes était bien rodée. Tandis que l'un d'eux dégageait la lance vers le haut grâce à une fourche, son binôme se précipitait sur la Guerrière, pour, si possible, la maîtriser, sinon la mettre définitivement hors de combat. Dans le même temps, deux des *lanceurs* s'étaient rapprochés et jetés sur les Guerrières qui se tordaient de douleur à terre pour les neutraliser, et les deux autres allaient ouvrir le portail. Cependant, pour Livian, cela ne se passait pas comme prévu. Son camarade n'intercepta pas la lance avec sa fourche. La Guerrière, plus aguerrie que les autres l'esquiva, lui planta son arme dans l'épaule pour le faire reculer et se tourna vers Livian pour le menacer à son tour. Il vit son dernier instant arriver, ne faisant pas le poids avec son seul poignard contre la Guerrière, toujours munie de sa lance. Alors qu'elle prenait son élan pour le transpercer de part en part, il se prépara pour une première esquive. Mais il entendit comme un léger souffle puis presque au même moment le bruit sourd d'une flèche qui vient se planter dans la chair. La Guerrière ouvrit grand les yeux en le regardant, sans comprendre ce qui lui était arrivé. Elle venait de recevoir le projectile. Il avait traversé son bras gauche et pénétré dans sa poitrine. Elle cria de douleur en s'écroulant au sol, le bras cloué au corps.

Livian se retourna d'un coup sur sa droite. Il pensa d'abord qu'il avait peut-être été lui-même la cible d'une autre Guerrière qui avait raté son tir. L'archer était presque invisible dans l'ombre. Mais à moins de quinze mètres, il n'aurait pu louper sa cible. Quand il s'approcha, Livian comprit. Il reconnut tout de suite Thalia.

« Hé bien ! Il était temps que j'arrive non ? lui fit-elle.

— Je crois que j'aurais pu m'en sortir, mais merci Thalia. Que fais-tu là ? Comment es-tu entrée dans la cité ?»

Ce ne fut pas elle mais Stella qui répondit en éludant la question. Elle venait de franchir le portail la première et avait assisté à la fin de la scène.

« Elle a désobéi, comme d'habitude. Thalia, cette fois-ci Livian te doit une fière chandelle, mais ne recommence pas, il faut de la discipline et savoir jouer en équipe si on veut réussir.

— En plus, j'aurais pu me débrouiller seul ! contesta Livian en saluant son frère aîné qui s'approchait d'eux.

— Peut-être, mais tu aurais sûrement été blessé, même si tu avais eu le dessus au final. C'est mieux ainsi, je te préfère entier pour la suite des évènements.

— Ok. C'est bon, vous avez tous raison ! Concentrons-nous sur la suite. J'ai entendu des bribes de conversation juste avant notre intervention. Les Sentinelles révélaient aux membres de la patrouille qui rentrait qu'il s'était passé quelque chose de grave à la cathédrale et qu'Hermione avait pris les commandes.

— Oui, intervint Stella, je me doute de ce qui a dû se passer. Hermione a un égo et une ambition démesurée. Elle a certainement pris le pouvoir au dépend de la Gouvernante. C'est un coup d'état. J'espère qu'elle n'est pas allée jusqu'à tuer Eumélia.

— Quelle incidence sur nos plans à ton avis, demanda Viannoux ?

— Il se peut que cela nous soit favorable. Il va se créer une scission au sein des Prétoriennes. Certaines, toutes dévouées à Hermione, ne se rendront pas, mais nous pourrons peut-être convaincre une partie des autres de nous rejoindre pour éviter un massacre.

— Oui, de plus, d'après les informations que j'ai grappillées dans la journée, il semble qu'Hermione voulait absolument mettre fin à la mutinerie des Génitrices, donc elle a dû se précipiter dans les Nurseries avec de nombreuses Prétoriennes.

— Cela nous facilitera la tâche. Une fois en possession de la cathédrale le reste sera plus facile, conclut Viannoux. Stella, puis-je te confier ma fille, je préfère qu'elle reste avec toi jusqu'à ce que j'aie pris et sécurisé notre principal objectif.

— D'accord, je pense pouvoir me débrouiller avec elle, répondit sa tante en lançant un regard attendri vers Thalia.

— Moi je ne suis pas d'accord ! S'énerva Thalia. Quand me demandera-t-on mon avis lorsque je suis concernée ? Je viens avec toi papa, que ça te plaise ou non. J'ai échappé à dix Prétoriennes entraînées la nuit dernière et ce n'est pas quelques hommes qui ne connaissent pas la cité qui pourront m'y retrouver si j'ai envie de vous fausser compagnie.

Viannoux et Stella se regardèrent interloqués.

— C'était un exercice cette nuit Thalia, maintenant c'est la guerre, une vraie guerre, avec des morts, argumenta Stella. Mais bon, je n'y vois pas d'inconvénient, le danger peut venir de partout, tu seras autant en sécurité avec ton père qu'avec moi. »

Pendant ce temps les hommes avaient menotté les Sentinelles avec des liens en plastique puis les avaient mises sous surveillance dans la guérite. Elles n'avaient rien voulu dire et ils n'avaient pas le temps de les faire parler. Le portail fut refermé lorsque les dernières sections d'hommes en noir eurent fini de pénétrer au pas de course dans l'enceinte de la cité. Après leur regroupement les dix sections se mirent en marche. Elles se déployaient dans les ruelles alentour. Six sections de dix hommes se dirigeaient vers la cathédrale, fusil à l'épaule, pour la plupart des Famas, récupérés trente ans auparavant, mais bien entretenus et en parfait état de fonctionnement. Les soixante hommes devaient y converger au même moment et se poster devant toutes les entrées du monument. Quatre sections se rendaient dans le bâtiment contigu pour prendre par surprise la centaine de Prétoriennes des autres cités pendant leur sommeil et les cantonner sur place.

A la porte sud, l'autre partie des assaillants n'avait pas rencontré de problème pour effectuer la même manœuvre que leurs camarades de la porte nord. Quatre sections devaient se rendre à l'hôtel où logeaient les Gouvernantes invitées et leurs équipes pour les emprisonner et les conduire à la cathédrale, et six sections devaient sécuriser les rues des environs immédiats du quartier général des Guerrières.

CHAPITRE 48

206ème jour de l'année 2059
00h05

Au même moment, les Prétoriennes mettaient à exécution les plans de la Générale en chef du corps des Guerrières. Deux sections de Prétoriennes et trois sections de Guerrières avaient été réquisitionnées pour reprendre le contrôle de chaque Nurserie. Chaque groupe de cinquante combattantes était dirigé par une Centurione, fidèle à Hermione. Les patrouilles extérieures et intérieures à la cité avaient été allégées, mais pour quelques heures à peine. L'opération devait même ne durer qu'une heure d'après les expertes en stratégies et tactiques qui avaient étudié toutes les possibilités de résistance des Génitrices. Cela ne devait pas poser de problème de sécurité pour la cité d'après leurs conclusions.

Dans l'heure qui venait de s'écouler, les événements s'étaient multipliés au quartier général. Comme prévu, Angora et Matilda étaient entrées dans l'appartement de la Gouvernante sous prétexte d'avoir entendu des cris et elles racontèrent avoir vu les deux femmes se battre et se massacrer simultanément en se plantant un couteau dans le thorax, puis s'écrouler sur le sol. Natacha, la Centurione qui commandait la cohorte de Prétoriennes affectées à la sécurité de la cathédrale, avait assisté au témoignage des deux témoins en présence de la responsable de la sécurité, de faction pour la nuit, qui avait pris leurs dépositions. Elle n'était pas dupe. Elle était fidèle à Eumélia et connaissait bien Clotilde, qui n'aurait jamais trahi sa Gouvernante. Angora et Matilda avaient parlé de complot et affirmé que Clotilde était complice de Stella. Mais le plus ennuyeux, c'était qu'Hermione, numéro deux officielle, allait diriger la cité en attendant qu'une nouvelle Gouvernante soit nommée par l'assemblée des Dirigeantes, c'est à dire les Directrices de Corporation. Il fallait s'attendre à une grande purge dans les rangs des Prétoriennes non acquises à la cause de la Générale en chef du corps des Guerrières, ce qu'elle constata dans les minutes qui suivirent. Tout cela paraissait vraiment planifié par avance. Elle-même fut arrêtée peu de temps après et conduite en détention dans les souterrains. Plusieurs dizaines de Prétoriennes fidèles à Eumélia, qui ne croyaient pas à la version officielle et réclamaient une enquête dès que la nouvelle Procureure Générale inter-cités serait arrivée, la suivirent dans la foulée. Mais une majorité se rallia tout de même à Hermione, plus ou moins volontairement ou par opportunisme en fonction de leur niveau de dévouement envers elle. La suite s'était déroulée rapidement. Depuis le milieu de la journée les Centuriones avaient passé en revue les différentes options envisageables pour reprendre le contrôle des Nurseries et avaient réalisé un plan qu'il ne restait plus qu'à mettre à exécution dès que l'ordre d'Hermione tomberait. Cela se produisit à 23h45, heure à laquelle les groupes d'intervention sortirent de la cathédrale et se dirigèrent vers leurs objectifs respectifs.

Chaque formation se trouvait maintenant sur les toits des cinq bâtiments cibles qu'ils avaient atteints en passant soit par un immeuble contigu soit par un édifice situé de l'autre côté d'une ruelle étroite leur permettant d'utiliser une échelle de huit mètres pour passer d'une toiture à l'autre. Les Guerrières étaient occupées à démonter de nombreuses ardoises et à casser des liteaux pour leur permettre de passer plus facilement entre les chevrons et de pénétrer à plusieurs simultanément dans les greniers des Nurseries.

A la Nurserie nord, Diane fut la première à s'introduire dans les combles. Elle descendit lentement en prenant appui sur deux chevrons et posa délicatement les pieds sur le plancher en pin. Le vaste grenier était encombré de dizaines de cartons et de caisses, remplis de vêtement et ustensiles divers stockés depuis des décennies et prélevés petit à petit selon les besoins. Il n'était éclairé que par quelques ardoises en verre réparties tous les cinq mètres, mais cela lui suffisait pour distinguer et éviter, grâce à la pleine lune, les principaux objets gisants au sol et discerner le haut de l'étroit escalier à trois mètres d'elle. Elle y parvint en quelques secondes et commença à descendre les marches, son équipe en file indienne sur les talons. Arrivée en bas, elle ouvrit à tâtons la porte qui débouchait sur le long couloir du troisième étage dont la fenêtre, à l'opposé de sa position, laissait entrer la lumière lunaire. Une dizaine de portes de chaque côté menaient chacune dans les chambres des Génitrices logées à cet étage.

Elle passait devant l'une d'elle lorsqu'une Prétorienne l'appela depuis le grenier. Il se passait quelque chose d'anormal sur le toit. Les trois dernières Guerrières qui devaient pénétrer dans le grenier avaient soudain chuté et glissé sur les ardoises puis étaient tombées au milieu de la rue, sans un cri.

@@@

Non loin de là, les hommes avançaient en longeant les murs, une section de chaque côté de la rue, se couvrant les uns les autres, les armes levées prêtes à faire feu. La cathédrale n'était éloignée que de trois cents mètres de l'entrée nord. Même en progressant lentement, par prudence, ils l'auraient atteinte en cinq minutes.

« Ennemies en hauteur à onze heures, alerta soudain un des hommes chargés de surveiller les toits. Cinq Guerrières sur la toiture du bâtiment de trois étages, à cinquante mètres à gauche, précisa-t-il. »

Toutes les sections avaient l'ordre de tirer à vue tant que la cathédrale ne serait pas en leur possession. Aussitôt, trois tireurs munis de fusils à lunette de visée nocturne et de silencieux tournèrent leurs armes vers le lieu indiqué, firent feu. Ils atteignirent trois Guerrières qui s'écroulèrent sur place avant de rouler jusqu'à la gouttière puis de s'écraser sur le sol de la ruelle avec un bruit sourd rehaussé du claquement aigu de leurs armes métalliques sur les pavés. Les deux autres avaient disparu, sans doute en pénétrant par un vasistas de la toiture.

« Trois ennemies au tapis » annonça le guetteur. A ce moment plusieurs Prétoriennes sortirent du renfoncement d'un porche situé sur la partie droite de la rue pour s'occuper des Guerrières qui ne bougeaient plus. Elles subirent instantanément le feu nourri des tireurs situés du côté gauche de la ruelle et s'écroulèrent sur les autres corps immobiles.

L'équipe parvint rapidement à l'endroit où les Guerrières étaient tombées.

« Ces trois-là ne sont que de jeunes débutantes d'une vingtaine d'années, constata Stella qui faisait partie de ce groupe, quel gâchis ! Quant aux Prétoriennes, elles font partie des fidèles d'Hermione. J'espère que nous arriverons jusqu'à la cathédrale sans faire trop de victimes. »

Puis elle constata que l'immeuble en question se trouvait être la Nurserie nord. Il était calme, aucun bruit n'en sortait. Cela expliquait la présence de cinq Prétoriennes pour surveiller l'entrée et il était facile d'en déduire que déjà nombre de leurs collègues avaient investi les étages supérieurs en passant par les toits. Elle s'approcha d'une fenêtre, passa un bras entre deux barreaux et toqua au carreau. Ce fut Illythie en personne qui ouvrit la fenêtre après avoir reconnu Stella. C'était son tour de garde de ce côté-ci du bâtiment.

« Que se passe-t-il Stella ? Et qui sont tous ces hommes vêtus de noir ?

— Je t'expliquerai plus tard, mais il y a urgence, tu vas devoir nous suivre avec tes camarades insurgées. Les Prétoriennes sont passées par les toits et sont sûrement déjà en train de parcourir les étages supérieurs. Elles vont bientôt descendre. Elles pensaient certainement vous prendre par surprise.

— Cela ne va pas être instantané. Il y a quantité de meubles à retirer pour dégager la porte. Mais mes camarades sont toutes au rez-de-chaussée, nous allons faire au mieux.

— Mettez ceux que vous enlevez devant la porte de l'escalier qui descend du premier étage, ça les retardera.

— D'accord, bonne idée. »

Par chance pour les Génitrices, Diane, ne voulant prendre aucun risque, avait fait stopper son équipe au troisième étage et était remontée jusqu'au grenier pour voir ce qui s'était passé. Une Guerrière, remontant du bas de la toiture, l'informa avoir vu les trois corps tomber sans raison apparente au moment où elle pénétrait dans le grenier. Puis elle était ressortie voir ce qui se passait et avait vu les cinq Prétoriennes s'écrouler presque aussitôt au milieu de la rue. Ensuite, elle avait aperçu des dizaines d'ombres se déplaçant le long des murs. Diane accusa le coup. Ce qu'elles subodoraient, avec Hermione, était en train de se produire.

« C'est sûrement une attaque du Réseau de résistants. Il faut prévenir immédiatement Hermione. Angora, je te charge d'y aller. Prends deux Prétoriennes, moi je descends et je reprends la Nurserie comme prévu, avant que les hommes ne puissent y pénétrer et je vous rejoins aussitôt. »

Angora, accompagnée des deux femmes, remonta sur la toiture, refit le chemin inverse effectué à l'aller, passa sur l'immeuble contigu et y pénétra.

Diane redescendit, au pas de course cette fois, et entraîna ses subordonnées dans les escaliers menant au rez-de-chaussée.

Les Génitrices avaient déplacé plus de la moitié des meubles empêchant l'accès par la porte principale de la Nurserie. Quelques hommes commençaient déjà à pousser pour dégager l'ouverture. Deux meubles avaient suffi pour bloquer l'accès à l'escalier qui descendait du premier étage. Un buffet très long avait été positionné en travers du couloir, en appui sur l'encadrement de deux portes opposées et une commode insérée préalablement entre la porte et le buffet. Il était impossible d'ouvrir la porte sauf à la détruire.

Finalement, les derniers meubles bloquant l'entrée glissèrent vers l'intérieur du couloir sous l'effort des hommes et une ouverture permit aux Génitrices rebelles de sortir une par une de l'immeuble. Elles étaient une bonne trentaine. Les hommes pénétrèrent à leur place et investirent le rez-de-chaussée. Ils entendaient déjà les Guerrières détruisant la porte de l'escalier à la hache. Huit tireurs munis de Famas sans silencieux — il fallait, maintenant qu'ils étaient repérés, impressionner les adversaires — prirent position à genoux, juste en face, à dix mètres. Le haut de la porte détruit, plusieurs Prétoriennes s'immiscèrent dans l'ouverture et enjambèrent la commode pour se précipiter dans le couloir. Les hommes avaient ordre, si possible, de seulement les blesser pour les rendre inopérantes. Stella ne voulait plus d'hécatombe. Ils attendirent qu'une demi-douzaine d'ennemies pénètre dans le couloir. A cette distance il leur fut facile de leur loger deux ou trois balles chacune dans les bras ou les jambes. Deux d'entre elles eurent tout de même le temps de lancer leur hache. Deux hommes furent touchés à la tête et au torse, mais par chance uniquement par les manches des projectiles tourbillonnants. Devant le carnage, le reste des femmes, sur ordre de Diane, se replia au premier étage. Seulement quelques Guerrières étaient munies de leurs arcs. Il n'avait pas vraiment été prévu de tirer à l'intérieur du bâtiment pour en reprendre le contrôle. Diane leur ordonna de prendre position dans le couloir face à l'escalier pour permettre au reste de sa troupe de sortir par une fenêtre, sauter dans la rue opposée à la rue de l'entrée principale et rejoindre la cathédrale.

Angora, sortit du bâtiment contigu à la Nurserie et déboucha dans une ruelle perpendiculaire à la rue principale au moment où deux sections d'hommes y pénétraient des deux côtés à la fois. Les trois Prétoriennes étaient prises en étau. Angora jugea la situation sans espoir, se mit à genoux les mains sur la tête en signe de soumission, suivie aussitôt par ses deux camarades. Ce n'était décidément pas son jour ! Mais malgré l'entraînement la fatigue commençait à se faire sentir, elle entamait sa deuxième nuit blanche.

Depuis la fenêtre du premier étage, Diane vit une troupe d'hommes à trente mètres tourner à droite dans une ruelle puis sauta la première et se rétablit aussitôt. Elle laissa plusieurs Prétoriennes sur place pour assurer ses arrières et lui faire gagner du temps puis se dirigea au pas de course vers le quartier général. Il lui restait une vingtaine de femmes. En passant devant la ruelle sur sa droite elle aperçut Angora et deux autres Prétoriennes à genoux, entourées par une vingtaine de combattants vêtus de noir. Elle avait encore raté sa mission et il allait falloir qu'elle prévienne Hermione elle-même, rugit-elle intérieurement avant d'être prise pour cible. Elle baissa la tête et passa le coin de la rue à toute allure, suivie par une dizaine de Guerrières et Prétoriennes. Les autres s'écroulèrent au croisement des deux rues sous le feu intense des tireurs. Diane accéléra l'allure, la cathédrale n'était qu'à cent mètres et la voie était libre. Elle venait de perdre quatre-vingts pour cent de son équipe en quelques minutes. Leurs armes ne faisaient pas le poids, mais une fois dans la cathédrale, elles pourraient mieux résister. Les rescapées arrivèrent toutes sans encombre sur le parvis en moins de trente secondes. Elle cria aux Sentinelles qui gardaient l'entrée de se préparer à fermer les lourdes portes de chêne dès qu'elle et les dix Prétoriennes y auraient pénétré. Même le tronc d'un arbre ne pourrait pas la défoncer, pensa-elle.

CHAPITRE 49

00h15

Depuis la ruelle, les hommes qui avaient ouvert le feu sur le groupe de Diane avaient constaté que plusieurs Guerrières avaient réussi à s'enfuir dans la rue partant vers la droite. Ils se précipitèrent à leur poursuite, mais arrivés à l'intersection, plusieurs d'entre eux reçurent, en provenance de leur gauche, une pluie de lances et de poignards lancés par les Prétoriennes que la Centurione avait laissées pour couvrir ses arrières. Plusieurs tombèrent, blessés, avant que quelques rafales de Famas dans les jambes ne jettent à terre leurs ennemies. Heureusement, grâce à la pénombre, la distance et la rapidité de l'action, la plupart des armes blanches n'avaient pas atteint leurs cibles, les hommes avaient donc peu de pertes et uniquement des blessés.

Dans la confusion générale, Angora s'était instantanément jetée sur l'homme qui la tenait en joue, imitée par ses deux camarades qui sacrifièrent leur liberté pour l'aider à s'échapper du côté opposé de la ruelle et lui faire gagner du temps en retenant les trois hommes. Elle savait par où passer pour rejoindre la cathédrale rapidement. Les courses de nuit, elle connaissait depuis longtemps !

Les hommes reprirent la poursuite, mais les vingt secondes de diversion avaient permis à Diane d'atteindre la cathédrale, presque au même moment qu'Angora qui avait emprunté une rue parallèle. Elles avaient déjà refermé le portail lorsque eux-mêmes débouchèrent sur le parvis. Une volée de flèches tombant des tours de la cathédrale les fit reculer dans la ruelle pour s'abriter. Viannoux, qui était déjà posté avec sa section non loin de là, avait aperçu la scène. Avec une mini lampe de poche à diodes luminescentes, il envoya des instructions en morse à la section qui venait de reculer pour se protéger.

@@@

Devant la Nurserie, Illythie racontait à Stella les derniers événements de la journée et la négociation avortée avec Eumélia.

« Bien, Illythie, reste ici avec tes camarades, dès que le bâtiment sera sûr, vous pourrez rentrer et aller vous coucher. Vous l'avez bien mérité. Si tout se passe comme prévu, la vie dans la cité va changer. Mais tu auras plus de détails demain. Ne sortez plus cette nuit, ça risque d'être dangereux.

— D'accord Stella, je crois que je commence à comprendre, les hommes vont reprendre le pouvoir.

— Non, pas les hommes, nous ne serons pas ennemis, tout le monde aura les mêmes droits, nous allons tout rebâtir sur de nouvelles bases. Je te laisse, je dois entrer et essayer d'arrêter le carnage par la négociation. Le but n'est pas d'éliminer toutes les Guerrières mais de vivre ensemble en paix. »

Stella pénétra dans le bâtiment et se fit briefer sur la situation. Des Guerrières tenaient le couloir du premier étage et les hommes n'arrivaient pas à les déloger depuis l'escalier. Ils recevaient des volées de flèches à chaque tentative. Et ils ne pouvaient pas tirer au juger en rafale sans risquer de tuer les Génitrices présentes dans les chambres à l'étage, les cloisons intérieures étant peu épaisses.

« Laisse-moi y aller, dit-elle au chef de section, je vais négocier avec la plus gradée du groupe.

— D'accord Stella, répondit Alain, si tu peux éviter des morts ou des blessés cela n'en sera que mieux. »

Stella monta jusqu'au milieu de l'escalier puis s'assied en travers d'une marche dos au mur et leva la tête pour appeler.

« Guerrière ! Je suis Stella, Procureure Générale inter-cités. Qui est votre supérieure ?

— C'est Diane, mais elle est repartie. Nous avons ordre de tirer à vue.

— Et qui est la plus haut gradée ou la plus âgée parmi vous ?

— C'est moi, Elena, j'ai vingt et un ans, je suis la plus âgée, répondit une autre voix au bout d'un moment après qu'elles se fussent toutes concertées.

— D'accord. Elena dirige-toi vers le haut de l'escalier afin que nous puissions discuter, répondit Stella, outrée que Diane n'hésitât pas à sacrifier des presque adolescentes pour protéger sa fuite.

— Nous ne pouvons pas bouger, nous avons des ordres, les sanctions sont lourdes si nous désobéissons. Et puis tu n'es plus Procureure Générale, Stella, tu es une fugitive, tu as comploté contre les Dirigeantes et tu as trahi.

— Je n'ai trahi personne et surtout pas ma conscience. Il était temps de changer la vie de la société. Tu te rends bien compte au contact des habitants qu'il y a un réel problème. Et crois-tu qu'Hermione soit capable de diriger la cité ? Elle est cruelle et ne pense qu'au pouvoir.

— Pour le moment elle l'a, donc nous lui devons obéissance.

— Comment ça ? Elle *l'a.* Qu'est-il arrivé à Eumélia ? demanda-t-elle innocemment.

— Elle a été assassinée par Clotilde, qui faisait partie de ton complot.

— Pourquoi faisait ? Hermione l'a déjà fait exécuter ?

— Non ! Eumélia a certainement dû se défendre et elles se sont entretuées. Les corps ont été retrouvés par des Prétoriennes. Hermione a pris le pouvoir légalement.

— Et tu crois à cette histoire ? demanda Stella qui repensait à l'idée qu'elle avait eue dans la cellule de Sandra et que la Générale en Chef avait dû imiter. Mais c'est une mise en scène. Soyez raisonnables, vous avez pu constater la puissance de nos armes, vous ne pourrez rien contre elles, et à l'heure actuelle, soit Diane s'est fait prendre dans la rue, soit elle a réussi à atteindre la cathédrale, donc votre mission est remplie. Vous devez vous rendre. Je vous laisse deux minutes pour y réfléchir entre vous. »

@@@

Pendant ce temps une équipe de quatre hommes traversait le parvis au petit trot en direction de la cathédrale. Ils étaient arrosés d'une pluie de flèches décochées depuis les hauteurs des tours de la façade du monument. Cependant, ils étaient équipés de larges plaques en kevlar tenues à bout de bras au-dessus de leurs têtes. Les équipements étaient d'anciennes protections de portières récupérées dans une usine de production de voitures blindées. Les flèches ricochaient dessus sans entamer le matériau. Des hommes munis de Famas arrosaient les portes de la cathédrale tandis que les tireurs munis de fusils à lunettes essayaient de toucher les archères perchées dans les tours. Mais ce n'était pas facile, elles lâchaient leurs flèches en une seconde puis se réfugiaient derrière un mètre de pierre calcaire. Les quatre hommes arrivèrent finalement devant le portail gauche de la cathédrale, l'un des trois de la façade ouest. Sous le porche, les flèches ne pouvaient plus les atteindre.

Un ex-artificier de l'armée ota son sac à dos pendant que ses collègues prenaient position autour de lui pour le couvrir, prêts pour une éventuelle riposte. L'ex-militaire spécialiste en explosif sortit de son sac un petit paquet cubique de quelques centimètres de côté ressemblant à un morceau de pâte à modeler. C'était en fait du RDX, un des explosifs les plus puissants du début du siècle, qu'il avait récupéré dans la poudrière de sa caserne juste avant de la quitter à la fin des années vingt. La réserve qu'il stockait à quelques centaines de mètres du fort aurait permis de faire sauter toute la Cité 101. Pour la porte en chêne massif qu'il s'apprêtait à transformer en milliers de brindilles, quelques centaines de grammes au bon endroit suffiraient. Il prépara son matériel, plaça le détonateur dans la charge puis fit signe à ses camarades qu'ils pouvaient quitter leurs positions. Munis de leurs protections, ils sortirent de dessous l'immense porche et tournèrent à gauche pour se réfugier sous le porche central situé sous la rosace de neuf mètres de diamètre dont les vitraux avaient depuis longtemps été remplacés par de simples vitres.

L'artificier appuya sur le bouton d'une petite télécommande non sans avoir au préalable placé des bouchons antibruit dans ses oreilles et prévenu ses camarades. Les trois autres hommes se contentèrent de plaquer au mieux leurs mains sur leurs oreilles. L'explosion fut si assourdissante qu'elle fit même trembler le portail central contre lequel ils se tenaient. Seuls les sourds étaient maintenant encore endormis dans la Cité 101 et encore, pas tous ! L'onde de choc avait dû en réveiller quelques-uns ! Des bruits de vitres brisées s'écrasant sur les pavés se firent entendre depuis tous les immeubles entourant le parvis. Des morceaux de verre issus de la rosace tombèrent quelques mètres devant les quatre hommes. Leur mission était remplie. Ils attendaient maintenant leurs camarades qui allaient traverser la place de la même façon qu'eux-mêmes quelques minutes auparavant, couverts par les tireurs situés face à la cathédrale. Dommage qu'il n'ait pas eu de lance roquettes pour déloger les archères situées juste vingt-cinq mètres au-dessus de leurs têtes, pensa l'artificier.

A l'intérieur du monument presque millénaire, la situation était moins joyeuse. Le souffle avait détruit entièrement la porte et projeté une douzaine de Prétoriennes qui se tenaient derrière sur une vingtaine de mètres vers l'intérieur de l'édifice. Elles étaient couvertes d'ecchymoses et de morceaux de bois plantés profondément dans la peau. Diane, qui se tenait dans une salle du milieu de la nef, ne fut pas touchée par le souffle mais ses oreilles bourdonnaient. Elle sortit immédiatement de la pièce pour donner des ordres et organiser la riposte. Elle ordonna le repli vers le transept où plusieurs rangs d'archères se postèrent à l'abri des colonnes et de divers meubles, à cinquante mètres de l'ouverture béante créée par l'explosion. Personne ne pourrait pénétrer dans le collatéral nord sans recevoir une volée de flèches. Puis elle monta par l'escalier central jusqu'aux tribunes sud et rejoignit l'appartement de la Gouvernante où se trouvait actuellement Hermione, qu'elle avait déjà fait prévenir.

@@@

Deux sections d'assaillants avaient réussi à gagner le porche gauche de la façade et restaient plaquées contre les murs de chaque côté de l'ouverture. Puis quatre d'entre eux se positionnèrent en ligne à l'endroit où se trouvait précédemment une porte de plusieurs tonnes. Accroupis derrière les blindages, ils allaient créer une protection à leurs camarades qui pourraient ainsi faire feu vers l'intérieur de la cathédrale puis se baisser pour se réfugier derrière eux. Sur un ordre de Viannoux qui se trouvait parmi eux, les tireurs entamèrent des séries de tirs intensifs vers les ombres qu'ils distinguaient à quelques dizaines de mètres. Le premier objectif était d'atteindre la chapelle située à vingt mètres sur la gauche et de descendre dans les sous-sols pour libérer les prisonniers. Le groupe avança de façon coordonnée vers le milieu du collatéral nord tout en lançant régulièrement quelques rafales. Ils étaient rôdés, ils avaient répété des dizaines de fois cette attaque entre les murs du fort. Puis les chocs des flèches se firent de plus en plus rares contre leurs boucliers et ils atteignirent l'entrée visée en moins de deux minutes. Une section pénétra dans la chapelle tandis que l'autre continua vers les profondeurs du monument. Les archères semblaient avoir quitté les lieux. Ils atteignirent le transept, qui était maintenant vide.

@@@

Suivant les ordres donnés antérieurement par Diane, les Prétoriennes quittèrent leurs positions dès que leur stock de flèches fut épuisé. Elles montèrent ensuite rapidement au niveau supérieur pour remplir leurs carquois dans l'armurerie principale. Elles gagnèrent ensuite le niveau des tribunes, se positionnèrent à cet étage sur le pourtour de la mezzanine de la tour lanterne et attendirent les ordres de Diane qui venait d'être prévenue de leur repli. Après l'arrestation de Natacha, elle avait aussi pris le commandement de la centurie chargée de la sécurité intérieure de la cathédrale.

Diane était en grande discussion avec trois autres Centuriones et Hermione dans les appartements de la Gouvernante que la Générale avait fait siens. Ce n'était pas le moment de la contrarier, elle était dans une colère monstre, traitant tout le monde d'incapable. Diane fut chargée d'une mission particulièrement dangereuse et partit aussitôt vers la porte de l'escalier à vis personnel de la Gouvernante qui descendait directement en bas de la tour et débouchait dans le collatéral sud. Dix Blackwomen furent envoyées à l'extérieur par la tyrolienne centrale partant de la tour sud du transept et qui menait quelques centaines de mètres à l'est, avec pour mission de revenir par les rues alentours et de harceler les assaillants par des attaques ponctuelles pour créer un maximum de dégâts dans leurs rangs, tout en se repliant rapidement et en restant invisibles. Des attaques ciblées et des replis rapides. Le b.a.-ba de la résistance. Leur spécialité.

@@@

Suivant les conseils de Stella, Viannoux avait établi son QG provisoire dans la chapelle qui menait à la crypte. Toutes les Prétoriennes avaient quitté, semblait-t-il, le rez-de-chaussée pour se retrancher dans les étages. Du moins celles qui n'étaient pas blessées ou mortes. Il firent beaucoup de prisonnières, que Stella allait devoir rallier à leur cause. Mais pour terminer de sécuriser le rez-de-chaussée, il fallait progresser avec prudence, les pièges et les embuscades pouvaient être nombreux dans le vaste édifice.

Il attendait maintenant Stella qui voulait descendre la première dans les niveaux inférieurs pour négocier leur reddition avec les Gardiennes.

Thalia était à ses côtés depuis l'entrée dans la cité. Il était finalement heureux de la garder sous sa protection et lui avait demandé de ne plus prendre de risque. Elle était arrivée la dernière dans la cathédrale, protégée par deux hommes munis de boucliers en kevlar.

« Alors Thalia, comment vas-tu ? Tu n'as pas trop mal aux oreilles ?

— Un peu si, mais je les ai protégées autant que possible. Je ne suis surtout pas habituée à tant de bruit dans la cité.

— C'est normal, la cité n'avait déjà plus de munition depuis avant ta naissance. Tu peux te reposer ici si tu veux, je vais y rester pour planifier l'attaque finale. Ensuite j'irai avec mes hommes pour coordonner l'assaut des étages. Il y a un banc derrière ce bureau, allonge-toi un moment.

— Oui merci, je commence à ressentir la fatigue depuis quelques minutes. J'ai bien dû faire trois marathons durant ces dernières vingt-quatre heures.

— Ha ! Tu connais le marathon ?

— Oui bien sûr ! Heu…Pas depuis longtemps en fait, c'est Papy Rick qui m'en a parlé, fit-elle en s'allongeant sur le banc et en plaçant son carquois sous sa tête en guise d'oreiller.

— Ha ! Tu as dû en voir des choses inconnues de toi chez lui. C'est une vraie caverne d'Ali Baba non ?

— Dali quoi ?

— Rien, une expression. Dors un peu, même quelques minutes, ça te fera du bien. »

Elle avait déjà fermé les yeux. Son père la regarda prendre quelques respirations, puis s'assoupir, avant de rejoindre un bureau dans l'autre coin de la chapelle. Ses lieutenants revenaient lui faire un topo sur la situation.

CHAPITRE 50

00h30

Stella pénétra à cet instant dans la cathédrale avec sa section au complet et plusieurs jeunes Guerrières qu'elle avait ralliées à sa cause.

Dix minutes auparavant, elle avait réussi à les convaincre de se rendre. Puis elle avait rassemblé son équipe et ses nouvelles alliées et quitté la Nurserie nord. Elle se demandait comment les choses s'étaient déroulées dans les quatre autres pouponnières. Elle aurait certainement des nouvelles quand les différents groupes d'assaillants qui parcouraient les rues viendraient faire leur rapport au QG provisoire. Elle ne rencontra pas de problème particulier dans les ruelles. Il y avait peu de patrouilles. Les Prétoriennes étaient occupées dans les Nurseries ou regroupées dans la cathédrale pour préparer leur défense.

En entrant dans la chapelle, elle se joignit directement au groupe animé par Viannoux. Sa première pensée fut pour sa petite-nièce.

« Où est Thalia ? Je ne la vois pas dans la pièce.

— Elle est juste derrière l'autre bureau sur le banc, répondit-il en lui indiquant l'endroit, elle dort depuis cinq minutes.

— Oui je me doute qu'elle devait être HS après la journée qu'elle a vécue. Bien, quelles sont les nouvelles ?

— Plusieurs de mes lieutenants ont libéré trois Nurseries qui étaient sur leur itinéraire vers la cathédrale. Les Prétoriennes n'ayant pas voulu négocier, elles ont subi beaucoup de pertes et les Génitrices quelques-unes ce qui est plus regrettable. Nous avons fait des prisonnières qu'il faudra que tu convainques de se joindre à nous mais un nombre indéterminé a réussi à s'échapper et à se disperser dans les rues. Certaines ont dû atteindre la cathédrale avant nous, d'autres ont sûrement des ordres pour se regrouper dans un autre lieu.

— Oui je pense que dans ce cas de figure elles ont dû courir vers le haras. Avec mon groupe, nous avons libéré la Nurserie nord. Il y a eu des pertes, mais finalement les jeunes Guerrières restantes se sont rendues. C'était Diane qui était à leur tête mais elle s'est échappée avec une bonne partie des Prétoriennes. As-tu des nouvelles de la cinquième Nurserie ?

— Non, elle est à bonne distance vers l'ouest, nous n'avons pas encore progressé vers ces quartiers. Elle a dû être investie par les Prétoriennes. Mais étant donné la débâcle qu'elles subissent un peu partout elles vont sûrement avoir l'ordre de laisser tomber ce problème, devenu mineur pour elles et de se replier vers le haras comme tu le penses.

— Ok, et concernant les invitées ?

— Les Dirigeantes des autres cités sont confinées dans leur hôtel en attendant que tu les réunisses ici pour leur expliquer tes projets. Leurs gardes Prétoriennes n'ont pas eu le temps de résister, presque toutes dormaient et la plupart de leurs armes étaient rassemblées dans une salle. Elles se sentaient vraiment en sécurité et n'ont rien vu venir. Livian, qui menait l'assaut, leur a dit que tu irais leur parler et leur expliquer la situation.

— D'accord, ce n'est pas notre priorité mais il faudra y penser avant la fin de la nuit. Il y aura aussi des explications à donner à la population dès le lever du soleil. Il faut qu'à l'aube il n'y ait plus ni poche de résistance ni combats. La fête va bien sûr être annulée, quoique j'y réfléchirai car il ne faut pas interrompre les différentes activités de la cité. Beaucoup d'habitants ont dû être réveillés par les tirs et surtout la déflagration quand vous avez fait sauter le portail de la cathédrale. Heureusement, ils sont restés chez eux, pas par manque de curiosité, mais comme tu le sais, les sorties sont interdites la nuit et dernièrement, il ne faisait pas bon mettre le nez dehors sous peine d'emprisonnement. Mais nous avons d'autres problèmes à régler dans les heures qui viennent, reprends ton débriefing.

— Daniel n'a pas eu de problème particulier à la porte sud et Célio a pu entrer avec ses équipes et mener à bien ses missions. C'est lui qui s'est occupé d'investir l'hôtel des visiteuses et en ce moment, lui-même et la majeure partie de ses sections parcourent les ruelles alentours pour sécuriser un périmètre de quelques centaines de mètres autour de la cathédrale.

— Donc il nous reste à libérer les prisonniers des souterrains et à affronter le reste des Prétoriennes qui se sont réfugiées dans les étages supérieurs.

— Exact, confirma Viannoux. Tu peux descendre dans les cellules souterraines et libérer les prisonniers.

— Et les prisonnières, Elena, une jeune Guerrière de la Nurserie m'a dit qu'Hermione avait fait arrêter une bonne trentaine de Prétoriennes qui contestaient son autorité, dont une Centurione dévouée à Eumélia, Natacha, la responsable de la sécurité de la cathédrale. Une fois libérée, elle m'aidera à convaincre les autres d'arrêter toute résistance inutile.

— Très bien. Tu y vas avec une section pour te couvrir.

— Non. Ce n'est pas utile, je prends juste deux hommes munis de Famas. Il suffit de progresser lentement. Dans un endroit si confiné, il ne sert à rien d'être nombreux. Nous allons libérer des prisonniers qui seront nos alliés. Il faudra s'en occuper et donner des armes à ceux et celles qui savent se battre. Cela peut être une occupation pour Thalia. Si elle se réveille, elle voudra se rendre utile.

— Oui tu as raison. Bien, bonne chance.

— A toi aussi surtout, ça ne va pas être facile. Essaie de limiter les pertes, des deux côtés, en attaquant les étages.

— Je ferai mon possible, mais ça ne dépendra pas que de nous. »

Stella se dirigea vers l'escalier en colimaçon avec deux combattants et commença à descendre les marches.

Viannoux rassembla ses lieutenants, sourit en jetant un œil vers Thalia qui dormait d'un sommeil profond, désigna trois hommes pour monter la garde puis se dirigea vers le centre du monument. Plusieurs sections étaient en position sur le pourtour de la base de la tour lanterne, à l'abri des jets de flèches qui provenaient épisodiquement des étages.

@@@

Pendant ce temps, Diane avait troqué sa tenue de Centurione pour celle des Blackwomen, plus furtive. Malgré sa stature, elle savait se faire invisible et se faufiler partout sans être vue. Arrivée en bas de l'escalier privé de la Gouvernante, elle ouvrit la porte fermée à clé et pénétra discrètement dans le collatéral sud. Cette partie de la cathédrale était calme, elle voyait au loin vers le transept les ombres de ses ennemis, la plupart de dos, la tête tournée vers les étages. Elle allait devoir faire vite, ils n'allaient pas tarder à donner l'assaut et à se rendre maître des niveaux supérieurs. Elle longea prudemment les cloisons jusqu'à une salle de réunion de la nef et y pénétra. Toutes les salles du rez-de-chaussée étaient équipées d'une entrée de chaque côté. Elle put donc gagner le collatéral nord. Elle ouvrit la porte de quelques centimètres pour observer. L'endroit grouillait d'hommes en armes, mais la plupart s'éloignaient vers le transept. Il restait quelques gardes sous le porche sur sa gauche, mais ils lui tournaient le dos et surveillaient principalement l'extérieur. La chapelle qui menait vers les sous-sols, presque en face de sa position, était éclairée de plusieurs bougies. La Prétorienne qui l'avait renseignée après avoir vu depuis une salle du premier étage, qui donnait sur le collatéral nord, plusieurs hommes et une jeune Guerrière-Novice y pénétrer, ne s'était pas trompée. Elle vit des ombres se déplacer à l'intérieur. Elle compta trois ennemis. C'était jouable, pensa-t-elle. Un regard à gauche puis à droite lui indiqua que personne ne regardait dans sa direction. Elle s'élança, parcourut les dix mètres qui la séparaient de son objectif et pénétra en trombe dans la pièce. Elle prit ses adversaires par surprise. Elle balança un coup de pied dans le genou gauche de l'homme le plus proche tout en lui balançant un coup de coude dans la mâchoire. Il s'écroula au sol. Le deuxième eut à peine le temps de lever le canon de son Famas avant de prendre un direct en pleine face qui lui éclata le nez. Un coup dans la tempe l'expédia rejoindre son camarade sur le carrelage. Le troisième, ancien militaire n'ayant pas son arme sur lui, mais expert en combat rapproché, se prépara au corps à corps. Il sourit, ce n'était pas une femme qui allait lui faire peur ! Ils se tournèrent l'un autour de l'autre en se jaugeant quelques secondes mais Diane était beaucoup plus leste et rapide.

Elle le sonna progressivement par de petits crochets rapides tout en évitant les coups de son adversaire, un peu rouillé mais surtout plus âgé qu'elle. Puis elle le surprit par un grand coup de pied dans les parties qui le fit tomber à genoux. Elle l'envoya au tapis par un coup de pied circulaire en pleine tête. A peine eut-elle le temps d'apprécier sa victoire qu'elle reçut par derrière un coup sur l'épaule gauche. Elle se retourna et vit Thalia debout, qui lui faisait face et qui la menaçait de nouveau de son arc comme d'une massue.

Le bruit des combats l'avait réveillée. Elle avait juste eu le temps de saisir son arc pour frapper la femme en tunique noire qu'elle voyait de dos devant trois corps masculins étalés sur le sol.

« Lâche cet arc Thalia, que peux-tu faire contre moi ?

— Viens le chercher si tu veux ! répondit la Guerrière-Novice avec tout l'aplomb dont elle pouvait faire preuve.

— Bien, tu l'auras voulu. »

Diane s'avança, para un coup d'arc qu'elle amortit de son bras gauche tout en le saisissant de la main droite, l'arracha des mains de Thalia, le balança à travers la pièce comme un fétu de paille et envoya un crochet du droit au visage de la jeune fille qui la renvoya dans les bras de Morphée. Elle la mit aussitôt sur son épaule, vérifia que la voie était toujours libre et quitta la pièce pour refaire le chemin inverse et rejoindre Hermione.

@@@

Stella et ses hommes pénétrèrent silencieusement dans la crypte. Moins de vingt-quatre heures auparavant, elle avait suivi le même chemin, mais pas pour les mêmes raisons. Un silence de mort faisait suite au vacarme du rez-de-chaussée qu'ils venaient de quitter. L'information de l'attaque n'avait pas dû arriver jusqu'ici. Les Prétoriennes avaient certainement abandonné le collatéral nord pour se replier dans le transept puis dans les étages sans se préoccuper des niveaux inférieurs. Ils traversèrent la pièce voutée puis descendirent l'escalier en colimaçon jusqu'à l'entrée du niveau moins un, celui réservé aux prisonnières. Le corridor était éclairé de quelques bougies. Habituellement, il y avait peu de Gardiennes. Elle tendit l'oreille et perçut des bruits de conversations. Les jeunes Guerrières écoutaient une voix provenant d'une cellule proche. Stella reconnut celle de Natacha, la Centurione chargée de la sécurité de la cathédrale. Elle s'époumonait à essayer de convaincre ses geôlières que l'assassinat d'Eumélia avait été fomenté par Hermione pour prendre le pouvoir. Elle décida d'entrer en action et de les convaincre, en maquillant un peu la réalité.

« Guerrières, Natacha a raison, Hermione est une traitresse. Elle a tué Eumélia et Clotilde.

— Ne bouge pas Stella, cria la première Guerrière en sortant son épée, c'est toi la traitresse, tu as commis un crime, tu t'es enfuie de la cité, et maintenant tu reviens, et avec des hommes en plus !

— La vérité ne se trouve pas toujours là où on la croit. Je me suis enfuie car j'avais découvert qu'Hermione complotait contre la Gouvernante pour prendre le pouvoir dans la cité et qu'elle voulait m'arrêter. Ecoutez-moi, vous la connaissez toutes, vous savez de quoi elle est capable. Vous avez constaté les dégâts de la nuit dernière, les Génitrices assassinées sans procès. C'est inadmissible, même si elles préparaient une mutinerie. Regardez les faits. Et je vous conseille de baisser vos armes, vous ne connaissez pas la puissance de celles de ces hommes.

— Tu bluffes, Il n'y a plus de munition depuis longtemps pour ces vieux fusils !

— Vous croyez ? Vous n'êtes jamais allées en patrouille dans la campagne ? fit Stella en baissant la tête et se bouchant les oreilles. »

Un Famas entra alors en action et envoya une rafale de trois balles dans la lame de l'épée qui se brisa en deux. Les trois Guerrières présentes se prirent la tête entre les mains à cause de la douleur provoquée par les détonations amplifiées par l'exigüité du souterrain.

« Alors, vous choisissez de prendre une balle dans les jambes et de finir en cellule ou vous vous ralliez à nous ? Hermione est sur le point d'être capturée de toute façon, vous n'avez pas d'autre solution.

— Je crois que nous n'avons pas le choix, firent-elles à l'unisson en jetant leurs épées et poignards.

— Bien, maintenant ouvrez les portes.

— Stella ? cria Natacha qui avait entendu la conversation depuis sa cellule, il faudra que tu m'expliques pas mal de choses si tu veux que moi je participe à ce que je crois comprendre de la situation.

— Ne t'inquiète pas, je vais t'expliquer rapidement. Mais ensuite, il faut aller libérer les prisonniers des cellules du deuxième niveau, beaucoup d'hommes sont retenus sans raison. Tu vas m'y aider, les gardiennes ne doivent pas encore avoir été informées que tu étais emprisonnée, c'est trop récent, tu pourras toujours leur donner des ordres.

Stella lui expliqua rapidement, ainsi qu'aux nombreuses Prétoriennes qui sortaient des autres cellules, les grandes lignes de son projet. Beaucoup hochaient la tête en signe d'assentiment et y adhéraient. La Procureure Générale inter-cités avait toujours eut une aura positive auprès des Guerrières et des Prétoriennes et personne n'avait vraiment compris ses agissements durant la journée qui venait de s'écouler. Stella leur demanda de se regrouper dans la crypte avec les deux hommes et d'attendre son retour avant de remonter dans le collatéral nord. Puis elle descendit avec Natacha au niveau moins deux. Ce devrait être une formalité de négocier avec les Gardiennes et de libérer les hommes avec l'appui de la Centurione.

CHAPITRE 51

00h40

Pendant ce temps, tandis que deux sections sécurisaient le rez-de-chaussée, quatre autres, soit quarante hommes, s'étaient regroupées à la périphérie de la base de la tour lanterne. Viannoux observait les étages depuis deux minutes. Des mezzanines en bois munies de rambardes de protection avaient été construites sur chacun des six niveaux. Il connaissait la disposition et les fonctions de chaque pièce de chaque étage. Stella avait fourni depuis longtemps toutes les informations nécessaires pour qu'il puisse les reconstituer sur un plan et il les avait appris par cœur. Il aurait pu s'y déplacer dans le noir complet. Mais il fut surpris par la luminosité au centre du monument. La tour lanterne construite des siècles auparavant remplissait sa fonction. Grâce à la pleine lune, les jeux de vitres et de miroirs bien placés permettaient d'y voir suffisamment pour se déplacer aisément.

Divers bruits se faisaient entendre mais aucune Prétorienne n'était visible dans les étages. Elles devaient se regrouper au niveau de la tribune sud pour défendre la position d'Hermione qui, d'après les informations obtenues auprès des jeunes Guerrières, avait investi les appartements de la Gouvernante. Elles attendaient certainement à quelques dizaines de mètres des escaliers, prêtes à les bombarder de flèches et de lances. Leurs fusils auraient pu traverser plusieurs des planchers en bois des deux étages inférieurs pour les arroser de balles par en dessous, mais pas le sol de pierres d'un mètre d'épaisseur des tribunes du troisième étage. Il allait falloir aller à la confrontation.

Viannoux forma quatre équipes de dix hommes qui allaient monter simultanément par les quatre escaliers situés aux quatre coins de la tour lanterne. Chaque équipe accéda d'abord au premier étage qu'il sécurisa. Une des salles était sans dessus-dessous, quelques flèches et armes blanches traînaient au sol. Les Prétoriennes avaient dû se réapprovisionner rapidement avant de monter plus haut. Il en restait suffisamment pour armer les prisonniers que Stella était en train de libérer, pensa Viannoux. Il l'en informerait plus tard quand la cathédrale serait entre leurs mains.

Au deuxième étage se trouvaient des chambres, vides également mais pas depuis longtemps. L'état des lits montrait qu'on les avait abandonnés à la va vite. Le plus dur restait à faire. Il eut une idée. La structure en poutres et madriers de la construction intérieure était solide mais les cloisons en OSB et contreplaqué étaient peu épaisses. Il alla inspecter la tribune nord avec une des équipes. Ils montèrent prudemment jusqu'au niveau supérieur qui était vide. Il posta les dix hommes en lignes face à la cloison, un tous les deux mètres, Famas tournés vers le sud et donna des ordres. Puis il retourna avec l'équipe qui attendait au coin sud ouest du deuxième étage. Il prit deux hommes armés et ils montèrent jusqu'à ce qu'ils puissent, allongés sur les marches, pouvoir tirer quelques rafales en ne laissant dépasser que le canon de leur arme au niveau du sol des tribunes. Une pluie de flèches leur répondit et passa au-dessus de leurs têtes. Viannoux jeta un coup d'œil rapide pour situer leurs ennemies puis cria à ses hommes de la tribune nord :

« Une vingtaine de cibles entre quinze et trente mètres de ma position. »

Instantanément, le grondement de dix Famas en rafale retentit dans la cathédrale pendant une seule seconde, soit, à la cadence de 1000 coups/minutes, 160 cartouches tirées horizontalement à cinquante centimètres du sol, de façon à mettre hors de combat les Prétoriennes, mais sans faire trop de victimes.

Viannoux jeta un œil par-dessus la dernière marche. Elles étaient presque toutes au sol, sûrement avec tibia, péroné ou fémur cassé. Le reste se repliait vers le fond des tribunes. Bien qu'il se doutait qu'elles souffraient, elles ne poussaient aucun cri de douleur et il admira leur courage. Il vit à l'autre extrémité, vers l'entrée des appartements de la Gouvernante, qu'un groupe de Prétoriennes courait s'y réfugier. Elles se regroupaient dans une sourcière. Il remarqua l'éclat d'un regard qui observait dans sa direction juste avant de refermer la porte.

@@@

Hermione referma la porte de ses appartements, et se tourna vers les Prétoriennes. Une bonne quarantaine se tassait dans la pièce. Elle ne leur tenait pas rigueur de leur retraite, elles étaient courageuses mais pas suicidaires, elles savaient quand une situation était perdue.

« Vous allez défendre cette place le plus longtemps possible, puis un maximum d'entre vous se rendra au haras.

Vous savez ensuite où vous rendre si nous en sommes déjà parties. Prévenez toutes les Guerrières et Prétoriennes que vous rencontrerez dans la ville. Qu'une dizaine d'entre vous nous suivent, les autres attendez le dernier moment pour quitter les lieux. Regardez le corps de notre Gouvernante, assassinée par cette traitresse de Clotilde, complice de Stella et des hommes qui nous attaquent. Ce crime ne doit pas rester impuni.

— Oui Hermione, lancèrent-elles, impressionnées, d'une même voix. »

Seules quelques Prétoriennes les plus proches d'Hermione étaient au courant du complot. Les autres étaient manipulées par la Générale en chef du corps des Guerrières.

Cinq minutes auparavant, Diane était remontée, avec Thalia sur une épaule. Elles avaient enquêté sur cette Guerrière-Novice partie dans l'après-midi avec Stella, et se doutaient qu'elle n'avait pas été choisie au hasard. Cela les intriguait et elles devinaient que la jeune fille, qui les avait impressionnées par ses performances sportives et au combat révélées par les professeurs interrogés, devait avoir une importance pour leurs ennemis. Elle servirait d'otage et de monnaie d'échange en cas de besoin.

Diane et Hermione quittèrent la pièce par la petite porte qui menait en haut de la tour. L'exigüité de l'escalier à vis qui permettait d'y accéder donna du mal à Diane qui portait Thalia. Heureusement pour la tête de cette dernière, les murs étaient lisses et aucune aspérité ne vint la blesser profondément. Sa peau fut tout de même entamée à plusieurs endroits par les frottements sur les pierres rugueuses. Elle aurait quelques douleurs à son réveil !

Arrivée au sommet, Hermione attacha le système de descente à sa ceinture-baudrier, accrocha la poulie et enclencha le mousqueton de sécurité sur le câble. Toutes les Prétoriennes gardaient en permanence un kit de descente sur elle.

« Tu envoies la fille dès que j'ai dépassé le milieu de la descente.

— OK, ne la loupe pas à la réception, elle a de la valeur, répondit Diane qui commençait à équiper la Fille du Vent.

— Oui, mais elle n'en perdra pas, même avec quelques bleus ! » ricana-t-elle.

Hermione s'élança sur la tyrolienne de huit cents mètres qui allait la mener presque à l'extrémité ouest de la ville. Plusieurs années auparavant, il avait été difficile de l'installer et surtout de tendre le câble. Celui-ci, de deux centimètres de diamètre, récupéré dans une usine de la région, était composé d'un alliage de fibres inusables qu'elle ne connaissait pas et dont elle se fichait bien de toute façon. Il était beaucoup moins lourd que s'il avait été en acier mais suffisamment pour nécessiter une vingtaine d'hommes lors de son installation. Malgré cela, on ne passait par endroits qu'à quelques mètres des toitures de plusieurs bâtiments dans la deuxième moitié du trajet. La pente n'était pas énorme, par conséquent la vitesse non plus, mais tout était relatif, même un cavalier n'aurait pu la rattraper en galopant dans les rues de la ville. Arrivées à l'autre extrémité, il leur resterait cinq cents mètres à faire au pas de course pour arriver au haras. Durant son parcours elle vit plusieurs groupes d'hommes en arme sillonner la cité. En regardant la cathédrale s'éloigner derrière elle vers l'est, elle sourit lorsqu'elle aperçut au loin, dans le prolongement de la rue qu'elle survolait, les Blackwomen qui s'apprêtaient à prendre par surprise une section d'ennemis.

@@@

Les Blackwomen se déplaçaient de toit en toit en silence, à l'écoute du moindre bruit. Elles étaient parvenues au sud de la cathédrale quand elles virent une section d'hommes habillés en noir, comme elles, qui arrivaient à une trentaine de mètres. Elles descendirent sans bruit dans la cour intérieure de l'immeuble sur la toiture duquel elles se trouvaient et prirent position, immobiles et invisibles, sur le mur de trois mètres de hauteur qui donnait sur la rue, protégées par les branchages de plusieurs arbres.

Lorsque les dix résistants qui avançaient en file indienne furent à leur niveau, Angora, qui dirigeait la section, donna un ordre et elles sautèrent toutes au même moment un poignard à la main, en lançant un puissant cri aigu pour déstabiliser leurs cibles respectives. Ce fut une boucherie. La moitié des hommes tombèrent immédiatement, une lame plantée dans le cou. Les cinq autres, uniquement blessés, roulèrent à terre dans un corps à corps sanglant avec les assaillantes, luttant pour leur survie. Mais la lutte devint inégale lorsque les cinq Blackwomen ayant terminé leur mortelle besogne plus rapidement vinrent aider leurs consœurs. A deux contre un, en trois secondes l'affaire était réglée et les Blackwomen pouvaient disparaître. C'est à ce moment qu'elles entendirent des tirs provenant du bout de la rue, tandis que trois d'entre elles s'écroulaient. Les sept autres bâtirent en retraite dans la venelle d'à peine deux mètres de large située juste en face du mur qu'elles venaient de quitter. Elles avaient disparu lorsque la section emmenée par Célio arriva sur les lieux et constata le carnage.

« Nous avons un sérieux problème, articula difficilement Célio qui connaissait personnellement tous les hommes gisant à terre dans leur sang. Il faut prévenir tout de suite le Quartier Général. Trois Blackwomen à terre, il en reste normalement sept dans la nature prêtes à tout. Reprenons la formation initiale, nous avons été trop sûr de nous et avons relâché notre attention, cinq de chaque côté de la rue, surveillez les toits opposés et vos arrières. Allons-y et le plus vite possible. »

@@@

Pendant ce temps, Viannoux et ses hommes avaient progressé de chaque côté des tribunes sud, de colonne en colonne depuis le haut de l'escalier jusqu'à environ dix mètres de la porte de la Gouvernante. Une équipe s'était occupée de descendre les Prétoriennes blessées jusqu'au rez-de-chaussée. Il avait posté deux tireurs munis de fusils à lunette dans l'axe central, mais à environ soixante mètres, invisibles de l'autre côté de la tour lanterne dans le prolongement de la tribune. Ce n'était pas une mince cloison qui protégeait les appartements de la Gouvernante, mais un mur de pierres qui avait été bâti une vingtaine d'années auparavant. Et la lourde porte de chêne, d'au moins huit à dix centimètres d'épaisseur estima-t-il, ne laisserait pas passer, elle non plus, les munitions des Famas. A tout hasard il demanda à un de ses hommes de tirer une rafale. Les balles n'éclatèrent le bois qu'en surface sur deux à trois centimètres d'épaisseur.

La porte s'ouvrit soudainement et une volée de flèches sifflèrent en passant à moins d'un mètre de leurs oreilles. Dans le même temps, six cartouches furent tirées de l'arrière de leur position et plusieurs Prétoriennes s'écroulèrent à l'intérieur de la pièce. Leurs corps furent tirés en arrière et la porte se referma.

« Cela va les calmer un peu, ricana Viannoux. Bon, il faut trouver un moyen d'entrer. Allez me chercher l'Artificier, ordonna-t-il, s'apercevant qu'il avait oublié le prénom de l'ancien militaire, tout le monde l'appelant l'Artificier depuis des décennies.

@@@

De l'autre côté de la porte, les Prétoriennes étaient en grand conciliabule. Elles se demandaient comment combattre avec une si grande inégalité de puissance entre leurs armes et celles des hommes.

« Hermione nous a abandonnées et sacrifiées, lança l'une d'elle. Il est temps pour nous de partir.

— Non, elle a de grands projets pour nous, il faut lui laisser encore du temps. Nous sommes à l'abri ici, les murs sont solides. Nous partirons au dernier moment.

— Nous avons déjà des dizaines de blessées et de mortes. Ils vont faire sauter la porte et nous avec, cria une autre.

— Nous ne pourrons pas monter toutes ensemble à la tyrolienne.

— Soit ! Séparons-nous en deux groupes, proposa une chef de section, la plus gradée du groupe. Que les dix plus fidèles à Hermione restent avec moi ici, les autres peuvent monter et prendre la tyrolienne. Vous connaissez la procédure. »

Il y eut finalement la moitié des Prétoriennes pour rester sur la place, prêtes à tout pour faire gagner du temps à leur Générale. La quinzaine d'autres monta en file indienne jusqu'au sommet. Oui, toutes connaissaient la procédure pour l'avoir réalisée des dizaines de fois à l'entraînement. Il fallait un peu plus d'une minute pour atteindre l'autre extrémité, un écart minimum de dix secondes entre chaque départ pour ne pas surcharger le câble et risquer de toucher une toiture avant d'arriver à destination.

@@@

L'Artificier était plaqué contre le mur de l'appartement de la Gouvernante et préparait sa charge. Elle était vingt fois moins puissante que celle utilisée pour le portail de la cathédrale, mais ça allait tout de même résonner dans le monument. Il la colla contre la serrure de la porte. Puis s'éloigna rapidement jusqu'à quatre colonnes de là, une vingtaine de mètres. A cet endroit les vitres des hautes fenêtres derrière lui devraient résister. Mais même si elles se brisaient, elles seraient projetées vers l'extérieur. Tous les autres s'étaient repliés à l'abri des cloisons des pièces centrales, proches des appartements, prêts à investir les lieux aussitôt que l'explosion aurait libéré le passage.

La porte fut soufflée vers l'intérieur de la pièce et jeta à terre cinq Prétoriennes qui se trouvaient à proximité immédiate. Les autres attendaient, arc tendu. Les deux se trouvant dans le prolongement de l'ouverture furent abattues par les tireurs. Les autres se regroupèrent à droite et à gauche pour éviter d'être dans l'axe de la tribune.

« Vous n'avez aucune chance, cria Viannoux. Rendez-vous, il y a eu assez de victimes cette nuit…Nous tenons la ville, la majorité de vos camarades s'est ralliée à nous.

— C'est du bluffe, des sections de Prétoriennes sillonnent la cité et vous harcèlent, s'entendit-il répondre.

— Pas du tout, nous avons fait des dizaines de prisonnières dans les Nurseries. Les rues sont maintenant sûres. Qui prend des décisions chez vous ? Où est Hermione ?

— Hermione n'est pas ici, je suis Carina, chef de section.

— Ok, Carina ! Sois raisonnable ! Votre Centurione Natacha nous a rejoints et dirige maintenant toutes les cohortes, anticipa-t-il, persuadé que ça ne tarderait pas. Vous lui devez obéissance. Hermione est maintenant une rebelle, elle sera recherchée sur tout le continent et jugée, ainsi que toutes celles qui la suivront. Réfléchissez vite. »

Après une minute qui parut interminable, il entendit divers bruits en provenance de la pièce puis des épées, arcs, flèches furent lancés sur le sol de la tribune par l'ouverture. Cependant, Personne ne sortait et il entendit une porte claquer. Il se douta qu'elles avaient dû s'enfuir par une porte annexe. Il sortit en courant de la salle où il se trouvait pour se diriger vers l'appartement, mais vit au dernier moment des archères le viser et lâcher leurs flèches. Il eut le temps de se jeter à terre, par malchance sur le tas d'armes gisant devant l'entrée, mais pas suffisamment vite pour éviter une des flèches qui lui érafla le bras. Il s'entailla également la cuisse en tombant sur une épée. Ses hommes l'ayant suivi, ils balayèrent la salle de rafales de Famas, sans état d'âme, puis tout redevint calme. Se relevant en boitant, Viannoux constata les dégâts dans l'appartement de la Gouvernante. Seulement trois Prétoriennes étaient restées dans la pièce pour leur tendre un piège et les retarder. Leurs trois corps tenant encore leur arc gisaient sur celui de nombreuses autres. Le reste des ennemies avait dû s'enfuir par la petite porte qu'il voyait au fond à gauche de la pièce. Le passage privé de la Gouvernante, d'après ce que lui avait dit Stella. Un escalier à vis descendait au rez-de-chaussée et un autre montait au sommet de la tour donnant accès à des tyroliennes qui permettaient de traverser la moitié de la cité dans plusieurs directions. L'issue avait été refermée à clé.

« Arrosez-moi cette porte, elle n'est pas très épaisse et poursuivez-les, ordonna-t-il à ses hommes. Si elles se regroupent en trop grand nombre nous allons avoir des problèmes. »

On l'appela alors depuis l'autre extrémité de la tribune. C'était Célio qui était monté en courant et lui parlait tout en arrivant à sa rencontre.

« Viannoux ! Deux gros problèmes : une de nos sections

a été décimée dans une rue à deux cents mètres d'ici par un groupe de Blackwomen. Aucun survivant, une vraie boucherie. Nous en avons tué trois, le reste s'est évaporé, il en reste donc théoriquement sept dans la nature prêtes à exploiter la moindre de nos faiblesses. Et peut-être plus grave, il reste des ennemies à l'intérieur de la cathédrale. En arrivant au QG provisoire il y a quelques minutes, j'ai trouvé trois hommes étalés par terre sans connaissance. J'ai réussi à en réveiller un, Alain. Ils ont été attaqués par une Prétorienne, Blackwomen d'après sa tenue…

— Comment ? le coupa Viannoux en se précipitant vers les escaliers. Mais tu ne pouvais pas commencer par ça ? Ils étaient chargés de veiller sur Thalia qui dormait dans la chapelle.

— Désolé, je ne savais pas, je la croyais avec toi ou Stella. »

— Prends ma relève ici, les hommes t'expliqueront la situation, cria Viannoux en atteignant l'angle de la tour lanterne. »

Il avisa la corde de chanvre et l'ouverture qui permettait de descendre rapidement, se jeta dessus et se laissa glisser jusqu'en bas. Il n'aurait jamais dû laisser sa fille se joindre à eux. Si elle avait disparu, il serait le principal responsable. Enlevée par une Blackwomen, sûrement Diane. D'après Stella, c'était la plus fidèle à Hermione, et la plus dangereuse. Un duo de choc, deux des meilleures combattantes de la Cité 101. Il avisa la section de Célio qui attendait devant la chapelle en discutant avec trois hommes qui étaient assis contre le bas du mur, ceux à qui il avait confié sa fille. Il s'approcha et les questionna. Ils lui narrèrent la soudaineté et la violence de l'attaque de la Centurione. Il contint sa colère, peu de ses hommes avaient l'entraînement d'une Prétorienne en combat rapproché, surtout une des meilleures. La surprise et leur armement supérieur étaient finalement leurs seuls atouts face à une armée de femmes bénéficiant d'une organisation quasi militaire et d'années d'entraînement.

« Ne vous en prenez pas trop contre vous-même les gars. Vous aviez peu de chance contre Diane, c'est une experte du combat à main nue et la meilleure des Prétoriennes. Elle a dû enlever Thalia, je ne sais pas pourquoi, mais il va falloir la retrouver, et vite, avant qu'elle ne quitte la ville, prisonnière d'Hermione et ses alliées. Elle doit aussi avoir des partisans dans d'autres cités. Elle a certainement prévu un point de chute.

— Je pense que nous aurons du mal à la rattraper, intervint un de ses lieutenants qui rentrait à cet instant avec sa section qui semblait mal en point. Depuis dix minutes la tyrolienne est saturée. Elles sont quelques dizaines à être descendues vers l'ouest. Les premières devaient être Hermione et Diane je pense. Les autres devaient être celles chargées de couvrir leur fuite.

— Mais que vous est-il arrivé, l'interrompit Viannoux ? Il y a plusieurs blessés dans ta section.

— Nous avons été attaqués par des Blackwomen à trois cents mètres à l'ouest d'ici. Heureusement, nous étions supérieurs en nombre grâce à une autre section qui nous a rejoints presque aussitôt. Nous avons tout de même deux morts et cinq blessés. Mais seulement deux des femmes ont survécu et réussi à s'échapper vers l'ouest.

— Ok. Il est clair qu'elles vont s'enfuir à cheval en partant du haras. Il est trop tard pour les rattraper, surtout en pleine nuit, et nous n'avons pas fini de sécuriser la cité. Il va falloir obtenir des informations auprès de nos prisonnières pour savoir où elles se rendent. »

CHAPITRE 52

00h55

A ce moment, Stella fit son apparition suivie des dizaines de prisonniers et de prisonnières qu'elle venait de libérer sans effusion de sang. Viannoux la prit à part dès qu'il l'aperçut.

« Thalia a disparu, mais cette fois, c'est plus grave, commença-t-il. »

Et il lui raconta les détails de l'intervention de, supposait-il, Diane.

« Nous aurions dû être plus prudents tant que la cathédrale n'était pas sécurisée, dit Stella en accusant le coup.

— Oui je sais, je me sens un peu responsable. Mais le collatéral nord était, lui, sécurisé. Il y avait des hommes aux deux extrémités, portail et tour lanterne. Je pense qu'elle a dû passer par l'escalier à vis de la tour sud et traverser ces salles au milieu de la nef. Puis elle a profité d'un moment d'inattention pour franchir les dix mètres jusqu'à la chapelle.

— C'est plus que probable. Nous allons essayer de faire parler les Prétoriennes dévouées à Hermione. Ça m'étonnerait qu'elles sachent vraiment où elle est partie se réfugier, elle compartimente trop l'information. Mais on peut essayer. Les Prétoriennes sont solidaires entre elles et échangent beaucoup. Elle peut avoir une base de repli en pleine campagne ou même dans une cité voisine complice. Elle est certainement soutenue par plusieurs Gouvernantes, tyranniques comme elle.

— Ça ne présage rien de bon pour la suite.

— Tu as raison, je vais demander à Natacha d'obtenir des informations, par la force si nécessaire. »

Les ex-prisonnières et ex-prisonniers gagnèrent la grande salle du conseil du rez-de-chaussée. Une équipe de Viannoux avait rassemblé un maximum d'armes, récupérées dans l'armurerie des Prétoriennes et auprès des blessés et des morts des différentes sections d'assaillants. Elles furent réparties selon les affinités et les préférences de chacun, les Prétoriennes récupérant leur propre armement et les hommes les armes à feux avec lesquelles ils étaient entraînés. Des sections composées de cinq Prétoriennes et de cinq hommes du Réseau furent créées. Elles allaient patrouiller dès cette nuit dans les rues de la cité à la recherche d'éventuelles poches de résistance de fidèles à Hermione.

Les prémices de la mixité retrouvée, pensa Stella en esquissant un sourire.

Elle donna des instructions à Natacha pour obtenir des informations coûte que coûte auprès des Prétoriennes blessées ou capturées et restées fidèles à Hermione. Elle lui demanda aussi d'essayer de les *retourner* mais elle était méfiante, elle avait déjà été confrontée à des agents doubles ou même triples, dans une autre vie.

Puis elle prévint Viannoux qu'elle se rendait dans les appartements de la Gouvernante. Elle voulait voir le corps d'Eumélia, qu'elle connaissait depuis plus de trente ans.

Elle monta par l'escalier à vis de la tour sud dont les portes mitraillées étaient maintenant ouvertes. Célio et deux hommes se trouvaient encore dans la pièce. Son neveu lui raconta qu'ils étaient montés au sommet de la tour à la poursuite des Prétoriennes, mais un peu tard et toutes avaient réussi à s'enfuir vers le haras grâce à la tyrolienne ouest. Elle lui confirma qu'il avait bien fait de ne pas les suivre. Il eut été dangereux pour eux d'arriver un par un et d'être attendu par un groupe d'archères. Elle lui demanda de la laisser seule quelques minutes.

Elle découvrit le corps de son amie devant les fenêtres sud, enchevêtré dans celui de Clotilde. Personne n'y avait touché. Seuls ceux des nombreuses Prétoriennes avaient été repoussés sur le pourtour de la pièce pour laisser un passage central. Elle s'accroupit et prit la main d'Eumélia. Elle n'était pas encore très froide et son corps était encore flasque. La mort remontait à moins de deux heures, et la chaleur torride de la journée, accumulée par les murs de la façade sud, était restituée durant la nuit.

« Tu seras vengée Eumélia, je te le promets. Les jours d'Hermione sont comptés. Je m'y emploierai à temps plein. »

Après un temps de méditation, elle s'assit au bureau de la Gouvernante. Elle ferma les yeux et soupira. Elle avait besoin de faire une pause, elle n'avait réussi à dormir qu'une demi-heure en fin d'après-midi en arrivant au fort. Elle appuya sa tête contre le dossier du fauteuil et commença à se relaxer puis s'endormit quelques minutes.

Lorsqu'elle rouvrit les yeux et les pointa vers le bureau, son regard tomba sur un dossier qui attira son attention.

« Tiens, tiens ! Fit-elle, surprise. »

@@@

Hermione et quelques dizaines de Prétoriennes s'étaient regroupées au haras. Elle et Diane étaient déjà à cheval.

« Deux Prétoriennes viennent de m'avertir qu'elles avaient trouvé Katy le crâne fracassé dans la cuisine de *l'ancêtre*. Elles n'ont pas compris comment une femme de 98 ans avait pu avoir le dessus sur une Prétorienne de vingt-cinq ans.

— L'intelligence, Diane, l'intelligence et l'expérience. Il ne faut jamais sous-estimer plus faible, en apparence, que soi.

— Oui je sais, mais ça ne nous dit pas comment elle a procédé.

— Je crois savoir. Elle prépare des mixtures qui rendent incapacitantes ou d'autres qui font littéralement planer, expliqua Hermione en repensant à quelques séances épiques avec ses amants après qu'elle eut pris des drogues fournies par *l'ancêtre*.

— Je commence à comprendre, Katy s'est laissé prendre par surprise.

— Oui, paix à son âme. Bien, il est temps pour nous d'y aller Diane. N'attendons pas que les hommes arrivent jusqu'ici. »

Elle avait chargé Angora, qui venait de la rejoindre au haras avec la seule Blackwomen survivante, de retourner avec cinq Prétoriennes au pied de la tyrolienne ouest. Si des hommes l'utilisaient pour les poursuivre, elle devait les abattre avant qu'ils ne touchent le sol. Elle devait attendre jusqu'au moment où elle serait capturée, en résistant un minimum mais sans se faire tuer, et avait pour mission de se rendre et de coopérer. Plus tard, elle pourrait servir d'espionne à la Générale en chef du corps des Guerrières.

Les Prétoriennes continuaient d'affluer régulièrement au haras, par petits groupes ou isolées, depuis les diverses rues de la ville. Hermione était satisfaite qu'un bon nombre de ses fidèles soient encore motivées pour la suivre malgré les revers qu'elles avaient subis depuis le milieu de la journée. Satisfaite mais pas surprise, elle était trop fière pour ça ! Elle donna des instructions à une Prétorienne : attendre les dernières arrivantes puis former un deuxième groupe et rejoindre le premier groupe à l'endroit prévu.

@@@

Dans une petite salle de réunion, Natacha regardait Sarah, une Prétorienne de trente-deux ans, fidèle à Hermione, qui semblait cacher des informations. Elle n'avait pas craqué à la première séance de *noyade*. Allongée et attachée sur un banc, elle se débattait avec vigueur.

« Une nouvelle séance Sarah ou tu te décides à parler ?

— Je n'ai rien à dire, vous êtes tous des traitres. »

Natacha lui réappliqua un tissu épais sur le visage puis versa de l'eau jusqu'à ce que Sarah ne puisse plus retenir sa respiration et que ses poumons se remplissent de liquide. C'était une variante plus efficace que de surélever les pieds de façon à ce que l'eau n'atteigne pas les poumons et que la personne soit juste empêchée de respirer. Elle hoqueta. Il fallait attendre quelques dizaines de secondes pour que le sang irriguant le cerveau ne soit plus chargé en oxygène et que le patient perde connaissance et pense mourir. Stella, qui connaissait la méthode pour l'avoir subie à l'entraînement dans sa jeunesse, lui avait tout expliqué en détail. Mais comment pouvait-on s'adonner à ce genre d'activité volontairement, pensa Natacha en constatant les souffrances endurées par Sarah ?

Finalement, après quatre tentatives, Sarah craqua complètement. Elle n'en pouvait plus. Entre deux spasmes, elle prononça seulement un mot et un nombre. Ceux de la destination d'Hermione. Une cité pas très éloignée de la Cité 101.

@@@

Viannoux quant à lui organisait les patrouilles mixtes qui devaient parcourir la cité dans les dernières heures de la nuit. Il devait sécuriser la totalité des rues avant le réveil des habitants. Des guetteurs furent postés sur toutes les tours de la cathédrale pour surveiller les alentours et repérer d'éventuelles rebelles chez les Prétoriennes. Il envoya des messagers chargés d'annoncer au fort que la cité était entre leurs mains. Ils étaient escortés de deux sections mixtes jusqu'au haras. Hermione et son groupe n'avaient certainement pas utilisé tous les chevaux. L'information parviendrait à Rick une heure plus tard.

Puis il se joint, le cœur gros, à une partie de ses hommes qui commençaient à fêter la victoire dans le collatéral nord tout en pleurant leurs camarades morts au combat. Il n'y avait que de l'eau à boire. Pour avoir mieux, il faudrait attendre de rapatrier les dizaines de milliers de bouteilles de vins et apéritifs divers stockées au fort depuis des décennies et qui auraient une place de choix dans les souterrains de la cathédrale. L'alcool était interdit dans la Cité 101 depuis sa création.

Il fallut attendre encore trois heures et les prémices de l'aube pour que les rues soient sûres et que les escarmouches avec les dernières Prétoriennes disparaissent, par leur mort, leur capitulation et leur emprisonnement ou leur ralliement. Pour le moment, celles qui avaient résisté durant la nuit, peu nombreuses du reste, étaient conduites dans les cellules du sous-sol. On ne pouvait pas encore leur faire confiance. Les Guerrières quant à elles, plus jeunes et moins aguerries, se rangèrent du côté de Stella suivant en cela les ordres de leurs différentes centuriones.

La population allait bientôt se lever, prête pour la fête de la cité. Stella avait préparé un discours que l'ensemble des habitants pourrait écouter sur le parvis de la cathédrale. Elle leur expliquerait tout. Elle sentait déjà la joie chez eux. La mixité retrouvée, le remplacement d'Hermione par une Générale en chef moins tyrannique. Elle pensait nommer Natacha à ce poste. En binôme avec un homme bien sûr, peut-être Viannoux. Après la prise et la *conversion* des cités de la région, elle irait défendre sa conception de la nouvelle société dans la cité centrale où elle avait déjà de nombreuses alliées.

Mais son esprit était déjà tourné vers l'avenir proche, la recherche de Thalia et l'arrestation d'Hermione. Elle ne laisserait tomber sa petite-nièce pour rien au monde. Elle ratisserait tout le continent s'il le fallait, en commençant par la cité dont une des prisonnières avait parlé.

A cinq heures, le ciel s'éclaircissant à l'est, elle perçut au loin un bruit qu'elle n'avait plus entendu depuis plus de vingt ans. Non, elle ne rêvait pas, c'était bien des pétarades de motos qu'elle entendait résonner et s'amplifier dans la ruelle qui menait au parvis. Qui cela pouvait-il bien être ?

Un seul nom lui vint à l'esprit.

Elle sourit.

EPILOGUE

Centre des Etats-Unis
15h53 heure locale

Quelques heures auparavant, dans une salle de contrôle de la DIA, sous mille mètres de roches, au centre des Etats-Unis, le capitaine Joseph Clark observait son écran de contrôle et écoutait le son haute fidélité produit par ses écouteurs. *Ecran* n'était pas le terme adéquat. Il s'agissait en fait d'un système vidéo sophistiqué qui projetait en trois dimensions au-dessus d'une table de verre de trois mètres sur trois une scène qui se déroulait à plus de dix mille kilomètres de là. Le rendu était exceptionnel. La scène que le capitaine observait se déroulait, en direct du vieux continent, une nuit de pleine lune. Il avait mixé les images de la caméra couleur avec celle de la caméra thermique, le tout en haute définition. Son système d'imagerie 3D était obtenu grâce aux caméras de trois satellites géostationnaires positionnés en triangle à 36000 kilomètres d'altitude au-dessus du continent européen. La définition obtenue était de l'ordre du centimètre, par temps clair, mais aussi par temps couvert grâce aux capteurs rayons X. Un logiciel de traitement d'images de dernière génération permettait de reconstituer et de lisser les visages et les corps humains pour les rendre d'un réalisme étonnant, même à l'échelle un. La reconnaissance faciale n'était pas encore possible mais le satellite lancé l'année suivante par la fusée OBOMA 2 le permettrait. Le capitaine était heureux et fier qu'à lui seul, son système d'exploitation monopolise la moitié des ressources du calculateur quantique géant du centre de commandement. La table de neuf mètres carrés montrait à ce moment un quartier de la Cité 101 située dans l'ancienne Europe, l'ex-France pour être précis, à l'échelle un centième. Il voyait des groupes d'hommes, d'environ deux centimètres sur sa table, courir et venir se poster aux abords de la porte nord de la cité. Il zooma sur un groupe de dix personnes plaquées contre le mur extérieur des remparts de la ville, jusqu'à ce qu'elles atteignent une taille réelle. Tous les hommes étaient armés. Il n'arrivait pas à déterminer le type d'armes mais il lui semblait que c'était plutôt d'anciennes carabines et quelques fusils de chasse. Ils étaient en combinaison noires et casquettes noires. Il subodorait qu'un assaut était sur le point d'être donné. Il était temps d'avertir son supérieur. Le capitaine coupa l'image et décrocha son téléphone, une antiquité à touches, qu'il avait eu bien du mal à connecter à son système actuel. Les objets vintages étaient son dada.

A quelques dizaines de mètres, le colonel appuya sur le lobe de son oreille gauche pour activer son implant et prendre la communication.

« Mon colonel, nous risquons d'avoir un problème dans la zone expérimentale douze, dans la Cité 101 pour être plus précis.

— De quel ordre ce problème, grogna le colonel qui n'aimait pas être dérangé pendant une réunion.

— Relativement grave pour que je vous dérange en plein meeting mon colonel.

— Bien, j'arrive tout de suite. »

Il rejoignit le centre de surveillance en moins d'une minute.

« Alors capitaine, qu'y a-t-il de si grave ?

— Regardez par vous-même mon colonel. »

Le colonel s'appuya de ses deux mains sur le rebord de la table et baissa la tête pour la regarder. Il allait ouvrir la bouche pour dire au capitaine qu'il ne voyait rien quand il sursauta tout à coup et recula d'un pas, manquant de tomber à la renverse. Cinq silhouettes armées venaient d'apparaitre à cinquante centimètres de son visage.

« Nom de D... , hurla-t-il.

— Oups, l'interrompit le capitaine, désolé mon colonel, j'étais en taille réelle, je redimensionne l'image. »

Le capitaine fit quelques gestes avec les mains dans l'espace devant lui et l'image des hommes en noirs, manifestement des soldats, diminua homothétiquement de deux mètres à environ deux centimètres. Le colonel avait maintenant une vue globale de la scène et comprit aussitôt.

« Bordel de Merde, s'exclama-t-il, le Réseau prépare une attaque imminente, et vous n'avez rien vu venir ?

— Nous ne ciblons que les cités et leurs abords proches et malgré tout, nos systèmes sont déjà au maximum de leurs possibilités. Pourtant leur superficie ne représente qu'un pour cent de l'Europe.

— Mouai, et le balayage satellite ?

— Les satellites classiques d'observation ne surveillent pas vingt-quatre heures sur vingt-quatre la même zone. Et leur définition est nettement moins bonne. Et puis il faudrait plus de monde pour tout analyser en temps réel.

— Ok, passez-moi les détails. Depuis quand sont-ils postés là ?

— Ils viennent d'arriver. Mais regardez ! Là ! fit-il en montrant l'intérieur de la cité aux abord de la porte nord. »

Il zooma sur la zone de telle sorte que les personnages atteignent la dimension d'environ dix centimètres. Un groupe d'hommes armés habillés de combinaisons de couleur marron se précipitait en silence sur les Sentinelles à la porte d'entrée de la cité.

« Voilà, ça commence, constata le colonel. La coordination est bonne, une équipe à l'intérieur est chargée d'ouvrir les portes pour permettre au gros de la troupe de pénétrer dans la cité. Je vais en référer au général. En attendant obtenez-moi plus de détails, effectifs précis des attaquants, type et nombre d'armes etc.. Et trouvez-moi des renseignements sur les équipes dont nous disposons à proximité et une estimation du temps de trajet d'un envoi de troupes depuis le cinquante-troisième état.

— L'Angleterre ? Bien mon colonel, ce sera fait. »

Le colonel le regarda d'un air sombre car on ne devait plus prononcer les noms des anciens états que les USA avaient annexés récemment. Il sortit rapidement, perdu dans ses pensées et la mine contrariée. Il allait devoir faire un rapport détaillé auprès de son putain de général. Il en était jaloux. Ce salaud avait bénéficié d'un programme de rajeunissement, de justesse avant la grande catastrophe californienne de 2020, et à 92 ans, il lui mettait la pâtée au golf à chaque parcours, à lui, qui n'avait que 53 ans.

NOTES DE L'AUTEUR

Vous pouvez donner votre avis sur ce roman
rick.de-valavergny@gadz.org

Suivez l'actualité de Rick

@Rick2Valavergny
ou
https://www.facebook.com/rickdevalavergny
ou
http://rickdevalavergny.canalblog.com/

Découvrez la Cathédrale Notre-Dame-de-Laon quartier général des Prétoriennes (avant transformations). C'est un lieu magnifique chargé d'histoire, je vous engage à aller le visiter.
Vous trouverez de nombreux liens sur les moteurs de recherche.

Vous trouverez également de nombreux liens sur les moteurs de recherche concernant le fort de Laniscourt, quartier général des résistants du Réseau.

Les personnes connaissant la région pourront reconstituer ou imaginer les parcours de Thalia au cœur de la cité ou dans la campagne environnante.

REMERCIEMENTS

Merci à ma fille, grande spécialiste de dystopies, pour ses idées et avis durant l'écriture de ce roman.
Merci à ma maman, experte en orthographe, pour sa relecture patiente.
Merci à tous les rédacteurs de conseils éclairés trouvés sur internet et concernant l'écriture et l'édition d'un premier roman.
Un grand merci à tous mes lecteurs, qui ont pris le risque d'acheter ce premier tome d'une trilogie qui, j'espère, les enthousiasmera et qui vont attendre la suite des aventures de Thalia avec impatience.

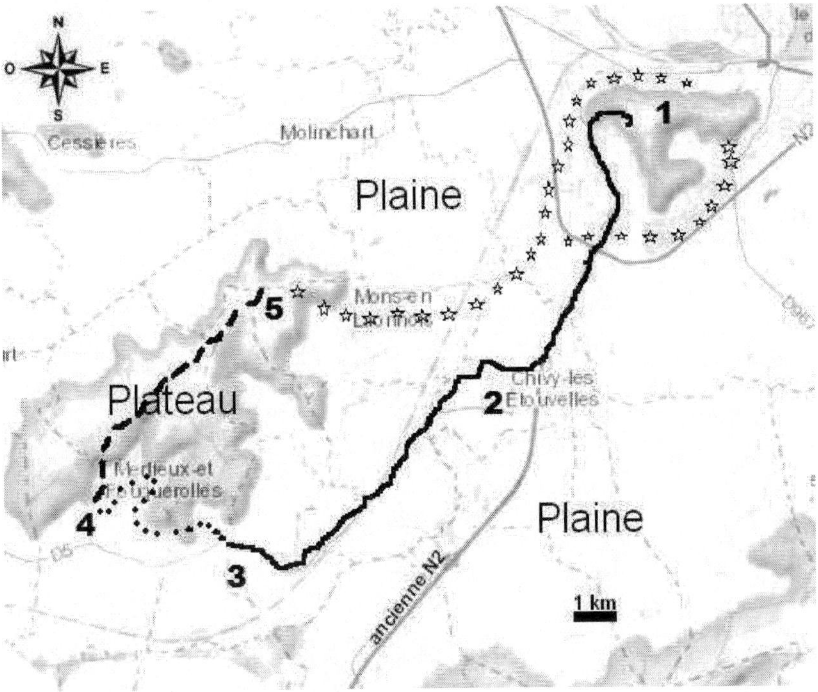

Fuite à cheval de Stella et de Thalia

Parcours à pied de Thalia

Parcours de Thalia jusqu'au QG du Réseau

☆☆☆☆ Marche des résistants du Réseau vers la Cité 101

1 Cité 101

2 Premier combat Stella/Thalia contre les Guerrières

3 Deuxième combat Stella/Thalia contre les Guerrières

4 Refuge de Rick

5 Fort de Laniscourt : QG du Réseau

Le tome 2 est paru en Aout 2017
Le tome 3 paraîtra avant l'été 2018

Impression à la demande
ISBN-13 : 979-10-96973-01-9
Dépôt légal : janvier 2017
18.90 € TTC FRANCE
20180823